BEAUTIFUL WORLD, WHERE ARE YOU

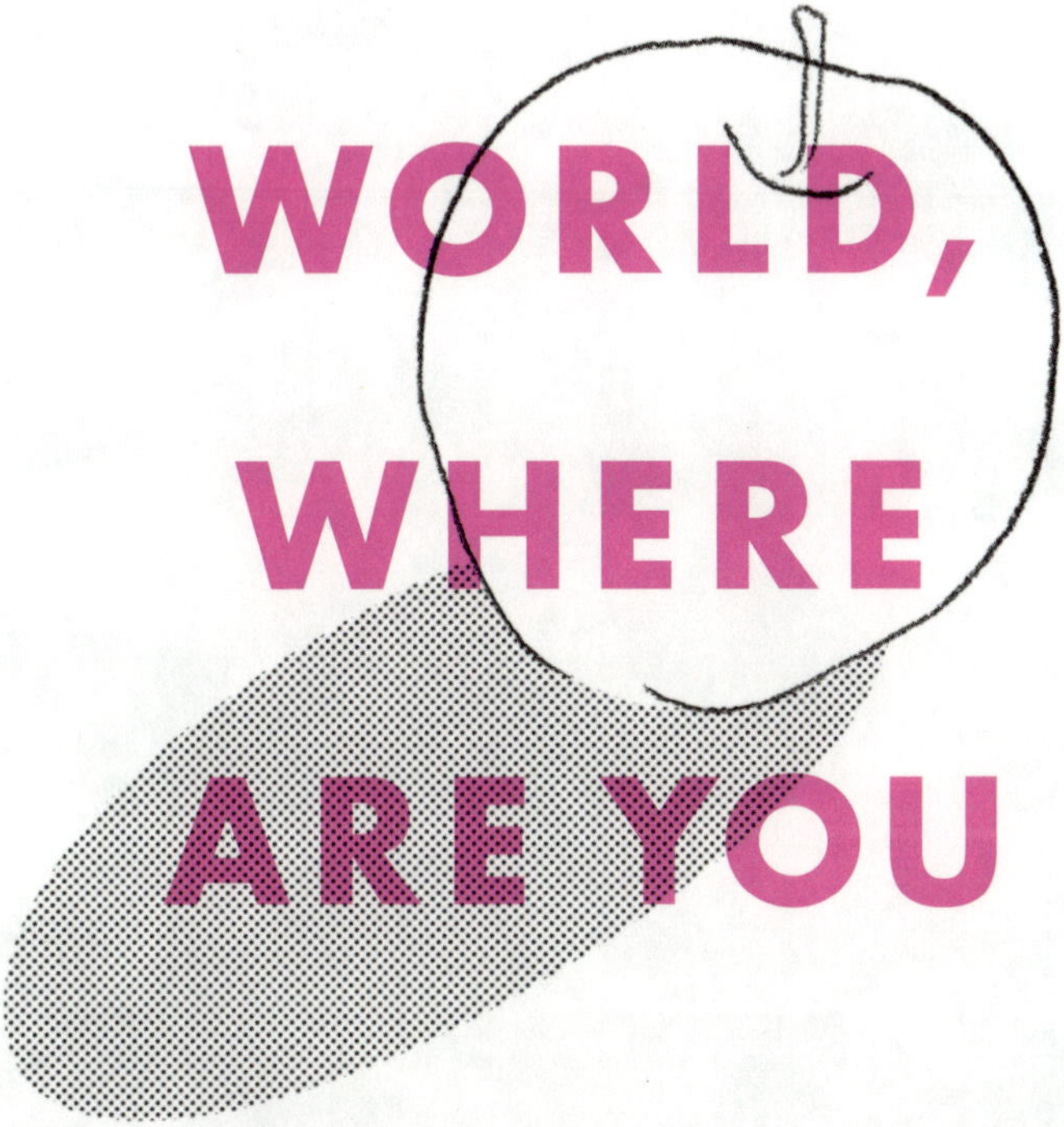

美しい世界はどこに

サリー・ルーニー　山崎まどか訳

早川書房

美しい世界はどこに

BEAUTIFUL WORLD, WHERE ARE YOU
by
Sally Rooney

Translated by
Madoka Yamasaki
First published 2025 in Japan by
Hayakawa Publishing, Inc.
This book is published in Japan by
direct arrangement with
The Wylie Agency (UK) Ltd.

装幀／田中久子
装画／牛久保雅美

何かについて書くとき、私は自分が書いていることは重要で、自分自身についても大変に優れた書き手だと思っています。それは誰にでも言えることではないでしょうか。でも心の片隅では私は自分についてよく知っていて、ちっぽけな、本当につまらない書き手だと分かっているのです。誓って本当です。でもそれは私にとってそんなに大した問題ではありません。

ナタリア・ギンズブルグ「私の仕事」

1

　女性がひとり、ホテルのバーで座ってドアを見つめている。白いブラウスを着て、明るい色の髪を耳の後ろにかけている身ぎれいな人だ。彼女はメッセージアプリを立ち上げてあるスマートフォンの画面に目をやり、視線をドアに戻した。三月の終わり、バーは静かで、彼女の右手にある窓の外では太陽が大西洋に向かって傾いていくところだった。七時から四分が経過し、五分が過ぎ、六分が経った。気乗りしない顔で、彼女は一瞬だけ自分の爪をチェックした。七時八分に、男性がドアから現れた。ほっそりした体型の黒髪の男で、細面《ほそおもて》。彼は店内を見回して常連たちの顔ぶれを確認すると、スマートフォンを取り出して画面を確かめた。窓辺の女性は彼に気がついていたが、目を向けるだけであえて彼の注意を引こうとはしなかった。二人とも同い年くらいで、年齢は二十代後半か三十代初め。彼女がそのままにしていると、彼の方が見つけて近づいてきた。

　アリスだよな？　男性が声をかけた。

　そうですけど、彼女は答えた。

　そうか、フィリックスだ。遅れてすまない。

優しそうな声で彼女は言った、気にしないで。彼は女性に何が飲みたいか尋ねると、カウンターに注文しに行った。ウェイトレスが彼に調子はどうかと訊いてきた。いいよ、で、そっちはどうなんだ？　彼はウォッカトニックとラガービールを一杯ずつ頼んだ。トニックのボトルはテーブルに運ぶ前に、素早く慣れた手つきでそのままグラスに移し替えて空《から》にした。テーブルでは女性がコースターを指で軽く叩きながら待っていた。彼が店に入ってきてから、彼女は鋭敏になって元気を取り戻したみたいだ。前は気にも留めていなかったはずなのに、すっかり魅せられたかのような顔をして窓の外の夕焼けを眺めている。彼が戻ってきてグラスをテーブルに置くと、ビールが少しこぼれ、水滴がグラスをつたうのを彼女は見ていた。

引っ越してきたばかりだって言ってたよな？　彼が訊いた。だよな？

彼女はうなずくとビールを一口飲んで、上くちびるを舐めた。

何のために？

何のためって？

ほら、普段はここに人が越してくるってまずないから。出ていくのが普通なんだ。仕事のためにここに来たんじゃないよな？

ああ。うん、そうじゃない。

ふと目が合って、相手がもっとくわしい説明を求めていると分かった。逡巡《しゅんじゅん》しているような表情が一瞬彼女の顔をよぎったが、すぐにいたずらっぽい笑顔になった。

そうだね、引っ越す場所を探してはいたのと彼女は言った。そしたらこの町の外れにある家の情報が、持ち主を知っている私の友だちから流れてきて。どうやら買い手をずっと探していたらしいんだけど、見つかるまでの間、誰かに住んでもらおうという話になったみたい。それで、海辺に暮らすのもいいかなって。本当のところ、ちょっとばかり衝動的に決めちゃったんだとは思う。あらましはそんなところで、他に特別な理由はないの。

彼は飲みながら話を聞いていた。説明が進むにつれて息が切れて自嘲気味になっていくところを見ると、彼女は少し神経を尖らせているようだ。相手のそんな様子を無表情に観察して、彼はグラスをテーブルに置いた。

そうなんだ。それで、前はダブリンに住んでいたんだっけ？

あちこちに住んでいた。ニューヨークにもしばらくの間。ダブリンの出身だけどね、言ったと思うけど。でも去年まではニューヨークに住んでいたの。

で、こんなところに住んで何をしようっていうんだ？　職探しとか？

彼女は口をつぐんだ。彼は相手から目を離さず、微笑んだまま椅子の背にもたれた。

質問ばかりしてごめんな。でもまだ全部話してくれてないと思って。

ううん、気にしないで。ただご覧の通り、私は質問に答えるのがあんまり得意なタイプじゃないの。

じゃ、仕事は何をしているのかな？　これで質問は終わりにするからさ。

彼女は相手に微笑んだが、顔がこわばっていた。物書きなの。あなたの方はどんな仕事をしているか教えてくれないの？

ああ、こっちはどうっていう仕事じゃないんだ。君が何について書いているのか知りたいけど、訊かないでおくよ。俺は町外れの倉庫で働いている。

そこで何をしているの？

そうだな、何をしているのかな、深遠な顔をして彼は言われたことをくり返した。注文品を棚から集めてきてカートに載せて、梱包する部門に持っていく。何も面白いことはないよ。

というと、仕事は好きじゃないんだ？

好きなはずがないだろ。あんなところ最悪だよ。でも好きなことをしたって食べていけないよな？それが仕事ってもんだ、楽しかったら金をもらえなくてもいいんだから。

彼女はにっこりしてそうだねと言った。窓の外は暗くなってきて、トレーラーパークに明かりが灯り始めた。刺すように冷たい外灯の光と窓から漏れる温かな黄色の照明が見える。カウンターの中にいたウェイトレスが出てきて、空いているテーブルに布巾《ふきん》がけした。アリスはちらっと彼女の方を見て、相手に向き直った。

じゃあここの人たちは娯楽にどんなことをするの？

他所《よそ》と変わらないよ。そこらにパブが何軒かある。バリーナまで行けばナイトクラブがあって、ここから車で二十分ってところだ。それと遊園地があるけど、まあどっちかっていうとお子様向きだな。

こっちにはまだ友だちがいないんだろう？

引っ越してきてまともに会話したのはあなたが最初だと思う。

彼は眉を上げた。人見知りなんだな？

どうなんだかね。

二人は見つめ合った。フィリックスが探るような視線をアリスに向けると、前よりもくつろいだ様子なのに不思議とよそよそしい感じがした。すぐに彼は表情を読むのを諦めたようだ。

そうなのかもしれないな。

彼女が住んでいるところについて尋ねると、彼はすぐ近くの家を友人たちと借りていると教えてくれた。それから窓の外を見て、トレーラーパークのすぐ先だから、この位置からも見えるんじゃないかなとも言った。彼は身を乗り出して彼女にその場所を教えようとしたが、陽が落ちたせいでもうよく見えないと言った。とにかく、あっち側の向こうの方だよと彼は言った。彼がテーブルに寄りかかってきたところで、二人の目が合った。彼女が視線を膝に落とすと、彼は椅子に座り直して笑みを押し殺したようだった。彼の両親はまだ地元在住なのかと彼女は尋ねた。母親は前年亡くなったが、父親の方は「まったくどこにいるのやら」。

そう言って、まあ、きっと、多分ゴールウェイとかにいるはずだけど、と彼は付け加えた。アルゼンチンだかに出没するってことはまずないだろうな。でも、親父の顔はもう何年も見ていないんだ。

お母様のことはお気の毒に。

うん、ありがとう。

実のところ、私も自分の父親とはしばらく会ってないの。彼は、そう頼りになる人じゃなくて。

フィリックスはグラスから顔を上げた。そうなんだ？　酒飲みなんだな？

うーん。それに、ほら、作り話をするの。

フィリックスはうなずいた。でもそれは君の方の専門なんじゃないの。

彼女が顔を真っ赤にしたので、その意外な反応に彼の方がうろたえた。ウケるね、彼女は言った。それで。もう一杯飲む気はある？

二杯目が三杯目に続いた。彼がきょうだいについて尋ねると弟が一人いると彼女は答えた。自分にも兄がいると彼は言った。三杯目を飲み終わる頃には、アリスの頬はピンクに染まって、目がとろんとして輝いてきた。フィリックスの方は見た目も話し方も店に入ってきたときから特に変化がなかった。しかし彼女の視線が店内をさまようことが増え、周囲に漠然と気をとられている様子なのに対し、彼の方は彼女が言っていることに集中し、ていねいに耳を傾けるようになっていた。彼女はひとり、面白がっているかのように空のグラスの中の氷を揺らした。

私の家に来てみる？　彼女が訊いてきた。誰かに見せたかったんだけど、招待する人がいないの。その、友だちを招く気ではいるんだけど、もちろん。でもあちこちに散らばっているから。

ニューヨークに。

大体の人はダブリンにいる。

家はどの辺なんだ？　彼は訊いてきた。歩いて行ける距離なのか？

大丈夫なはずだよ。というか徒歩で行かなくちゃ。私に運転は無理だし、そっちもでしょ？

今すぐは無理だな、うん。できるけどやめた方がいい。免許は持ってるけど。

そうなんだ、彼女はつぶやいた。それはロマンティックだね。もう一杯飲む、それとも、もう行こうか？

相手の質問のせいか、質問の仕方のせいか、「ロマンティック」という言葉を使われたせいか、そう言われて彼は眉をひそめた。彼女は下を向いたままハンドバッグの中を漁《あさ》っていた。

うん、行こうじゃないか、いいよ。

アリスは立ち上がって、ベージュのシングル仕立てのレインコートを着始めた。彼女が片方の袖を折り返して、もう片方と合わせるのを彼は眺めていた。立ってみると二人の身長は大差がなく、彼の方がわずかに高いくらいだ。

どのくらい先なんだ？　彼は訊いた。

彼女はからかうように彼に微笑んだ。気が変わったの？　もし歩くのに疲れたなら、いつでも見捨てて帰っていいよ、私の方は慣れているから。歩くのにって意味だよ。見捨てられるのにはじゃないよ。そっちにも慣れているかもしれないけど、赤の他人に打ち明けるような話じゃないよね。
一、二時間話してみて、このやたらとウィットをきかせて饒舌《じょうぜつ》になる相手の性向については無視しようと決めたのか、わずかに煩わしげな表情を浮かべただけで黙って彼はうなずいた。バーを後にする前に、彼はウェイトレスにおやすみと声をかけた。アリスはこれが気にかかったようで、もう一度ウェイトレスの姿を確かめるかのようにふり返った。歩道に出ると、ウェイトレスとは知り合いなのかと彼女は尋ねた。二人の背後に広がる海は潮が引いて穏やかで、外気は冷たかった。
あそこで働いている娘《こ》のことか？　フィリックスは言った。知ってるよ、うん。シニードだ。でも何で？

あそこで私と話しているあなたを見て、何をしているんだろうって思ったんじゃないかな。

平坦な調子でフィリックスは答えた。それは分かってると思う。それでどっちの方角なんだ？

アリスはレインコートのポケットに両手を入れると、丘に向かって歩き始めた。挑発的で突っぱねるような相手の口調に気づいたようだが、ひるむことなく、かえって決意を固めたようだった。

それは、あなたがあのバーでよく女性と会うから？

彼は彼女に追いつこうと早足になった。変なことを聞くんだな。

そうかな？　でも私って変な人間みたいだしね。

あそこで俺が人に会っていようと、そっちの知ったことじゃないよな？

そうだね、あなたが何をしていようと私の知ったことじゃないよね。ただ興味があるってだけ。

彼はこの言葉について考えているようで、前よりも静かで頼りなげな声でくり返した。そうか、でもやっぱり君の知ったことじゃないと思う。そして少しして言った。あのホテルを指定したのはそっちだしな。一応言っておくけど。普段はあそこには行かないんだ。だから、そう、あそこではあまり人に会ったりしてない。これでいいか？

そうだね、どうもありがとう。バーの女の子は「分かってる」ってあなたが言ったから、好奇心が刺激されたってだけ。

まあ、あいつは俺たちがデートなんだって分かっていたとは思うよ、彼は言った。それが言いたかったんだ。

アリスは彼の方をふり返らなかったが、その顔に何かを楽しんでいるような、新しい楽しみの種を見つけたかのような表情が浮かんできた。見知らぬ相手とデートしているって知り合いにバレてもいいんだ？

気まずいんじゃないかとか？　そんなに気にならないね、うん。

それからアリスの家に着くまでの間、二人は海岸沿いの道を歩きながらフィリックスの交友関係について話した。というか、アリスの一方的な質問にフィリックスが慎重に答えていたというのが事実で、波の音に負けじと二人は大声になってきた。フィリックスはアリスが何を訊いても嫌がらずに何でも話したが、答えはいつも短く、はっきりと質問された以上のことは答えなかった。彼は主に学生時代からの友人と仕事場の仲間たちと付き合っていると彼女に言った。二つの交友関係のメンバーはそんなに重なっている訳ではない。その前に質問した時のアリスのそっけない反応が気になったのか、もう興味もなかったのか、フィリックスの方は彼女について何も訊かなかった。

着いたよとアリスが言った。

どこに？

彼女は白い門の掛け金を外した。ここなの。彼は足を止めて、斜面になっている庭園の先の屋敷に目を向けた。窓の明かりは全部消えていて、家の正面には取り立てて華やかな装飾もなかったが、彼の表情はそれがどこだか知っていることを物語っていた。

司祭館に住んでいるのか？

ああ、知っているとは思わなかった。バーで言えばよかったね、別にミステリアスなふりをするつもりはなかったし。

アリスが門を押さえていたので、フィリックスは海に向かってそびえ立つ屋敷から目を離さないまま、彼女の後をついていった。庭園はほの暗く、二人の周囲で植物が風に揺れていた。アリスは足取り軽く小道を抜けると、ハンドバッグから家の鍵を探した。鍵が当たる音がバッグの中から聞こえてくるが、彼女は見つけられないでいた。彼は黙ったままそばに立っていた。彼女が待たせてごめんと言ってスマートフォンのライトのスイッチを入れると、バッグの内部を照らす明かりが表階段にも灰色の冷たい光を落とした。彼はポケットに両手を入れていた。見つけた。そう言って彼女はドアを開けた。

入ると赤と黒のタイルの床の広い玄関があった。頭上にはマーブル模様のガラスのランプシェイドが吊り下がっていて、壁際の繊細で華奢《きゃしゃ》な作りのテーブルの上に木彫りのカワウソの像が飾られている。彼女はテーブルに鍵を放ると、曇ってしみが浮いている壁の鏡にちらりと目を向けた。

この場所をひとりきりで借りているのか？

おかしいでしょうと彼女は言った。どう見たって、広すぎるよね。しかも暖房に膨大な費用がかかるの。でも素敵だと思わない？　おまけに家賃はタダだし。キッチンに行ってみる？　暖房を入れなくちゃ。

廊下の奥へと彼がついて行くと、作り付けの棚とダイニングテーブルが向かい合わせになっている広いキッチンがあった。シンクの上の大きな窓から裏庭が見渡せる。アリスがスイッチを探している間、彼は戸口に立ったままだった。

もしよかったら座って。もちろん、立ったままでいたければそれでもいいけど。ワインを一杯どう？　飲み物はそれしかないの。とりあえず私は水を飲むね。

もし君が物書きだっていうのなら、どんなものを書いているんだ？

彼女は困惑したようにふりむいた。物書きなら？　嘘をついていると思ってるわけじゃないよね。だったらもっとマシな嘘をつくよ。私は小説家。本を書いているの。

それで稼げているんだな？

その質問に別の意味を見出したように彼女は彼を一瞥《いちべつ》すると、コップに水を入れる作業に戻った。うん、そうだねと彼女は言った。彼は彼女を見つめたままテーブルのところに座った。椅子の座面にはしわ加工の赤褐色のクッションが張られている。何もかも手入れが行き届いているようだ。彼は人差し指でなめらかなテーブルの表面をなぞった。彼女は水の入ったコップを彼の前に置くと、自分も椅子に腰かけた。

前にもここに来たことがあるの？　この家を知っていたよね。

いや、地元だから存在は知ってたってだけ。ここに誰が住んでいたかも知らない。

私もそんなにはくわしくないの。年配の夫婦だよ。女性の方はアーティストみたい。

彼は黙ってうなずいた。

もしよかったら家の中を案内するけど、彼女は言った。

相手は黙ったままでこの申し出にうなずきもしなかった。それでも彼女はうろたえなかった。ただかねての疑惑に確信を抱いたようで、そっけない、冷笑的な様子でまた話を続けた。

ここに一人で住んでいるなんて、頭がおかしいと思っているんだ。

タダなんだろ？　そんなの、住まなきゃそっちの方がおかしいだろ。彼はかまわない様子であくびをすると窓の外を見ようとしたが、暗くて窓に映った部屋の内部しか見えなかった。単なる好奇心だけど、寝室が何部屋あるのか、気になるんだけど？　彼は言った。

四部屋。

君はどれを使ってるんだ？

ぶしつけな質問をされて彼女はそのまま目を動かさず、水の入ったコップを凝視していたが、すぐに相手に向き直った。二階の部屋。寝室はみんな二階にあるの。見せようか？

見たいね。

二人はテーブルから立ち上がった。二階の踊り場には灰色の房飾りのついたトルコ絨毯《じゅうたん》が敷かれている。アリスは部屋のドアを押し開けて小さなフロアランプのスイッチを入れた。部屋の左側には大きなダブルベッドが置いてあった。床板の上には何も敷かれておらず、もう一方の壁にある暖炉には翡翠《ひすい》色のタイルが張られている。右手には海を見渡せる大きな上げ下げ窓があり、外に暗闇が広がっていた。フィリックスがふらりと窓の方に寄って顔をガラスに近づけると、光を反射する窓に彼の影が浮かび上がった。

昼間はさぞいい眺めなんだろうな、フィリックスは言った。

アリスはまだドアのところに立っていた。そうだね、美しいよ。でも夕方はもっと素敵だけど。

彼は窓からふりむくと、アリスに見つめられながら部屋の様々な場所に視線をさまよわせた。

大したもんだなと彼は感想を口にした。すごくいい部屋だ。ここにいる間、何か書くつもりなんだろ？

そうしようとはしている。

それで何についての本を書いてるのかな？

そうだな、何だろう。人間について。

そりゃなんか曖昧だな。どんな人間についての話なんだ、君みたいなタイプの人たちか？

彼女は穏やかな視線を彼に向けた。あなたがどんなゲームをしているかはこっちも承知だし、フェアにプレイするなら勝たせてあげてもいい。その目はそう物語っていた。

私がどんなタイプの人間だって考えているの？

相手の落ち着き払った冷静な態度に動揺したようで、彼は鋭く息を吐き出すような笑い声を上げた。いやはや。数時間前に会ったばかりだし、君がどんな人間かまだ決めかねているんだ。分かったら教えてくれるといいんだけど。

そうするかもな。

彼が少し歩いてあちこちを見ているふりをしている間、彼女は部屋の中でじっとしていて動かなかった。この時点で二人とも結末は見えていたが、どうしてそれが分かったのかは説明できなかった。彼が周囲を見回していたので、彼女は静かに待っていたが、彼はそのときが来るのを待ち続ける気力はもう残っていなかったのか、とうとう礼を言って立ち去っていった。彼女は階段の下の方まで彼についていった。彼がドアを閉めて出ていくのを彼女は階段のところで見送った。よくあることではあった。後から二人とも苦い思いが込み上げてきたが、どうしてこの夜がこんな失態に終わったのか、お互いに理解できなかった。ひとりきりで階段に立ち尽くし、彼女は上階の方をふりむいた。その視線の先を追うと、寝室のドアが少しだけ開いていて、手すりの支柱の間から白い壁が細くのぞいている。

2

親愛なるアイリーン。前に送ったメールの返事を待ち侘《わ》びるあまり――ご覧の通り！――返事をもらう前に新しいのを書いています。言い訳をさせてもらうと、あまりに書きたいことが多すぎて、待っている間に忘れてしまいそうなの。この往復メールは私の命をつなぎとめ、それを記録する手段で、これだけを頼りにこの急速に退化しつつある惑星においてほとんど価値がない、それどころかまったく価値がないと言える自分の存在をどうにか守っています……。こんな一文を挟んで、今の今まで返事をくれない君に罪悪感を抱かせることができたら、今度はもっと迅速な返答が望めるんじゃないかと思っているのですが。本当に、私にメールもくれないで何をしているっていうの？　仕事とか言わないでくださいね。

ダブリンで君が支払っている賃貸料について考えると、気がおかしくなりそうです。今やパリよりも家賃が高い都市だって知っていましたか？　それに、こんなことを言って悪いけれど、パリにはあってダブリンにはないものがあります。ダブリンの問題点のひとつは、文字通りの意味でも、地形図的にも、全てが同じ平面で展開せざるをえないことですよね。他の都市は地下鉄や急勾配の丘や摩天楼によって高低差が生じるのに、ダブリンには背が低くてずんぐりしている灰色の建物と通りを走るトラムがあるだけ。他のヨーロッパの都市と違って中庭や屋上庭園がないから、表面を縦に破る、概念的に仕切る境界線もありません。そんな風に考えたことはあるでしょうか？　なくても無意識レベルでは気がついているかもしれません。ダブリンでは上昇することも、地下に潜ることもできず、人ごみの中に紛れることもなく、距離感さえつかめない。あなたはそれこそ都市を組織するのに民主的な方法だって思っているかもしれません――全てが同じ目の高さで見えるっていうのは、つまりは対等だってことだから。そう、誰かに高みから見下ろされるってことはありません。でもそのせいで、空が完全な支配者の座にいるのです。空は何かではっきりと区切られることも分割されることもありません。「ダブリンの尖塔」について指摘されそうなので、あれもちゃんと考慮に入れていると示しておきますが、あの尖塔には空を分断するほどの高さはないし、周囲のちっぽけな建物のサイズを測るためにぶらさがっている巻き尺みたいですよね。空の持つ全体主義的な効果は、その下にいる人たちに悪影響を及ぼしています。他に視界に入ってくるものや、遮るものが何もないなんて。まるで「人に死が訪れるのを忘れるなかれ」って警句のようではないですか。誰かが空に穴を開けてくれたらいいのに。

私はここのところ、右翼政治について考えています（みんなそうだと思いますが）。そして（社会的勢力としての）保守主義がいかに貪欲な市場資本主義と結びつくようになったかについて。少なくとも私の目にはその関係性は明白ではありませんが、それは市場が何も保持しようとせずに、既存の社会的景観のあらゆるところを呑み込んで、その意味性や記憶を取り除いた後に取引という形で排泄しているせいです。そんなプロセスが「保守」だなんてどうして言えるのでしょう？　でもそれでひらめいたのですが、「保守主義」って概念そのものが嘘っぱちなんですよね、だって「保守」できるものなんて何にもないんですから――時間は一方向にしか進まないし。この単純な答えに辿り着いたとき、自分は冴えているなって思ったのですが、すぐに馬鹿じゃないのと思い至りました。私の言っている意味が分かりますか？　私たちは何も保守できないし、特に社会的関係は、その性質をねじ曲げて、時間との相互作用の一部を不自然なやり方で阻むことなしには維持できないのです。保守主義が環境に及ぼした影響について考えてみてください。伐採、略奪、破壊っていうのが彼らによる保守の理念です。「それが慣例だった」って言われれば確かに事実ですが、私たちがそれを行使している地球はもはや昔の地球とは違います。こんな考え方はひどく幼稚で、反弁証法的と思われそうですよね。でもこれは私が抱いている単なる抽象的思考で、書き留めずにはいられないので、（好むと好まざるとにかかわらず）君には受け入れてもらいたいのです。

今日は昼食を買いに地元の商店に行って、突如としてすごい衝撃に襲われて――こんな生活はありえないとはたと気がつきました。大多数の他の人類――つまり絶望的なまでの貧困層と私たちが呼ぶ人々――は、こんな店を見たり、入ったりすることもないのだと。まさしくこれが、これこそが彼らが支えているものなのに！　私たちみたいな人間が送っている、このライフスタイルのために彼らは働いているのに！　ありとあらゆるメーカーのペットボトルの清涼飲料や、出来合いのランチセット、パッケージされたお菓子、店内で作っている焼き菓子――これこそが、世界中のあらゆる仕事や化石燃料の燃焼、コーヒーや砂糖の農園における過酷な肉体労働の集大成なんです。全部このためなんです！　このコンビニエンスストアのためなんですよ！　考えるだけでめまいがしてきました。比喩ではなく本当に気分が悪くなったの。まるで自分の人生はただのテレビ番組の一部だったって突如として思い出したみたいで、毎日その番組を作るために、子どもや女性、人々が打ち砕かれておぞましい方法で死に、そのおかげで、私は再使用不可能なビニールが何重にも巻かれたランチセットの中から好きなものを選べるんだって悟った訳です。そんなことのために人々を死に追いやっているなんて、これは何という実験なのでしょう。もう吐くかと思いました。もちろん、こんな気持ちは長続きしません。その日いっぱいか、何なら一週間くらいは嫌な気持ちが残るかもしれませんが、だから何だって言うのでしょう？　私はいまだに出来合いのランチを買っています。こんなことを書いて君を心配させているかもしれないから、念のためにはっきりさせておくけど、それでもランチは買ったんです。

　最後に私の田園生活の最新情報を添えておきます。この屋敷は巨大すぎて混沌としていて、この間まで見たこともなかった部屋を勝手に生み出す習性があるみたいです。それに寒いし、ところによっては湿《し》気《け》ています。前述した店に行くまでに徒歩で二十分かかっていて、そこに行って、帰ってきてから買っていなかったものがあるのに気がついてまた戻ってのくり返しで、一日の大半が潰れているような気がします。そういうことが人格形成に役立っていそうだから、今度会うときには私は素晴らしい人間に生まれ変わっているかもしれません。十日ほど前、出荷倉庫で働いている男子とデートしましたが、猛烈に嫌われてしまいました。（いつものように）自分に公正を期すために記しておきますが、私はどうやって社交的な交流をするのか忘れてしまったようです。他人と定期的な付き合いがあるような人間のふりをして、自分がどんな顔をしていたのやらと考えるとゾッとします。こんなメールを書いていても、何だかだらしなくて、人と触れ合いのない人間になってしまった気がしています。こう終わるリルケの詩がありました。〝いま孤独な者は長く孤独が続き／夜も眠れず　本を読み長い手紙を書いて／落ち葉の舞う並木道を行きつ戻りつ不安のうちにさまよい続けるだろう〟今が四月で、落ち葉は舞っていないってことを除けば、これ以上に私の現状を表す文章を自分で考え出すことはできません。こんな「長い手紙」になってごめんね。会いに来てくれることを願っています。ずっとずっと愛しているから。アリスより。

3

水曜日の午後零時二十分、ダブリン中心部のシェアオフィスで、一人の女性がデスクでテキストファイルをスクロールしていた。真っ黒な髪を鼈甲《べっこう》の髪留めでゆるく束ね、着ているグレイのセーターの裾は黒いシガレットパンツにたくし込んでいる。彼女は柔らかくなめらかなマウスのローラーを使ってファイルの中身にざっと目を通すと、細い文字列に視線を走らせながら、時折クリックして、文字の挿入や消去を行った。表記を「W・H・オーデン」に統一するために「WHオーデン」となっている箇所のWとHのところにピリオドをふたつ挿入するという作業が最も多かった。テキストの最後まで来ると、彼女はサーチコマンドを開いて表記揺れチェックをクリックし、「WH」と打ち込んだ。検索結果はゼロだった。文字も段落も目に留まらない速さでマウスをスクロールしてテキストの冒頭に戻ると、彼女は満足した顔でそれを保存してファイルを閉じた。

一時になって彼女がランチに行くと告げると、同僚たちはみんなパソコンの前に座ったまま微笑んで手をふった。彼女はジャケットを着てオフィス近くのカフェまで歩いていくと、窓辺の席に座って片手でサンドイッチを食べながら、もう片方の手で『カラマーゾフの兄弟』のページをめくった。たまに本を伏せて、ペーパーナプキンで口を拭い、誰かと目が合わないか探るように店内を見回して、また読書に戻った。一時四十分に彼女が目を上げると、明るい髪色の背の高い男性がカフェに入ってくるのが見えた。彼はスーツにネクタイという姿で、ビニールのストラップを首から下げてスマートフォンに向かって誰かと話していた。うん、火曜日だと聞いているけど、もう一度チェックして折り返し電話をするよ。窓辺の席の女性に気がつくと、彼は表情を変えて空いている方の手を上げ、声に出さずに「やあ」と挨拶した。彼はまたスマートフォンの会話に戻った。そっちはCCには入ってなかったと思う、うん。彼は女性の方を見て焦《じ》れたような顔でスマートフォンを指差し、手で「お喋りだ」というジェスチャーをしてみせた。彼女は本のページの端を指で弄《もてあそ》びながら微笑んだ。うん、うん、彼は電話の相手に答えた。悪いけど、今は社外なんだ、戻ったらそうする。うん。分かったから、うん、話ができてよかった。

彼は通話を終えると女性のいるテーブルにやって来た。彼女は相手の頭からつま先まで視線を走らせた。まあ、サイモン、暗殺されるんじゃないかと心配になるような重要人物ぶりだね。彼はストラップをつまむと皮肉な表情を浮かべてそれを眺めた。これのせいだろ。何だかその気にさせられちゃうんだ。コーヒーを奢《おご》らせてくれるかな？　彼女はオフィスに戻らなくちゃと言った。そうか、じゃあ、テイクアウトのコーヒーを買ってオフィスまで送っていってもいいかな？　君の意見が欲しい案件があるんだ。彼女は本を閉じると了承した。彼はカウンターに注文しに行き、彼女は立ち上がって膝の上のパン屑を払った。彼はブラックとミルク入りのコーヒーを注文して、チップの瓶にコインを何枚か入れた。髪留めを一旦外して、髪をまとめ直しながら女性が彼のもとにやって来た。ローラの試着はどうだった？　男性は訊いた。女性は顔を上げて相手と目を合わせると、押し殺したような奇妙な声を上げた。まあ、あんなものでしょと彼女は言った。そう、母がこっちに来ているから、明日は合流して私たちが結婚式に着る服を探す予定なの。

彼は温かな笑顔を見せて、カウンターの向こうでコーヒーが作られていく様子を見ている。変な話だけど、この前の夜、君が結婚するっていう嫌な夢を見たんだよ。

それのどこが嫌なの。

相手が僕じゃないってところかな。

女性は笑った。職場の女性に対してもそんな調子なの？

彼は面白がるような顔をして相手にふりむいた。まさか、とんでもないことになるよ。ありえないね。うん、職場では誰かに気を持たせるようなことはしない。どちらかというと、逆のパターンかな。どうせ、あなたと自分の娘を結婚させたがっているような中年女性ばかりでしょ。

中年女性に対するそういうネガティヴな社会的イメージには反対だね。他の年齢層の人間と比べても僕は彼女たちが一番好きだ。

若い女性の何がいけないの？

彼女たちはほら、ちょっと……

プレッシャーや情緒不安定、性的欲求、優柔不断、味気なさなどを表現したいのか、彼は両手を左右に動かした。

中年女性を彼女にしたことなんかないじゃない、女性は指摘した。

僕も中年じゃないしね、少なくとも今はまだ、ありがたいことに。

カフェを出る際、彼はドアを押さえてくれたが、彼女は相手にお礼も言わずに通り抜けた。私に相談したいことって何なの？　彼女は訊いた。オフィスに向かう道を一緒に歩きながら、女性の方もどうやら名前だけは知っている彼の二人の友人間に生じた問題について、アドバイスが欲しいのだと彼は打ち明けた。二人はルームメイトとして一緒に暮らしていたが、曖昧な関係のままセックスをする仲になってしまった。しばらくすると片方が別の人間と付き合うようになったので、シングルとして取り残された方はアパートを出たいと考えるようになったが、彼女にはお金も行く当てもない。それはアパートの問題っていうよりも感情面の問題だよね、女性は言った。男性は賛同しつつも、こう言った。それでも、アパートを出ていくのが彼女にとって一番いい方法ではある。だって夜になると相手がセックスしている音が聞こえてくるらしいし、そんなのいい訳がないだろう。二人はオフィスのビルの外階段までたどり着いた。彼女にお金を貸してあげればと女性は言った。そう申し出たけど拒否されたと男性は言った。でも本当のところ、拒否されてほっとしたんだ、自分は深入りするべきではないって察知はしていたから。女性が男の友人はどう弁解しているのかと尋ねると、何も悪いことはしていない、彼女との関係は自然に消滅したんだし、どうしろっていうのか、いつまでもシングルでいる訳にもいかないだろ？　とその友人は答えたという。女性は顔をしかめて言った。うん、そうだね、彼女はそのアパートを出た方がいいね。いい物件を見かけたら教えるよ。二人はまだ階段のところに居残っていた。そういえば結婚式の招待状が届いたよ、男性は言った。

ああ、そうだよね。今週送ったんだった。

同伴者を連れて来ていいことになっているって知ってた？

相手が冗談を言っているのか確かめようとするように女性は彼を見つめて、眉を吊り上げた。いいじゃない、彼女は言った。私はそう言われなかったけど、今の状況から考えて不謹慎だと思われたのかもしれないよね。

連帯の意志表示のために僕に一人で来て欲しい？

一瞬考えてから、彼女は訊いた。ということは、誰か連れて来たい人がいるんだね？

うん、今付き合っている女の子と行こうかと考えてたんだけど。もし君が気にしないなら。

うーんと彼女は声を漏らした。そして言った。その女の子って、女性って意味だよね。

彼は微笑んだ。ああ、そんな堅苦しいことは言わないでくれ。

あなた、陰では私のことを女の子なんて呼んでるの？

まさかそんな。どんな呼び方もしていない。君の名前が出てくると、慌てて部屋を出ていくんだ。

相手の発言を無視して、彼女は訊いた。その人とはいつ出会ったの？

ああ、いつだろう。六週間くらい前かな。

また二十二歳の北欧系の女性じゃないでしょうね？

いや、彼女は北欧系じゃない。

これ見よがしに疲れた顔をして、女性はオフィスの入り口近くにあるゴミ箱にコーヒーカップを捨てた。彼女を見ながら、男性はこう言った。その方がいいのなら、僕は一人で行くよ。部屋の反対側から二人で見つめ合おう。

ああ、そんなことを言われたら私がすごく惨めな人間みたいじゃない。

まさか、そういう意味じゃないよ。

数秒間、彼女は口をつぐんで、そのまま通り過ぎる車の流れを見ていた。そして話題を変えた。試着ではきれいだったよ。ローラのことだけど。それを知りたかったんでしょ。

彼は彼女から目を離さなかった。想像がつくよ。

コーヒーをありがとう。

助言をありがとう。

午後の残り時間、女性はオフィスで前と同じテキスト編集ソフトを使って、新しいファイルを開き、アポストロフィーの位置を変え、コンマを消去するなどの作業に当たった。ファイルをひとつ終えると、新しいファイルに取りかかる前に彼女は必ず自分のソーシャルメディアのフィードをチェックした。そこにどんな情報が現れても、彼女の表情や姿勢は微動だにしなかった。恐ろしい自然災害のニュースレポートや、誰かの愛するペットの写真、殺人予告を受けた女性ジャーナリストの発言、他のいくつかのインターネットジョークを知らないと理解の糸口さえつかめない内輪受けのジョーク、白人至上主義に対する猛然とした非難、妊娠中の女性のための健康サプリメントを宣伝する企業ツイート。女性の外見は何も変わらず、世界との表面的な関わり合いから彼女が見たものについて何を感じたか判断するのは不可能だった。それからしばらくすると、彼女は突如としてブラウザを閉じてテキスト編集のソフトをまた立ち上げた。同僚が仕事について質問をしてくると彼女はそれに答え、オフィスの面々に対して面白いエピソードが披露されるとみんなと一緒に笑い、そうでない時は静かに仕事を続けていた。

五時三十四分になると、女性はコート掛けからジャケットを取り上げ、残っている同僚たちにさよならを言った。彼女はスマートフォンに巻きつけていたコードをほどいてヘッドフォンのプラグをさしこみ、キルデア通りをナッソー通りに向かって歩いて行って左に曲がり、西に向かって曲がりくねっている道に入った。二十八分間歩いて、北岸の新しい集合住宅にたどり着くと、彼女は二階分の階段を上って、角の欠けた白いドアの鍵を開けた。部屋には誰もいなかったが、家具の配置とインテリアを見れば彼女が一人暮らしでないのは明らかだ。川に面している窓にはカーテンがかかっていて、薄暗く狭いリビングはオープンとミニサイズの冷蔵庫があるキチネットとつながっている。女性は冷蔵庫からラップを張ったボウルを取り出した。そしてラップを剝がすと、ボウルを電子レンジに入れた。

食事を終えると、彼女は寝室に行った。窓の外に表通りとゆっくりと波打つ川が見えた。彼女はジャケットと靴を脱いで、髪留めを外してカーテンを閉めた。緑の長方形がプリントされた薄手の黄色いカーテンだ。彼女がセーターを脱ぎ、パンツを下ろして、そのまま床に放置すると、パンツの生地が鈍い光沢を放った。そしてコットンのスウェットシャツとグレイのレギンスに着替えた。肩にゆるくかかったその黒髪は清潔で少しパサついている。彼女はベッドに座ってノートパソコンを開いた。いくつかのニュースフィードをスクロールしながら、海外の選挙についての長い記事を開いてはざっと目を通す時間がしばらく続いた。彼女は青白く疲れた顔をしていた。寝室の外から、アパートに帰ってきて、ディナーを注文しようかと相談している二人の人物の声が聞こえてくる。寝室のドアの下の隙間から見える明かりに、一瞬、キッチンに向かう二人の影が差した。彼女はノートパソコンのプライヴェート・ブラウザを開くと、ソーシャルメディアのサイトにアクセスして検索欄に「エイダン・ラヴィン」と打ち込んだ。検索結果が出ると、他のユーザーには目もくれず三番目に出てきたアカウントをクリックする。後ろ姿の男性の肩までのプロフィール写真に、エイダン・ラヴィンという名前が添えてある新しいプロフィールページが画面に表示された。男は豊かな黒髪の持ち主で、デニムジャケットを着ている。写真の下にプロフィール文があった。地元のサッドボーイ。まともな頭脳の持ち主。サウンドクラウドをチェックしてくれ。このユーザーの最新の投稿は三時間前で、排水溝の中で鳩がポテトチップの袋に頭を突っ込んでいる写真だった。「俺も同じだよ」というキャプションがついている。この投稿には百二十七の〈いいね〉がついていた。寝室で、乱れたままのベッドのヘッドボードに寄りかかりながら彼女がこの投稿をクリックすると、下にコメント欄が現れた。アクチュアル・デス・ガールというハンドルネームからのコメントが一件。まるっきりあなたみたいだよね。エイダン・ラヴィンからの返信がついていた。信じられないくらいハンサムなところが、だろ。アクチュアル・デス・ガールはこのコメントに〈いいね〉をつけていた。女性はアクチュアル・デス・ガールのアカウントをクリックしてプロフィールページを見た。六分ほどエイダン・ラヴィンと関連のあるいろんなソーシャルメディアのアカウントを調べてから、女性はノートパソコンを閉じてベッドで横になった。

夜の八時を過ぎていた。枕に頭を乗せて、彼女は手首を額に当てた。細いゴールドのブレスレットが、ベッドサイドの照明を受けてかすかにきらめいた。彼女の名前はアイリーン・リンドン。二十九歳だ。父親のパットはゴールウェイ州の田舎で農場を経営していて、母親のメアリーは地理学の教師だった。三つ年上のローラという姉がいる。幼い頃のローラは健康で大胆で悪戯《いたずら》好きな子供で、アイリーンの方は神経質で病弱だった。学校が休みになると、彼女たちは魔法の国に行く方法を見つけた二人の人間の姉妹が主人公の、こみいった設定の物語を創作して一緒に遊んでいたが、あらかたのストーリーを決めるのはローラの方で、アイリーンはそれについていく側だった。歳下のいとこたちや近所の人、家族と付き合いがあるところの子供たちが使えそうなときは、彼らに脇役を割りふった。そんなメンバーの中に、アイリーンより五つ歳上で、かつては領主の邸宅だった川向こうの屋敷に住んでいるサイモン・コスティガンという少年が時折交じっていた。彼はいつも清潔な服を着て、大人にきちんとお礼が言えるすごく礼儀正しい子供だった。てんかんの発作のせいでたびたび病院の世話になっていて、一度などは救急車が呼ばれたこともあった。ローラやアイリーンが何か悪さをするたびに、母メアリーは、いつもちゃんとしていて「決して不満を口にしない」思慮深さのあるサイモン・コスティガンみたいにどうしてなれないのかと彼女たちを叱った。成長するにしたがって、姉妹はサイモンやその他の子供たちを物語の世界に誘わなくなり、部屋にこもってノートに架空の国の地図を描き、自分たちだけに通用するアルファベットを創作して、テープレコーダーに吹き込むようになった。両親は娘たちのゲームを優しくかつ無関心な態度で見守り、喜んで紙やペンや空のカセットテープを提供したが、架空の国の想像上の住人たちに興味を示して何か質問することはまずなかった。

十二歳になって地元の小規模な小学校を卒業すると、ローラは近隣の大きな街にあるマーシー会の女子校に進学した。学校でおとなしかったアイリーンはどんどん自分の殻にこもるようになった。教師はアイリーンは天才児だと両親を説得して、週二回の特別授業で読解と数学の追加授業を受けさせていた。ローラが学校で新しい友だちを作ると彼女たちが農場に遊びに来るようになって、お泊まり会が開かれるようになった。一度、ローラの友人たちが冗談でアイリーンを二十分間バスルームに閉じ込めたことがある。これ以降、父親がローラの友人の訪問を禁じると、ローラはアイリーンのせいだと彼女をなじった。十二歳になると、アイリーンも姉と同じく、いくつもの棟とプレハブ小屋に分かれていて六百人もの生徒が通うマーシー会の学校に進学することになった。同級生はほとんどが同じ街に住む小学校からの知り合い同士で、アイリーンは彼女たちの忠誠心と同盟の輪の中に入っていけなかった。ローラと友人たちは街にランチを食べに行ける年頃になっていたので、アイリーンはカフェテリアでひとり座ってお弁当に持ってきたサンドイッチのアルミホイルを剝《む》いていた。二年生のとき、同級生の一人が他の子にけしかけられて背後からアイリーンに近づき、頭の上から水をかけるという事件が起きた。後にその子は副校長に命令されて謝罪の手紙を送ってきた。ローラが家で、アイリーンがおかしなふりをしなければこんなことにはならなかったと言うと、妹は言い返した。私はふりなんかしてないよ。

アイリーンが十五歳になった夏、彼女の父親の農園を手伝いに、かつての隣人サイモンが地元に戻ってきた。彼は二十歳で、オックスフォードで哲学を専攻していた。ローラはもう高校を卒業していて滅多《めった》に実家に戻って来なかったが、サイモンが夕食にやって来ると知ると早くに現れて、スウェットシャツが汚れている場合は家で着替えさえした。そして学校ではいつもアイリーンを避けていたくせに、サイモンの目の前では愛情深くて寛大な姉を演じて、まるで妹が小さな子供であるかのように髪や服に口出しをするのだ。サイモンはそんなことはしなかった。彼はアイリーンに優しく、敬意をもって接してくれた。サイモンはアイリーンの言葉に耳を傾けて、ローラが妹の話を遮ろうとするときも、穏やかに彼女を見つめてこう言った。ああ、それはとても興味深い話だね。八月になるとアイリーンは早起きしてサイモンの自転車が見えないかと寝室の窓から外をのぞくようになり、姿を確認すると裏口で彼と二人きりになるために階段を駆け下りていった。彼がお湯を沸かし、手を洗ったりしている間、彼女は本や大学の研究やイギリスでの生活について質問した。今もてんかんの症状が出るのかと訊くと彼は微笑んで否定し、だいぶ昔の話なのにと言って、彼女が憶えていることに驚いている様子だった。そうして十分か二十分話した後で彼が農場に出かけていくと、彼女はまた上階の自分の寝室に戻ってベッドで横になった。朝によって彼女の状態は変わり、有頂天になって紅潮した顔で瞳を輝かせていたかと思うと、涙に暮れたりもした。ローラは母のメアリーにあれはやめさせた方がいいと進言した。あんなにご執心だなんて。みっともないよ。ローラは友人からサイモンが両親抜きでも日曜日のミサに参列していると聞いて以来、サイモンが夕食に来るときに実家を訪れることはなくなった。メアリーは朝のキッチンに居座ってそこで朝食をとり、新聞を読むことにした。アイリーンはそれでも階段を下りてきたし、サイモンも前と変わらない態度で友だちのように振る舞ってくれたが、彼女はふてくされた態度でさっさと寝室に引っ込んでしまうようになった。イギリスに戻る前夜、サイモンがお別れを言いに彼女の家にやってくると、アイリーンは一階に行くのを拒否して部屋に立てこもった。二階に上がってきた彼に向かって、アイリーンは椅子を蹴り、彼女がまともに話せる人間は彼しかいないのだと訴えた。今までの人生で、あなた一人だけなんだよ。それなのに家族はもうあなたと話させてくれないし、あなたは行っちゃうんでしょう。死んだ方がましだよ。彼は部屋のドアを半開きにしたままでいた。そして静かな声でこう言った。アイリーン、そんなこと言うなよ。何もかも上手くいくようになるって約束するから。君と僕はこれからもずっと友だちだ。

　十八歳になるとアイリーンはダブリンの大学に進学し、そこで英文学を専攻した。一年目でアリス・ケレハーという女子と親友になり、翌年からルームメイトになった。アリスは大声でお喋りし、サイズの合わない古着を着て、何もかも面白がるような子だった。飲酒問題を抱える整備工の父親のもとで、彼女は不安定な子供時代を過ごした。アリスはクラスメイトを選《え》り好みして友だちをなかなか作らなかったし、講師を「ファシストの豚」呼ばわりして大学から警告を受けていた。アイリーンは出された課題図書を辛抱強く読破し、全ての課題を締め切りまでに提出して、念入りな準備のもとに試験に臨むという学生生活を過ごした。応募できる学術賞はほぼ総なめにして、全国エッセイ賞も勝ち取った。付き合う人間の幅を広げてナイトクラブにも遊びに行ったが、男の友人から迫られると拒否して、家に戻ってリビングでアリスとトーストを食べた。アイリーンは天才で高嶺《たかね》の花、彼女を絶賛する人々さえも本当の価値が分かっていないのだとアリスは言う。アイリーンからするとアリスは偶像破壊主義者にして他に類を見ない個性の持ち主で、時代の何歩も先を行っていた。ローラは同じ街の別の地域にある大学に通っていて、道でばったり出くわしでもしなければ顔を合わせることもなかった。アイリーンが大学二年生のとき、弁護士資格を取得するためにサイモンがダブリンに引っ越してきた。アリスと引き合わせようとアイリーンがアパートに招くと、サイモンは高価なチョコレートの詰め合わせと白ワインのボトルを携《たずさ》えてやって来た。アリスはその晩ずっとサイモンに対して失礼な態度を取り、彼の宗教心は「邪悪」で腕時計の趣味も悪いと言ってのけた。どういう訳かサイモンはこれが気に入って、愉快だと思ってくれたらしい。それから度々彼女たちのアパートを訪れては、冷蔵庫に寄りかかってアリスと神について議論を交わし、彼女たちの家事能力のダメさ加減を楽しそうに批判した。君たちは不浄の中で暮らしていると彼は言った。帰り際に食器を洗っていくこともあった。アリスが不在だった夜、アイリーンが彼に彼女はいるのかと尋ねてみると、サイモンは笑った。どうしてそんな質問を？　僕は老賢者なのに？　アイリーンがソファに寝そべったままでクッションを投げつけると、彼は両手でそれをキャッチした。歳を取っているだけ。賢者じゃないでしょ。

アイリーンは二十歳でインターネットを通じて知り合った男と初めてセックスをした。ことが終わると彼女は彼の家からひとりでアパートに歩いて帰った。深夜の二時になろうとしているところで、通りには誰もいなかった。家に戻ると、アリスがソファでノートパソコンに何かを打ち込んでいるところだった。アイリーンはリビングのドアの脇柱に寄りかかって声に出してみた。まあ、おかしなものだったよ。アリスは手を止めた。何なの、あいつと寝た訳？　アイリーンは手の平で自分の二の腕をさすった。服は着たままでいてくれってお願いされた。そう、やってる間中。アリスは目を見開いて彼女を見た。どこでそんな連中を見つけてくるの？　視線を床に向けたままで、アイリーンは肩をすくめた。アリスはソファから立ち上がっていた。落ち込む必要ないよ。大したことじゃないんだし。こんなの何でもない。二週間もしたら忘れちゃうよ。アイリーンはアリスの小さな肩にもたれかかった。彼女の背中を軽く叩いて、アリスは優しく言った。君は私とは違う。幸せな人生を送るんだからね。サイモンはその夏、パリで気候非常事態を訴える団体のために働いていた。アイリーンは彼を訪ねるために初めてひとりで飛行機に乗った。彼に空港まで迎えに来てもらって、二人は電車で市内に向かった。その夜は二人でワインのボトルを一本空けて、彼女は自分の処女喪失の話を彼に打ち明けた。彼は笑ってしまって、笑ったことを謝った。二人は彼の部屋のベッドに横たわっていた。沈黙の後、アイリーンが言った。そっちの初めてはどんなだったのと聞こうとしたんだけど、よく考えたら、あなたは経験がないんだよね。そう言われて彼は微笑んだ。いや、そんなことはないよ。束の間、彼女はそのままの姿勢で天井を見ながら静かに呼吸していた。カトリックなのにね、彼女は言った。二人は肩が触れそうなほど近くにいた。そうだな、彼は答えた。聖アウグスティヌスは何と言ったか？　神よ、私に貞節を与えてください、しかし今すぐにではなく。

　大学を卒業するとアイリーンはアイルランド文学の修士課程に進み、アリスはコーヒーショップで働きながら小説を書き始めた。二人は引き続きルームメイトで、アイリーンが夕食を料理していると、アリスは自分の原稿から笑える箇所を拾って読み上げてくれた。キッチンテーブルの椅子に座って前髪をかき上げながらアリスは言った。ねえ聞いて。この主人公については話したよね？　そう、彼は妹からショートメッセージを受け取るんだけど。パリのサイモンはナタリーという名のフランス人の彼女と同棲を始めていた。大学院を卒業するとアイリーンは書店で働き始め、店内で棚に収めるために本を詰め込んだカートを転がして、ベストセラーの長篇小説の本一冊一冊に値段シールを貼る作業に勤《いそ》しんだ。同じ頃、実家の農場は財政難に陥っていた。アイリーンが帰郷すると、父パットは不機嫌で落ち着きを失っていて、おかしな時間に家の中を徘徊し、電気のスイッチをつけたり消したりをくり返していた。夕食の席でもほとんど喋らず、他の人が食事を終える前に食卓を離れてしまう。二人きりでリビングにいた夜、メアリーは娘になんとかしなくちゃいけないと告げた。このままではやっていけないのと彼女は訴えた。アイリーンは心配そうな表情を浮かべて、それは財政についての話なのか、結婚生活のことなのかと母親に聞いた。メアリーは疲れ切った顔で、お手上げだというポーズを取った。何もかもよ。分からない。あなたは家に戻ってきては自分の仕事についての不平を並べ、人生の不満をぶつける。私の人生はどうなの？　誰が気にかけてくれるの？　アイリーンは二十三歳で、彼女の母親は五十一歳になっていた。アイリーンは一瞬、自分の指を軽くまぶたに押しつけてから言った。今はそっちが私に人生の不満をぶつけているんじゃないの？　するとメアリーは泣き出した。アイリーンは落ち着かなげにそれを見ていた。お母さんの不幸は心配だけど、私にどうして欲しいのかは分からない。母は顔を覆ってすすり泣いていた。私がどんな間違いを犯したっていうの？どうしてこんなに自分勝手な子供たちが育ってしまったの？　アイリーンはその問いかけについて真剣に考えようとしているかのように、ソファに座り直した。どんな結果が欲しいの？　彼女は訊いた。私にはお金はあげられない。お母さんが他の男と結婚するために時間を巻き戻すこともできない。単にこの件について文句を言うのを聞いて欲しいの？　だったら聞くから。今も聞いているし。でもお母さんがどうして自分の不幸の方が私のものよりも大事だと思うのかは分からない。メアリーは部屋から出ていった。

二人が二十四歳のとき、アリスがアメリカの出版社と二十五万ドルの出版契約を結んだ。出版界の人間は誰もお金について分かっちゃいない、こんな大金を私に渡すなんて愚かだし、受け取るこっちも欲深いよねとアリスは言った。アイリーンはケヴィンという博士課程の学生と付き合っていて、彼を通じて低賃金だがやりがいのある文芸誌の編集アシスタントの職についていた。最初は校正作業だけだったが、数カ月後には原稿依頼を任されるようになり、年の終わりには編集長にいくつか彼女自身の原稿を載せてみないかと言われるまでになった。アイリーンは考えておくと答えた。ローラは経営コンサルタントの会社に勤めていて、マシューという彼氏がいた。ある夜、街のレストランに行って三人で食事でもしないかとローラがアイリーンを誘ってきた。木曜日の夜、三人は仕事を終えてからローラがどうしても行きたいと言う新しいバーガーレストランに行ってみたが、席につくまで四十五分もかかり、外で待たされているうちに通りは暗く、どんどん寒くなっていった。バーガーを食べたが、味は普通だった。ローラにキャリアの展望を訊かれて、文芸誌の仕事で満足しているとアイリーンは答えた。そう、今はね、ローラは言った。でもこれからどうするの？　アイリーンは分からないと言った。ローラは微笑みを浮かべた。いつかあなたも現実の世界で生きていかなくちゃいけないときが来るんだよ。その夜、アイリーンが歩いて家に戻ると、アリスはソファで原稿を書いていた。アリス、私はいつか現実の世界で生きていかなくちゃならないのかな？　顔も上げずに、アリスは鼻で笑った。まさかそんな、ありえない。誰がそんなことを言ったの？

九月になって、アイリーンは母親を通じてサイモンとナタリーが別れたことを知った。彼らは四年間付き合っていた。アイリーンはアリスにあの人たちは結婚すると思っていたと言った。いつも二人は結婚するんだろうなって考えてたんだよ。するとアリスが答えた。うん、君はそんなことを口にしてた。アイリーンがどうしているのとメールを送ると、返信が来た。近いうちにパリに来たりすることはないかな？　ぜひ君の顔が見たいんだけど。ハロウィーンの時期、彼女はサイモンのところで数日を過ごした。彼は三十歳で、彼女は二十五歳になっていた。二人は美術館に行って午後を過ごし、芸術と政治について語り合った。ナタリーについて尋ねても、彼は軽く、払いのけるような答えをして、すぐに話題を変えた。一度、オルセー美術館で腰かけているとき、アイリーンが彼にこう言ったことがある。あなたは私について何でも知っているのに、私はあなたについて何も知らないんだね。彼は傷ついたような笑顔を浮かべた。ああ、ナタリーみたいなことを言うんだな。それから笑って、ごめんと言った。彼がナタリーの名前を口に出したのはそのときだけだった。朝は彼がコーヒーを淹《い》れて、夜はアイリーンが彼のベッドで眠った。セックスの後、彼はずっと彼女を抱きしめていたがった。ダブリンに戻った日に彼女は彼氏と別れた。サイモンからは何の連絡もなく、次に会ったのはクリスマスで、彼は彼女の実家に来てブランデーを飲んでクリスマスツリーを賞賛していた。

　翌年の春、アリスの小説が出版された。本が出るとマスコミの注目が集まり、最初は好意的な批評ばかりが出て、それから初期の評に対する反動のような批判的な評が出た。その夏、友だちのシアラの家で開かれたパーティで、アイリーンはエイダンという男性に出会った。彼は豊かな黒い髪をしていて、リネンのパンツに汚れたテニスシューズを合わせていた。二人は夜がふけるまでキッチンに座り込んで子供時代について話し合った。うちは家族で話し合うってことがないんだとエイダンは言った。全てが裏に隠れていて、表には出てこない。もう一杯、注ごうか？　アイリーンは彼が彼女のグラスに赤ワインを注ぐのを見ていた。うちの家族もあんまり話し合ったりしないと彼女は言った。たまにそうしようとすることはあっても、どうしたらいいのか分からないんだよね。パーティが終わると、アイリーンとエイダンは連れ立って家路につき、彼はアパートのドアまで彼女を見送るためにまわり道をした。無理しちゃだめだぞ、別れ際に彼はそう言った。数日後、今度は二人きりで飲みに行った。エイダンはミュージシャンでサウンドエンジニアだった。彼は自分の仕事や、ルームメイトや、母親との関係、好きなものや嫌いなものの数々について彼女に話した。会話の最中、アイリーンはよく笑い、楽しそうに自分の口を押さえながら前のめりになって聞いていた。その夜、家に戻るとエイダンからメッセージが届いていた。君には何でも話せちゃうよな！　マジで！　それで喋り過ぎた、ごめんよ。また会えるかな？

翌週、二人はまた飲みに行き、更にデートを重ねた。エイダンのアパートは床いっぱいに黒いコードが絡み合っていて、ベッドとしてマットレスが置いてあるだけだった。秋になると二人はフィレンツェに数日間の旅行に出かけ、寒い中、教会の内部を一緒に散策した。ある夜、彼女がディナーの席で気の利いたジョークを披露すると、彼は笑い転げて紫のナプキンで涙を拭った。君を愛していると彼は言った。人生のすべてが信じられないほど美しく思えるとアイリーンはアリスへのメッセージに綴《つづ》った。こんなに幸せになれるなんて思ってもみなかった。その頃、左翼の議員グループの政策アドバイザーとして働くために、サイモンがダブリンに戻ってきた。アイリーンはバスに乗っているときや通りを歩いているときに、いつも違う美人を腕に抱いている彼の姿を度々見かけた。クリスマス前、アイリーンとエイダンは一緒に暮らし始めた。彼は車の後部座席から彼女の本が詰まった箱の数々を運び出して、誇りに思っているような顔をした。君の脳みその重量だな。アリスは転居祝いのパーティに現れて、ウォッカのボトルをキッチンの床に置くと、アイリーンと彼女にしか通じないような大学時代のエピソードを長々と披露して帰っていった。パーティに来ていた人の大半はエイダンの側の友人だった。パーティが終わると、アイリーンは酔っ払ってエイダンに言った。どうして私には友だちがいないのかな？　二人しかいない上、どっちも変人だし。他の人たちはどちらかというと知り合いだしね。彼は彼女の髪を撫でた。君には俺がいるじゃないか。

それから三年間、アイリーンとエイダンはダブリンの中心部南にある寝室が一部屋しかないアパートで、外国映画を違法ダウンロードし、家賃の折半について喧嘩し、料理係と後片付けの係を交代で務めながら一緒に暮らした。ローラとマシューは婚約した。アリスは大金のもらえる文学賞を受賞するとニューヨークに越して、昼夜のおかしな時間にアイリーンにメールを寄越すようになった。それからメールが途絶え、ソーシャルメディアのアカウントを全部削除して、アイリーンのメッセージにも返信しなくなった。十二月のある夜、サイモンがアイリーンに電話してきて、アリスがダブリンに戻ってきて精神科病院に入院していると教えてくれた。アイリーンがソファで携帯を耳に押しつけて聞いているとき、エイダンはシンクで洗い物をしていた。サイモンとの通話が切れてもアイリーンは電話を持ったままで何も言えず、エイダンの方も無言だったので、沈黙が訪れた。そうか、エイダンはようやく口をきいた。行ってきなよ。数週間後、アイリーンとエイダンは破局した。色々あったから、二人とも距離を置く必要があると彼は言った。彼は実家に戻り、彼女の方は街の中心部の北に引っ越して、結婚しているカップルと二部屋のアパートをシェアして暮らした。ローラとマシューは夏にささやかな結婚式を挙げる予定だ。サイモンはあいかわらずメールに即座に返信し、アイリーンをランチに幾度となく連れ出したが、自分の私生活については口を閉ざしていた。四月になると、アイリーンの友人たちはダブリンから引っ越していくか、転居の計画を立てるようになった。彼女はボタンのあるダークグリーンのドレスや、共布《ともぬの》のベルトがついた黄色のドレスを着てお別れ会に出席した。低い天井から紙提灯《かみちょうちん》が下がるリビングで、彼女は出席者たちと不動産マーケットについて語り合った。私の姉が六月に結婚するのと彼女はみんなに教えた。するとそれは楽しみだねという反応が返ってくる。きっとあなたも嬉しいでしょう。うん、おかしなことなんだけど、アイリーンは答える。そうじゃないんだよね。

4

アリス、あなたがコンビニエンスストアで覚えた衝撃については、私も経験があります。私の場合は、足元をのぞいてみて、目もくらむような高台でわずかな出っ張りの上に自分が立っているのに初めて気がついたような心地でした。しかも、私の体重を支えているのが、この地球上のほぼ全人類に当たる人々の苦難と不名誉だけとなると、こんな風に思わずにいられません。こんなところにいたいわけでもないのに。こんなにたくさんのチープな服も、輸入食品も、プラケースも必要ないし、自分の人生に役に立っているとは思えません。廃棄を生み出すことになって、結局は不幸せな気持ちにさせられるだけです（自分の不満を真に虐《しいた》げられた人々の窮状と比べる訳ではなくて、私からすると、彼らが私たちのために維持しているこの生活形態は満足なものとすらとても思えないと言いたいのです）。社会主義は個人資産の強制徴収という強要によって成立していると言われていますが、資本主義もまたそれとは正反対でありながら同じく強要である、既存の資産の強制的保護に支えられていると認めればいいのにと私は願っています。あなたには分かっているはずですよね。第一原理からして間違っているのに、それに基づいて同じ議論をくり返すのにはうんざりです。

私も最近、あなたとは違う形ですが、時間と政治の保守主義については考えています。自分たちは現在、大袈裟ではなく歴史的な危機的状況にある時代を生きているという言説は、世界中の人々に広く受け入れられていると言えます。たとえば、選挙政治における予期せぬ大転換のような、危機の表立った兆候については、異常な現象として多くの人に認識されていますよね。難民の大量溺死や、気候変動がもたらす度重なる自然災害といった、より〝表沙汰にされない〟構造的な兆候の一部でさえも、政治危機の表れとしてある程度は理解され始めていると感じています。ここ数年、人々がニュースを読んで、時事問題について学ぶことにより多くの時間を費やすようになったという調査結果も納得です。たとえば、こんなメッセージをやり取りすることが私の生活においても普通になってきています。「ティラーソン解任*だって。爆笑」こんなのを送るのが普通のことだなんて、あってはならないと思っているんですけどね。とにかく、そうしたことの結果として、日々というものは、ただ前日の情報世界を中断し、前とは別のものに置き換える、唯一無二な新しい情報の単位になってしまいました。私は（あなたは無関係だというかもしれないけれど）これは文化と芸術について何を意味するのだろうとつらつらと考えています。つまり、私たちは「現在」を舞台とする文化活動に慣れています。でもこのような継続的な「現在」という感覚は、もはや私たちの人生の特徴ではありません。「現在」は非連続なものになってしまいました。それぞれの日々が、それどころかそれぞれの日々の一時間一時間がその前の時間に取って代わり、前の時間を無意味なものにしていって、私たちの人生

＊　レックス・ティラーソン。二〇一七年からドナルド・トランプ政権でアメリカ合衆国国務長官を務めていたが、二〇一八年にトランプからツイッターで解任を言い渡される。

に起こる出来事も、常に更新されるニュースとの関連性においてのみ意味を持つものになってしまったのです。だから、映画で登場人物が夕食の席についたり車を運転したりしながら、殺人の実行を画策していたり恋愛について悲しんだりしているのを見ても、私たちの今の現実感を構築している激変の歴史的な出来事と関連したどの時点において、彼らがこういう行動を取っているのかと自然に知りたくなってしまうのです。中立的な状態というものはもう存在しません。時系列しかないのです。それが芸術の新しい形態を生み出すのか、それとも、少なくとも私たちが知っている意味での芸術の終焉を意味するのか、私には分からないでいます。

あなたが時間について述べた一節で、最近インターネットで読んだことも思い出しました。どうやら青銅器時代の後期、紀元前一五〇〇年あたりから、地中海東部の地域は、複雑で特殊化した都市経済を通してカネとモノを再分配する中央集権的な宮廷政治によって特徴づけられていたようです。このことについてはウィキペディアで読みました。この頃は既に複雑な交易路が発達していて、書記言語が出現した時期でもあります。高額な贅沢品が生産され、途方もない距離を運搬されて取り引きされていました。エジプトからの装飾品やギリシアの陶器、スーダンの黒檀、アイルランドの銅、柘榴《ざくろ》、象牙を積荷としたこの時代の難破船が一九八〇年代にトルコの沖合で発見されています。その後、紀元前一二二五年から一一五〇年までの七十五年間のどこかでこの文明は消滅してしまいました。地中海東部の大都市の数々は破壊されるか、放棄されたのです。識字能力はほとんど消え失せて、当時の文字体系全体が失われました。しかも、どうしてこのようなことが起こったのか判明していないんですよ。ウィキペディアによると「中央集権化されて各種の専門化が進み、複雑化し、上層部の占める割合が多い政治構造を持つ」青銅器時代後期の文明は特に脆弱《ぜいじゃく》で崩壊しやすかったとする「一般システム崩壊」と呼ばれる説があるそうです。もうひとつの説の見出しはずばりこれだけ。「気候変動」。これらの項目は今ある私たちの文明を一種の不吉な光で照らしているように見えるのですが、そう思いませんか？　一般システム崩壊についてはこれまで、その可能性が頭をよぎったこともありませんでした。もちろん、頭では自分たちが今の人類の文明について言い聞かせていることは全部気休めに過ぎないと理解はしているのですが。でもそれが実生活において起きたらと想像してみてください。

それとは関係なく、本当に今までの話題と九〇度話は変わるのですが、自分が子供を産めるタイムリミットについて考えたことはありますか？　考えてみるべきだと言っているのではなく、どうなんだろうとふと思ったので。どう考えても、私たちはまだまだ若い年代に属しています。でも、大半の女性が私たちの年齢までに何人かの子供を持っているというのが、人類の歴史における事実でもあります。そうですよね？　それについて確証を得られる方法があるとは思えませんが。考えてみると、あなたが子供を持ちたがっているかも分かりませんが。持ちたいですか？　あるいは、持つか持たないか決めかねているのかもしれません。私は十代の頃は子供を持つくらいなら死んだ方がマシだと思っていましたが、二十代になると漠然といつかは自分もそうなるのだと意識するようになり、三十代に差し掛かろうとしている今は、こんな風に考えています。さてどうする？　この生物学的な機能を果たすのを手伝ってくれそうな人が皆無なのは、言うまでもありません。それに、自分には生殖能力が欠如しているのではないかという、奇妙で説明のつかない疑いも抱いています。医学的な根拠はありませんけど。この間、サイモンに理由のない健康上の不安のあれこれについて愚痴をこぼしたついでに、この件についても触れてみたら、それについては気に病む必要がないと思う、何故なら彼の意見では私は「妊娠確率の高そうな顔」をしているからと言われました。その日一日、その言葉を思い出してずっと笑っていました。このメールをあなたに書いている今も笑っちゃうくらい。とにかく、あなたの意見が聞きたいのです。文明崩壊間近なことを考慮すると、子供を持つなんて考えは論外もいいところだって思っているかもしれませんね。

今こんなことを書いているのは、この前、偶然に街でエイダンと出くわして、心臓発作を起こして死んだせいなのかもしれません。彼の顔を見てからというもの、一時間ごとに症状が悪化してきています。それとも、たった今ここで感じている苦痛が強烈すぎて当時の苦痛を再構築する能力を超えているだけなのでしょうか？　思うに、記憶のなかの苦痛は現在の苦痛ほど酷くはないと常に感じられるものです、たとえ本当はもっと酷かったとしても。記憶というものは経験それ自体よりも弱いので、本当は実体験の方がもっと辛くても、その通りには思い出せないようにできているのです。もしかして、中年たちがいつも自分の考えや感覚が若い人間のそれよりも重要だとする理由はそれかもしれませんね、つまり若い頃の感覚はうっすらとしか思い出せない一方、現在の感覚には人生を支配されている訳ですから。それでも、エイダンと会ってしまった二日前よりも、今の方が苦しみは酷くなっていると直感が告げています。私たちの間に起こったことは単なる出来事で、象徴ではないと分かってはいます——ただの出来事または相手の行動であって、私の人生における失敗が必然的に出現したのではありません。でも彼を見た瞬間、もう一度全てをくり返したかのような気がしました。それでね、アリス、私は確かに自分が失敗であると、私の人生には何の意味もなく、気にかけてくれる人もいないに等しいと思うのです。意味があると信じていることが無意味だと判明したり、私を愛してくれるはずの人がそうではないと知るとき、それについて理解するのは難しいものです。この馬鹿げたメールを打っているだけでも目に涙が浮かんできますが、私は別れから立ち直ろうともう半年近くも努力をしているのです。でも、もう無理なんじゃないかと思い始めています。もしかして人生におけるある種の形成段階に経験した痛苦は、その人の自己意識にずっと焼きついているものなのかもしれません。二十歳まで処女を捨てられなかったのと同じような苦痛や違和感、不快さを覚えますが、自分はいつもまさしくこういう人間だったように感じています、たとえ前はそう感じていなかったとしても。自分は人生のパートナーさえ数年経つと愛想を尽かすような人間なのかもしれないと感じていますが、そうならないようにするにはどうしたらいいのかも、もう分からないのです。

それで、あなたは人里離れた場所で何か新しいものを書いているのでしょうか？　それとも地元で不逞《ふてい》な輩《やから》をデートに誘い出しているだけ？　会いたいな！　ありったけの愛を込めて。E《アイリーン》

5

コンビニエンスストアの冷蔵コーナーで、フィリックスは別のことに気を取られているような顔で出来合いの惣菜の棚を目でさらっていた。木曜日の午後三時、彼の頭上では照明器具が低い音でうなっている。店の正面ドアが開いたが、彼はふりむかなかった。手に取った品を棚に戻すと、スマートフォンを取り出した。新しい通知は来ていない。彼は無表情のままスマートフォンをポケットに戻して、プラスティックの容器に入った惣菜を適当に一品選んで、レジに行き、代金を払った。店を出る途中、青果売り場の前で彼は足を止めた。アリスがそこで、リンゴの一つ一つを手に取りながら、表面に傷はないかとチェックしていた。彼女に気がつくと、彼は少しばかり姿勢を正した。挨拶しようか、知らないふりをして出ていこうか、最初は決めかねているようだった——自分でもどうしたらいいのか分からないらしい。無意識のうちに、手にしていた惣菜の容器で腿を叩いていた。その音に気がついたのか、目の端で相手を捉えたのか、彼女はふりむき、フィリックスの姿を認めると、真っ先に髪の毛を耳の後ろにかけた。

あら、こんにちは。

よう、最近どうしてる？

元気だよ、ありがとう。

まだ友だちはできないのか？

全くもって。

彼は微笑むと、また太腿を惣菜ではたいて、出口の方に目を向けた。じゃあ、さあ。どうしたらいいのかな？　あんなところにひとりでいたら、気がおかしくなっちゃうだろう。

ああ、もうそうなってるから。でもこっちに来る前からそうだったかも。

気が狂ってるって言うのか？　俺からすると、いたってまともに見えるけど。

そんな言葉は滅多に聞かないけれど、そう言ってもらえて嬉しいよ。

二人はお互いを見つめ合ったが、すぐに彼女は視線を落とすと、また髪に手をやった。彼はもう一度自分の肩越しに出口を見て、また彼女の方を向いた。相手が困っているのを見て楽しんでいるのか、それとも気の毒に思っているのか、判別できなかった。彼女の方は、彼に話しかけられている間はそこに立っていなければならないと考えているようだった。

じゃあ、もうこの前の出会い系アプリはやめちゃったんだ？

彼女はまっすぐに彼を見つめて微笑んだ。そうだね、この前試してみて自信を挫《くじ》かれちゃったから、言わせてもらっていいなら。

もう男はこりごりなのかな？

いや、男だけじゃなくて。すべてのジェンダーの人間が。

彼は笑った。自分がそんなにまでひどいとは知らなかった。

いや、あなたがひどいって言うんじゃなくて。私の方がね。

ああ、君は大丈夫だったよ。

そう言う前に、彼は青果売り場の方を見て目を細めた。彼女は前よりもリラックスして、自然な感じで彼を見ている。

人と交流したかったら、今夜、うちに来るといいよ。仕事場の仲間たちが集まるから。

パーティをするの？

彼は顔をしかめた。どうかな。そう、人は来るんだけど。パーティって言われれば、まあそうかも。

そんな、大したものじゃないけど。

彼女はうなずくと、歯を見せずに口を動かした。よさそうだね。どこに住んでるか、教えてもらわないと。

スマホを持っているなら、グーグルマップに打ち込んでおくよ。

彼女はポケットからスマートフォンを出すと、アプリを開いた。そして相手にそれを手渡しながら訊いた。今日は、仕事は休みなの？

彼は顔を上げずに検索欄に住所を打ち込んだ。うん。今週はシフトがめちゃくちゃなんだ。彼は住所を見せるためにスマートフォンを相手に手渡した。オーシャンライズ16番。スマホの画面の灰色の背景には白い道路が網状に示されていて、そうでない青い部分は海だった。全然来なくていいと言われることもあるし。かと思うと毎日呼び出しがかかったり。頭がおかしくなりそうだよ。彼はまたレジの方を見たが、前とは機嫌が違うようだ。じゃあ、今夜会えるよな？

もし本当に来て欲しいのなら、彼女はそう答えた。

任せるよ。俺があんなところに一日中いたらどうにかなりそうだけど。でも君は気に入っているのかも。

ううん、そうでもない。きっと行くね、誘ってくれてありがとう。

ああ、うん、お安い御用だ。そんなにたくさん人は来ないから。じゃあ、また、気をつけて。

再び彼女と目を合わせることなく、彼は背を向けて店から出て行った。彼女はまたリンゴの箱を見たが、果物をいちいち手に取ってチェックするのは不適切なふるまいだと思ったのか、表面の傷を探していたなんて馬鹿みたいだと恥ずかしくなったのか、ひとつ選ぶと冷蔵コーナーへ進んだ。

／

オーシャンライズ16番の家はセミディタッチドハウスになっていて、左半分の正面は赤レンガ、右半分は白く塗られていた。低い塀がコンクリートの前庭と外を隔てている。通りに面した窓にはカーテンがかかっていたが、屋内の明かりが見えた。アリスは店にいたときと同じ服装で玄関に立っていた。パウダーをはたいたせいか顔の肌が乾燥しているようで、左手には赤ワインのボトルを持っている。彼女はドアのベルを鳴らして、人が出てくるのを待った。すぐに彼女と同年代の女性がドアを開けた。彼女の背後の廊下は明るくて騒がしかった。

こんばんは、アリスは言った。フィリックスの家はここでいいのかな？

うん、そうだよ。さあ入って。

彼女はアリスを招き入れるとドアを閉めた。コーラのような飲み物が入っている欠けたマグを手にしている。ダニエルだよ、彼女は名乗った。みんなそこにいるから。突き当たりにキッチンがあって、六人の男性と二人の女性が思い思いの格好で座っていた。フィリックスはトースターの横のカウンターに座って、缶から何か飲んでいる。彼はアリスを見ても立ち上がらず、そちらの方に会釈しただけだった。彼女はダニエルについて行って、フィリックスが座っている近くの冷蔵庫の方に向かった。

よう、彼は言った。

こんばんは、アリスは返した。

他の人たちはアリスが入ってくる前からの話題を続けていたが、二人がふり返って彼女を見た。ダニエルがアリスにワイン用のグラスがいるかと言うと、彼女はいただきますと答えた。カップボードの中を探りながらダニエルが訊いてきた。それで二人はどうやって出会ったんだっけ？

ティンダーだよとフィリックスは答えた。

ダニエルは清潔なワイングラスを手にして、向き直った。で、これがあんたの考えるデートって訳？　まあ、ロマンティックだこと。

もうデートは一回試してみたんだ。彼女はそれで男に見切りをつけたんだって。

アリスは自分がその発言を面白がっているところを見せたかったのか、彼と目を合わせて微笑みかけようとしているようだったが、フィリックスは彼女を見なかった。

この人がそう思うのも無理ないね、ダニエルは言った。

ワインのボトルをカウンターに置くと、アリスはキッチンの壁沿いの棚に並べられたCDに目を向けた。

ああ、全部俺のだ、フィリックスは言った。

アルバムがたくさんあるんだね、彼女は言った。

彼女が並べられたプラスティックのCDケースの背に指を走らせ、そのうちの一枚を少しだけ引いたので、ケースの端が舌のように突き出した。ダニエルはもうキッチンのテーブルのところに座っている女性とお喋りを始めていて、別の男性が冷蔵庫を開けようとやって来た。彼女の方を指して、彼はフィリックスに訊いた。この人は誰かな？

アリスだ、フィリックスは言った。小説家なんだって。

誰が小説家なの？　ダニエルが訊いた。

この人だよとフィリックスは言う。本を書くのが仕事だ。と、本人は言っている。

何て名前？　男性は尋ねた。ググルで調べてみるよ。

アリスは無関心を装ってこの成り行きを見ていた。アリス・ケレハー、彼女は自分のフルネームを教えた。

フィリックスが彼女の方を見た。男性は空いていた椅子に座って自分のスマートフォンに打ち込み始めた。アリスはワインを飲むと、どうでもいいという顔をして部屋を見回した。男性はスマートフォンの画面に向かってかがみ込んでいる。あった、この人は有名人だぞ。アリスは何も反応せず、フィリックスとも目を合わせなかった。ダニエルが背後からスマートフォンの画面をのぞき込んだ。ほら、彼女は声を上げた。この人のウィキペディアページまである。フィリックスはカウンターから滑り降りると、友人の手からスマートフォンを奪い取った。彼は笑い声を上げたが、心から面白がっているようには見えなかった。

著作、彼はウィキペディアを読み上げた。ドラマ化など。私生活。

その項目は短いはず、アリスは言った。

どうして有名人だって教えてくれなかったんだ？

うんざりしているような、蔑《さげす》むような様子で彼女は答えた。私、作家だって言ったよね。

彼は彼女に向かってニヤッとした笑いを浮かべた。今度誰かとデートするなら、彼は言った。セレブだって話しておくようにアドバイスするよ。

デートへの余計な助言をありがとう。無視しておくね。

何だよ、インターネットで見つけられたからってムカついているのか？

もちろん、そうじゃないよ、名前だって教えたじゃない。そうしなくてもよかったのに。

一瞬、彼女を見据えてから、彼は首をふった。君は変人だな。

彼女は笑った。あなたって洞察力があるよね。それもウィキペディアページに追加しておいたら？

ダニエルがとうとう笑い出した。フィリックスの顔がさっと赤くなった。彼はアリスに背を向けた。こんなの誰にだって書けるだろ。君が自分で作ったのかもしれないし。

面白くなってきたと言わんばかりにアリスは応戦した。ううん、私が書くのは本だけ。

自分のことをさぞ立派な人間だと思ってるんだろうよ、彼は言い返した。

何がそんなにあんたの気に障っているの？　ダニエルが言った。

そんなんじゃないよ、フィリックスは言った。彼はスマートフォンを友人に返すと、冷蔵庫にもたれて腕を組んだ。アリスはカウンターの、彼のすぐそばで動かなかった。ダニエルはアリスに向かって眉を上げると、それまでしていた友人との会話に戻っていった。別の女性が来て音楽をかけ、部屋の向こう側で男性たちが何かについて笑い始めた。アリスはフィリックスに言った。帰って欲しければ、そうするから。

帰って欲しいなんて誰か言ったか？

新しい一団が入ってきて、部屋は騒がしくなった。フィリックスとアリスに話しかけてくる人は特にいなかったので、二人は黙って冷蔵庫の隣に立っていた。二人の顔を見ても、この状況を苦痛と感じているのかは分からなかったが、フィリックスはふと腕を伸ばして、彼女に言った。俺は家の中では煙草を吸わないんだ。二人で一服しに出ないか？　犬と会わせてやるよ。アリスは黙ってうなずくと、ワインを片手に、ガラス戸を引いて裏庭に出る彼についていった。

フィリックスはガラス戸を閉めると、間に合わせの防水シートで作った屋根のある納屋に向かって芝生を歩いていった。彼の姿を見て庭の向こうからスプリンガースパニエルがすぐに飛び出してきて、興奮のあまりくしゃみをして、前足をフィリックスの脚にかけてキャンと一声鳴いた。サブリナって名前だ、彼は言った。本当は俺らの犬じゃなくて、この家の前の住人に置いてかれたんだけど。俺が大抵餌係を務めているから、こいつは俺が大好きなんだ。そうみたいだねとアリスは言った。いつもは外に出さないんだけど、彼は言った。人が来てるときだけだ。みんなが帰ったら屋内に戻すよ。アリスが犬を彼のベッドで寝させているのかと訊くと、フィリックスは笑った。こいつはそうしようとする。でもいけないことだって、分かってもいる。彼は犬の耳を指でいじりながら、愛情を込めて言った。お馬鹿な奴め。彼はアリスにふりむいた。こいつは実際、お馬鹿なんだ。本当にだめな奴なんだよ。吸うかい？　アリスは寒さに震え、袖から出た手首まで鳥肌が立っていたが、煙草を受け取り、フィリックスが自分の煙草に火をつける間、吸いながら立っていた。彼は一服すると、澄んだ夜の空気に煙を吐き出し、ふりむいて家の方に目を向けた。家の中は明るく、彼の友人たちがお喋りをして騒いでいた。ガラス戸から漏れ出る長方形の温かな黄色い光を、家の影と、芝生と、雲一つない夜空の暗闇が取り囲んでいた。

ダニはいい娘《こ》なんだ、彼は言った。

そうだね、アリスは言った。見れば分かるよ。

そうだよな。俺たち、前に付き合っていたんだ。

本当？　長い付き合いだったの、それとも？

彼は肩をすくめた。一年くらいかな。どうかな——本当のところ、一年以上。まあもう、ずっと前の話だし、今はいい友だちだ。

今も彼女が好きなの？

ダニエルの姿を見れば、その答えが自分でも分かるかもしれないと思ったかのように、彼はもう一度家の方に目を向けた。どちらにしろ、彼女はもう別の奴と付き合っているんだ。

その相手はあなたの友だち？

知り合いだよ、うん。今夜は来てないけど、そのうちに君も会うかも。

彼が家に背を向けて煙草の灰を払い落とすと、数本の火花が散って、暗がりの中をゆっくりと地面まで落ちていった。犬は納屋の先まで走っていったかと思うと、くるくると輪を描いて何度も走り回った。

正直、悪いのは俺の方だっていうのが彼女の意見だ、フィリックスは付け加えた。

何をしたの？

ああ、俺は冷たかったらしい。彼女に言わせればだけど。知りたかったら訊いてみなよ。

アリスは微笑んだ。私に訊いて欲しいの？

まさか、そうじゃないよ。当時、もう散々聞かされたし。それでもう泣いたりはしていないから、心配無用だ。

当時は泣いたの？

そうだな、実際に泣いた訳じゃないけど。言いたいのはそういうことだろう？　本当に泣いたんじゃないけど、でもまあ、傷ついたよ、うん。

本当に泣くことなんてあるの？

彼はハッと笑った。いいや。君は？

ああ、もうしょっちゅう。

そうなんだ？　何について泣くんだ？

実のところ何もかもについて。私はとんでもなく不幸なんだと思う。

彼は彼女を見つめた。マジかよ？　何でだ？

特に理由はないの。ただそう感じるってだけ。生きていくのが難しくて。

一瞬、沈黙してから、彼は煙草に目を戻した。引っ越した理由で教えてもらってないことがあるみたいだな。

面白い話じゃないの、彼女は言った。神経衰弱になってね。数週間入院して、退院してここに来たって訳。でも深刻な話は何もなくて――その、そうなった理由は特になくて、ただそうなったってだけ。別に秘密でもないの、みんな知っていることだし。

フィリックスはその新しい情報について咀嚼《そしゃく》しようとしているかのようだった。君のウィキペディアに載ってるのか？

載ってない、みんなっていうのは知り合いのみんなって意味。世界中の人たちじゃなくて。

それで、どうして神経衰弱になったんだって？

理由はないの。

そうか、じゃあ神経衰弱っていうのはどういうものなんだ？　つまり、何が起こった？

彼女は口の端から煙を一筋吐き出した。自分を制御できなくなったの。しょっちゅうかっとするようになって、不安定になって。自分でもコントロールできなくて、まともに生活できなくなった。これ以上は説明できないけど。

充分だよ。

二人は沈黙に陥った。アリスはグラスからワインの最後の一滴を飲み干すと、煙草を踏み消し、また腕を組んだ。フィリックスは彼女がそこにいるのを忘れて他のことを考えているみたいに、ゆっくりと煙草を吸い続けていた。彼は咳払いをした。俺も母さんが死んだときはそんな感じだった。去年の話だけど。生きていくのにどんな意味があるんだ？　って思い始めて。生きていったらその先に何かがあるって訳じゃないだろ。死にたいとか、そういうんじゃなかったけど、ほとんどの時間、生きているのが面倒くさくて。それを神経衰弱って言っていいのかは分からないけど。起きて仕事に行くとか——そういうのがマジでどうでもよく思える状態が数カ月続いた。そのせいでその頃にしていた仕事は結局クビになって、それで今、倉庫で働いているって訳。うん。だから君が神経衰弱について言おうとすることは何となく分かる。もちろん、俺の場合と経験は違うかもしれないけれど、どういう状態だったのかは理解できる。

アリスがまたお悔やみを口にすると、彼は礼を言った。

来週、ローマに行くんだけど、彼女は言った。イタリア語の翻訳版が向こうで出るから。よかったら、私と一緒に行かない。

彼はこの招待に驚きを見せなかった。吸っていた煙草を納屋の壁に何度も押しつけて、もみ消した。

犬が庭の先の方でまたキャンと鳴いた。

俺は金が全然ないんだけど、フィリックスは言った。

ああ、全部こっち持ちでいいの。私はリッチな有名人なんだよ、そうでしょう?

この言葉で彼は少し笑顔になった。君って変人だな。俺はそれについては訂正しないからな。どのくらい向こうに行ってるんだ?

水曜日に出発して、月曜の朝に帰ってくる。でも、もっといたかったら延長してもいいよ。

彼はとうとう笑い出した。マジでどうかしている。

ローマに行ったことはある?

いいや。

じゃあ来るべきだよ。きっと気に入るから。

どうしてそう言えるんだ?

二人は見つめ合った。互いの表情から何かを読み取るには暗すぎたが、何が見えるかというよりも、見つめ合うという行為の方が大事だと思っているみたいに、ずっと相手から目を離さなかった。

分からないけど、彼女は言った。ただそう思っただけ。

ようやく彼は相手の顔から目をそらした。いいだろう、彼は言った。行くよ。

6

私は毎日、どうしてこんな人生を送ることになってしまったんだろうと途方に暮れています。何故、こんな我慢をしなくちゃいけないんでしょう――記事に書かれて、インターネットで自分の写真を見つけて、私についてのコメントを読まされて。こうやってメールを書いているときは、ああ、そう？だから何なの？　って気持ちでいられるんですけど。本音を言うと、何でもないことだと分かっていても見てしまうと落ち込むし、こんな人生を送りたくはありません。最初の本が出たときは、次作を書き上げるまでに充分なだけのお金が稼げればいいと考えていました。私は自分の人間性や生い立ちについて公の場であれこれ聞かれて我慢できるような、鋼《はがね》の精神の持ち主だと触れまわった記憶はありません。自ら望んで有名になるような人たちは――ちょっとした注目を浴びて、それに血道《ちみち》を上げるようになる人種のことですが――それでいいのかもしれませんが、ああいう人たちも、本当は深刻な精神病状態にあるはずです。自分たちが正常であるばかりか、魅力的でうらやむべき存在なのだと振る舞うこういう人々は、私たちのカルチャーの至るところで見つかりますが、彼らは私たちがいかに醜い社会病にかかっているかを物語っています。ああいう人たちをずっと観察しているうちに、彼らのおかしな部分がこちらにも感染してくるのです。

そもそも、有名な作家とその著作は切り離して考えるべきじゃないでしょうか？　本人の態度が悪くて、不愉快な性格で、苛々するようなアクセントで喋るからって、まあ実際、私はそうなんでしょうけど、それが何か書いた小説と関係があるんでしょうか？　ありませんよね。だからって作品に支障はないはずです。私のがっかりするような人間性や、ルックスや、性癖といったものと結びつけることで、本に何かいい影響がありますか？　そんなのゼロですよ。じゃあ、どうして、本当に私は何だってこんな目に遭わなくてはならないんでしょう？　だって誰の利益にもならないじゃないですか？　私はどん底の気分を味わい、自分の人生で唯一意味を持っていたものからも遠ざかることになり、公共の利益は何もないし、これは人の低俗で下品な好奇心を満たすだけで、理由もなく人から生活や思想について細かく詮索される「作家」という支配的イメージのまわりに文学的言説を配置するだけです。自分自身であるこの人物と何度も対面させられたせいで、私は全身全霊で彼女を憎むようになりました。彼女の自己表現や、外見や、あらゆる意見に憎悪を感じています。それなのに、彼女について書かれたことを読む人々は、それが本当の私だと信じてしまうのです。この事実に向かい合っていると、もう死んでいるような気持ちになります。

みんなが私にこの名声を「楽しむ」ようにと言うせいで、もちろん私は不満をこぼすのも許されないのです。でも他人に何が分かると言うのでしょう？　他にこんな経験をした人が周囲にいないので、自分だけで対処しなくてはならない状況です。でもまあ、そうは言っても、こんなのは悲劇とは言えないのかもしれないし、数カ月か数年もすれば何もかも消えてなくなって、私も忘れられた存在になるのかもしれません、ありがたいことに。でも今はまだ嵐のただなかにいて、助言してくれる人もいない中で、私は自力で乗り越えなくてはならないのです。そのせいで、自己嫌悪はひどくなる一方です。私が何を持っていようと、それがどんなくだらない才能だろうと、人々はそれを売り物にすればいいと考えているんです——文字通りの意味で、大金を得て、才能の方がすっからかんになるまで。それで私が使い物にならなくなったら、また心理的崩壊間近の派手な二十五歳が現れるという訳です。今までも正直で純粋な人との出会いがあったのかもしれませんが、そういう人も血に飢えたエゴマニアの群れに紛れ込んで、見分けがつかなくなってしまいました。私が本当に知っている純粋な人間は君とサイモンだけですが、その君たちも、もう私を憐れみの目でしか見なくなってしまいました——まるで瀕死の状態で道端に倒れているところを見つけて、もはや安楽死させてあげるのが一番の親切だというような、愛情や友情とは違う憐憫《れんびん》を感じています。

君から後期青銅時代についてのメールをもらった後、書記体系が喪失する可能性というものについて、大きな興味を抱きました。本当のところ、それがどのような意味を持つのか理解できなかったので、色々と調べた結果、線文字Bについての記述を沢山読むことになりました。この歴史についてはもう知っていましたか？　一九〇〇年頃、イギリスの発掘チームがクレタ島でテラコッタのバスタブに隠されていた粘土板を見つけました。言語不明の音節文字が刻まれているこの粘土板は、紀元前一四〇〇年頃のものと推測されました。二十世紀前半、古典学者と言語学者たちが線文字Bとして知られるその銘刻の解読を試みましたが、成功しませんでした。記された文字は文章のような配列がなされていましたが、それが何語を書き写したものなのか、誰にも分からなかったのです。クレタ島のミノア文明における失われた言語で、現在その子孫といえる言語は残っていないのではないかという仮説を立てる学者がほとんどでした。一九三六年、八十五歳だった考古学者のアーサー・エヴァンズがこの粘土板について取り上げた講演の観衆の中に、マイケル・ヴェントリスという十四歳の生徒がいました。第二次世界大戦勃発の前に、今度はギリシア本土で新しい粘土板が発見されて、記録写真が撮影されました。それでも、銘刻の翻訳や言語の特定には至りませんでした。そうしているうちにマイケル・ヴェントリス少年は成長して、建築を学び、大戦中は徴兵されて空軍に配属されることになります。彼には言語学や古典言語の学位はありませんでしたが、あの日のアーサー・エヴァンズの講演で聞いた線文字Bのことが忘れられませんでした。戦争が終わるとヴェントリスはイギリスに戻り、ギリシア本土で新たに発掘された粘土板の写真と、クレタ島の板の文字の比較調査を始めます。彼はクレタ島の板にある特定の文字が、ピュロス（ギリシア本土の地名）の板にはないことに気がつきました。とすると、この文字は島の特定の地名を表しているという推測が成り立ちます。このことをきっかけにして、彼はついに銘刻の解読法を発見したのです。それによって、線文字Bが実際には古代ギリシア語の初期の形態だと判明しました。彼の発見はギリシア語がミケーネ文明の言語であったと証明しただけではなく、最古だと信じられていた例の何百年も前からギリシア語の文字が使われていたという証拠も示していました。この発見の後、ヴェントリスは古典学者で言語学者のジョン・チャドウィックと共同で、銘刻の解読に関する「ミケーネ・ギリシア文書」を発表しました。一九五六年、本の出版の数週間前にヴェントリスは車で駐車中のトラックに衝突し死亡しています。三十四歳でした。

ここでは史実を分かりやすく物語風にまとめました。この研究には他にも大勢の古典学者が携わっていて、アリス・コーバーというアメリカ人の学者もその一人でした。彼女は線文字Bの解読に大きく貢献しましたが、がんにより四十三歳の若さで亡くなっています。ヴェントリス、線文字B、アーサー・エヴァンズ、アリス・コーバー、ジョン・チャドウィックのウィキペディアページはどういう訳か整理されていなくて、いくつかの出来事については異なる説が並列されています。ヴェントリスが講演を聞いたとき、エヴァンズは八十四歳だったのか、八十五歳だったのか？　ヴェントリスはその日の講演で初めて線文字Bに触れたのか、それとも前から知っていたのか？　彼の死についての記述は極端に短く、謎めいたものです。ウィキペディアによると、「深夜、彼の運転していた車が停まっているトラックに衝突」して「即死」し、検死官が事故死と判定したそうです。私は奇妙な時間の裂け目から、二十世紀の猛スピードと浪費と神なき状態を経て、四十三歳のチェーンスモーカーだったアリス・コーバーと三十四歳で亡くなったマイケル・ヴェントリスの手によって古代世界が蘇《よみがえ》る様をずっと思い描いています。

それはともかく、この全ては、青銅器時代にギリシア語を文字で表す洗練された音節文字が既に開発されていたことを物語っています。それからあなたが教えてくれた文明の崩壊があって、全ての知識が完全に失われてしまったのです。後にギリシア語を表すために考案された書記体系は線文字Bとは無関係なものでした。新しい体系を開発し、使っていた人々は線文字Bの存在さえも知らなかったでしょう。最初に刻まれた銘はその文字を使って読み書きしていた人たちにとって大事なものだったはずですが、それが数千年という時間と共に、まったく、全然、何の意味も持たないものになってしまったと考えると、耐えがたいものがあります。リンクが途絶えたせいで、歴史は止まってしまったのです。それから二十世紀になって、人々は時計を振ってまた歴史を動かし始めました。でも私たちは別の方法で、それをできるんじゃないかと思いませんか？

この前、君がエイダンと偶然に出くわして落ち込んだと知って、気の毒に思っています。そういう感情を抱いていても何もおかしいことはありません、至ってノーマルです。でも、君を熱烈に愛していて、人生のあらゆる側面において最高に幸せであって欲しいと願っている親友の私が、君たちは一緒にいて本当の意味では幸福でなかったと指摘したら、君は怒るでしょうか？　彼の方が別れを切り出したのは知っていますし、君が傷ついて失望する気持ちも分かります。そこから抜け出すべきだと言っているのではありません。私が言いたいのは、本当にいい関係性ではなかったと心の底では気がついているんじゃないのってことです。君はよく、彼と別れたいけれど、どうすれば別れられるのか分からないって言ってましたよね。私がこんなことを言うのは、過去に引きずられて、エイダンこそが運命の人で、彼なしでは幸せになれないなんて君に思って欲しくないからです。二十代で長い交際をして、それが上手くいかなかったというだけですよ。神から人生の悲惨な落伍者だと刻印された訳ではありません。私も二十代で長く付き合っていた人とだめになったのを、憶えているでしょう？　サイモンとナタリーだって、別れる前に五年近くも付き合っていたんですから。彼や私を落伍者だと思いますか？　うーん。そうですね、私たち三人ともがそうかもしれないと、今、考えて思いました。でもだったら、私は成功者でいるよりも落伍者である方を選びます。

それと、子供を産めるタイムリミットについては、考えたことはありません。いずれにせよ、私の生殖能力は、後十年ほどは私を苦しめ続けるでしょう。キースを出産したとき、私の母は四十二歳でした。でも、私は特に子供を欲しいとは思っていません。君が欲しがっているのかどうかも、考えたことがありませんでした。でも今のこの世の中で子供を産むってどうなんでしょうか？　欲しかったら、妊娠させてくれる相手を見つけるのはそう難しくないでしょう。サイモンの言う通り、君は妊娠確率の高そうな顔をしているしね。男の人が好きになる顔です。それから最後に、まだ私に会いに来る気はありますか？　前もって言っておくと、私は来週からローマに行く予定ですが、その翌週には帰って来られそうです。私はここで（嘘ではなく本当に）フィリックスという名前の友だちができました。それが本当だと信じてくれるなら、私が彼と一緒にローマに行く予定だと言っても信じてくれますよね。いや、どうしてかは説明できないから、訊かないでください。彼を招いたら面白いかもって、ふと思いついただけなんです。それで彼も承諾したら面白そうだと思ったようです。彼は私をまったくの変人と見なしているようだけど、彼の渡航費はこっち持ちなので、悪い話ではないということも理解しています。君に彼を会わせたいな！　これでまた、私が帰ってきたときに訪ねてくる理由ができましたね。来てくれますよね？　いつものように愛を込めて。

7

同じ木曜日の夜、アイリーンは勤務先の文芸誌が主催する詩の朗読会に出席した。会場は北部の中心街にあるアートセンターだ。開始前、アイリーンが文芸誌の最新号を並べた小さなテーブルを前にして座っていると、ワインを手にした来場客が、彼女から目をそらすようにしてその前をせわしなく通り過ぎていった。たまに、誰かにトイレの場所を訊かれると、彼女はいつも同じ口調と同じ手ぶりで教えてあげた。イベントが始まる直前、年老いた男性がテーブルに寄りかかってきて、彼女は「詩人の目」をしていると言った。アイリーンは控えめに微笑んで、聞こえないふりをしたかったのか、中でイベントがちょうど始まるところですと彼に告げた。イベントが開始されると、彼女は手提げ金庫に鍵をかけて、後ろのテーブルにあったワインを片手に、メインホールに入っていった。会場では二十人から二十五人の来場客が最前列の二列を空けて席に座っていた。雑誌の編集長が演台で、最初の朗読者の紹介をしている。このアートセンターに勤めている、アイリーンと同年代のポーラという女性が、通路側の席をひとつ詰めて隣に座るように彼女をうながした。何部売れたの？　ポーラはささやいた。二部、アイリーンは答えた。小柄な老人が寄ってきたんで、もう一冊いけると思ったんだけど、私の目がきれいだってお世辞を言いたかっただけだった。ポーラは忍び笑いを漏らした。平日夜のイベントは有意義だね、彼女は言った。少なくとも自分がきれいな目をしているっていうのは分かった、アイリーンは言った。

　イベントの出演者は「危機」を作品のテーマにしているということで大ざっぱに集められた、五人の詩人たちだった。出演者のうちの二人が大切な人の死や病気といった個人的な危機を語った作品を、一人が極端な政治的見解を主題として取り扱った作品を詠んだ。眼鏡をかけた若い男性が、危機というテーマとは関係があるのかはっきりしない抽象的で韻律的な詩を朗読し、黒いロングドレスを着た最後の登壇者は、出版社を見つける苦労について十分も喋った挙句に、韻を踏んだソネットを一作だけ詠んだ。アイリーンはスマートフォンのノートアプリに文章を打ち込んだ。六月《ジューン》の月《ムーン》は主にスプーンにかかる。この文章をポーラに見せたが、彼女は曖昧に微笑んだだけで、舞台の方に視線を戻した。アイリーンは文章を消去した。朗読が終わると、彼女は新しいワインのグラスを手にして、テーブルに戻った。あの老人がまた近寄ってきた。君もステージに上がるべきだったのに。アイリーンは愛想よくうなずいた。私には分かっているんだ、彼は言った。君の内面には詩があるってね。アイリーンはうーんという声を上げた。彼は雑誌を買わずに去っていった。

　イベントが終わると、アイリーンは何人かの主催者側のメンバーと共に会場のスタッフと近くのバーに飲みにいった。アイリーンとポーラはまた一緒に座り、ポーラは巨大な金魚鉢みたいなグラスで、グレープフルーツの大きな房が入ったジントニックを飲んだ。アイリーンは氷入りのウイスキーを飲んでいた。二人は「最悪の別れ」について話し合った。ポーラは、二年付き合っていた相手との最終局面が長引いた話をした。その間、彼女と相手の女性は酔っ払って互いにメッセージを送り合い、いつも「大喧嘩かセックス」になだれ込んでいたという。アイリーンは自分のウイスキーを一口飲んだ。聞くだにひどい話だけど、彼女は言った。でも、それでも少なくとも二人はまだセックスしていた。そうでしょ？　関係性は死んでなかったんだよ。もしエイダンが酔っ払ってメッセージを送ってきたら、そうだな、喧嘩で終わっていたかもしれないけれど。でも、彼は私が誰か憶えているんだって気持ちにはなれたはず。何年間も一緒に暮らしていたんだから、当然、彼はあなたが誰か憶えているはずだよとポーラは言った。アイリーンは苦痛を感じているような微笑みを浮かべた。それが本当に嫌になるの。二十代の半分を一緒に過ごして来た相手に、結局うんざりされたんだなって。要するに、そういうことなんだよね。彼に飽きられちゃったの。この出来事は何らかの形で私という人間を物語っていると思う。だって、そうでしょう？　ポーラは眉間にしわを寄せた。ううん、そんなことないよ。アイリーンはこわばった自虐的な笑い声を吐き出すと、ポーラの腕に手をかけた。ごめんね。一杯奢らせて。

午後十一時、アイリーンはひとり、ベッドで横向きのまま丸まっていて、その目の下にはメイクが少し滲んでいた。スマートフォンの画面を横目で見ると、彼女はソーシャルメディアのアプリのアイコンをタップした。アプリが開いて、ロード中を示す記号が出てきた。アイリーンは画面上で親指を動かしながら完了を待っていたが、衝動に駆られたかのように、急にアプリを閉じた。彼女は連絡先のアプリを開いて「サイモン」という項目を選ぶと、ダイヤルボタンを押した。三回の呼び出し音の後、彼が電話に出てきた。もしもし？

もしもし、私だけど。今、ひとり？

電話の向こう側では、サイモンがホテルの部屋のベッドに座っていた。彼の右手には分厚いクリーム色のカーテンで覆われた窓があり、ベッドの向かいには壁に据えられた大きなテレビセットがあった。彼はヘッドボードにもたれ、脚を伸ばして足首を組み、膝に開いたノートパソコンを置いている。ひとりだ、うん。僕がロンドンにいるのは知っているよね？　何も問題はない？

ああ、忘れていた。今、話したらだめかな？　だったら切るよ。

いや、大丈夫だ。今夜は詩のイベントがあったんじゃなかったっけ？

アイリーンはイベントについて彼に話した。「六月の月」のジョークを教えたら、彼は感心したように笑った。ドナルド・トランプについての詩もあったんだよと彼女は言った。そんな世の中だったらすぐにお迎えが来た方がましだとサイモンは言った。アイリーンが彼にロンドンで出席している会議について訊くと、彼は「ＥＵを超えて――イギリスの国際的な未来」と題された「懇談会」についてくわしく教えてくれた。まったく同じ顔をした四人の眼鏡をかけた中年男性が登壇者だったんだ。まるでお互いをフォトショップでコピーしたみたいだった。シュールだったよ。アイリーンが今は何をしているのかと訊いたら、彼は仕事を終わらせようとしているところだと答えた。彼女は寝返りを打って仰向けになり、天井にうっすらとピンポイント状に散らばるカビの跡を見つめた。

そんなに遅くまで仕事をしていると、体に障るよ。どこにいるの、ホテルの部屋？

そうだ。ベッドに座っている。

彼女が膝を立てると、掛け布団がテントの形に盛り上がった。あなたに何が必要なのか分かる、サイモン？　あなたは可愛い妻を娶《めと》るべきなんだよ。そう思わない？　彼女は深夜あなたのもとにやって来て、肩に手をかけてこう言うの、さあ、そこまでにして、遅くまで働きすぎだよ。もう寝ましょうって。

サイモンはスマートフォンを別の耳に当てた。それは魅惑的な場面だな。

あなたの彼女は出張には一緒に来ないの？

あの娘は彼女じゃないよ。付き合ってるってだけだ。

その区別が分からないんだよね。彼女と付き合ってる相手っていうのはどう違うの？

僕たちはお互いを縛らない関係なんだ。

アイリーンが空いている方の手で目をこすったので、ダークなアイメイクの色が手に移り、片方の目尻から頬骨にかけて広がった。じゃあ、あなたは他の人ともセックスするんだね？

いや、してない。彼女の方はしているみたいだ。

それを聞いて、アイリーンは片方の手をだらりと落とした。そうなの？　まったく。その男はどれだけ魅力的だっていうのよ？

面白がるような口調で彼は言った。知らないよ。どうしてそんなことを訊くのかな？

だって、もしその男があなたより魅力的じゃなかったら、何故わざわざそんなことを？　だけどもしあなたと同等の男だっていうのなら——そうだね、彼女に会ってよくやったと握手したいよね。

もし相手が僕よりも魅力的だったら？

やめてよ。ありえないでしょう。

彼はヘッドボードにもたれかかった。それは僕がすごくハンサムだから？

そうだよ。

知っているけど、言ってもらいたいんだ。

それを聞いて彼女は笑った。そう、あなたがすごくハンサムだから。

アイリーン、ありがとう。優しいんだな。君もなかなかの美人だよ。

彼女は頭を枕に押しつけた。今日、アリスからメールをもらったの。

いいね。彼女はどうしている？

エイダンとの別れは大したことじゃない、私は彼といてそんなには幸せじゃなかったんだからって書いてあった。

彼女がその先を話すのを待っているかのように、サイモンは一旦口を閉じた。本当にそんなことを書いてきたのか？

うん、はっきりと。

それで君はどう思った？

アイリーンはため息を吐き出した。気にしてないよ。

そんなことを言うなんて、ちょっと思いやりに欠けるような気がするけど。

彼女は目を閉じた。あなたはいつもアリスをかばうよね。

彼女は無神経だって、僕は言いたかったんだ。

でも本質を突いていると思ったんでしょ。

彼は眉をひそめながら、ベッドサイドテーブルに置いてあったホテル印のペンを弄んだ。いいや。

彼は君にふさわしい相手じゃなかったと思っているけど、それとこれとは違う。大したことはないって本当に書いてあったのか？

うん、事実上。それと、彼女が本のプロモーションのために来週ローマに行くって知っていた？

彼はペンをテーブルに戻した。そうなのか？ 彼女はしばらく休みを取って、その手のことはもうしないのかと思っていた。

休んでたのは本当だけど、飽きてきたんでしょう。

そうかもな。おかしな話だ。ずっと彼女に会いにいこうとしてたんだけど、今はタイミングが悪いって向こうに言われてたんだ。彼女を心配しているのかい？

アイリーンは刺々《とげとげ》しい声で笑った。ううん、心配はしていない。むしろムカついているの。あなたは心配していいけど。

両方ってこともある、彼は言った。

どっちの味方なのよ？

微笑みながら、彼はなだめるような低い声を出した。君の味方だよ、お姫様。

そう言われると彼女も苦笑いが抑えられなくなって、前髪をかき上げた。もうベッドの中にいるの？

いいや、座っている。でも電話している最中、ベッドで寝そべっていて欲しいのならそうするけど？

うん、そうして欲しい。

ああ、いいよ。お安い御用だ。

彼は立ち上がって、備え付けの鏡の前にあるライティングデスクにノートパソコンを置いた。彼の背後のスペースは、白いシーツをマットレスにきつくたくしこんだベッドでほとんど占められていた。彼はノートパソコンのケーブルを壁の電源につなぐときも、スマートフォンを耳に当てたままでいた。

ねえ、もしあなたの妻がそこにいたら、ネクタイを外してくれているところだよね、アイリーンは言った。ネクタイは締めているの？

いや。

何を着ているの？

彼は鏡の中の自分を見て、目をそらすと、ベッドに戻っていった。ネクタイ以外のスーツだな。それと、もちろん、靴は脱いでいる。僕は文明人だから、部屋に入るときは靴を脱ぐんだ。

じゃあ、次はジャケットを脱ぐんだね？

スマートフォンを持つ手を持ち替えながら、彼はジャケットを脱いだ。それが通常の手順だな。妻はきっとそれを受け取ってハンガーにかけるでしょうね。アイリーンは言った。

彼女は優しいんだな。

そしてあなたのシャツのボタンを外す。義務的じゃなくて、優しく愛情のこもった手つきで。それもハンガーにかけた方がいい？

サイモンは片手で自分のシャツのボタンを外しながら、いいや、そのままスーツケースに入れて家に戻ったら洗濯する、と言った。

この後に何が来るのかは分からないのとアイリーンは言った。あなたはベルトとか、その類のものをつけている？

つけているよ。

アイリーンは目を閉じて続けた。今度はそれを外して、どこかにしまう。ベルトを外したら、普段はどこに置くの？

ハンガーにかけるんだ。

そう、きちんとしているんだね。妻があなたを好きなところでもある。

どうしてかな、彼女もきちんとしたタイプだから？　それとも正反対だから惹かれるのかな？

うーん。彼女はだらしなくはないけれど、あなたほどきちんともしていない。でもそうなりたいと望んでいるの。もう服は脱いだ？

まだ全部じゃない。ずっと電話を手に持っていたから。ちょっとだけ置いて、戻ってきてもいいかな？

恥ずかしそうな、自分に照れたような笑顔を浮かべて、アイリーンはそれに答えた。もちろんだよ、あなたを人質に取っている訳じゃないもの。

いいや、君が退屈して電話を切っちゃうんじゃないかと心配で。

それは心配しないで、大丈夫だから。

彼はベッドの上のすぐそばにスマートフォンを置くと、服を脱ぎ終えた。アイリーンは目を閉じていて、顔の近くに寄せた右手からスマートフォンが落ちそうになっている。ダークグレイのボクサーショーツ一枚という姿になって、サイモンはスマートフォンを取り上げると、ベッドに横たわって頭を枕に置いた。戻ってきたよ。

いつもは何時に仕事を終えるの？　単に知りたいってだけだけど。

八時頃かな。最近は八時半を回ることも多い、みんな忙しいから。

あなたの妻はもっと前に自分の仕事を済ませているよ。

そうなのか？　うらやましいな。

そしてあなたが家に戻る頃には夕食を作って待っている。

彼は微笑んだ。君は僕がそんなに古風だと思っているんだな？

夢想が中断されたかのように、アイリーンは目を開いた。あなたは人間らしいと思っているってだけ。八時半まで仕事をしていて、家で夕食が待っていていて嬉しくない人間なんている？　でも、もしあなたが誰もいない家に帰って、自分で夕食を作る方がいいのなら、悪かったよ。

いや、誰もいない家は嫌だな。それに妄想の中ではあれこれ身の回りの世話をされるのも嫌じゃない。ただ、それは僕が人生のパートナーに求めていることとは違うんだ。

あら、あなたのフェミニストとしての原則に反しちゃったのね。もうやめよう。

やめないでくれ。僕とその妻が夕食の後で何をするかが聞きたいんだ。

アイリーンはまた目を閉じた。そうだね、彼女は見たところいい妻のようだから、必要ならばあなたに少しだけ仕事をさせてくれると思う。でも遅くまではだめ。そして彼女はベッドに行きたがる。きっと、あなたも今そこにいるはずだと思うけど。

ああ、ベッドにいるよ。

快楽にふけるようにひとりで笑いながら、アイリーンは話を続けた。今日は、仕事はうまくいったの、それともだめだったの？

まあまあかな。

それで疲れているのね。

君と話せないほどじゃない。ああ、でも疲れている。

あなたの妻はそういう微妙な違いに敏感だから、無理に求めるようなことはしない。もしあなたが長時間の仕事で疲れていて、ベッドに行くのが十一時頃になってしまったら、妻はフェラチオをしてくれる。彼女はそれが得意なの。でも下品じゃなくて、とても親密で、夫婦らしい感じなの。

スマートフォンを右手に握りながら、サイモンは左手をボクサーショーツの薄い生地越しのペニスに当てた。もちろんそれは嬉しいけれど、してもらえるのはフェラチオだけなのかな？

アイリーンは笑った。あなた、疲れているって言ったじゃない。

ああ、だけど自分の妻と愛し合えないほどには疲れていない。

あなたの精力について議論する気はないけど、ただ気に入るかなって思ったの。でも、私は間違えたっていいの。あなたの妻は間違えたりしない。

間違えてもいいんだ、それでも彼女を愛しているから。

それに正直、あなたはオーラルセックスが好きなんだと思っていた。

サイモンはニヤリと笑った。好きだよ。でも架空の妻と一晩しか過ごせないのなら、もっと他に色々と試したいね。嫌なら細かい描写は省いてもいいから。

何言っているの、細かい描写こそが私にとっての肝なのに。アイリーンは言った。どこまで行ったっけ？　あなたはそういうことが上手だから、たやすく妻の服を脱がせる。

彼の手はもう下着の中だ。ほめてくれて嬉しいよ。

彼女はとても美しいと思ってくれていいけれど、どんな体型をしているか、私が勝手に決めて描写するのはやめておく。男性には細かな趣味や好みがあるからね。

こっちの好きにさせてくれて、ありがとう。彼女の姿が鮮明に思い浮かぶよ。

そう？　彼女がどんな姿をしているか、興味が湧いてきた。髪はブロンド？　当てさせて。きっとブロンドで、身長は一五七センチでしょう。

彼は笑い出した。違うよ。

そう。でも、言わなくていいからね。そしてね、彼女はとても濡れているの、あなたに触れられるのを一日中待っていたから。

彼は目を閉じた。そして電話に向かって言った。彼女に触ってもいいのか？

ええ。

それから？

空いている方の手で彼女は自分の乳房をさすり、円を描くように親指で乳首をなぞった。そうだね、彼女の目を見れば欲情しているのが分かる。でも、同時に臆病にもなっている。彼女はあなたをとても愛しているけれど、本当にあなたを知っているのか不安になることがある。あなた、よそよそしいところがあるから。そこまでいかなくても、心を閉ざしているときがある。二人の性的ダイナミクスをより深く理解してもらうために、彼女の背景についても解説しておくね。彼女はあなたを尊敬していて、幸せにしたいと思うあまり臆病になっていて、あなたがそうでないと感じると不安になって、どうしていいのか分からなくなる。だから、あなたがベッドに入ってくると、彼女はあなたの体の下で小さな木の葉のように震える。あなたは何も言わず、いきなり彼女をファックする。じゃなくて、前に何て表現してたっけ？　愛を交わす、か。分かった？

彼は声を漏らした。彼女はそれが好きなのかな？

そうだよ。彼女はあなたと結婚するまで品行方正だったから、一緒にベッドにいるとあまりに感じ過ぎて、あなたにぎゅっとしがみついてしまう。愛を交わしている間、ずっとエクスタシーに達したままかもしれない。あなたは彼女にいい娘だ、自慢の妻だ、愛していると言って、彼女はその言葉を信じる。彼女をどんなに愛しているか思い出してみて、きっと効果があるから。私はあなたをよく知っているけれど、そういう側面については知らない。愛している相手に対して、あなたがどんな態度を取るのか。話がそれたね、ごめん。あなたの妻がフェラをする話は、私がその妄想をするのが好きで、無意識に入れてしまったんだと思う。私たちがパリでしたのを憶えている？　どうでもいい話だけど。あなたがそれを好きだったのを思い出したの。私はかなり得意げな気持ちだった。脱線しちゃった。あなたと妻のセックスについて描写していたんだった。彼女はきっと目の覚めるような美人で、私よりも年下。それから、ちょっとばかりお馬鹿さんかも、セクシーな意味でね。もっと自己満足的なことを言っていいなら、妻とベッドにいるとき、いつもではないけれど、この時だけ、あなたは私のことを考え始める、ということにしよう。わざわざ思い浮かべる必要はないの。ふと、頭の中をよぎるってくらい、ただそれだけ。それは今の私ではなく、二十歳ぐらいの頃の私かも。あの頃のあなたは私に優しかったでしょう。自分の妻とセックスしていて、彼女は世界一の美女で、あなたは彼女を誰よりも愛しているはずなのに、ペニスを差し込んで、彼女が喜びに震えてあなたの名前を呼ぶとき、あなたは私を思い出す。私たちがもっと若かった頃にパリでしたことを。私が口の中でいかせてあげたとき、そんなことをしてもらえると思っていなかったのか、つい君は特別だよと言ってしまったときのこと。本当にそうだったかもしれないよね。これだけ月日が経っても、自分の妻とベッドにいるときに思い出せるのなら、あれは特別だったのかもしれない。そんなこともきっとあるの。

そこまで聞くと彼は達して、息を荒らげた。サイモンは目を閉じた。アイリーンは喋るのをやめて、顔を火照《ほて》らせ、静かに横たわっていた。彼が息を漏らすのが聞こえた。しばらくの間、二人とも無言のままだった。彼女が低い声で言った。あと一分だけ電話をしていてもいいかな？　彼は目を開けると、ベッドサイドの棚に置いてある箱からティッシュを取り出し、手や体を拭い始めた。

好きなだけ、いいよ。これ、すごく良かった、ありがとう。

アイリーンは安心したのか、はしゃぎ過ぎに思えるほど笑った。彼女の頬や額は燃えるようだった。

ええ、どういたしまして。あなたが事後に「ありがとう」って言うタイプだって忘れていた。そっちの熱意が伝わってきたよ。あなたの九十パーセントはプレイボーイなのに、時折そこにすごい童貞っぽさが混じっている。もう敬服しちゃう。これでまた現実世界で私に会ったら気まずい思いをしたりする?

サイモンは使ったティッシュをベッドサイドの棚に放って、新しいものを箱から取り出した。いいや、僕たちは何事もなかったような顔をすると思うね。そうだろう? それに君は前、僕には表情がひとつしかないって言っていたし。

私、そんなこと言った? 冷酷だね。いいえ、あなたには表情がふたつある。笑っているか、苦悩しているか。

彼は自分の胸を手で撫でおろしながら、微笑んだ。君は冷酷じゃないよ。冗談を言っていただけだろう。

でもあなたの妻はそんな口の利き方はしないはず。

どうしてだ、彼女が僕を崇めているから?

そうだよ。アイリーンは言った。彼女にとってあなたは父親的な存在なの。

彼はふざけたような唸り声を上げた。そりゃいいな。アイリーンはにっこりした。そう言うと思った。きっとそうだって。サイモンは腹の上に手を置いた。なんでもお見通しなんだな。彼女は口を歪ませた。あなたに関しては、そうじゃない。彼は疲れたように、目を閉じていた。この妄想の最もリアルなところは、僕がパリの君を思い出す点だ。彼の言うことを聞いて、彼女は深く息を吸い込んだようだった。一瞬、間が空いてから、彼女は静かな声で言った。私を喜ばせようとして、そんなことを言うんでしょ。彼はひとりでに微笑んだ。だとしても、悪いことじゃないだろう？　でも嘘はついてない。近々、また会えるかな？　アイリーンは承諾した。何もなかった顔をするよ、と彼は言った。心配しないで。電話を切ると、彼女はスマートフォンを充電ケーブルにつないで、ベッドサイドの照明を消した。都会の光害による人工的なオレンジ色の輝きが、寝室の窓の薄いカーテンに浸透していた。彼女は目を開けたまま、一分半自分の性器に触れて声を上げずに達すると、眠るために横向きになった。

8

親愛なるアリス。ローマに行く目的は、仕事なのでしょうか？　お節介なことは言いたくないのですが、しばらく休みを取る予定だったのでは？　もちろん旅行を楽しんで欲しい気持ちはあるけれど、こんなに早く人と接する仕事を入れて大丈夫かと心配なのです。この前、出版界はあなたに死んで欲しいと思っているか、死ぬほどひどい目にあえばいいと願っているような血に飢えた人間ばかりだと芝居じみたことを書いていましたが、そう書くことでカタルシスが得られるのならば、それでいいんじゃないかとは思います。あなたは仕事で邪悪な人々に大勢遭遇したのだとは思いますが、でも同じくらい、退屈で、倫理的で、平凡な人々とも出会ったのではないでしょうか。もちろん、あなたが苦悩していることは否定しません――あなたは苦しんでいる、そのはずなのに、また自分の姿を人前に晒《さら》そうとしているので、私は驚いているのです。フライトはダブリンの空港発ですか？　もしそうだったら、搭乗前に会うこともできるかもしれませんね……

私は腹を立ててこの返信を書いているつもりはありませんでしたが、やっぱり腹を立てているようです。実のところあなたは特権的な生活を送っているくせに、それを悲惨だと言い張っているなんて言う気はありませんよ。でも合理的な定義から考えてみれば、まさにそうですよね。いいですか、私の年収が約二万ユーロで、その三分の二を、私を嫌っている人たちとの小さなアパートの共同生活に費やしている一方、あなたは年間に二十万ユーロ（？）を稼いで、巨大なカントリーハウスに一人で暮らしています。だけど、私もあなたと同じく、その贅沢を享受することはできないでしょうね。あなたも指摘した通り、そんなものを楽しめる人々は病んでいます。でも、私たちはみんなどこかに病的なところがありますよね？　今日はインターネットの見過ぎのせいで、気が滅入ってきました。インターネット上の人々が一般的には善人で、その行動原理が正しいものであったとしても、大変残念なことに、二十世紀以降、私たちが政治について語る言葉のレベルが急速に衰退したため、現在の歴史的状況を読み解く試みはほとんど本質的にはちんぷんかんぷんなものになってしまいます。知っての通り、人々は自分を特定のアイデンティティーのカテゴリーに当てはめようと必死ですが、そのカテゴリーが一体何なのか、その経緯や、どのような目的があるのかについても、明確にしたがりません。唯一はっきりしている図式は、あらゆる被害者グループ（貧困家庭の出身者、女性、有色人種）に対して、抑圧者のグループ（裕福な家庭の出身者、男性、白人）が存在するということです。しかしこの枠組みの中では、被害者と抑圧者の関係は歴史的というよりもむしろ神学的で、犠牲者は超越的なまでに善人で、抑圧者は邪悪な人間として捉えられています。どのアイデンティティー・グループに属するかということは、倫理的に極めて重要な問題なので、私たちの言説の大半は人々を適切なグループに分類することに費やされ、要するに、それによって各人に道徳的な報いを受けさせようとしている訳です。

まともな政治活動というものがまだ機能するのか、現時点では謎ですが、もし仮にそういうものが存在したとしても、私たちのような人間は活動要員には含まれないような気がしています——はっきり言えば、自分は加わる資格がないと感じています。正直、人類のより大きな利益のために死を覚悟しなくてはならないのなら、喜んで仔羊のようにこの身を犠牲にするつもりです。私のような人間はこの人生に値せず、またこの人生を楽しんですらいないのですから。でもそれが何であろうとも、何らかの形で活動に貢献したい気持ちはあるし、私の行動は、どうせ自己満足のためだから、貢献の度合いが微々たるものでもかまわないとは思っています——献身は、自分をいじめる手段にもなります。私だけど誰もこんな生き方はしたくありませんよね。少なくとも、私はこんな風には生きたくない。私はもっと違う形で生きたいし、他の誰かがいつか違う形の人生を手に入れられるのなら、命を捧げてもいい。だけどインターネットを眺めていても、死に値するような理想は見つけられません。最も悲惨で迫害された人々がこちらを向いて私たちに止める方法を教えるまで、目の前で繰り広げられる人間の凄《すさ》まじい不幸を見物していようというのがインターネットなのです。どうやら不思議なことに、搾取の状況が搾取の解決法を生み出すという説明のつかない信念がネットには存在するようです——そしてそれに異をとなえることは、マンスプレイニングのように人を見下した優越的な態度だという信念が。でも、状況が解決法を生まなかったら、どうなるのでしょう？　抑圧された人々が自らの苦難を終わらせる手段を持たずに苦しんでいるのに対して、私たちがただ手をこまねいているだけだとしたら？　実際に手段を持っている人々は、批判にさらされるのを恐れて、何の行動も取らないままでいます。まあ本当にいい気なものだと思いますが、じゃあ、私自身は何をしているというのでしょうか。言い訳になりますが、私は疲れていて、なす術《すべ》がないのです。自分だって何も手がないくせに、私の悪い癖で、どうして何の解決法も見出せないのかと他人を責めてばかりいます。人に謙虚な心や率直さを求めるなんて、私は何様のつもりでしょう？　これほどの見返りを求めるようなことを、自分は今まで世界に対して行ってきたでしょうか？　私が藻屑《もくず》となって消えたって、世間は気にもしないはずだから、いっそ消えた方がいいと思います。

それはともかく、新しい仮説を思いついたので、聞いてくれますか？　興味がないのなら、ここは読み飛ばしてください。現存するものの中で、プラスティックが最も広く普及する素材となった一九七六年に、人々は美に対する感覚を失ったというのがその仮説です。一九七六年以前と以後のストリート写真を見比べてみれば、その変化の過程が分かります。美に関するノスタルジーは危険視するべきかもしれませんが、でも一九七〇年代には、人々はまだウールやコットンの長持ちする服を着ていて、飲料を詰めるのにガラスのボトルを使い、食材を紙で包んで、家にある家具はみんな頑丈な木材でできていたというのは事実です。現在は、私たちが目にする何もかもがプラスティックでできています。染めても色がつかないどころかおぞましい方法で色を滲《にじ》み出させる、この世で最も醜い物質です。政府がやるとしたら私が賛同できる施策（多くはありません）のひとつは、人間の生活の維持にまったく必要のない、あらゆる形態のプラスティックの生産禁止です。どう思いますか？

フィリックスという人物について、あなたがどうしてそんなに恥ずかしがるのか、理由は分かりません。彼は何者なの？　セックスをする仲なのでしょうか？　秘密にしたいのなら、無理には聞きません。サイモンは私に何も打ち明けてくれなくなりました。この二カ月、二十三歳の女性とデートをしているようですが、私には会わせてくれません。言うまでもなく、サイモンが――私が十五歳だったとき、二十代の立派な大人だった彼が、私よりも六歳も若い女性と定期的にセックスをしていると考えると、このまま這って墓場に直行したくなります。彼が付き合うのはいつも、ピエール・ブルデューについて興味深い意見を持つ冴えない髪の不細工なオタク女ではなく、インスタグラムに一万七千人のフォロワーがいて、スキンケアブランドから無料サンプルを提供してもらっているようなモデルタイプです。アリス、私は魅力的な若い女性が自分に抱いている虚栄心を、退屈で恥ずかしいだけのものではないというふりはしたくありません。私自身の虚栄心が一番手に負えないのですから。悲劇的なふりをするつもりはありませんが、もしサイモンが今度の彼女を妊娠させたら、私は窓から飛び降りてしまうかもしれません。彼の子供の母親だからという理由だけで、よく知らないこの女性に生涯ずっと親切にしなければならないと想像してみてください。彼が二月にデートに誘ってくれたっていう話はしましたっけ？　本当に私と出かけたかったというよりも、自尊心を取り戻させようとしただけだとは思いますが。そう言えば、昨夜、電話で彼とおかしなやり取りをしましたが……。それはともかく。このフィリックスって男性は何歳ですか？　あなたに宇宙についての詩を贈るような年老いた神秘主義者？　それとも白い歯をした十九歳の県水泳チャンピオンでしょうか？

　もしよかったら、結婚式の翌週にそちらに行く手筈を整えられます——六月の第一月曜に着くように。都合はいかがですか？　車で行けたら楽ではありますが、列車とタクシーを乗り継いでいった方が合理的かもしれません。あなたのいないダブリンで一人ぽつんと暮らすのがどんなに退屈か、分からないでしょう。本当に心から、また一緒に過ごせることを願っています。Eより。

9

水曜日にフィウミチーノ空港に着くと、「ミズ・ケルハー」と書いた白い紙を入れたクリアファイルを掲げ持った男性が、アリスとフィリックスを待っていた。外は夜の帷《とばり》が降りたばかりで、空気は暖かく、乾燥していて、照明の光で明るかった。フィリックスは黒いメルセデス・ベンツの助手席に、アリスは後部座席に座った。高速道路では、トラックの群れがクラクションを鳴らし、お互いを出し抜こうとしながら猛スピードで彼らの車の横を通り過ぎていった。アパートの建物に着いて、フィリックスが二人の荷物であるアリスの車輪付きスーツケースと彼の黒いジム用バッグを上階まで運んだ。アパートのリビングは広く、黄色い内装で、ソファとテレビが置いてあった。アーチ形に開けられた壁の向こうはモダンで清潔なキッチンだ。片方の寝室のドアはリビングの奥に、もう片方は右手にあった。両方の寝室をのぞいた後、フィリックスはアリスにどちらの部屋がいいかと訊いた。

あなたが好きな方を選んで。

女が先に選ぶのが普通だ。

ううん、それには賛成できない。

彼は眉をひそめた。じゃあ、金を出している方が先に選ぶっていうのはどうだ。

もっと賛成できない。

彼はバッグを肩に担ぐと、自分に近い方のドアのノブに手をかけた。きっとこの休日、いろんな場面で今と似たようなことが起きるんだろうな。俺はこっちの部屋を使うけど、いいか？

ありがとう、彼女は言った。寝る前に何か食べておく？　よかったら、ネットでレストランを探すけど。

いいねと彼は言った。フィリックスは部屋に入るとドアを閉めて、照明のスイッチを見つけると、チェストの上にバッグを置いた。ベッドの向こうには、三階下の通りを見下ろす窓があった。彼はバッグのジッパーを開けて中を探り、持ってきたものを出し入れした。何枚かの服と、カミソリと予備の替え刃、アルミ箔シートの錠剤、箱半分残っているコンドーム。充電器を見つけたので取り出して、コードを解き始めた。アリスは自分の部屋でスーツケースを荷解きし、透明なビニール袋からいくつか洗面用具を出して、茶色のワンピースをワードローブのハンガーにかけた。それからベッドに座り、スマートフォンの地図アプリを開いて、慣れた手つきで画面上に指を走らせた。

四十分後、二人は近くのレストランで食事をしていた。テーブルの中央には火の灯ったキャンドルと、パンの入った編み細工のバスケット、オリーヴオイルの四角いボトル、背の高いフルート形のバルサミコ酢のボトルが置かれている。フィリックスはルッコラとパルメザンチーズが添えられた、とてもレアな薄切りステーキを食べていた。ステーキの内側は傷口のようにピンク色に光っている。アリスの方は、チーズと胡椒《こしょう》のパスタだ。彼女の肘の近くには、半分空いた赤ワインのカラフェが置いてあった。レストランはさほど混んでいなかったが、あちこちのテーブルで時折笑い声が上がり、人々の話す声が聞こえてきた。アリスはフィリックスに、アイリーンという名前の彼女の親友について話していた。

彼女はすごくきれいなの、アリスは言った。写真を見てみる？

うん、見せてくれ。

アリスはスマートフォンを取り出し、ソーシャルメディアのアプリを開いてスクロールした。私たちは大学時代に会ったんだけど、その頃のアイリーンはまるでセレブリティで、みんな彼女に夢中だった。いつも何かの賞を獲って、大学新聞に写真が載ったりしてね。ほら、これが彼女。

アリスは、黒い髪のスリムな白人の女性が、ヨーロッパらしき都市でバルコニーの手すりに寄りかかっている写真を画面に表示して、彼に見せた。女性の隣には金髪の背の高い男性がいて、カメラに顔を向けている。フィリックスはアリスからスマートフォンを受け取って、何かを判定するように画面を傾けた。

そうだな。結構な美人なんじゃないの。

私なんて彼女の引き立て役もいいところだったよ、アリスは言った。どうして彼女が私を友だちに選んだのか、誰にも分からなかったの。彼女はすごく人気があって、私はどちらかと言うと嫌われていたから。でも彼女はみんなから嫌われている人間を親友にすることで、ひねくれた喜びを感じていたのかもしれない。

どうしてそんなに嫌われてたんだ？

アリスは片手を曖昧にふった。ほら、分かるでしょう。私は何に対してもいつも文句ばかり言っていたし。みんなの意見は間違っているって、つっかかっていた。

確かにそれはみんなを苛つかせそうだ。フィリックスは画面上の写真の男性の顔を指さした。彼女と一緒にいる男は誰？

私たちの友だちのサイモン。

彼もかっこいい奴だよな？

彼女は微笑んだ。それどころか、美男子だよ。この写真は写りが良くないの。彼はあまりにルックスが良くて、そのせいで自意識が歪んでしまったっていうタイプなんだよね。

フィリックスはアリスにスマートフォンを返しながら言った。こんなにルックスのいい友人に囲まれていたら、さぞかし気分がいいんだろうな。

そばで眺めているだけで楽しいだろうって、言いたいんでしょう。でも彼らと比べると、自分が犬みたいな気もするよ。

フィリックスは微笑んだ。いや、犬みたいだなんて言わないよ。君には君の長所がある。

このチャーミングな性格とかね。

彼は一瞬、口をつぐんだ。それをチャーミングって言うのか？

彼女は思わず噴き出した。ううん。私がしょっちゅう馬鹿げたことを言うのに、どうやってあなたが我慢しているのか分からない。

まあ、我慢しているって言っても、まだそんなに長い期間じゃない。それに、もっと深く知り合ったら、そっちもそういうことを言わなくなるかもしれないし。こっちも我慢するのをやめるかもしれない。

私があなたを慣れさせせるかもしれないしね。

フィリックスはまた食事に注意を戻した。かもな、うん。何だってあり得るよ。それで、このサイモンって男に、君は惚れてるんだろ？

ううん。全然そんな気ない。

この答えに興味を持ったらしく、フィリックスは顔を上げて彼女を見た。こんなハンサムな男に興味がないって言うのか？

彼のことは大好きだよ、人として。彼女はきっぱりと言った。それに尊敬している。もっと別の仕事で大金も稼げるのに、左翼的な小規模の議員連盟のアドバイザーとして働いているの。敬虔なクリスチャンだしね。

冗談だと彼女に言って欲しかったのか、彼は首を傾《かし》げた。つまり、こいつはキリストを信じているってことか？

そうだよ。

嘘だろ、マジかよ？　頭がおかしいんじゃないのか？

ううん、彼は極めてまともだよ。誰かを回心させようとはしないし、信仰に関して控えめなの。あなたもきっと彼を好きになるよ。

フィリックスは頭をふった。彼はフォークを置いて、レストランを見回し、またフォークを手に取ったが、すぐには食事を再開しようとしなかった。それでこいつは同性愛とかそういうのに反対なのか？

ううん、その、実際に会う機会があったら彼に直接訊いてみるといいよ。でも彼にとってのキリストはもっと貧困者の友とか、社会的弱者の代表とか、そんな感じなんだと思う。

そうか、悪かったよ、でもイカレているようにしか思えなくて。このご時世にあんなのを全部信じているなんて。何より大事なのは、二千年前に死んだ男が墓から甦ってくるってことなんだろう？　でも私たちはみんな馬鹿馬鹿しいことを信じているんじゃない？

俺は違う。目の前にあるものしか信じない。でっかいキリストが空の上で俺たちを見張っていて、善悪を決めているなんて、ないね。

彼女は束の間、何も言わずに彼を見据えていた。それから、ようやく返事をした。そうだね、あなたは信じないのかもしれない。でも、あなたのように——人生は何もかもが無駄で、全部意味がないって考えていると、幸福になれない人もいるの。大抵の人は生きることには意義があるって考える方を選ぶんじゃないかな。そういう意味では、みんな幻想を見ているんだよね。サイモンの幻想は、もっと秩序立っているってだけで。

フィリックスはナイフを引いて、肉片を半分に切ろうとしていた。もしそいつが幸福になりたいのなら、もっとましな幻想を作って信じればいいんじゃないかな？　あらゆることが罪だから、自分は地獄に落ちるだろうって信じるよりも。

彼は地獄については心配していないと思う、現世で正しい行いをしたいってだけで。彼は善悪の区別はあると信じている。でも、結局、人生には何の意味もないんだって思っているのなら、そんなことは信じられないのかもね。

いいや、俺ははっきりと善悪の区別はあると信じている。

彼女は眉を上げた。ああ、それじゃ、あなたにも幻想はあるんだ。でも私たち全員が死んでしまったら、誰がその判断をするっていうの？

それについては考えておくと彼は言った。二人は食事に戻ったが、しばらくすると彼がまた首をふった。

同性愛についてしつこく言う気はないんだけどさ、フィリックスは言い出した。そのサイモンって奴、ゲイの友だちはいるの？

そうだね、私とは友だちだから。私はヘテロセクシュアルって訳じゃないの。

面白がるような、悪戯っぽい表情がフィリックスの顔に浮かんだ。あ、そうなんだ。言っておくけど、俺もなんだぜ。

急に彼女が顔を上げたので、二人の目が合った。

驚いているみたいだな。

そうかな？

彼は料理に視線を戻して、話し始めた。そういうのは気にしたことがないんだ。相手が男か女かなんて。みんな、それこそが一大事であるかのように言っているけれど。でも俺は、大した違いはないと思っている。別にみんなに言いふらしているって訳じゃないよ、女の子の中にはそういうのが好きじゃない子もいるし。俺が男と付き合っていたって打ち明けたりしたら、何かがおかしいんじゃないかと思われるかもしれない。でも君は俺と同類だって分かったから、知られてもいいんだ。

彼女はワインを一口飲んだ。私はそれで恋愛に夢中になってしまいがちなんだと思う。好きになるのは男性なのか、女性なのか、それ以外のジェンダーの人なのか、そうなってみるまでは分からないってことで。

フィリックスはゆっくりうなずいた。それは面白いな。そういうことはしょっちゅうなのか、それともあまりない方なのか？

あまりないね。そして幸せだったためしもない。

ああ、そりゃ残念だな。でもいつかはきっと幸せになれるよ。

ありがとう、優しいんだね。

彼が食事をしているのを、彼女はテーブルの向かいから眺めていた。

きっとあなたはすごくモテるんでしょうね。

嘘のない、率直な顔で彼は相手の顔を見た。どうして俺が？

彼女は肩をすくめた。初めて会ったとき、しょっちゅうデートをしているように見えたから。慣れているみたいで、緊張していなさそうだった。

デートに行ったからって、相手にモテるとは限らない。俺たちはデートしたけど、だからって君は俺を好きにならなかっただろう？

彼女は落ち着き払った顔をした。さあ、それはどうかな。

彼は噴き出した。一本取られたな。別に、俺を好きになったのなら、それでかまわないから。君はちょっとした狂人だって言わざるを得ないけど、もともとそういう印象だったからな。

彼女は皿に残っていたソースをパンで拭っていた。それは賢明だね。

／

木曜日の朝、十時にアリスの出版社のアシスタントがアパートの入口まで彼女を迎えにきて、ジャーナリストとのインタビューに連れていった。フィリックスはヘッドフォンで音楽を聴きながら、街のあちこちに観光に出かけ、写真を撮ってはワッツアップのグループチャットに送っていた。彼は日の当たらない狭い石畳の道の果てにある緑色のドアと雨戸のある白い教会を撮った。古風なレタリングの文字がドアに並ぶ店の前に停めてある赤い原付バイクを撮った。そして、コンチリアツィオーネ通りから写した、背後に燃えるような空を抱いた青いクリーミーなアイスケーキのようなサン・ピエトロ大聖堂の写真も送った。グループチャットの一員の、ミックというユーザーネームから返信が来た。お前、一体どこにいんの？　デイヴというユーザーネームが書き込んできた。ちょっと待て、お前イタリアなの？　すげえな、笑。今週は仕事、休みだったんだな。フィリックスは返信を打ち込んだ。

フィリックス　ローマだぜ、ベイビー

フィリックス　爆笑

フィリックス　ティンダーで会った女と来ている、帰ったら話してやるから

ミック　どうやったらティンダーの女とローマに行くことになるんだ？

ミック　説明が全然足りてない。笑

デイヴ　ちょっと待て！　お前インターネットで金持ちの婆さんを引っかけたのか？

ミック　うおーっ
ミック　言いたくないけど、やべえ話を聞いたことがあるぞ
ミック　朝起きたら、腎臓が片方なかったってな

このやり取りの後、フィリックスはグループチャットを閉じて、「16番」という別のチャットを開いた。

フィリックス　なあきょうサブリナにエサやったか
フィリックス　ビスケットだけじゃなく缶詰のエサもやってくれ
フィリックス　済んだら写真も送ってくれよあいつの顔が見たい

既読も付かず、すぐには返信もなかった。同じ頃、ローマの別の場所で、アリスがイタリアのニュース番組で流すインタビュー映像の撮影をしていた。通訳が彼女の声をイタリア語に吹き替える予定だ。フェミニスト的な観点からすると、それは性差による役割分担だと思います、彼女はインタビューにそう答えていた。フィリックスはスマートフォンをロックして歩き続けて、橋の途中で立ち止まり、川を見下ろしてサンタンジェロ城を眺めた。彼のヘッドフォンからは「アイム・ウェイティング・フォー・ザ・マン」が流れている。光は鮮やかで黄金の色を帯び、斜めに暗い影を落としていて、下を流れるテベレ川の水は濁った淡い緑だ。幅の広い白い石造りの欄干《らんかん》に寄りかかり、スマートフォンを取り出すと、彼はクリックしてカメラアプリを立ち上げた。スマートフォンは年季の入ったもの

で、カメラアプリを立ち上げたせいで、曲が音飛びして、中断してしまった。彼は苛立たしげにヘッドフォンを外すと、城の写真を撮った。彼は橋の外側にヘッドフォンをぶら下げて、数秒間、スマートフォンを持っている方の腕を伸ばしていたが、画面に写し出された写真を確認しようとしているのか、新しい写真を撮るためのいい角度を探しているのか、ただ手に持ったその機器を音も立てずに川に落としてしまおうと考えているのかは、その姿からは分からなかった。彼は険しい顔つきをして腕を伸ばしていたが、単に日差しがまぶしくて目を細めていたのかもしれない。新しい写真を撮ることなく、彼はヘッドフォンのコードを巻いて、スマートフォンをポケットに入れて歩き始めた。

アリスはその夜、文芸フェスティバルで朗読イベントがあった。わざわざ来る必要はないよと彼女はフィリックスに言ったが、どうせ他に予定もないからと彼は答えた。君の本の内容を聞くのも悪くないし。どうやら俺が読むことはなさそうだから。イベントがすごく面白かったらフィリックスも心変わりするかもしれないと彼女は言ったが、そんなことはないと彼は言い返した。イベントの会場は、コンサートホールやコンテンポラリーアートの展示場を兼ねた、中心地から少し外れたところにある大きな建物だった。回廊は人でいっぱいで、様々な朗読会やトークショーが同時に行われていた。イベントが始まる前に、出版社の人間が来て、ステージで彼女にインタビューする予定の人物と会わせるためにアリスを連れていった。フィリックスはヘッドフォンを着けて、ふらふらとさまよいながらメッセージやソーシャルメディアのタイムラインをチェックしていた。ニュースによると、イギリスの政治家が「血の日曜日事件」について攻撃的な発言をしたらしい。フィリックスはタイムラインの上に戻ると、フィードをリフレッシュして、新しい投稿が現れるのを待ち、また同じことを数回くり返した。彼はもう一度リフレッシュするために画面を引き下げる前に、新しい投稿を読んだようなそぶりも見せなかった。そのとき、アリスの方は窓のない部屋で果物の入った鉢を前にして座り、ありがとう、ありがとう、どうもご親切に、楽しんでもらえて嬉しいですと言っていた。

アリスのイベントには百人ほど観客が集まった。ステージで彼女は五分ほど朗読すると、インタビュアーと対話し、質疑応答に移った。同時通訳が彼女のそばにいて、質問の内容を英語にしてアリスの耳にささやくと、今度はアリスの答えをイタリア語にして観客に伝えた。同時通訳の仕事ぶりは素早く、的確で、アリスが話している間はメモ帳の上で忙しくペンを動かし、翻訳した発言をよどみなく読み上げて、自分のメモに打ち消し線を引き、アリスがまた話し始めると同じことをくり返した。フィリックスはステージのやり取りに耳を傾ける観衆と一緒に座っていた。アリスが何か面白いことを言うと、英語が分かる他の観客と一緒に彼は笑った。他の観客は、同時通訳が翻訳した発言を読み上げてから遅れて笑ったが、通訳が冗談の部分を翻訳しなかったのか、面白いと思わなかったのか笑わないこともあった。アリスはフェミニズムや、セクシュアリティ、ジェイムズ・ジョイスの作品、アイルランドの文化的な生活に対するカトリック教会の影響などの質問について答えた。フィリックスはその答えを興味深いと思っただろうか、それとも退屈しただろうか？　アリスについて考えていたか、それとも何か別のこと、他の誰かについて思いを馳せていただろうか？　そして壇上で、自分の本について語りながら、アリスは彼について考えていただろうか？　あの瞬間に彼女の中に彼は存在していたのか、もしそうだとしたら、どんな形だったのだろう？

イベントが終わると、彼女はデスクを前にして座り、一時間ほどサインに応じた。フィリックスは彼女の隣に座っていていいと言われたが、遠慮しておいた。彼は外に出ると、ビルの周りをぐるっと一周して、煙草を吸った。サイン会が終わって、アリスが出版社の人間のブリージダと一緒に彼を見つけにきた。ブリージダは二人をディナーに誘った。彼女はずっと「ディナーと言ってもとてもシンプルなものだから」と言い続けていた。アリスの目は据わり、いつもよりも話すスピードが速かった。フィリックスは逆にいつもよりも無口で、ふてくされているかのように見えた。同じ出版社で働いているリカルドが運転する車に乗って市内のレストランへと向かった。車の前方では、ブリージダとリカルドがイタリア語で喋っていた。後部座席で、アリスはフィリックスに言った。退屈でたまらなかったんじゃない？　彼はしばらく黙ってから、言った。どうしてだよ？　アリスの顔は生き生きとしていて輝いていた。きっと私ならそうだったから。どうしても出席しなくちゃいけないとき以外は、文芸フェスティバルには行かないの。フィリックスは自分の爪を眺めて浅く息を吐き出した。君は質問に答えるのが上手いんだな。ああいうのは事前に用意されているのか、それともあの場で考えつくものなのか？　彼女は事前に質問内容を渡されたことはないと答えた。上辺《うわべ》だけで流暢《りゅうちょう》に見せているだけ。実のあることは何も言っていないの。でも、感心してもらえたのなら良かった。彼は彼女を見ると、秘密めいた様子で訊いてきた。君、何かキメてたりする？　純粋に驚いたような顔で、アリスは言った。ううん。何が言いたいの？

躁状態に見えるからさ。

ああ、ごめん、人前で話すと、こうなっちゃうことがあるの。アドレナリンみたいなものじゃないかな。もっと落ち着くね。

いや、心配しなくていい。何か持っているのなら、俺にももらえるか訊きたかっただけだから。

彼女は笑った。彼は微笑みを浮かべて、頭をシートにもたせさせた。

みんなコカインやっているって話だけどね。この業界では。でも私は誰からも誘われたことがないの。

興味を示したように、彼はふりむいた。そうなのか？　イタリアでってこと、それとも世界中？　いたるところで、って聞いている。

そりゃ面白いな。もしそうなら、俺はちょっとばかり付き合ってもいいんだけど。

私に訊いているの？　彼女は言った。

彼はあくびをして、前の座席のブリージダとリカルドに目をやると、眠気をふり払おうとするように目をこすった。そんなことをするくらいなら、君は死んだ方がましなんだろう。

でも、あなたがやって欲しいのならやるよ。

彼は目を閉じた。君は俺に惚れているからな。

アリスはうーんと声を上げた。

彼はシートにもたれかかったまま、眠ったように動かなくなった。アリスはEメールのアプリを開くと、アイリーンに新しいメッセージを打った。今度私がまた見知らぬ他人とローマに行くって言ったら遠慮なく止めてください。メールを送ると彼女はバッグにスマートフォンをしまった。ねえブリージダ、彼女は呼びかけた。この前、会ったときは、アパートの引っ越しの最中だって聞いたけど。

ブリージダは助手席からふりむいた。そうなんです。引っ越して、会社が近くなりました。彼女は前のアパートと比較しながら、新しいアパートについて説明し始めた。アリスはうなずきながらそれを聞いて、前のアパートは寝室がふたつあったんだよね？　でもエレベーターはなかった……などと、相槌《あいづち》を打った。フィリックスは横を向いて窓の外を見た。ローマの通りがひとつひとつ現れては通り過ぎ、暗闇の中に消えていった。

10

見知らぬ他人についての続報メールです。フィリックスは私たちと同い年で二十九歳。念のために言っておくと、まだ彼と寝ていませんが、それだけでは、君が本当に知りたいことについての説明にはなっていないような気がします。前にも書いた通り、私たちは一度デートで失敗して以来、そっち方向には行っていません。でもきっと君が知りたいのは、私たちの間の特別な性行為ではなく、私たちの関係全体に性的な様相があるかどうかなのではないでしょうか。でも、それはどんな関係性についても言えることですね。セクシュアリティについて、読むに値する優れた論文が欲しいところです。ジェンダーについて論じた文章は数多く存在しますが――セックスそのものについてはどうでしょう？　本当に、セックスとは何なんでしょうね？　私は現実に性的な関係を築くことのない相手について、性的な感情を持つのは普通のことだと考えています――それどころか、相手とセックスする想像なしでも、そんな想像について考えなくても、性的な感情は持ちえます。つまり、セクシュアリティには、何か現実の性行為とは無関係の「別」の中身があるということです。私たちの性的経験の大半は、ほとんどこの「別」に属するとさえ言えるのではないでしょうか。では、この「別」のものとは何なのでしょう？　私がフィリックスに抱いているどういう気持ちが――今のところ、肉体的な触れ合いは一切ありませんが――私たちの関係を性的なものだと私に感じさせるのでしょうか？

セクシュアリティについて考えれば考えるほど、混乱してきて、実際は多様なものについての、ごくわずかな部分にしか私たちは議論していないのではないかと思えてきます。自分のセクシュアリティを「受け入れる」という概念は、基本的に、自分が男性と女性のどちらが好きか理解するという意味合いで使われているようです。どちらの性にも惹かれるという自覚はその過程の一パーセントどころか、私にとってはそれ以下の意味合いしかありませんでした。バイセクシュアルであることが、自分のアイデンティティーと直接結びついているとは思えないのです――他のバイセクシュアルの人々と自分の間に、はっきりとした共通点が見出せないというか。私の性的なアイデンティティーに関する他の問題の方がもっと複雑で、答えを得るはっきりとした道筋が分からないだけではなく、その答えを見つけたとしても、それについて明確に説明する言葉もまだ存在しないのではないかと考えています。どのようなセックスを楽しむべきか、私たちはどうやって判断しているのでしょうか、また、楽しむべき理由は何なのでしょう？　セックスとは私たちにとって何を意味し、どれだけ、どのようなコンテクストで欲しているのでしょうか？　自分の性的なパーソナリティの様相が、私たち自身について明らかにするものとは何なのでしょう？　こうしたことを表す専門用語はどこにあるのでしょうか？　私たちはいつも、人生を滅ぼし、結婚生活やキャリアを台無しにするような、途方もなく強い衝動や欲望の数々を感じながらさまよっているようですが、この欲望が何であるのか、どこから来たのか、誰も真剣に説明しようとはしないのです。私たちが実生活で経験する、こちらを焼き尽くして干からびさせるようなセクシュアリティのパワーと比べると、セクシュアリティについて考え、語る術は非常に限定されたもののように感じます。でもこんなことを書いていると、君からきっと私みたいな強烈な性的欲望の持ち主じゃないから、頭がおかしいと思われるんじゃないかと気がかりです――もしかしたら、誰も私のような欲望は感じていないのかも。みんなそれについては話したがらないけど。

人間同士の関係性とは砂や水のような柔らかいもので、それを注ぐ容れ物によって形が決まるのではないかと、折に触れて考えたりします。母と娘の関係は「親子問題」という容れ物に注がれて、良くも悪くも、その容器の輪郭を描き、中に保持されるのです。友人同士として上手くいかない二人の人間が、姉妹や、結婚したカップルや、親子としてならば上手くいくという例もあるのかもしれません。でも、はっきりとした形を持たない関係は、どうなるのでしょう? 注いだら、そのままこぼれ落ちてしまうような。どんな形にもなれず、四方に流れ出てしまうでしょう。私とフィリックスは、ちょっとそんな感じなのです。この関係がどう進んでいくのか、はっきりとしたルートが見つけられないでいます。フィリックスにはもう自分の友だちがいるし、その人たちとの関係と私とのものはかけ離れているので、彼は私を友だちとは言わないでしょう。他の友だちと比べると、彼と私の間にはずっと距離がありますが、でも同時に、この関係を制約する境界線やしきたりがないためか、ある種の親密さも感じています。つまり、この違いを生み出しているのは彼でも私でもなく、私たちのどちらかに属する固有の資質でもなく、ましてや私たち個人のパーソナリティの特別な組み合わせでもなく、私たちが互いに関わるメソッドの在り方なのです――あるいは、メソッドの欠如というべきか。もしかしたら、私たちはこのまま袂を分かつかもしれないし、結果的には友だちに落ち着くのかもしれないし、もっと違う関係になるのかもしれない。でもどんなことが起ころうと全ては私たちの試みの結果です。全然うまくいかないと思うときもあれば、これが唯一持つに値するつながりだと思うときもありますが。

君とのつながりを別にすれば、って付け加えておきます。でも、美的感覚に関する君の考えには異を唱えたいですね。人類が美に関する感受性を失ったのは、ベルリンの壁崩壊以降です。ここでまたソビエト連邦に関する議論を蒸し返す気はありませんよ、でも連邦が死に絶えたときに、歴史もまた息の根が止まったのです。私が思うに二十世紀とは一つの長い問いのようなもので、人類は最終的に答えを間違えたのです。世界の終末と共に生まれるなんて、私たちは不運な子供たちですよね。ベルリンの壁崩壊以降、この惑星に未来はなく、人類にもありませんでした。あるいは、これは単にひとつの文明の終わりに過ぎず、近い将来、新しいものが取って代わるのかもしれません。とすると、私たちは暗闇が包む前の最後の明るい部屋にいて、何かを目撃する立場にあるのかも。

私には別の仮説もあります。美意識は少なくとも、ローマでは生きています。そう、もちろんここに来ればバチカン美術館でラオコーン像も見られるし、小さな教会を訪れて機械の投入口にコインを入れるとカラヴァッジオも見られます——ボルゲーゼ美術館にはベルニーニの「プロセルピナの略奪」もあって、生まれつき好色なフィリックスは格別に気に入ったと公言していました。しかしそれだけではなく、オレンジの木の密やかな芳香があって、コーヒーを飲む小さな白いカップがあって、青い午後と、黄金の宵《よい》があって……

私はもう現代の小説が読めなくなったって話はしましたっけ？　その作者たちと顔を合わせ過ぎたせいでしょうか。しょっちゅう文芸フェスティバルで会って、赤ワインを飲んで、ニューヨークでは誰が誰の本を出したって話をして。この世で最も退屈な話題で不平をこぼして——充分な宣伝がされていないとか、書評で貶《けな》されたとか、他の人はもっと売れているとか。そんなのどうでもよくないですか？　そしてみんな家に帰ると、「普通の生活」についての繊細でささやかな小説を書く訳です。もう普通の生活がどんなものかも分からなくなっているはずなのに。現実の生活にちらりとでも目を向けたのは、もう何十年も前という人たちばかりです。白いリネンのテーブルクロスを前にして、一九八三年から書評についての不満ばかり喋っている人たち。あの人たちが普通の人々について何を考えているかなんて、私は興味ありません。自分がどんな立場にいるのかも分からずに、喋っているだけなんじゃないでしょうか。どうしてあの人たちは、自分の本当の生活や、執着している物事について書こうとしないのでしょう？　死や喪失感やファシズムに興味のあるふりをして――本当はニューヨーク・タイムズで新作の書評が出るか、それればかり気にしているくせに。ああ、でも、彼らの多くは私と似たような出自なのです。全員がブルジョア家庭出身ではないの。問題はあの人たちが普通の生活というものから外れてしまったことで――最初の本が出版されたときではなく、三冊目か四冊目が出た時かもしれないけれど、いずれにしろ遠い昔です――かつて送っていた普通の生活がどんなものだったか、もう目を細めないと見えないほどそこから遠ざかってしまったということです。もし小説家が正直に自分の人生について書いたら、もう誰も小説なんか読まなくなるでしょう――もっともなことです！　そうすればみんな、現在の文芸界のシステムがどんなに間違えていたか、冷静に見てどれほど深く間違っていたのか最終的にようやく直面せざるを得ないでしょう――作家を現実世界から切り離して、締め出し、彼らが特別な存在で、意見が重要視されているかのように洗脳するなんて。あの人たちはベルリンで新聞社の取材を四本こなし、写真撮影を三本済ませて、満員のイベントに二本出席し、みんなが書評について不満げに話す長々とした楽しいディナーに三回も出て、帰ってくると年代物のマックブックを開いて、「普通の生活」を美しく描いたささやかな小説を書くのです。これは本気で言うのですが——考えると吐き気がしてきます。

現代の欧米の小説の問題は、この世界の多くの人々が生きている現実を締め出すことによって、物語の構造をかろうじて保っているという点にあります。何億人もの人々が強いられている貧苦や窮状と対峙したり、そうした事実を小説の「主要登場人物」たちの人生と並列に語ったりしたら悪趣味とされるし、芸術的観点からも成功していないって言われます。要するに、人類の大多数に対する搾取が急激に、ますます残虐になっていくというコンテクストの中で、誰が小説の主人公の行く末なんか気にするのか？　ってことです。この主人公たちは別れるのか、結ばれるのか？　この現実においては、そんなことはどうだっていいのでは？　だから、小説は世界の真実に蓋《ふた》をしておくのです——きらびやかな上っ面の文章の下にぎっしりと詰め込んで。そうすれば、実生活と同じように、他人の恋の行方にまた没頭することができるから——もし、あくまでも、もし、もっと重要であること、つまり、この世界の全てを忘れさせることができたらの話ですが。

私自身の小説は、言うまでもなく、この件については最悪の罪人です。そのせいで、また小説を書けるかどうかも分からないでいるくらいです。

この間のメールは落ち込んでいたせいか、革命のために死にたいなんて陰気なことを書いていましたね。この返信を受け取る頃には、むしろ革命のために生きるという前向きな気持ちになっていて欲しいと願っています。それはどんな人生になるんでしょうね。君のことを気にかけている人はほとんどいないと書いていましたが、それが本当かどうかは私には分かりません。でも君のことを強い気持ちで心から想っている人は確実にいます——私や、サイモンや、君のお母さんなど。（君のように）

深く愛される方が、広く好かれる（あまりしつこく言いたくないけど、本当は君もそうだと思う！）よりもずっといいはずです。出版界について色々と愚痴ってごめんなさい、まともな人間には聞くに堪えない話ですよね――それと、休みを取ると言ったのに、自分の本のプロモーションでローマに行ってごめんなさい、これも私が臆病で人を失望させたくなかったせいです。（出発前に会えなかった件も謝りたいけれど、これは私の責任ではありません――出版社が空港までの車を手配してしまったからです）私がお金を儲けすぎて、無責任に生きているというのは本当です。きっと君は私にうんざりしているだろうけど、私だって同じくらい自分にうんざりしています――そして本当に君を愛していて、全てにおいて感謝しているのです。

それと、もう是非、結婚式が終わったら会いに来てください。サイモンも一緒に招待していいですか？ 私たち二人が一緒ならば、どうして私たちよりも若く、信じられないほど美しい女性たちと付き合うのが間違いなのか、彼に理解させられるのではないでしょうか。どうして間違いなのか、私にはまだはっきりと分かっていませんが、そのうちきっと何か理由が思い浮かぶはずです。ありったけの愛を込めて、アリス。

11

アリスからのメールを受け取った夕方、アイリーンはデイム通りに向かってテンプル・バーを歩いていた。五月初めのよく晴れた土曜日の宵で、太陽が金色の日差しをビルの正面に斜めに落としている。彼女はコットンの柄ワンピースの上にレザージャケットを着て、フリースジャケットとブーツの若い男や、仕立てのいいシャツを着た中年男性と通りすがりに目が合うたびに、曖昧に微笑んでは目をそらしていた。八時半、彼女はかつての中央銀行向かいのバス停に着いた。ハンドバッグからミントガムを一つ出すと、包み紙を剝いて口の中に放り込む。包み紙のしわを爪で伸ばしている間、車が通り過ぎ、道に落ちる影がゆっくりと東に向かって延びていった。スマートフォンが鳴り出したので、彼女はポケットから出して画面を確認した。母からだ。電話に出て、挨拶を交わす。ねえ、私、今、バスを待っているところなんだけど、後でかけ直してもいいかな？

ディアドラ・プレンターガストの件でお父さんがおかんむりなのよ、母のメアリーは言った。

アイリーンはガムを噛みながら、近づいてくるバスのナンバーを確認しようとして目を細めた。そうなんだ。

ローラに何か言ってもらえる?

バスは停留所に止まらず、通り過ぎていった。アイリーンは指で自分の額に触れた。それで、お父さんはローラに腹を立てていて、それをお母さんに言って、お母さんは私がローラに忠告するべきだって言っているのね。それって理に適《かな》ってる?

そんなに面倒に思うなら、やらなくてもいいわ。

別のバスが到着したので、アイリーンは電話に向かって言った。もう行かなくちゃ、明日また電話するから。

バスのドアが開くと彼女はステップを上り、カードをタッチして料金を支払うと、二階の前方の座席に座った。彼女がバーの店名をスマートフォンの地図アプリの検索欄に打ち込んでいるうちに、バスは市中心部を通り過ぎて南へと向かっていった。アイリーンのスマートフォンの画面上で青いドットが脈打ちながら彼女の最終目的地へと一緒に向かっていた。十七分後には到着する。アプリを閉じると、彼女は姉のローラにメッセージを打った。

アイリーン　結局ディアドラ・Pを結婚式に招待しなかったんだって?

三十秒以内に返信がやってきた。

ローラ　笑。ママとパパがこの汚れ仕事にいいお駄賃をくれるといいね。

メッセージを読んで、アイリーンは眉間にしわを寄せると、勢いよく鼻息を吹き出した。彼女は返信ボタンを押して文章を打ち込み始めた。

アイリーン　親戚を結婚式に呼ばないなんて本気？　自分が意地悪で子供じみたことをしてるって分かっているの？

アイリーンはメッセージアプリを閉じて、また地図を開いた。ドットの指示に従って彼女は停車ボタンを押すと、バスの一階に降りていった。運転手に礼を言ってバスから降りて、スマートフォンを注意深く何度も見ながらバスが来た方向に通りを戻って美容院と婦人用ブティックを通り過ぎ、横断歩道を渡ると、地図上に旗と青い文字列が現れた。目的地に到着しました。彼女はチューインガムを包み紙に吐き出して、近くのゴミ箱に捨てた。

狭いポーチの入り口から入ると、正面にはバーがあり、奥にソファと低いテーブルが赤い電球に照らされている個室のスペースがあった。古風で家庭的な雰囲気のある内装で、一昔前のどこかの家のリビングルームみたいだが、それが真っ赤なライトの光でいっぱいになっている。アイリーンは友だちや知り合いにいっぺんに迎えられた。彼らはグラスを置き、ソファから立って彼女を抱きしめた。ダーラックという名の友だちを見つけ、彼女は明るくお誕生日おめでとう！　と言った。飲み物を注文して、アイリーンは少しベタつく革張りのソファにポーラと並んで座った。壁に備え付けられたスピーカーから音楽が流れていて、個室の端にあるトイレのドアが間をおいて開き、中から白い光が漏れたかと思うとすぐに閉まった。アイリーンがスマートフォンをチェックすると、ローラから新しい返信が来ていた。

ローラ　ふーん、お金にならないクソみたいな仕事をして、三十にもなって下宿している人から子供じみてるなんて言われるとはね……

アイリーンはしばらく画面を眺めてから、スマートフォンをポケットにしまった。隣ではローシーンという女性が、彼女の住んでいる通りに面した一階のアパートの窓が割れているのに、もう一カ月も大家が修理を拒んでいるという話をしていた。それを聞いて、みんなが賃貸物件のひどい話を次々と披露し始めた。そんな風にして一時間が、そして二時間が経過した。ポーラがもう一杯飲み物を注文した。一口サイズのソーセージやくし形のフライドポテト、ソースで濡れて光っているチキンの手羽といった温かい料理を盛った銀の大皿がバーからやってきた。十一時十分前、アイリーンは立ち上がってトイレに行って、ポケットからまたスマートフォンを取り出した。新しい通知は来ていない。彼女がメッセージアプリを立ち上げて、サイモンの名前をタップすると、昨夜のやり取りの記録が出てきた。

アイリーン　無事に家に着いた？

サイモン　ああ、ちょうど連絡をしようと思っていたところ

サイモン　お土産があるんだよ

アイリーン　本当に??

サイモン　フェリーの免税店がトブラローネのチョコレートの特別セールをやっていたんだ

サイモン　明日の夜は何か予定ある？

アイリーン　実はあるんだよね……

アイリーン　ダーラックの誕生日パーティなんだ、ごめん

サイモン　あ、大丈夫

サイモン　平日のどこかで会えるかな？

アイリーン　うん、是非とも

それが最後のメッセージだった。彼女はトイレを使い、手を洗って、鏡を見てリップを塗り直し、トイレットペーパーの端で馴染ませた。誰かが外からトイレのドアをノックしたので、大声で言った。もうちょっと待って。彼女はものうげに鏡を見た。手で顔を引き下げると、天井の蛍光灯の下で、頭蓋骨の形が奇妙な形でぼんやりと浮かび上がってきた。またドアをノックする音がした。アイリーンは肩にバッグをかけると、ドアの鍵を開けてバーに戻った。そしてポーラの隣に座って、テーブルに

残していた半分空のグラスを取り上げた。氷はもう全部溶けている。何の話をしているの？　ポーラはみんなで共産主義について語り合っていたという。みんな夢中だよね、アイリーンは言った。本当にすごいよ。私がマルクス主義について話し始めた頃は、みんな嘲笑《あざわら》っていたのに。今はみんながそれについて話している。共産主義をクールなものにしようとしている新参者たちに言いたくなるよね、同志諸君よ、仲間として歓迎する。今までのことは水に流そう。労働者階級の未来は明るい。ローシーンがグラスを掲げて、ダーラックも従った。アイリーンは少し酔っ払ったかのように、微笑んでいた。大皿料理はどこか行っちゃったの？　彼女は言った。アイリーンの向かい側に座っていたゲイリーという男性が言った。実際には、ここにいる連中は誰も本当の労働者階級じゃないよな。アイリーンは鼻をこすった。そう。きっとマルクスは異を唱えると思うけど、あなたの言いたいことは理解できるよ。

みんな自分は労働者階級だって言いたがるものなんだ、ゲイリーは言った。でもここに、本当にその階級出身の人間なんていないだろう。

そうだね、でもみんな生きるために働いていて、大家に家賃を払っている。

ゲイリーは眉を上げてみせた。家賃を払っているからって労働者階級って訳じゃない。

ええ、労働しているからって労働者階級って訳じゃない。収入の半分を家賃に持っていかれても、不動産を持っていなくても、上司に搾取されても、労働者階級とは言えないんでしょう？　じゃあ何だろう、特定の訛《なま》りがあればいいの？

苛立たしげに彼は笑った。お父さんのＢＭＷを乗り回しておいて、自分は上司と反りが合わないから労働者階級だなんて言うんだ？　これは流行《はや》りじゃなくて、アイデンティティーの問題なんだよ。

アイリーンは自分のドリンクを一口飲んだ。今や、何もかもがアイデンティティーの問題だよね。でも言っておくけど、あなたは私のことを知らないでしょう。どうして知らないくせに、ここにいる人間はみんな労働者階級じゃないなんて言えるの。

あんたが文芸誌で働いているのは知っている。

あらすごい。つまり、私は仕事をしているってことだね。まったくもってブルジョア的な行為だよね。

ダーラックが、二人は異なる人口集団に「労働者階級」という言葉を当てはめているのだと言った。一方は資本よりも労働によって収入を得ている広範囲の人々で、もう一方は特定の文化的伝統やシニフィアンを持つ、主に都市部に住む貧困層。ポーラは中産階級の人間も社会主義者になり得ると言って、アイリーンは中産階級など存在しないと反論した。議論に火がついて、みんなで言い合いになった。アイリーンはもう一度スマートフォンをチェックした。新しい通知はなく、23：21という時間が表示されているだけだった。彼女はグラスの中身を飲み干すと、ジャケットを着始めた。投げキスをして、ソファにいる他のみんなにさよならと手をふる。家に帰るね。ダーラック、お誕生日おめでとう！　また近々。会話がうるさかったせいで、彼女が帰るのに気がついて声をかけたのはほんの数人だけだった。

十分後、アイリーンは中心部の方面に戻るバスに乗っていた。二階の窓際の席に座り、彼女はまたポケットからスマートフォンを取り出してロックを解除した。ソーシャルメディアのアプリを立ち上げて、エイダン・ラヴィンの名前を打ち込み、三番目に出てきた検索結果をタップする。ページが表示されると、アイリーンは機械的にページをスクロールして最近の投稿をチェックした。本当は興味もないのに習慣的にそうしているみたいだった。数回タップしただけで、エイダンのページからアクチュアル・デス・ガールのプロフィールページに飛んで、表示されるのを待った。バスがセント・メアリーズ・カレッジの停留所で止まり、ドアが開いて、そこで下車する乗客たちが下の階に降りていった。ページが表示されたので、アイリーンは何の気なしにスクロールして最新の投稿にたどり着いた。またバスが止まり、停車のベルが鳴った。誰かが隣に座ってきたので、アイリーンは一瞬顔を上げて礼儀正しく微笑むと、すぐにスマートフォンに顔を戻した。アクチュアル・デス・ガールは二日前に「このサッドな事例」というタイトルで新しい写真を投稿していた。彼女が黒い髪の男性を抱きしめている写真だ。男性にはエイダン・ラヴィンのタグが付いていた。写真を見ていたアイリーンの口がかすかに開いて、また閉じた。彼女は写真をタップして拡大した。男性は赤いコーデュロイのジャケットを着ている。ふくよかで魅力的な女性の腕が彼の首にきつく巻きついていた。写真には三十四の〈いいね〉がついていた。バスがまた別の停留所で止まったので、アイリーンは窓の外に視線を戻した。運河の手前、グローヴ・パークの停留所だ。何かに気がついたような表情が顔をよぎったかと思うと、彼女は眉をひそめて、衝動的に立ち上がり、隣の乗客の前をすり抜けた。ドアが開くと、彼女はほとんど息を切らしながらステップを駆け降り、バックミラーの中の運転手に礼を言って下車した。

もう深夜近かった。通りに面した店は暗かったが、その上のアパートの窓にはぽつぽつと黄色い光が見えた。アイリーンはジャケットのジッパーを上げて、バッグを肩にかけ直すと、意を決したようにどこかに向かって歩き始めた。歩きながら彼女はスマートフォンを取り出して、もう一度写真を見てみた。そして咳払いをした。通りは静まり返っていた。彼女はスマートフォンをポケットに入れて、まるで手を拭くようにジャケットの正面を両手で撫でた。通りを渡ると足取りは更に速く、歩幅は大きくなり、とうとうゲートの向こうにプラスティックの車輪付きゴミ箱が六つ並んでいる、背の高い煉瓦《れんが》造りの建物までやってきた。建物を見て、奇妙な笑い声を立てると、彼女は自分の額をこすった。砂利道を渡って、玄関のブザーを押す。五秒経っても、十秒経っても何も起きない。十五秒。頭をふっている彼女のくちびるは、架空の会話の予行練習をしているかのように音もなく動いている。二十秒が経過した。アイリーンはもう帰ろうとして背を向けた。すると、プラスティックのスピーカーからサイモンの声が聞こえてきた。ふりむいて、彼女は無言でスピーカーを見つめた。もしもしと彼の声はくり返していた。彼女は通話ボタンを押した。

こんばんは、私なの。ごめんね。

アイリーン、君なのか？

そうだよ、ごめん。まさしくアイリーン。

大丈夫かい？　彼の声は問いかけた。上がってきなよ、今、玄関を開けるから。

ドアのロックが解除される音がして、彼女は建物に入った。玄関ホールの照明は明るく、誰かの自転車が郵便ボックスに立てかけてあった。階段を上っているとき、彼女はバレッタでまとめた髪がほどけかかっているのに気がついて、長い指で器用にまとめ直した。スマートフォンで23：58という時間をチェックすると、ジャケットのジッパーを開ける。サイモンの部屋のドアはもう開いていた。彼は裸足でそこに立っていて、ホールの照明のまぶしさに顔をしかめていたが、その目は眠そうで腫れぼったかった。アイリーンは階段の手すりに手をかけ、一番上の段で足を止めた。ああ、ごめんなさい。もう寝てた？

何か問題が起きたの？　彼は言った。

疲れていたのか、それとも恥ずかしかったのか、彼女は頭を垂れて目をつぶった。目を開けて彼の質問に答えるまで数秒かかった。何も問題ないよ。ダーラックのパーティから帰る途中で、あなたに会いたくなったってだけ。考えなしだったの――どうしてあなたが起きているはずだって思い込んだんだろう。もう遅いのに。

そうでもないよ。部屋に入るかい？

床のカーペットに視線を落としたまま、彼女はふり絞るような声を出した。ううん、いいの、休んでいたのに悪いから。本当に馬鹿みたい、ごめんね。

彼は片目を閉じて、階段の上にいる彼女の姿を観察していた。そんなことは言わないで、さあ入って、何か飲もう。

彼女は彼の後を追って部屋に入った。キッチンの照明だけがついていて、小さなアパートにぼうっとした光が円形に広がっていた。Tシャツやソックス、下着類が壁際に設置された物干しに吊るされて、乾くのを待っていた。サイモンがドアを閉めると、アイリーンはジャケットと靴を脱いだ。彼女はしおらしく目を伏せたまま、彼の目の前に立った。

サイモン、お願いしてもいいかな？　嫌なら断ってかまわないから。

うん。

一緒にベッドで寝てもいい？

彼女を見つめたまま、彼が答えるまで少し間があった。いいよ。お安いご用だ。本当に何か問題はないんだね？

顔を上げずに彼女はうなずいた。彼はアイリーンのためにグラスに水道水を注ぐと、寝室に彼女を連れていった。黒っぽい色の床材が張ってある、片付いた部屋だった。中央に上掛けがめくられたダブルベッドがあって、ベッドサイドの明かりがついていた。ドアの向かい側にはブラインドが下げられた窓があった。サイモンが明かりを消すと、アイリーンはワンピースのボタンを外して肩から脱いで、彼のデスクの椅子の背に掛けた。二人はベッドに入った。彼女はグラスから水を少し飲んで、横向きに寝そべった。二人ともしばらくは黙ったまま動かなかった。アイリーンはサイモンの方をふりむいたが、彼は背を向けていたので、後頭部と肩がぼんやり見えただけだった。抱きしめてくれる？彼女は言った。彼は一瞬躊躇《ちゅうちょ》して、何か言いかけたようだったが、ふりむくと彼女の体に手を回してつぶやいた。ああ、もちろんいいよ。アイリーンはサイモンに寄り添って、顔を彼の首に埋めて、ぴったりと密着した。彼の喉から低い声が漏れた。サイモンは息を吞んだ。ごめんと彼は言った。いいのと彼女は答えた。嬉しいから。彼は息を吸い込んだ。あのさ、君、酔っ払ってはいないよね？アイリーンは目を閉じたままだった。酔っ払ってないよ。彼女は手を彼の下着の中に入れた。彼は目を閉じて、思わず喘《あえ》いでしまった。彼女がしばらくそのままゆっくりと手を動かして、見上げると、彼の閉じられたまぶたは濡れていて、口が少し開いていた。する？彼女は訊いた。いいよと彼は答えた。二人は下着を脱いだ。コンドームを取ってくるよ。彼女はピルを飲んでいると言ったが、彼は思案しているようだった。そうか、じゃあ、このままで大丈夫かな？彼女はうなずいた。二人は互いを見つめ合う姿勢で横たわった。彼は彼女の腰を引き寄せて中に入った。アイリーンがはっと息を吸うと、サイモンは彼女の腰骨の突起を撫でた。二人の動きが、数秒間止まった。すると彼が深く挿し入れてきたので、彼女は目をつぶって泣き声を上げた。彼の口から言葉にならない声が漏れた。仰向けに寝てもらってもいいか？　きっとその方がもっと深くつながれるはずだから、もしよかったら。彼女は目を開けなかった。いいよ。彼がペニスを引き抜くと、彼女は体勢を変えて仰向けになった。またサイモンが入ってきたので、彼女は声を上げて彼の体に脚を巻きつけた。彼は目を閉じ、体重を自分の腕で支えていた。一分後、彼女の口から、愛しているという言葉が飛び出た。彼は息を吐き出した。低い声で彼はささやいた。僕はまだ――僕も愛しているよ、すごく。彼女は手を相手の首にかけて、口から深く激しく息を吐き出した。アイリーン、サイモンが彼女の名前を呼んだ。ごめん、でももういきそうなんだ。本当は、まだ――どうしてだろう、ごめん。火照った顔で息を切らせて、彼女は首をふった。いいの。心配しないで、謝らないで。彼が達した後、二人はしばらく息を荒らげたまま抱き合っていた。アイリーンはサイモンの髪を撫でた。それから温かくがっしりとした手を彼女の腹部の方に下げていって、脚の間に当てた。いいかな？　彼女は目をつぶり、小声で答えた。いいよ。彼が中指を差し入れて動かしながら親指でクリトリスを撫でると、彼女はささやいた。ああ、それいい。終わると二人は離れ、彼女は仰向けになって上掛けを足で押しのけて息を整えた。彼は横向きの姿勢のまま、薄目を開けて彼女を見ていた。大丈夫かい？　彼女は震えるような笑い声を上げた。大丈夫。ありがとう。彼は物憂げに微笑むと、ベッドの上の彼女のスリムな長い肢体に目を走らせた。いつでも喜んで。

朝八時にスマートフォンの音で二人は目を覚ましたが、サイモンが肘をついて上体を起こし、アラームを止めた。アイリーンは寝そべったまま目をこすっていた。ブラインドの端から長方形に日の光が漏れていた。今日の朝は何かあるの？　アイリーンが訊いた。彼はベッドサイドテーブルにスマートフォンを戻した。九時のミサに出席する予定だった。でももっと遅い時間帯でもいいんだ、大差はないし。彼女は枕に髪を広げ、幸せそうに目を閉じたまま横たわっていた。私も一緒に行っていい？彼は束の間、彼女を見下ろし、あっさりと答えた。もちろん、いいよ。二人は一緒にベッドから出て、彼がコーヒーを淹れている間、彼女はシャワーを浴びた。彼女が白いバスタオルを体に巻いてバスルームから出てくると、二人はキッチンのカウンターに寄りかかってキスをした。ミサの間に邪《よこしま》な考えが浮かんでしまったらどうなるの？　アイリーンは訊いた。サイモンは濡れた髪に包まれた彼女の首の後ろを撫でた。昨夜《ゆうべ》のこととか？　邪なことなんか何もしてないだろう。彼女は彼のTシャツの肩の縫い目にキスをした。サイモンは朝食を作り、アイリーンは服を着た。九時数分前に二人は家を出て、一緒に教会に向かった。教会の中は涼しく、がらんとしていて、湿気と香の匂いがした。司祭は『ルカによる福音書』を読み、憐れみについて説教をした。聖体拝領中は聖歌隊が「罪に苦しむ」を歌っていた。アイリーンはサイモンが会衆席から立って、そのほとんどが年配者である他の信者たちと聖体拝領の列に並ぶのを見ていた。彼らの背後の回廊で聖歌隊が「光で闇の世界を照らして」を歌う。アイリーンはサイモンが祭壇まで行って聖体を拝領するのを見るために、席をずらした。ふりむいて、彼はすぐに十字を切った。彼女は手を膝に置いて座っていた。サイモンは声を出さずに口を動かしながら、巨大なドーム型の天井を見上げている。探るような表情でアイリーンは彼を眺めていた。サイモンは戻ってきて彼女の隣に座り、がっしりとした重たい自分の手を彼女の手に重ねた。そして、会衆席に取り付けられたクッションにひざまずいた。合わせた手の上に頭をたれている彼は、深刻な顔や真剣な表情はしておらず、ただくちびるを閉ざして穏やかそうに見えた。膝の上で指を重ねて、彼女はただ彼を見ていた。聖歌隊が「あなたに呼ばれて私は歩みます」を歌っている。彼はまた十字を切って、彼女の横に座り直した。アイリーンがサイモンに向かって手を伸ばすと、彼はその手を取って握りしめて、親指で彼女の拳の小さな突起をそっと撫でた。ミサが終わるまで二人はそのままでいた。表に出ると二人はまた微笑み合ったが、その笑顔はどこか謎めいていた。よく晴れた涼しい日曜日の朝で、建物の白い外壁が日光を反射し、車が通り過ぎて、犬を散歩させている人々が通りの反対側からお互いの名前を呼び合っていた。サイモンがアイリーンの頬にキスをし、二人は別れを告げた。

12

アリス、現代の小説の問題点とは、つまりは現代の生活の問題なのだとは思いませんか？　確かに人類の文明が崩壊の危機に直面しているこのときに、セックスと友情にまつわる些事《さじ》にかまけている状態は、下品で退廃的だし、認識論的に突きつめれば暴力だとも言えます。でも正直に言えば、常日頃、私の心を占めるのはその些事の方です。人類が精神的なエネルギーや物質的な資源を実存的な問題に投入して、家族や、友人、恋人といった人間関係について考えないようになるためには、本当は私たちがより高い次元に達するのを待った方がいいのかもしれません。そこに到達するのを待っているうちに、自分たちは死ぬんじゃないかとも思っていますが。でも人は死の床で、何故だかパートナーや子供たちについて語り始めたりしますよね？　そして死とは、要するに、一人称の黙示録ではないでしょうか？　そう考えてみると、あなたが「くっつくか別れるか」（！）と呼んでいる問題こそが、何よりも重要なのかもしれません。死を目前にして、もう何も残されていない状況になっても、人々はなおも人間関係にまつわる些事について語りたがるものですから。私たちは人を愛し、身近な人を気遣うために生まれてきたのであって、他にどのような重大なことがあっても、結局はそれが最優先事項であることに変わりないのではないでしょうか。もしそれが人類の絶滅する理由だとしたら悪くないし、これ以上の理由は考えられないと思いませんか？　私たちがこの世界の資源の分配を再編成して、種として持続可能な経済モデルに移行する手段を考えるべきときに、セックスと人間関係について気にしていたため。お互いを愛し過ぎて、お互いを興味深いと思い過ぎてしまったため。それは人類について私が愛する点で、それこそが人類が生き残るべき理由だと考えています――私たちは愛する相手に対してあまりに愚かであるから。

これは私の個人的な経験から導き出された論です。昨夜、私は人の誕生日パーティの帰りに、不意に思いついたようにグローヴ・パークの停留所でバスを降りて、サイモンの家に行きました。少しばかり酔っていて自己嫌悪に陥っていたので、彼に肩を抱いてもらって慰められたかったのかもしれません。あるいは、彼が留守であることを望んでいたのかも。彼が付き合っている女性にそこで出くわして、もっと自分を痛めつけたかったのかも。どうなんでしょう。自分が何を求めていたのか、何が起こると考えていたのか、分かりません。サイモンの部屋に上がってみると、どうやら彼は寝ていたところをブザーの音で起こされて、わざわざ私を出迎えるためにベッドから出てきたようでした。真夜中あたりで、そんなに遅い時間ではありませんでしたが。戸口に立っている彼は疲れて老けて見えました。それが悪いと言っているのではありません。でも少女の頃から知っている美しい金髪の十代の少年に会えるものだと、つい思ってしまっていたのです。昨夜、戸口に立っているサイモンを見て、彼はもはやその少年ではないのだと気がつきました。私は彼の人生について何を知っているというのでしょうか？　彼に対して幼い恋心を募らせていた頃はまだ性的な欲望について分かってなくて、彼と接触した際に自分の中に湧き上がる感覚を「スペシャルタッチ」と呼んでいました。接触と言ってももちろん、偶然にぶつかったりするだけで、何かの機会に私に触れるときも、彼はこれ以上ないほど慎重でした。「スペシャルタッチ」なんて、アホみたいですよね？　ふり返ると、笑いたくなってきます。でも昨晩、ベッドで彼が私に腕を回してきたとき、昔と同じ感覚がして、この十五年のことなどなかったかのようにその言葉が浮かび上がって来たのです。

　私たちは今朝、一緒にミサに行くことになりました。彼の近所にある教会は入り口に立派な石造りの前廊が設《しつら》えてあって「無原罪のマリアの教会、罪人の避難所」という極めてカトリック的な名前でした。彼に請われたのではなく、自分から行くと言い出したのですが、どうして行きたかったのかは私にも謎です。一緒にいてあまりに幸せだったせいで、一時間も彼と物理的に離れているのが耐えられなかったのでしょうか。あるいは、どう言えばいいのか分かりませんが、彼が私を置いてミサに行くことに嫉妬していたのかも。こうやって書いてみても、それがどういう意味なのか解せないところがありますが。彼が私以上に神という概念を愛していることに憤《いきどお》ったのでしょうか？　こんな考えは明らかに馬鹿げています。でも、だとしたら、どうしてでしょう？　束の間とはいえ、親密な関係に戻ったことで、彼がミサで私とのことを清めるつもりではないかと心配になったのでしょうか？もしかしたら、彼が本気でミサに参加するなんて信じられなくて、私が一緒に行くと言い出したら、本当は宗教についてそんなに本気で捉えていないのだと白状するのではないかと思ったのかもしれません。結局は何事もなく、二人で一緒に教会に入っていきました。教会の内装は白と青で統一されていて、彩色された数々の彫像があり、黒い板張りの告解室には豪華なヴェルヴェットのカーテンがかかっていました。参列者のほとんどはパステルカラーのジャケットを着た小柄な老婦人です。礼拝が始まっても、サイモンは険しい顔で精神性を漂わせたり、父なる神の誉《ほま》れといったことを叫び出すこともなく、いつもの彼のままでした。ただ、そこに座ってじっと説教に聞き入っているだけです。でも、礼拝の最初の方で列席者たちが「主よ、慈悲をお恵みください」とくり返し詠唱したときは、彼に笑って全部冗談だと言って欲しいと思ってしまいました。彼の立ち居振る舞いや「私は大きな罪を犯しました」という言葉に恐怖のようなものを覚えたのです――彼は私が「雨が降っているね」と言うのと似たような調子で、何の疑問も抱かず雨降りを心から信じていたらこうに違いないという普通の声で祈りを唱えていたので。サイモンのこの真剣さにおそらく不安になって、何度も彼の方を見ましたが、彼は親しげに微笑むだけで、「そう、これがミサだ。何を期待していたの？」と言われているかのようでした。説教にはキリストの足を香油で清めた女性の話が出てきましたが、自分の髪で彼の足を拭いたなんて冗談でしょ？　って感じです。もしかしたら私の聞き間違いかもしれませんが。サイモンは座ったまま、このどう考えても奇妙で変態的な話を、これ以上ないほど普通の顔で穏やかに聞いていました。「普通」って言い過ぎているのには気がついていますが、彼が本当に人格に何の変化もないようで、いつもとまったく同じ人間として振る舞っているという事実に、私は当惑したのです。

説教が終わると、神父によるパンとワインの祝福が始まり、「心を高く上げよう」と信者たちに向かって訴えかけました。すると、教会にいた人々が一斉に声を合わせて「神に向かって心を高く上げよう」とささやきました。私は本当に数時間前に、このダブリンのど真ん中で、こんな場面を目撃したのでしょうか？　私とあなたが生きているこの現実世界で、こんな儀式が続いているなんてあり得るの？　神父が「あなたの心を高く上げよう」と言うと、サイモンを含む全員が躊躇も皮肉もなく「神に向かって私たちの心を高く上げよう」と応えたのです。彼らは自分たちが真実を語っていると信じて、それがどういうことなのかこちらには理解不能ですが、その瞬間、神に向かって心を高く上げたりしたのでしょうか？　もし同じ問いかけを昨日の私にしたのなら、もちろんそんなことはないと答えたはずです。ミサは社会的な儀式に過ぎないし、敬虔《けいけん》な人々も四六時中神を意識している訳ではなく、神に向かって心を高く上げたりもしない、その言葉が意味することとの認識もないはずだと。でも、今日の答えは違います。少なくとも、あの教会にいた何人かは、本気で神に向かって心を上げようとしていたはず。サイモンもそのうちの一人です。彼は自分の唱えている言葉の意味を理解していて、吟味して、その言葉が真実だと信じているのです。詠唱が終わると、神父がお互いに平和の印を示しなさいと列席者に促したので、サイモンは小柄な白髪の老婦人たち全員と握手して、私の手も握り「あなたに平安がありますように」と言いました。そのときには、私は彼に本気であって欲しいと思っていました。もう彼に冗談だよと言って欲しいとは思わず、見た目と同じく彼に真剣であって欲しい、もっと真剣になって、言葉の全てを信じていて欲しいと願っていました。

これは私が礼拝に参加してみて、彼の真摯《しんし》な信仰心に感銘を受けたという証《あかし》なのでしょうか？　でも自分が信じていないものを、信じたくもないし、明らかに間違っている上に不合理だと感じるものを信じる人から感銘を受けるなんてあり得ますか？　たとえば、サイモンが神の息子として亀を崇拝するようになったら、その信仰心に感心するでしょうか？　厳密な合理主義の観点からすると、亀を崇拝するのと、一世紀の古代ユダヤ人の説教者を崇めることに違いはありません。そもそも神など存在しないし、全てがでたらめなのだから、信じる対象がキリストであっても、プラスティックのバケツでも、ウィリアム・シェイクスピアでも変わりはないはずです。それでも、彼が亀を崇拝する道に行ってしまったら、私は彼の真摯さを認められないような気がしています。では、私は単に礼拝の儀式に感心したのでしょうか？　それとも私が密かにキリストを特別な存在だと信じていて、合理的とは言いがたいと思いつつ、キリストを神として崇拝するのは差し支えないと考えていたとか？　分かりません。教会でのサイモンの穏やかで優しい態度や、老婦人たちと同じように落ち着いて静かに祈りを唱える様子、彼女たちと自分を同じくしようとする努力、彼女たちと同等の信仰心だけを表明し、批判的で知的な態度を取らず、皆と同じであろうとするその姿勢に胸を打たれたのかもしれません。彼は私が観察していても、恥ずかしそうなそぶりさえ見せませんでした——場にそぐわない私のことを迷惑だとも思わず、私が信じていない至高の存在を信じている自分の姿を見せても平気だったのです。

礼拝後、教会から出ると、彼はミサに来た私に感謝しました。ほんの一瞬、気まずさから、彼が全て冗談なんだと言い出すのではないかと心配になり、もしそう言われたらと考えて戦慄《せんりつ》が走りました。でも大丈夫でした。サイモンはそんな彼らしくないことはしないと分かっているべきでした。その後、私たちは別れました。ミサは奇妙な形でロマンティックだったと私が言っても、どうぞ理解してください。サイモンの中には深遠で厳粛なものがあると久しぶりに感じられたせいか、私たちが握手を交わした際の彼の優しさのせいでしょうか。あるいは、進化心理学者なら、私は単なるか弱い女性に過ぎず、男性のベッドで一夜を明かした後、急に弱々しい優しい気持ちになって彼を想っているだけだと言うのかもしれません。それは本当かもしれないので、申し開きはしないでおきます。このメールを書きながら、私はサイモンについて弱々しい、優しい気持ちで考えて、訳もなく、何故だか守ってあげたいような気持ちにもなりました。もしミサに出席せずに真っ直ぐ家に帰ったら、今のような気持ちになったかどうかは分からないでいます——でも、昨夜彼と一緒に寝ないで、二人でミサに行ったとしても、やはりこんな気持ちにはならなかったはずです。セックスをして、その事後にミサに行くという一見ミスマッチな組み合わせのせいで、こんな気持ちが生じたのかもしれません——ほんの少しだけど彼の人生に分け入り、今まで知らなかった一面を知って、それによって認識を改めるというような。

友情とロマンスと言えば、ローマはいかがですか？　フィリックスはどうしていますか？　あなたはどうしているの？　この前のメールであなたがセクシュアリティについて書いた箇所は笑っちゃいました。ひょっとして性欲のある人間は自分だけだと思っているの?? そうだったときのために、セクシュアリティを論じた優れた文章として、オードリー・ロードの「エロティシズムの用途」のPDFを添付します、きっとあなたも気に入るはずです。それと、もちろん、サイモンも一緒に招いてください！　彼もあなたに会いたがっているし、あなたたち二人と海辺で一週間を過ごすなんて、これ以上幸せなことは考えつきません。変わらぬ愛を込めて。E

13

同じ日曜日のローマの朝、アリスはバスルームでシャワーのお湯を止められないでいた。体を拭いてドレッシングガウンを着ると、彼女はフィリックスに見てくれるよう頼んだ。彼はバスルームに来て、アリスが髪から水滴を肩に滴《したた》らせながら背後で見守る中、シャワーヘッドを壁向きに固定して部品を調べ、電源スイッチを試しに何度か押してみた。フィリックスはシャワーのプラスティックのカバーを取り外して、目を細めて中のラベルを読もうとしている。それから左手でポケットからスマートフォンを取り出すと、アリスに差し出した。もう一度電源スイッチを押してシャワーヘッド内の機械の動きを確認しながら、彼はメーカーと型番を読み上げてアリスにグーグルで調べてくれるよう頼んだ。アリスが彼のスマートフォンでブラウザのアイコンをタップすると、有名なポルノサイトが表示された。映し出されたページには「激しいアナルセックス」の検索結果のリストが並んでいる。トップの動画のサムネイルは、背後から男に首を絞められながら椅子の上に跪《ひざまず》く女性の姿。その次のサムネイルでは女性が口紅を滲ませて泣いていて、涙で流れたマスカラが彼女の頬に黒々とした線を描いていた。何の操作もせず、画面にも触れないまま、アリスはフィリックスにスマートフォンを返した。これ、閉じておいた方がいいんじゃない。スマートフォンを受け取って画面を見た途端、フィリックスは首まで真っ赤になった。シャワーのプラスティックカバーを落としそうになって、彼は反対の手でキャッチして戻した。うわっ。ごめん。めちゃめちゃ気まずいよな、悪かった。彼女はうなずいてガウンのポケットに手を入れると、また手を出して、寝室に戻っていった。

数分後、フィリックスはシャワーの問題を解決した。彼はそのままアパートを出て散歩に出かけた。アリスが寝室で仕事をし、フィリックスがひとりで街を歩き回っているうちに、数時間が経過した。彼はヘッドフォンで音楽を聴いて、店のウィンドウを眺めながらコルソ通りをさまよい歩き、時折スマートフォンをチェックした。アリスはアパートのキッチンでバナナと何切れかのパンと板チョコレートの半分を食べて、食事が終わると寝室に戻っていった。

フィリックスはアパートに戻ってくると、アリスの寝室をノックして、ドア越しに彼女に何か食べないかと訊いた。

もう食べたという返事が部屋から聞こえてきた。だから、いい。

彼はひとりでうなずき、鼻梁《びりょう》を指でつまんで立ち去ろうとしたが、戻ってきた。フィリックスは頭をふって、またノックした。

入ってもいいか？

いいよ。

ドアを開けてみると、彼女はノートパソコンを膝に置いて、ベッドのヘッドボードに寄りかかっていた。窓は開いていた。彼は片手をドアのフレームにかけて、戸口のところに立っている。彼女は何事かと問うように首をひねった。

シャワーは修理したよ。

気がついていた。ありがとう。

彼女はまたノートパソコンでの作業に戻った。彼は不満そうな顔をして、ドアから動かなかった。

俺に腹を立てているのか？

ううん、別に。

今朝のことは悪かったよ。

気にしないでと彼女は言った。

彼はドアのフレームを手でさすりながら、まだアリスを見ている。

それって本当、それともそう言っているだけ？

どういう意味？

何だか態度がおかしいからさ。

彼女は肩をすくめた。フィリックスはアリスが何か話すのを待っていたが、彼女は黙ったままだった。

ほら、それだよ。ちゃんと俺と話す気がないだろ。

私に何を言って欲しいのか分からない。どんなポルノを見ようとあなたの勝手だし。でもぞっとするページが開いたままだったのはよくなかったよね。

彼は眉をひそめた。俺は別にぞっとするとは思っていない。

そりゃ、あなたはそうでしょうよ。

何が言いたいんだよ？

彼女は怒ったような顔で相手を見上げた。何を言ってもらいたいの、フィリックス？　抵抗できない女性が虐待されている動画を見るのが好きな人に、何が言えるの？　見ていいよって？　まあいいんでしょうよ。それで刑務所行きにはならないんだし。

行った方がいいと思っているんだ？

私がどう思おうが、あなたの知ったことじゃないでしょう？

フィリックスは笑い出した。彼はポケットに手を入れて首をふった。そしてドアフレームの上で軽く足踏みをした。君の検索履歴にはぞっとするものは何もないんだろうな。

あれみたいなのはね。

そうか、君は俺よりもずっと立派な人間だっていうんだな。

彼女は作業に集中して、もう目を上げなかった。彼の方は彼女をじっと見ていた。

君がポルノ女優を本当に気遣っているなんて、信じないね。彼は言った。俺が君の嫌いなものが好きだから、むかついているだけだ。

そうかもね。

それか、女優たちに嫉妬したのかもしれない。

一瞬、二人の目が合った。彼女は冷静に答えた。そんなことを言い出すなんて、残念だね。いいえ、私はお金のために身を落とさなければならなかった女性たちに嫉妬したりしない。そうならなくて幸運だったと思っている。

でも金で俺の歓心を買おうとして、全然うまくいかなかったんじゃないの？

彼女はひるまなかった。そんなふうには思わないよ、私はこの三日間あなたといて楽しかったんだし。それで充分でしょ？

彼は背後のリビングに目をやってから、精神的または肉体的に疲れ果てたかのように両手で自分の顔を挟んでこすった。彼女は感情を表に出さずにそれを見ていた。

俺とただ一緒に過ごすっていうのが、君の望みだったのか？

そうだよ。

それで君は楽しかったんだな？

ええ、すごく。

彼は周囲を見渡すと、ゆっくりと首をふった。そしてようやく部屋に入ってきて、彼女に背を向けてベッドの空いている場所に腰かけた。

少し横になってもいいか？

うん。

フィリックスは彼女のベッドで仰向けになった。アリスは彼の横で作業を続けていた。どうやらメールを書いているようだ。

どうでもいいことで、君はすごい罪悪感を植えつけるんだな。

手を止めずに彼女はそれに答えた。そんなに私の意見を気にしてくれるなんて、嬉しいよ。

こんなので大騒ぎするなら、彼は言葉を継いだ。正直、俺は最悪なこともしてるし。あの程度のインターネットのポルノでそんなによそよそしくなるのなら、俺たちは絶対にいい友だちにはなれない。

俺はもっとずっとひどいことをやってきた人間だから。

彼女はパソコンのキーを叩く手を止めて、彼の方を見た。たとえば、どんな？

色々と。どこから始めればいいのやら。たとえば、これを聞いたら君は絶対に引くはずだけど。一年位前、夜、飲みにいって女の子を引っかけたら、後で未成年だったって分かったんだ。怒らせるために嘘を言ってるんじゃない、本当の話だ。十六か十七歳だったはずだ。

その娘、もっと大人に見えたの？

そうだったって言いたいけど。よく考えていなかった。俺たちは二人とも酔っていたし、彼女は楽しんでいるように見えたから。こんなこと言うなんて、ひどいよな。相手が子供だから狙った訳じゃないし、本当の年齢を知っていたら絶対にしなかったけれど、間違いを犯したのに変わりはない。誰もが陥る可能性のあることだなんて言い訳はしないよ。徹頭徹尾、俺が馬鹿なせいで起こったことだ。俺がどんなに悔やんでいるか、延々と説明する気はない。だけどやっぱり、後悔してる、分かるか？

アリスは静かに言った。あなたを信じるよ。

正直、それ以上に悪いこともしている。俺がした最悪なことについて、もし聞きたいんなら教えるけど――

彼が話を止めたので、その先を聞くためにアリスはうなずいた。遠くを見て、光が目に入ってくるかのように顔をしかめながら彼は話し始めた。

最悪なのは、学生時代に女の子を妊娠させたことだ。相手はまだ中学生で、俺は高校の二年目だった。こんなひどい話ってあるか？　お母さんが彼女をイギリスに連れていったんだよ。*確かフェリーで渡っていったはずだ。彼女はまだ十四歳かそこらで、ほんの子供だった。セックスもしちゃいけない年齢だったのに、俺が説得したんだ。その、きっと大丈夫だって。それが俺の最低の悪事だ。同意があったの、それとも押し切ったの？

相手もしたいと言ってたけど、妊娠するのを恐がっていた。俺はそんなことにはならないって言った。脅して彼女にプレッシャーをかけたつもりはなくて、心配しなくていいって意味だったんだけど。でもプレッシャーをかけたも同然だった。十五歳とかじゃそういうところまで頭は回らないし、少なくともその頃の俺は考えなしだった。今だったら絶対にそんなことはしない——相手が躊躇しているって気がついたら、それ以上は口説かない。それを信じるか信じないかはそっちの勝手だし、信じなくても全然いいけど。でも、自分が彼女をどう説き伏せたかを思い出すだけで、今の俺は体がおかしくなってくるんだ。変な動悸とかが始まって、どうしていいのか分からなくなる。連続殺人事件を起こすようなひどい連中が頭に浮かんできて、自分もそういう、いわゆるサイコパスの一員なんじゃないかって考えてしまったり。だって俺が年上だったから、あの娘は俺の言葉を信じてあんな目に遭ったんだから。本当に妊娠するなんて考えてなくて適当なことを言っただけなのに。しかも、当時は自分の責任だとも思っていなかった。俺が彼女にしたことがどんなに邪悪だったか本気で考えるようになったのは、高校を卒業してからだ。ふり返ってみたら、恐くなった。

今、彼女がどうしているかは知ってるの？　アリスは言った。

うん、今も知り合いだから。彼女は地元を離れて、スウィンフォードで働いている。でも実家に帰ってきたときには顔を合わせるよ。

見かけたら、挨拶する仲なの？

ああ、もちろん。もう二度と口をきかないっていう訳じゃない。ただ、彼女を見ると、自分のやら

＊　アイルランドで中絶が合法化したのは二〇一九年で、それ以前は手術のために国外に出る必要があった。

かしたことを思い出して落ち込むってだけで。

謝罪はした？

当時、謝ったはずだ。でも本当に罪悪感を抱くようになってからは、あまり連絡を取らなくなった。話を蒸し返して、意味もなく彼女に嫌な思いをさせたくなかったし。この件について彼女が何を考えているかは知らない。遠い昔の話だと割り切っていて、気に病んだりしていないのかも。そうだといいけど。でも君が俺を断罪したいのならそうすればいいし、俺は弁解しない。

フィリックスは彼女の方を向いて、枕に頭を乗せた。瞳が輝いて、窓の外の白い光を受けてきらめいていた。アリスは体を起こして、こわばった顔で彼を見下ろした。

ううん。断罪なんてできないよ。自分の悪事を思い出すと、私もあなたが言っていたような気持ちを覚えるの。パニックに襲われて、気分が悪くなって、似たようなものだね。私は学校の同級生だった女の子を、ものすごく残酷にいじめた過去がある。ただ相手に嫌がらせをしたかっただけで、理由も別になかった。他のみんなもやっていたし。でもみんなは私が発端だったたって言うだろうけど。今は思い出すだけで恐くなるよ。あんな風に他人を痛めつけたかった訳は何なのか、もう分からないの。どんな理由だろうと、私は二度とあんなことはしない。でもあの頃の私がしたことは取り返せないし、この先もその過ちはずっとついてまわる。

フィリックスは何も言わずに、真剣な顔をして彼女を見ていた。

私にはあなたの罪を軽くしてあげることはできない。あなたも私の過去をどうにもできない。結局私たちは二人とも悪人なのかもしれないよね。

俺の罪深さが君ぐらいしかないっていうんなら、大したことじゃないな。それどころか、どっちとも最低の人間だとしても、自分だけが最低なのよりもましな気がする。

その気持ちは理解できると彼女は言った。フィリックスは指で鼻を拭って息を吸い込むと、彼女から目をそらして天井の方を見た。

さっきのひどい発言を取り消させてくれ。

それはいいの。私もひどいことを言ったし。ポルノ女優はお金のために身を落としているなんて、馬鹿げた発言だったよ。よくよく考えもしないで。私たちはどっちもお互いを困らせたんだから、気にしないで。

自分の爪を見ながらフィリックスは言った。君は俺を困らせることにかけては天才的だよ。

彼女は笑った。別にあなたに限った話じゃないよ。私は色んな人を困らせているから。

それは君が、鼻持ちならない態度を取ったりするからだ。そういう奴は他にもいるけど、君が相手のときほどは気にならない。正直言うと、それは俺が君が好きだからなんだと思う。それで君が変なことを言い出すと、カッとなっちゃうんだ。

彼女は黙ってうなずいた。二人が何も言わずベッドに座ったまま、一分が、二分が、三分が経過した。とうとうフィリックスは親しげに彼女の膝を叩くと、シャワーを浴びると言った。彼が部屋から去った後も、アリスは座ったまま微動だにしなかった。彼はバスルームでシャワーをひねると、お湯が温まってくるまで自分の姿を鏡で見ていた。あの会話は双方に影響を及ぼしたようだが、その影響の性質や意味、その瞬間、彼らが何を感じたのか、それは二人の間で共有されているものなのか、それとも異なる感情なのか、読み解くのは不可能だった。そこにあるのはもしかして彼ら自身にも理解できない、答えの定まらない疑問で、これからその意味が形成されていくのかもしれない。

その夜、アリスは書店員とジャーナリストとの会食に出かけ、フィリックスはアパートで留守番をしていた。食事が終わると二人は飲みに出かけて、コロッセオまでの道を一緒に歩いた。暗闇の中の円形競技場の遺跡は生命を失い、骨と皮だけが浮かび上がったかのようで、古代の昆虫のミイラに見える。ここにいると色々とすげえものが見られるよな、彼は言った。アリスが微笑んだので、フィリックスは彼女の方を横目で見た。何だよ？　俺のことを笑ってるんだな。彼女は首をふった。あなたが私と一緒にここに来てくれて嬉しいってだけ。アパートに戻ると、二人はお休みと言い合って、アリスの方はベッドに直行した。フィリックスがキッチンで座ってスマートフォンを見ている間、アリスは隣室で横たわって、目を開いて虚空を見上げていた。真夜中過ぎに、フィリックスが彼女の寝室のドアをノックした。

何？

彼はスマートフォンを片手に、部屋の中をのぞき込んだ。もう寝てる？　まだだと彼女は答えた。動画を見ないか？　アリスは起き上がって、いいよと言った。フィリックスが部屋に入ってドアを閉めると、アリスはベッドで横にずれて彼の座るスペースを作った。フィリックスは着替えていなくて、Tシャツとスウェットパンツという格好のままだ。動画の中では、涎《よだれ》かけを首に巻いたアライグマが人間のように足を開いて座り、膝にブラックチェリーの入ったボウルを置いていた。アライグマは小さな爪のついた前足をボウルに入れてチェリーを取って食べ、美味《おい》しいものを食べたときの人間のようにうなずいた。「フルーツを堪能するアライグマ」というキャプションがついている。一分間、アライグマはチェリーを食べながらうなずき続けていた。アリスは笑った。これ最高だね。フィリックスはきっと気に入ると思ったと言った。彼はスマートフォンをロックして、アリスのベッドのヘッドボードにもたれて物思いにふけった。アリスは彼の方を向いて寝そべり、上掛けを腰までかけていた。

寝てた？　フィリックスは彼女に訊いた。

ううん。

邪魔をしたんじゃなきゃいいけど。

邪魔って？　何の邪魔？

さあね。女の子が夜、ベッドで起きたまま横になってすることじゃないかな。

興味をそそられたようにアリスは彼の方を見た。ああ。マスターベーションについて匂わせたいのなら、別にしてなかったよ。

君はそういうことはしないんだろうな。

もちろんするけど、今はしてなかったってだけ。

彼は枕に頭を乗せて仰向けになり、天井を見上げた。彼女は自分の腕に頭を乗せて、そんな彼を観察していた。

それをしているときは何考えてるの？

色んなことだね。

ちょっとした妄想とか、そういうのか。

まさしく。

その妄想の主役は誰？

私だよね、もちろん。

それを聞いて彼は噴き出した。もちろん。きっとそうだと思っていた。でも他の登場人物は？　有名な俳優とか、セレブとかさ。

あまり出てこない。

じゃあ、対象は知り合いなんだ。

もっぱらそうだね。

フィリックスは隣で寝ているアリスに顔を向けた。

俺は出てきたりする？

彼女は一瞬、下くちびるを嚙んだ。あなたのことは時々思い浮かべる。

フィリックスが手を伸ばしてアリスの寝間着に触れると、指が彼女の腰をかすめた。俺が君にどんなことをしてるって想像するの？

笑い声が聞こえたが、部屋が暗かったので彼女が照れているのかは分からなかった。あなたが私にすっごく優しくしてくれるところを思い浮かべるの。

彼はこの答えが面白いと思ったようだ。そうなんだ？　どんな風に？

彼女は枕に顔を埋め、それは確かに彼女が照れていると示唆する効果があったが、話し始めたときは笑顔だった。言ったらきっと私を馬鹿にするよ。

いや、絶対にしないから。

そうだね、色んなことを妄想する。いつも同じじゃないの。でもどの妄想にも共通点はある――すごくうぬぼれているみたいだから、きっと笑われるけど。私は普段、こんなことを誰かに打ち明けたりしないんだけど、訊いたのはあなただからね。私の妄想の中では、あなたは私のことをめちゃめちゃ欲しがっているの――もう、尋常ならざるほど。

フィリックスはアリスのあばらのところに軽く手を置き、体の側面を撫でた。どうして君を欲しがってるって分かるの？　その妄想の中で。俺が何か言ったりするの、それとも一目瞭然？

一目瞭然だね。でも、あなたが私を口説く場面もあるよ。

それで俺は欲しいものを手に入れるの、それともお預けを食らわされるのかな？

彼女は更に深く枕に顔を沈めた。フィリックスは彼女の腰から胸の下に、そして柔らかい乳房の輪郭へと手を滑らせていく。ささやくような低い声で彼女は言った。あなたは欲しいものを手に入れる。

それじゃ、どれだけ欲しがっているかなんて、関係なくない？　それとも俺は懇願したりするの？

ううん、あなたは強引なことはしない。ただしたくてたまらないっていうだけで。

聞きたいんだけど、その妄想の中の俺は上手いの？　それとも気持ちが先走っていつもよりぎこちなくなっているの？

彼女はまた横向きになって、彼と顔を合わせた。フィリックスの指は彼女の乳房を撫でながら寝間着のストラップまで上がって、また下がっていった。

私の妄想の中のあなたは緊張している時もある。

話の内容に強い興味を寄せているかのような顔で、彼はうなずいた。聞いてもいいかな？　言いたくなかったら、答えなくていいから。いくときは何を想像しているの？

あなたがいくことを想像している。

君の中で？

大抵はそう。

何かを考え込んでいるかのように、フィリックスはゆっくりと手の甲を彼女の腹部に滑らせ、へそのところまで下ろしていった。アリスはじっとしたまま彼を見ている。

あなたが次に何を言うか私には予測がつくよ。

そうか？　どんなことを言うのか？

私について同じように考えることがあるかって訊くと、あなたはこう言うの。いや、特にそんなことは、って。

彼は笑って、手の甲を彼女の寝間着の上で滑らせた。いや、そんなこと言わないよ。俺が何を考えているか話してもいいんだけど、そっちの話を聞いている方が好きなんだよな。つまり、俺が中心になってる話だから聞くのが楽しいってのは当然あるけど、それだけじゃなくて単純に面白いとも思うんだ。試しにこういう質問をしてみても、みんなまともに答えてくれないから。

あれ。もしかして今までのはいつもの口説き文句だったの？　私たちはもう親密になったつもりでいたんだけど。

彼の笑い声の中には気まずい感じがあった。親密だと思うよ。前はこういうことを人にも訊いたけど、ろくな返事が返って来なかったって言いたかっただけ。それに、言っておくけど、付き合っている相手にしかそんなことは訊かなかった。誰かを引っかけようとしてするような話じゃないし。

口説き方としては少し変わっているよね。でも、あなたが本当に私を引っかけようとしているんだとは思わない。

アライグマの動画を見せるのは明日だってよかったんだから。

アリスがそれを聞いて噴き出したので、彼女を笑わせるのに成功したフィリックスの顔もほころんだ。

どうして俺がここにいるのか、分かってるんだろう？

ううん、全然！　もうローマに四泊しているけれど、今までそんな気にはならなかったでしょう？

俺たちは知り合って間もなかったから。

紳士なんだね。

彼はまた仰向けになった。どうなんだかな。どうしようか決めきれなくて。気づいていないかもしれないけれど、正直、君は居丈高《いたけだか》になることもあったから。

よく人からそう言われるけど、あなたの口から聞くとは驚きだね。

彼は何も言わずに肩をすくめた。

でも、もうそうは思わないの？

まだちょっとそういうところもあるけれど。でも性的な妄想を打ち明けてくれたりすると、大分威圧感は薄れる。その、怒らせるつもりはないけど、君は俺にベタ惚れなんだって思って。

彼女は冷ややかに言った。私の話を聞いても馬鹿にしないって約束だったんじゃないの。でもいいよ、そんなので傷つかないし、どうでもいいことだもの。

彼は肘をついて体を起こし、彼女を見下ろした。ほらな？　ほら、そういう口の利き方が居丈高なんだよ。それに俺は君を馬鹿にしたつもりはなかったけど、そう思ったのならこっちが悪かった。でも俺に腹を立てると君はそういう、見下すような態度を取る。虫けら扱いされた気分になるんだよ。

横になったまま、しばらく彼女は黙っていた。そして悲しげに話し始めた。そうだね、私は自分を守ろうとして他人を見下した態度を取ってしまって、あなたを嫌な気分にさせる。そういうことは置いといても、確かに私はあなたにのぼせている。だからあなたからすると私は惨めな人間で、一緒にいても楽しくないんでしょう。

本当に、その通りだよな。俺の考えが読めるんだな。間抜け面して四日間も君の後を追い回してたのも、きっとそれが理由に違いないよ。

どうしてここに来たの？　私をからかうためだった？

馬鹿言うな。知るかよ。俺は君と話すのが好きなんだ。別々の部屋で寝ていて、気がつくと君のことを考えてたりする。だから君も俺のことを考えてるか確かめたくてここに来た。分かるだろう？

私についてどんなことを考えたりするの？

じっくり考えているかのように、彼は舌で歯の裏側をなぞった。君が言ったことと大差ないよ。君が俺をすごく欲しがっているのを想像する。最初はちょっとばかり焦らして、それから何回もいかせて、とかそういうこと。妄想の中身自体は珍しいものじゃない。奇妙なのはここに来て、特にこの二日間はそうだったんだけど、俺が君について考えているときに、君もこの部屋で俺のことを考えているんじゃないかって思っていたこと。当たってるかな？

うん。

それで君がすぐそばにいるような感じがした。実際、今朝目覚めたときは、一瞬、それが本当かどうか思い出せなかった――自分がベッドでひとりだったのか、君もいたのか、分からなくなったんだ。あまりに感触がリアルだったから。

彼女は小さな声で訊いた。ひとりだったって気がついたときは、どう思ったの？

正直、ほんのちょっとの間だけど？　がっかりした。というか、何だか寂しくなった。彼は少しそこで言葉を止めて、彼女に言った。あのさ、触ってもいいかな？

アリスはいいよと言った。フィリックスは彼女の寝間着に手を入れて、下着の上から指で撫でた。彼女の口が開いて、息が漏れる。フィリックスがそっと人差し指を彼女の中に差し込むと、すすり泣くような声がした。彼の顔が火照ってきた。ああ、すごく濡れてるんだな。短く息をしながら、彼女は目を閉じたままでいた。彼は上くちびるを舐めた。これ、脱がしてもいいかな。アリスが体を起こすと、彼は寝間着を脱がした。フィリックスも頭からTシャツを脱ぎ、アリスは服の上から彼の勃起したペニスを指でさすった。今すぐしたいと彼女は言った。フィリックスの耳の縁は赤かった。そうか？　たった今欲しいの？　コンドームを持っているかと訊かれて、彼は財布の中にあると答えた。彼が服を脱ぎ終えて、ポケットから財布を取り出すまで、アリスは仰向けになって待っていた。フィリックスを見つめながら、アリスは無意識に自分の腕の内側をつねった。彼女は彼の名を呼んだ。私、ずっとしてないんだけど、大丈夫かな？　二人は途方に暮れたように見つめ合った――アリスはおそらく彼が何を思っているのか分からなかったし、フィリックスは彼女の質問の意味するところが分からなかったのだろう。彼は青い色の小さな四角い包みを財布から取り出す。大丈夫って、何が？　彼女は不安げに肩をすくめて、また自分の腕をつねった。彼はその手を払いのけた。やめろよ、自分を傷つけるのは。どうしたんだ。これが初めてじゃないよな？　すると彼女が恥ずかしがっているように笑ったので、彼も安心したのか笑い出した。違うよ。でも私の人生はここのところおかしかったから。この二年くらい。その前は普通だったけど。彼女の太腿をさすりながら、彼は同情したような口調で言った。ああ、それなら大丈夫だ。緊張してる？　彼女はうなずいた。彼は青い包みを破いて中からコンドームを出した。心配しないで。全部俺に任せて。フィリックスは彼女の上に乗ると、その首にキスをした。終わって二人が体を離した途端に、アリスはシーツにぎこちなく手足を投げ出したまま眠りに落ちてしまったようだ。フィリックスは横になって彼女を眺めていたが、体勢を変えて天井を見上げた。

14

大好きなアイリーン——この前のメールに書いてあったサイモンとの話は、私の萎《しお》れた心に喜びをもたらしてくれました。君にはロマンスがふさわしい！　サイモンもそうです。いい機会だから、サイモンとの約束を破って、ずっと内緒にしておくはずだった話をしてもいいですか？　数年前、君がエイダンと暮らすために出ていった後、サイモンがコーヒーを飲みにアパートにやってきたことがありました。私たちは色々とお喋りをして、いつも通りに過ごしていましたが、帰る段になるとサイモンはかつての君の部屋の戸口で立ち止まって、中をのぞき込んだのです。部屋にあるのはシーツのかかっていないベッドだけで、君がマーガレット・クラークのポスターを貼っていた壁に長方形の跡が残されていたのを憶えています。サイモンは強がるような、明るい声で私に言いました。「彼女がいなくて寂しいだろう」だから私も何の気もなしに「あなたもね」と返したのです。君の引っ越し先がサイモンの家の近所だったと考えると、おかしな話ですが、彼は私の言ったことに驚いた様子はありませんでした。「うん、本当に」と彼は言いました。二人でそこに立ち尽くしていると、サイモンは急に笑い出しました。「僕がそう言っていたって、彼女には秘密にしてくれ」君はエイダンと付き合っていたので、もちろん私は言わないでおきました。それに、二人がそうなるって私には分かってたよ、とも言えません、分かってなかったし。もちろん君とサイモンの親密な仲や、パリでの出来事については知っていました。でもどういう訳か、彼がずっと君を愛し続けてきたとまでは思い至らなかったのです。きっと誰も気がついていなかったのでしょう。とにかく、私たちは二度とその件には触れませんでした。秘密の話を暴露するなんて、私はひどい人間だと思いますか？　そうでないといいのですが。メールを読んだ限りでは、君が彼との関係を続けるつもりかどうかは分かりませんでしたが……本当のところはどうなんですか？

昨日の午後――ちょうど君からメールを受け取った直後です――フィリックスが悔やんでいるいくつかの過去の出来事について私に打ち明けてくれました。「自分のしでかした最低の悪事」はよく話の種になりますが――フィリックスのそれは相当なものでした。詳細については控えますが、彼の女性関係にまつわるものだとだけ言っておきましょう。フィリックスの行動に口出しするのは私の領分ではないし、私自身もかつて犯した過ちに対する罪悪感に苦しめられているので、人を断罪できるような立場にはありません。でも彼が長い間、どんなに良心の呵責《かしゃく》に悩まされ、自分を責めているかを知って、この人を許したいという衝動に駆られました。しかし、彼が打ち明けた行動は他人の人生を永遠に変えてしまったかもしれないものである一方、私には何の影響も及ぼさないことを考えると、こちらが勝手に許しを与える訳にもいかないでしょう。利害関係のない第三者として彼を免罪するのは不可能だし、彼も私の過去の行いについて同じことはできません。彼の告白を聞いて私の中に湧き上がった感情も「許し」とは違う別の何かのはずです。ただ彼の悔恨は本物だと信じて、二度と同じ過ちはくり返さないはずだと納得しただけなのかも。この件は、過去に罪を犯した人々について考える機会になりました——罪人たちは自分の過ちにどう対処したらいいのか、社会の一員として私たちは彼らにどう対処するべきなのか。真実味のない公的な謝罪の連鎖のせいで、人々は許しに疑問を抱くようになったのではないかとも考えました。では、もう罪を犯してしまった人は、何をすればいいのでしょう？　世間に公表される前に、自分から罪を晒せばいいのですか？　他人からの詮索を招きそうな成功を収めないよう努力するとか？　はっきりとした根拠はありませんが、私は深刻な悪事を働いた人間の数は決して少なくないと信じています。正直、性的な文脈において多少なりとも問題のある振る舞いをした男性たちが明日死に絶えるとしたら、生き残る男なんてせいぜい十一人がいいところじゃないでしょうか。それは男性に限った話ではありません！　女性や子供たち、全員に言えることです。つまり、何が言いたいかというと、もし悪行が暴露されるのを待っている邪悪な人たちが大多数だったら、どうするのか？　ということです。私たち全員がそれに当てはまるのだとしたら？

前のメールに、ミサでキリストの足を香油で清めた女の話を聞いたと書いてありましたね。聖書には似たような話が他にもあるので、私の勘違いかもしれませんが、君が聞いたのはルカによる福音書で、罪深い女性がキリストの足に香油を塗り込むくだりではないでしょうか。病院に持って行ったドゥアイ・リームズ聖書*で、その箇所を読み返したばかりです。確かにあの話は奇妙で、（おっしゃる通り）変態的でもあります。でも、ちょっとばかり興味をそそられる話ではありませんか？　物語の中に出てくる女性には、罪深い生活を送ってきたという話以外に、これといった説明がありません。

＊　一六〇九年に完成したカトリックの英訳聖書。イギリスから逃れてきた聖職者たちがスペイン領フランスのドゥエ大学でラテン語から英語に翻訳した。

彼女は一体何をしたというのでしょう？　もしかして彼女は社会の周縁に置かれているような存在で、本当は地元の人々から疎《うと》まれているだけの罪のない女性なのかもしれません。一方で、私や君が到底許せないような、恐ろしい犯罪を働いた可能性もあります。あり得ますよね？　夫を殺したとか、子供を虐待したとか。ファリサイ派のシモンのところにキリストが来ていると聞きつけ、その女性は家にやって来て、一目彼を見た途端に泣き崩れて、その涙で惜しみなくキリストの足を濡らしたのです。それから自分の髪で彼の足を拭い、香油を塗り込みました。君が指摘した通りで、この話は馬鹿げている上、何だかエロティックでもあります――キリストがそんな親密な形で罪深い女に自分を触らせているのを見て、ファリサイ派のシモンがショックを受けて不愉快に感じたのもむべなるかな。でもキリストは謎めいた人で、彼女は自分を愛してくれたのだから、全ての罪は許されたのだと言うだけです。そんな簡単なものなのでしょうか？　ただ泣きながらひれ伏せば、神は何もかも許してくれるのでしょうか？　でもそれも簡単じゃないかもしれません――涙を流して誠心誠意ひれ伏すなんて、非常に学ぶのが難しいことかもしれません。私には絶対に習得できない技です。自分の中に小さくて固い核のような反抗心があって、たとえ神を信じていても、そのせいでひれ伏すのを拒否するような気がします。

昨夜、私とフィリックスが関係を持ったとこのメールで報告しておきます。正直言うと、本当に秘密にしたかったのですが、黙っているのも何かおかしな話だと思ったので。恥ずかしがっている訳ではありません――あるいは、そうかもしれないけど、彼のことを恥ずかしがっているのではないの。むしろ他人が自分をどう思うかと気にするという観念の方が恥ずかしくて、私は他人の目を気にしない、傍若無人な人間のはずなのに。本当に、私にとっては簡単なことではありません。私たちはいい時間を過ごしていると思います――彼も同じ気持ちかは分かりませんが、少なくとも私の方はそうです。どう見ても私たちの人生はあらゆる面で違っていますが、異なる道のりを経て似たところに辿り着いたのだから、お互いの中に理解できるところが多々あるはずだと私は不思議と確信しています。この一節を書くのにどれだけ時間がかかったか、君は信じてくれないでしょうね。私は傷つくのを恐れています――苦しむことについては対処できるはずなので恐くありませんが、苦しむことの恥辱、苦しみに自分を明け渡すことの恥辱を怖れています。私は彼に夢中で、彼に優しくされると馬鹿みたいに浮かれちゃうんですよ。それで、世界の現状があらゆる危機のただなかにあり、人類は絶滅の危機に瀕しているというのに、私はこうやってまたセックスと友情についてメールを書いているという訳です。だって、他に生きる理由なんてありますか？

いつも愛しているからね、アリスより。

15

月曜日の夜の八時十五分、サイモンのアパートの部屋は空っぽで薄暗かった。キチネットのシンクの上の小さな窓と、その反対側にあるリビングの大きめの窓から残照が差し込み、部屋の家具の表面に光を落としている。シンクには汚れた皿が一枚とナイフが置いてあって、キッチンテーブルにパン屑が散らばっていた。フルーツボウルの中には茶色くなりかけたバナナと二個の林檎《りんご》。ソファにはだらしなく広げられたニットのショール。テレビの上に灰色の埃《ほこり》の薄い膜ができている。本棚とテーブル用の照明があって、ゲームの途中らしき駒を並べたチェス盤がコーヒーテーブルに載っていた。暗くなっていく部屋が静寂に包まれる中、外の廊下では人々が階段を上り下りし、通りで行き交う人々がホワイトノイズの波となって通り過ぎていった。八時四十分にキーを差し込む音がして、アパートのドアが開いた。サイモンがスマートフォンで電話しながら入ってきて、空いている方の手で肩から鞄を下ろし、電話の相手に言った。いや、そんなに心配しているわけじゃないと思う。単に苛立っているだけじゃないかな。彼はダークグレイのスーツを着て、緑のネクタイに金色のピンを留めている。サイモンは足で静かにドアを閉めると、鞄をフックにかけた。そうか。そこに一緒にいるの？　よかったら僕から話すよ。彼はリビングの間接照明を点けて、コーヒーテーブルに鍵を放った。分かった、じゃあ何が最善の策だと思う？　照明の黄色がかった光で照らされたその姿は、疲れているようだ。サイモンはキッチンに行って、重さを測るかのように電気ケトルを持ち上げた。そうだな。いや、それでいいよ。二人で話し合ったと僕から彼に伝えておく。ケトルをスタンドに戻すとスイッチを入れて、サイモンはキッチンの椅子に座った。うん、でも僕が知らないふりをしなくてはいけないのなら、そもそも彼に電話する口実がないんじゃない？　彼はスマートフォンを耳と肩の間に挟んで、靴ひもを解き始めた。通話している相手に何か言われたのか、サイモンは座り直すとスマートフォンを手に戻した。いや、それはひどい、そういう意味じゃないって分かるよね。この調子で会話を続けながら、サイモンは靴を脱ぎ、ネクタイを外し、紅茶を淹れた。手の中でスマートフォンが振動したので、彼は相手の声がまだ聞こえている端末を素早く耳から離して画面をチェックした。「火曜日の電話」という件名のメールの通知が来ている。興味がなかったのか、彼はそのままスマートフォンを耳に戻すと、紅茶のカップを持ってソファに座った。うん、うん。自宅に戻ったところだ。ちょうどニュースを見ようとしていた。相手の話し声が聞こえている間、彼は目を閉じていた。そうだな。分かったら連絡するよ。僕も愛している。それじゃ。彼は何度かこの言葉をくり返してから、画面のアイコンをタップして通話を終えた。そのまま目を離さず、メッセージアプリを立ち上げて「アイリーン・リンドン」の名前をタップする。20：14という時間が表示された最新のメッセージが画面の下の方に出てきた。

サイモン　やあ、週末は一緒に過ごせて楽しかったよ。今週もまた会えるかな？

メッセージは既読になっていたが、アイリーンからの返信はまだなかった。彼はアプリを閉じて、「火曜日の電話」のメールの長々としたスレッドを開いた。前のメールにはこうあった。そう、相手は電話記録も押さえているらしい。サイモンかリサが伝えて、必要ならばアンソニーに連絡を取ってくれ。同僚がこれに返信していた。もしこれ以上、こんなくだらない問題に時間を割かなくちゃいけないんなら、頭がおかしくなるよ。最新のメールには彼への指示が書いてあった。サイモン、アンソニーの電話番号と詳細について添付します。もしよかったら、今夜か明日の朝にでも電話してくれる？　みんな納得してないけれど、状況が状況だからね。スマートフォンをロックすると、彼は深呼吸して胸を上下させながら、数秒間、目を閉じてソファでじっとしていた。それから片手でゆっくりと自分の顔を撫でた。彼はリモコンを手に取ってテレビを点ける。九時のニュースがちょうど始まったところだ。半分まぶたを閉じた眠たそうな顔で、ソファの肘かけにカップを置いて紅茶を飲みながら、サイモンは最初のいくつかのニュースがテレビの画面を通り過ぎるのを見ていた。交通安全のニュースになったところで着信の振動があったので、彼は慌ててスマートフォンを手に取った。新しいメッセージが画面に表示されている。

アイリーン　ずいぶんとかしこまった調子なのねサイモン

彼はこのメッセージをしばらく眺めてから、返信を打ち始めた。

サイモン　そうかな？

アイリーンが返信を書いている途中だと示す三つのドットが画面に現れた。

アイリーン　どうして三十代の人間はこんなリンクトインの文面みたいなメッセージを書くのかな

アイリーン　こんにちは［アイリーン］、［土曜日］はお会いできて嬉しかったです。またミーティングの機会を持てますか？　下のメニューから日時をお選びください

かすかに微笑み、彼は二本の親指で返信を打った。

サイモン　その通りだね

サイモン　僕がもっと若かったら、単語の最初を自動で大文字にする機能をオフにして、もっとリラックスした感じを出せるんだけど

アイリーン　設定で変えられるよ

アイリーン　見つけられなかったら助けてあげる

また「火曜日の電話」のメールが届いた。冒頭の文章が画面に表示されている。みんな、こんにちは。ＴＪから話を聞いたんだけど……サイモンはメールを開封せず通知を消して、アイリーンへの返

事を打った。

サイモン　いや、大丈夫だ

サイモン　週末は一緒に過ごせて楽しかったよ。また会えるかな？　みたいな、同じ文面をいつもコピペするだけだし

サイモン　それで今までクレームが来たことはなかったけど

アイリーン　あはは

アイリーン　コピペはできるんだ？　それは感心だね

アイリーン　それと、うん、今週会えるよ

アイリーン　いつがいい？

今度は、連絡先一覧に入っている「ジェラルディン・コスティガン」から新しいメッセージの通知が届いた。

ジェラルディン　明日の夜に電話くれてもいいってお父さんが言ってます。あなたの都合はどうでしょう　XXX

サイモンは長くゆっくりと息を吐き出して、上にスワイプしてメッセージを画面から消した。アイ

リーンとのメッセージのやり取りを目で追いながら、彼は「よかったら」と打ってすぐに消去した。スクロールして前のメッセージをもう一度読み返してみた。そしてようやく、新しいメッセージを打ち始めた。

サイモン　今は忙しい？

すぐに既読になって、ドットが現れた。

アイリーン　ううん
アイリーン　お風呂に入るところだったんだけど、同居人がお湯を全部使っちゃって
アイリーン　だからベッドで横になってインターネットを見てる
アイリーン　何で？

テレビではニュースが終わって天気予報が始まるところだった。黄色い太陽のイラストがダブリンの地図の上に浮いていた。サイモンはまたメッセージに戻った。

サイモン　こっちに来ないか？
サイモン　お湯は無限に出るし
サイモン　冷凍庫にはアイスクリームもあって

サイモン　同居人はいない

数秒が経過した。彼は片手であごをさすりながら、頭上のガラスシェードの中の電球が映るスマートフォンの表面を凝視している。

アイリーン　!!
アイリーン　誘われるのを待ってたわけじゃないから!!
サイモン　分かってるよ
アイリーン　本気で言ってる?
サイモン　そうだ
アイリーン　あなたっていい人だね
サイモン　まあ確かに、人格者ではある
アイリーン　楽しそうだけど……

アイリーン　でもまた邪魔する訳にいかないし!!
サイモン　アイリーン
サイモン　タクシーを呼ぶから、靴を履くんだ
アイリーン　ははは
アイリーン　はいパパ
アイリーン　ありがとう

喜んだような表情を浮かべてメッセージを閉じると、彼はタクシーのアプリを開いてアイリーンの住所に一台派遣した。ソファから起き上がり、テレビの音声を消すと、空になったティーカップをシンクに持っていく。食器を洗ってキッチンの台を拭いたあと、彼は寝室に行ってベッドを整えた。こうした作業をしながら、彼は何度かポケットからスマートフォンを出すとタクシーのアプリをチェックして、アイリーンを乗せたタクシーのアイコンがじれったいほどゆっくりとしたペースで河岸沿いに進み、それから南下を始めるのを確認してアプリを閉じ、ポケットに戻した。

二十分後、ドアを開けると、短い丈のグレイのスウェットシャツとコットンのプリーツスカートを着たアイリーンが、ロンドンの文芸誌のロゴが印刷されたトートを持って廊下に立っていた。ダークな色のリップを塗っていたようだが、もう取れかけている。アイリーンを目にした後、一瞬だけ間を置いてから、サイモンは彼女のウエストに手をかけてその頬にキスをした。会えて嬉しいよ。彼女は

サイモンの首に手を回して、サイモンは戸口で抱きしめられるがままになっていた。お招きありがとう。彼らは部屋に入った。彼がドアを閉めると、彼女はトートバッグから赤ワインのボトルを出した。持ってきたの。別に飲まなくてもいいけど、誰かの家に手ぶらで行けない性分なんだよね。あなたのところは特に。うちのお母さんが何て言うか。まあこの前は手土産もなしにここに来たけど、あはは。アイリーンはボトルをテーブルに置いて、肩からトートを外す。彼女はテレビが点いているのに気がついた。あれ、クレア・バーンの番組を見ていたの？　邪魔しないよ。黙ってソファでじっとしているね。彼は微笑みながら、キッチンの椅子の背にトートをかけて、ヘアゴムを緩めてシニヨンを整える彼女の姿を目で追っていた。別に見てないんだ。今日はきれいだね。お茶か何か飲む？　君が持ってきたワインでもいいけど。彼女はソファに座るとレザーのフラットシューズを脱いで、白いソックスだけになってクッションに足を乗せた。お茶をもらおうかな。本当はワインって気分じゃないの。これ、パズルなの？　キッチンから、アイリーンがチェス盤を指さすのが見えた。いや、ゲームだ。ピーターが昨晩《ゆうべ》来たんだけど、勝負がつく前に帰らなくちゃいけなくなって。僕にとっては運がよかった。彼がケトルでお湯を沸かして、戸棚からティーカップを出している間、アイリーンはチェス盤を眺めていた。黒の駒があなたの？　彼は背を向けたまま、いや白の方だと答える。じゃあポーン二つぶん勝ってるね。これならビショップでチェックできるよ。彼はおどけたような表情を浮かべてカトラリーの引き出しからスプーンを出した。それは考え直した方がいいぞ。彼女が眉をひそめてチェス盤を見直していると、彼が紅茶を持ってきてコーヒーテーブルに置いた。分かった、手出しはしないでおく。サイモンはソファの端に座ってテレビを消した。やりなよ。白の番だ。彼女は白のビショップを手に取り、黒のキングをチェックした。彼は前かがみで黒のポーンを動かしてその攻撃をブロックし、アイリーンのビショップを脅かしたので、彼女はビショップを使ってポーンを取った。彼は黒のナイトを前進させてビショップを取り、白のクイーンとルークを両取りした。彼女は顔をしかめて言った。馬鹿だった。こんな隙だらけの状態を残しておいた自分が悪いと彼は言う。彼女は紅茶のカップを手に取って、ソファの肘かけに寄りかかった。ローラの結婚式の招待客を巡って我が家が戦争状態にあるって言ったっけ？　もうローラは悪夢だよ、どうしてこんなことに巻き込まれちゃったんだろう。ローラが私に送ってきたメッセージ見る？　彼が見たいと言ったので、アイリーンはスマートフォンを取り出すと、ローラが土曜に送ってきたメッセージを見せた。

ローラ　ふーん、お金にならないクソみたいな仕事をして、三十にもなって下宿している人から子供じみてるなんて言われるとはね……

サイモンはまず画面を見て、彼女の手からスマートフォンを取ってもう一度文面を読んで眉をひそめた。いやはや、刺々しいな、彼はつぶやいた。

アイリーンはサイモンからスマートフォンを返してもらって、もう一度自分でも見てみた。私が結婚式について口出ししたのは、お母さんからそうしてくれって頼まれたからなの。でもこのメッセージがひどいってこぼしたら、あら、あなたたち二人の問題でしょ、お母さんは関係ありません、って言わんばかり。

こういうメッセージをローラに送ったのが君の方だとしたら——

でしょ？　まさしく、それ。自分の姉にこんなことを言うなんてどういうつもり？　ってお母さんがすぐに電話してくるはず。

お父さんと話してもだめなのかな。

彼女はスマートフォンをロックすると、床に置いた。そうだね。彼は明らかに我が家で唯一のまともな人間。だけど、私たちがみんなまともじゃないって知っているから、関わり合いになりたくないの。

サイモンは彼女の脚を自分の膝の上に乗せた。君はまともじゃないか。他の二人は違うけれど、君はまともだ。

微笑みながら、アイリーンは肘かけに背中を預けた。世界にたった一人でもそれを分かってくれる人がいて、本当に嬉しいよ。

お役に立てて光栄だ。

親指で彼女の土踏まずを撫でているサイモンをアイリーンはじっと見ていた。そして不意に声色を変えて言った。今日はどうだったの？

サイモンは彼女に目を向けると、また視線を落とした。まずまずだった。君の方はどうだった？

あなたはちょっと疲れているように見える。

視線を上げずに彼は軽い調子で答えた。そうかな？

彼は目を合わせようとしないが、アイリーンは視線を外さない。サイモン、落ち込んでいるの？

決まり悪そうな笑い声が聞こえた。うーん。どうかな。そんなことはないはずだけど。

もしそうだったら、私に教えてくれる？

そんなにひどく見える？

アイリーンは悪戯っぽく彼を足で突《つつ》いた。どんな日だったって訊いているのに、あなたは何も教えてくれないのね。

サイモンは彼女の足首を片手でつかんだ。うーん。どうだったかな。さっき、うちの母から電話があったんだ。

そうなんだ？　お母様は元気？

元気だよ。父について心配していたけど、それもいつものことだ。父は――変わりないんだけど、高血圧で、母は彼がきちんと薬を飲んでいないんじゃないかと気にしている。家族というものは概してそうだけど、問題はむしろ心理的なものだね。それに父は僕に腹を立てていて――退屈な話だよ、仕事絡みの。

でもお父様は引退されたのよね？

彼はぼんやりした様子でアイリーンの足首をくるくる撫でまわした。そうなんだけど、仕事っていうのは僕の仕事のこと。知っているだろうけど、僕たちの政治的な見解は異なっている。それはいいんだ、世代間の違いもあるしね。でも父は僕の政治観は、発育不全な内面の表れだと思っているんだ。

アイリーンは静かな声で言った。それは意地悪だね。

うん。そうだね。でも彼の言葉は、僕以上に母を傷つけていると思うけど。実際のところ――父の理論は周到だった。メサイア・コンプレックスの話だったと思う。正直、父の話は右から左に抜けていったから、公正な判断はできない。でもどうやら、僕があれこれと人助けしているのは、そうすることで権力と男らしさを感じられるからだと思っているらしい。僕の仕事は人助けとは何も関係ないんだから、おかしな話だよ。僕がソーシャルワーカーとか医者だったらまだ分かるけど、一日中事務所でじっとしているだけなんだから。どうなんだか。この前に実家に戻ったときは、朝、起きて頭痛がするって言っただけで奇妙な言い争いになってしまった。父は日中、僕と口をきかず、夜になってから、母は僕の帰郷を楽しみにしていたのに、それがいかにして僕の頭痛のせいで台無しになったか長々と講釈し始めたんだ。父は決して自分が腹を立てているとは言わないで、自分の気持ちをジェラルディンに投影して、僕がわざわざ偏頭痛を起こして母に嫌がらせしたって話にしてしまう。母も偏頭痛持ちだから、父はそれを嫌がっていて、心理的なものだと決めつけているんだ。それなのに、母は父に明日電話して、高血圧の薬を飲むように言ってくれと頼んできた。僕が何を言おうと、聞いてくれるはずがないのに。すまないね。一年間くらい同じ話をぐずぐず言っているような気分になってきたから、もうやめる。

彼はずっとアイリーンのふくらはぎや膝の裏を触っていたが、そう言い終えると手を引っ込めて座り直した。

やめないで。

サイモンは彼女に顔を向けた。何を？　話すのをやめるなってこと、それともこうするのをやめるなってこと？

両方。

彼はまたアイリーンの膝の下に手を戻した。そうされて、彼女は気持ちよさそうな声を漏らした。スカートの中に手を入れて、彼は太腿の内側を親指でさすった。お父様はあなたに嫉妬しているんじゃないかな。サイモンは優しい目をしてアイリーンを見た。どうしてそう思うの？　アイリーンは肘かけに頭を乗せて、天井のガラスシェードの照明を見上げた。そうだね、あなたは若くてハンサムだし。女性にモテるから。あなたがもしお父様を尊敬していて、彼のようになりたいと思っているのなら、それも気にならないはずだけど、そうじゃないでしょ。もちろん、私は彼をよく知らないけれど、自分の経験から言うと、あなたの父親は支配的で失礼な人間だと思う。あなたが何の苦労もなさそうで、みんなに親切にしているのを見て、癪《しゃく》に障るんでしょう。サイモンは彼女の膝裏を撫でながらうなずいた。でも父によると、僕がみんなに親切にするのは自己満足のためらしい。アイリーンは当惑したような表情を浮かべた。だから何？　自己満足のために他人をいじめてまわるよりもずっといいでしょう。サディストは世界中に蔓延《まんえん》しているし、もう充分じゃない。それに自己満足しちゃいけないの？　あなたは清廉潔白で、寛容の精神があって、いい友だちなのに。この言葉に対して彼はちょっとだけ眉を上げ、少し無言になった後に言った。アイリーン、君が僕をそんなに高く買っているなんて知らなかったよ。彼女は目を閉じて微笑んだ。知ってたくせに。頭を後ろに倒して、目をつぶったまま横たわるアイリーンをサイモンは見つめていた。

君がここにいて嬉しいよ。

彼女はおどけた顔をしてみせた。それはプラトニックな意味で？

彼女のスカートの中に手を深く入れて、彼は微笑んだ。いや、プラトニックな意味じゃなくて。

アイリーンは肘かけの上で少し体をよじった。あなたがメッセージを送ってきたとき——何て書いてあったっけ？　そう、タクシーを呼ぶから靴を履いて、みたいなやつ。あれは素敵だった。

そう思ってくれたのなら良かった。

うん、何だか奇妙だけどセクシーだった。あなたに命令されるのが好きみたい、おかしいよね。私のどこかから、ああ、お願い、この先ずっと私がどうするべきか教えてって声が聞こえているみたいだった。

彼女の太腿の内側に指で触れながら、彼は噴き出した。そうだね、それは確かにセクシーだ。

すっごく安心してくつろいだ気持ちになったの。愚痴をこぼしているときに、あなたに「お姫様」って呼ばれると少し感じちゃうんだけど、それと同じかな。そう言われるのは嫌？　あなたがすべてをコントロールしていて、きっと私を守ってくれるっていう気持ちになるの。

いや、そういうのは好きだよ。君の面倒を見るとか、君が僕の助けを必要としていると考えるのは。きっとそういう性分なんだな。女の子にジャムの瓶の蓋を開けてもらえないかって頼まれるたびに、好きになっちゃってたし。

彼女は指を一本、自分のくちびるに当てた。何だ、私は特別なのかと思っていた。

君の場合はまたちょっと違うんだ。そういえば、ナタリーが君について僕にこんなことを言っていたよ――君にこの話をするなんて変な感じだけど。君がパリに来るっていうんで、ちゃんと飛行機に乗れるかなとか、そういうことを僕は心配していたんだ。するとナタリーが、パパの可愛い娘も独り立ちね、みたいなことを言ったんだよ。おかしかったよ。その、冗談だろうけど。

アイリーンは目を覆って、笑い出した。私にも似たような話があるの。ある晩、あなたがメッセージをくれたとき、たまたまエイダンが私の携帯が置いてある近くにいて、通知をチェックしてくれたの。誰からだったって訊いたら、画面を見せて君のパパからだよって。

彼は嬉しかったのか、照れたのか、頭をふった。他の誰かにこの件について話したら、きっと警察を呼ばれちゃうだろうな。

たかが、パパのお姫様的なことで？　それともあなたには、私を縛って拷問したい欲望でもあるの。

いや、まさか。でもそっちの方がまだノーマルじゃないのかな？　僕の欲望はもっと――これを聞いて君が慄《おのの》かないといいけど。僕の想像の中で君は本当に無力で、僕はそんな君にいい娘《こ》だねって言うんだよ。

彼女ははにかんで、薄目を開けてまつ毛の間から彼を見上げた。それで、いい娘じゃなかったら？私を膝に乗せてお仕置きをするの？

サイモンはアイリーンの濡れたコットンの薄い下着に手を伸ばした。いや、君を傷つけたりはしない。ただ、しつけるだけだ。

一瞬、彼女は何も言わなかった。どんなことを私にするのか教えてくれる？

少し面白がるような、リラックスしたいつも通りの声で彼は言った。言ったら、その通りにしてくれる？

彼女はまた笑い始めた。うん、それを聞いてどんなにドキドキしているか、もう笑っちゃうくらいだよ。変なの。あなたが私に何をするつもりなのか考えていたら、本当に興奮してきちゃった。ちゃんと役柄を演じられなくてごめん。

いや、役は演じないで。君のままでいて。

サイモンは覆い被さってきて、彼女にキスをした。アイリーンが肘かけに頭を乗せると、彼の濡れた舌が彼女の口に入ってきた。彼女はおとなしく服を脱がされて、彼がスカートのボタンを外して下着をめくって下ろすのをただ見ていた。彼がアイリーンの膝を裏からつかんで、左足をソファの背もたれの上に、右足を床に下ろして大きく脚を開かせたので、彼女は身を震わせた。ああ、いい娘だね。彼女は首をふっておびえたように笑った。サイモンが軽く彼女の性器に触れてくると、アイリーンは腰をソファに押しつけて目を閉じた。すると彼が指を入れてきたので、彼女は口から息を吐き出した。いい娘だと彼はささやいた。リラックスして。彼が優しくもう一本指を入れてきて、彼女はかすれた高い声を出した。シーッとサイモンは彼女をなだめた。本当にいい娘だね。彼女はまた首をふって口を開けた。そんなことをずっと言われていたら、もういっちゃう。彼は微笑みを浮かべて彼女を見下ろした。まだだめだ。サイモンが服を脱ぐと、彼女は片膝をソファの背もたれにかけたまま、目を閉じて横たわっていた。アイリーンの耳に彼はささやいた。君の中で出しても大丈夫かな？　彼女は片手で彼の首の後ろをつかんだ。すごく欲しいの。彼は目を閉じて、黙ってうなずいた。サイモンが入ってくると、彼女はまた声を上げて彼にしがみついたが、彼は冷静だった。愛していると彼女は言った。彼の方は黙って、ただ呼吸をコントロールしている。アイリーンは彼を見上げた。サイモン、私にこう言われるのは好き？　微笑もうとしながら、彼はぎこちなく好きだと答えた。あなたが好きだって私にも伝わってくる。彼は息を切らして、上くちびるや額を汗で濡らしている。ああ、僕も愛しているよ。彼女は自分の唇をなめ、彼を見ている。それは私がいい娘だからだね。彼は人差し指の指先で彼女に触れた。そうだ。彼女はまた目を閉じて、口を動かしていたが言葉にならなかった。しばらくして、アイリーンはオーガズムに達しそうだと彼に告げた。高い声で息を震わせたと思ったら、サイモンの手の下で彼女の体が固くなってきゅっと締まった。彼女が達したのを見届けて、サイモンは静かに言った。僕の方はまだなんだけど、これで終わりにして欲しい？　息を切らしながらごめんと彼女は言って、まだ時間がかかりそうかと彼に尋ねた。いや、もうすぐだから。でもやめたかったら、ここで終わりにしても僕はかまわない。いいから続けてと彼女は言う。サイモンはアイリーンの腰をつかむと、彼女の体をソファに押しつけるように中で動いた。体中の力が抜けて抵抗することもできず、アイリーンはただ濡れて、小刻みに小さく喘いでいる。ああ、すごい、そう言って彼は果てた。終わっても、彼は彼女の体に被さったまま動かなかった。二人がじっとしたまま静かに息をしているうちに、彼の体の汗が冷たくなっていく。アイリーンは手の平を彼の背中に滑らせた。ありがとうと彼は言った。それを聞くと、彼女は横目で見て微笑んだ。ありがとうなんていう必要ないよ。彼は目をつぶった。そうだね。でも感謝しているんだ。それだけじゃなくて――ただ君が来てくれて、一緒にいられて嬉しかった。夜ひとりでここにいると、正直、何だか気が滅入ることもあるから。ただ寂しいだけなのかもしれないけれど。ふっと笑い声が漏れた。ごめん、どうしてこんなこと言ってるんだろう。君がいて嬉しいって、それだけだよ。人に親切にしてもらって、感謝するあまり申し訳ない気持ちになることってある？　そう感じるのは僕だけなのかな。馬鹿なことを言ってるだけだから、気にしないで欲しいけど。そう言うと、サイモンは起き上がって服を着始めた。彼女の方は、横になって裸のまま彼を見ている。でも私は頼まれて何かした訳じゃない。これはお互い様だよね。ふりむかずに彼は引きつったように笑って、片手で目を拭ったようだ。うん、分かっている。君の方も求めてくれて嬉しかった。ごめん、僕はどうしちゃったんだろう。

気にしないで。でも、あなたに申し訳ない気持ちになって欲しくないの。

彼は立ち上がって、シャツを着た。僕は大丈夫だから、心配しないでくれ。ワインを一杯どうかな？　アイスクリームもあるけど。

彼女はゆっくりとうなずいて起き上がった。そうだね。アイスクリームがいいかな。アイリーンは服を着ながら、キッチンに行くサイモンをソファ越しに見ていた。しわの寄ったシャツを着た彼は背が高くて、頭上の照明の光を受けて髪が柔らかく金色に輝いている。

あなたが偏頭痛持ちだなんて知らなかった。

彼はふりむかないで言った。滅多にならないんだ。

彼女はスカートのボタンを留めた。この前、頭痛になったとき、私はベッドからあなたに泣き言ばかり書いたメッセージを送ったよね。憶えている？

カトラリーの引き出しからスプーンを二本出しながら、彼は答える。うん、君の頭痛の方が僕のよりもひどそうだった。

彼女は何も言わずにうなずく。少ししてから、彼女はテレビをつけてもいいかと訊いた。「ニュースナイト」か何か見ようよ。いいかな？

いいね。

彼女がテレビのボリュームを上げていると、彼がアイスクリームの入ったボウルを持ってきた。テレビの画面では青いスクリーンをバックに、イギリス人の司会者がカメラに向かってイギリスのある党の党首選挙について話している。アイリーンはそれをじっと見ていた。嘘ばっかりじゃない？　さあ、嘘だって白状しなさいよ。絶対にしないって、分かってるけど。彼女の横で、サイモンがスプーンでボウルの中のアイスクリームを刻んでいた。この女性はヘッジファンドマネージャーと結婚しているんだ。テレビを見ながら、二人は時折、年内に自国で再び総選挙が行われる可能性について意見を交わし、そうなった場合はサイモンのいる党の誰が議席を維持できそうか語り合った。サイモンは自分の支持している人たちが議席を失い、「出世主義者」たちが残るのではないかと懸念していた。テレビの中で党のスポークスマンが喋っている。首相――すみません、いいですか、その件については何度もおっしゃってますけれど――アイリーンは空になったアイスクリームのボウルをコーヒーテーブルに置くと、ソファに足を引き上げて寄りかかった。あなた、テレビに出演したことあったよね？　サイモンはまだアイスクリームを食べていた。三分くらいね。彼女は束ねた髪のヘアゴムを直した。あの夜は、あなたの友だちのサイモンがテレビに出てる！　ってメッセージを百通くらいもらった。そのうちの一人が——誰とは言わないけど。とある人物が私にあなたのスクリーンショットを送ってきて、これがあなたのいつも話していたサイモン？　って訊いてきたの。彼は黙ってテレビを見たまま、にやけていた。その表情を見て、アイリーンは続けた。そんなにあなたについて話した覚えはないけどね。とにかく、うん、彼だよって返事をしたら、またメッセージが送られてきて——書いてあった通りに言うと——気を悪くしないで欲しいけど、彼の子供が産みたくなったって。彼は笑い出した。そんな話は信じないぞ。アイリーンはくり返した。書いてあった通りだよ。転送しようかと思ったけど、「気を悪くしないで」って箇所が引っかかって。どうしてそれで私が気を悪くするっていうんだろう？　こっちはあなたを熱愛しているのに、あなたの方はこっちの存在に気づいてもいないっていう、報われない悲劇的な関係だとでも思ってたのかな？　他人にそう思われるの、本当に嫌だな。サイモンが顔を向けると、アイリーンは斜めの角度でテレビを見ていて、その頬骨とまぶたの縁を天井の照明が白く照らしていた。僕の友だちはみんな逆だと思っていた。アイリーンはテレビを見ながら、まんざらでもないという顔をした。じゃあ、あなたの方が私に報われない想いを抱いているの？　笑えるね。悪くないよ、自尊心も満足するし。誰がそんなこと言ってるの？　ピーター？それともデクランかな。テレビの番組が終わって、画面にクレジットが上がってきた。彼女はテレビから目を離さずに、軽い調子で言った。ねえ、話したくないのは分かるけど。さっき言ってた寂しさのことね。私もしょっちゅう感じてる。あなただけじゃないって知って欲しいから打ち明けておくね。

こんなのは自分だけだって思ってるかもしれないから。私について言うと、本当に寂しくなると電話する相手はあなたなの。話すと不思議と落ち着くから。普段、気にしているようなことも、あなたと話すと大した問題じゃないって思えてくる。つまり、もし寂しくて私に電話したくなったら、遠慮しないでって言いたいの。電話の理由は言わなくていい、単にお喋りするだけで。私の方が家族について愚痴をこぼすかも。あるいは、私がまたここに来て、こういうことをしてもいいし。そうでしょ？　電話しなくちゃって思わなくてもいいけど、かけていいから。いつでも。それだけ言いたかったの。

サイモンの目は話している彼女に釘づけで、話が終わってもしばらくは口を利かなかった。それから彼はなんでもないような親しげな調子で話し始めた。アイリーン、いつかの夜にさ、僕は結婚相手を見つけるべきだって言ってたじゃない？　笑いながら、彼女はサイモンに顔を向けた。そうだったね。彼は疲れたような、幸せそうな笑顔を浮かべている。急に女性が現れて僕と結婚してくれるっていうような話だった。今まで会ったこともないような人が。アイリーンは言葉を挟んだ。しかもすごい美人。年下の女性、って言ったはず。知的過ぎなくて優しい性格。彼はうなずいた。そうだった。夢みたいな女性だ。そこで質問があるんだ。言っていることの主旨から推測するに、その女性は君とは別人だと思うんだけど、もしその女性と僕が一緒になったら——アイリーンは憤慨したふりをして彼の言葉をさえぎった。そうだね、もちろん彼女は私ではない。私は彼女よりもはるかに読書家だし。彼はひとりでに微笑んだ。そうだね。でも、その人が誰であれ、もし僕がその女性を見つけても、僕たちは友だちのままでいられるかな？　アイリーンはソファのクッションにもたれて、答えを探しているようだった。しばらく考えてから、彼女は答えた。無理だね。彼女を見つけたら、私のことは諦めて。もしかして私を諦めるのが、その女性と出会うためのそもそもの条件なのかもしれない。

そうじゃないかと思った。だったら僕は彼女を探さないよ。

アイリーンは驚いて両手を上げた。サイモン、本気なの。その女性はあなたの運命の相手なんだよ。神があなたのために地上に遣わしたの。

もし神が君を諦めさせたかったら、僕をこんな人間に作っていない。

束の間、二人は見つめ合った。彼女は自分の火照った頬に片手を当てた。じゃあ、あなたはこの友情を放棄しないんだね。

どんな理由があろうとも。

アイリーンは手を伸ばして彼の手に触れた。私も絶対に放棄しない。私の言葉を信じてね、付き合った彼氏はみんなあなたが好きじゃなかったのに、今までそれを無視してきたんだから。

彼が噴き出して、二人は一緒に笑った。深夜、アイリーンは歯を磨き、サイモンはキッチンの明かりを消した。バスルームから戻ってくると彼女は言った。ほらね、歯ブラシなんか持ってきているんだから、私にも下心があったんだよ。二人で寝室に行くと彼はドアを閉めて、何か聞き取れない言葉を口にした。ドア越しのアイリーンの笑い声は、柔らかくなって音楽のように聞こえる。アパートのリビングは暗闇の中でまた静まり返った。シンクには二つの空っぽのボウルと、二本のスプーンと、縁に透明なリップクリームの跡が残るグラスが残されている。ドアの向こうで会話を交わす低い声が聞こえていたが、くぐもっていて何を言っているのかは分からず、午前一時になると静寂が訪れた。午前五時半になると東に面した窓から見える空が明るくなってきて、黒から青へ、そして白銀へと変化した。新しい日の始まりだ。電線にとまったカラスの鳴き声が頭上から聞こえる。通りを走るバスの音がする。

16

アリス、数週間前か数カ月前、私が青銅器時代後期における文明崩壊についてメールしたのを覚えていますか。あれからリサーチを続けて、この時代については判明していない事柄が多く、私の読んだウィキペディアのページの解説よりも多彩な学術的解釈があると知りました。文明崩壊前、東地中海沿岸の資産家の知識人たちのいる宮殿の経済は、他国の統治者たちと非常に高価な品々を贈呈品という形で取り引きすることで成り立っていました。その後、宮殿が破壊されるか放棄されて、書記体系は失われ、贅沢品の数が減り、遠い国との貿易が途絶えたのは事実です。でもこの「文明」に属する人々の中で、果たしてどれだけの人数が宮殿の居住者だったのでしょうか？　宝飾品を身に着けて、青銅のカップを使い、柘榴を食べていた人は何割いたのでしょうね？　一人のエリートに対して何千もの非識字者の自作農がいて、貧困に喘いでいたはずです。「文明崩壊」の後、かなりの人数が国から流出し、死亡者も少なからずいた可能性もありますが、彼らの大多数は変わらない生活を送っていたのではないでしょうか。その人たちは農作業を続けました。豊作の年も不作の年もあったでしょう。別の大陸の片隅にいたら、私やあなたの祖先にあたるのは彼らのような人々です――宮殿の住人ではありません。豊かで複雑な生産と流通の国際ネットワークは遠い昔に終焉《しゅうえん》を迎えていたはずですが、ご覧の通り、私たちはまだここにいて、人間性も生きています。この世界で生きる意味が、不特定の目標に向かって永遠に前進することでないとしたら——より強力な技術のエンジニアリングや生産、より複雑で難解な形で発展していく文化形態でなかったとしたら？　文明がただ潮の流れのように自然に浮かんでは消えていくものだとしたら——そして人の生きる意味も、ただ生きて、誰かと一緒にいることにあるとしたら？

あなたとフィリックスについての新事実ですが、形のない関係性と実験的な感情の結びつきについてのあなたのメールにもかかわらず、友だちの私からすると何も意外なことではありませんでした。もし彼があなたにとっていい恋人ならば、私は無条件で受け入れるでしょうし、そうでなければ不倶《ふぐ》戴天《たいてん》の敵になるだけの話です。筋が通っていますよね？　でもきっといい人だと信じています。

数年前に私が「人生のノート」というタイトルで日記をつけていたという話を、あなたにしたことがあったでしょうか。毎日、一行か二行、その日にあった素敵なことを書き留めておこうと思いついたのが始まりでした。素敵なことというのは、幸せな気持ちになれて、喜びを感じるような事柄のことだったと思います。六年前の秋から始まるその日記を、この前、読み返してみました。スズカケの木の枯れ葉が裏返って、サウス・サーキュラー道路を鉤爪《かぎづめ》のように小走りしていく様子。映画館で食べるポップコーンの人工的なバターの味。夕暮れの淡い黄色の空と、霧に沈むトーマス通り。そんなことが書かれていました。その年の九月、十月、十一月は一日も欠かさず日記をつけています。あの頃はいつも何か素敵なことを思いつくことができたし、ときには日記に書くためにわざわざお風呂に入ったり、散歩に出かけたりもしました。当時私は人生を満喫しているという感じがしていて、毎晩、日記を書こうとすると、苦労せずに見たり聞いたりした素敵なことを思いつくことができたのです。将来、自分が何を感じていたかを思い出す材料になればいいと思って、明確で簡潔な言葉で記すのを心がけていたからか、書くのは苦ではなかったし、言葉もすらすら出てきました。日記を読み返すと当時の感覚が蘇ってきて、自分が見たものや耳にしたもの、気がついたことについて今もはっきりと思い出すことができます。悲しい日も、私は何かを見つけようとして歩き回っていました――別に特別なものではなくてもよかったのです。人々の顔や、天気や、行き交う車。ガレージのガソリンの匂いや、雨に濡れた感触といった、ごく当たり前のことで。悲しい日も、悲しみを感じられて、悲しみを感じた記憶を残せると考えれば、幸福だと言えます。そんな生き方には繊細な何かがありました――まるで楽器になったかのように、世界が私に触れてつまびくと、内部に音が反響しました。

でも数ヵ月も経つと、書かない日が出てきました。日記をつけるのを忘れて寝てしまった日や、日記を開いても書くものが思い浮かばない日もありました――何も考えられなくなってしまったのです。書くことも段々と、曲のタイトルや、小説からの引用、友だちにもらったメッセージといった、言葉だけの抽象的なものになってきました。春になると、もう続けるのは無理でした。何週間も日記を放置するようになり――仕事先で手に入れた安手の黒いノートブックです――ようやく手に取っても、前の年の日記を見返すだけになってしまったのです。こうなってくると、かつて雨や花に感じたような気持ちを取り戻せるかも疑問でした。何かを感じて、そこから喜びを得られる能力を失っただけでなく、もう喜び自体を感じられない人間になってしまったかのようでした。仕事に行っても、食料品店に出かけても、家に帰ってくると、その道中で目にしたものや耳にしたはずのものが何も思い出せませんでした。何も見ているように感じられず――私の視覚世界は、情報が掲載されているだけのカタログみたいに薄っぺらなものになってしまったのです。もう以前のように、見たものが心に迫ってこなくなりました。

また日記を読んで、私は奇妙な違和感を覚えています。私は本当にかつてそういう人間だったのでしょうか？　刹那的な感覚に身を委ねて、それを拡張し、更に内部へと入り込んで、豊かさと美を見出すことができる人間だったのか。そうだったようではあります――「ほんの数時間だけど、自分とは別の人間になったみたいだった（二十世紀アメリカの詩人、フランク・オハラの詩の一節）」。この日記や、日記を書く過程が私をそんな人間に変えたのでしょうか、それともそういう経験をありのままに記録しておきたかったから、書いていたのでしょうか。もしかしたらその理解に役立つかもしれないと、あの頃の自分の人生に何があったかを思い出そうとしています。私は二十三歳で、文芸誌で働き始めたところで、リバティーズのみすぼらしいフラットであなたと一緒に暮らしていて、その頃はケイトも、トムも、イーファもまだダブリンにいました。私たちはみんなで連れ立ってパーティに行き、夕食に人を招いて、ワインを飲み過ぎては口論になっていましたよね。サイモンがパリから電話してきて、私たちが愚痴をこぼし合って、笑い合っていると、彼の背後でナタリーがキッチンにお皿を持っていく音が聞こえていました。私は鮮やかな形で感情や経験を自分に刻みつけようとしていましたが、こんなのは取るに足らないものだとも感じていました。自分の決断は何の結果ももたらさない、そして人生に永続的なものは――仕事も、アパートも、欲望も、恋愛関係も――何一つないと考えていたせいかもしれません。私の背後ではまだドアの数々が開いたままになっていて、どんなことも可能に思えたし、まだどこかは分からないけれど、きっとどこかに、私を認めて愛してくれて、幸せにしたいと思ってくれる人がいるはずだと信じていたのです。それが、私が世界に対して心を開いていた理由かもしれません――

知らず知らずに私は未来に希望を抱き、予兆となるものを探していたのかも。

一昨日の夜、本の出版パーティが終わって私は家までタクシーに乗りました。通りは静まり返っていて暗く、不思議と温かく穏やかな空気で、岸辺沿いに並んだ人気《ひとけ》のないオフィスビルの窓には全部明かりが灯っています。その瞬間、突然にあらゆるものの根底から、あらゆるものの水面下から潜んでいたはずのあの感覚が全て蘇ってきたのです——世界に対する親密さや美の可能性が、目に見える世界の背後から柔らかく輝く光のように全てを照らしていました。自分が何を感じているか気がつくと、私は思考の中でその感覚に向かっていってとらえようとしましたが、また不意に冷たくなったかと思うと遠ざかって、手の届かない場所へ消えていってしまいました。空っぽのビルに明かりが灯っているのを見て何かが頭をよぎり、私はあなたについて考えていて、あなたの住んでいる家を思い浮かべて、メールをもらっていたことを思い出していました。同時にサイモンと彼のつかみどころのなさについても思いを巡らせ、タクシーの窓から外を見ていると、急にこの街にいる彼の存在が実体として迫ってきたのです。この街の建物のどこかに、立ったり、座ったり、腕を左右に組んだり、服を着たり脱いだりするサイモンがいるのだと感じて、ダブリンの街が百万の窓のうちひとつの向こうにサイモンを隠しているアドベントカレンダーのように見えてきました。彼の存在や、あなたからのメール、私がそのとき頭の中で考えていたあなたへのメッセージさえもが空気の質や温度に作用しているかのようでした。世界にはその全てを受け入れる余地があって、私の両目も、私の頭脳も、そうしたものを受け止めて理解できるのだと思えてきました。もう遅い時間で、私は疲れてタクシーの後部座席で眠りに落ちかけていましたが、私がどこに行こうとも、あなたは私と一緒で、彼も一緒で、あなたたち二人が生きている限りこの世界は美しいのだと不思議な形で思い出していました。

あなたが病院で聖書なんか読んでいたとは思いもよりませんでした。何か理由でもあったのですか？　聖書は助けになったのでしょうか？　赦罪についてのあなたの考えには興味深いものがありました。この間の夜、サイモンに彼は神に祈るのかと尋ねたところ、「感謝を伝えるために」祈ると答えてくれました。もし私が神を信じていたとしても、許しを乞うためにひれ伏したいとは思わないでしょう。ただ毎日、全てのことについて感謝を捧げたくなるだろうと思います。

17

五月の第二金曜日の夕方、フィリックスは仕事から帰る前にセキュリティの列に八分も並ばされた。彼の前にいた作業員が機械を鳴らしてしまったせいで、検査のために別室に連れていかれていた。ドアに貼り紙がある。「管理者のみ立ち入り可、ＩＤ必須」列は外で停滞して、部屋の中からは怒号が聞こえている。フィリックスは列の前にいた同僚と視線を交わしたが、二人とも無言のままだ。彼がスキャナーを通過して車に乗り込んだ頃には、もう七時十三分になっていた。空は重たげな白い雲で覆われていていて、あちこちの隙間から日光が漏れている。フィリックスは車のＣＤプレイヤーを作動すると、バックで駐車スペースから出て工場団地を後にした。

数分走った後、彼は海を見下ろす平らな砂利敷きのスペースに車を停めた。入り口の木造のビジターセンターは閉鎖されていて、人気《ひとけ》もない。反対側には大きな黄色い掲示板があって、歴史や地理に関する興味深い情報が貼り出されている。フィリックスが駐車場の一番端に停車すると、フロントガラスの前に荒々しい灰色の大西洋が広がった。シートベルトを外した彼が黒いダウンジャケットのジッパーを下げると、中に着ている小さな白い刺繍《ししゅう》ロゴ入りの色褪せた緑のスウェットシャツが見えた。

彼はポケットからスマートフォンを出して電源を入れ、車の小物入れを開けて自分のためにマリファナ煙草を巻き始める。仕事の間に来ていたメッセージを着信して様々な通知音が鳴っている膝の上のスマートフォンと、ハンドルに置いた巻紙の間を彼の目は忙しく行き来していた。巻き終えて火をつけていない煙草を口にくわえると、彼はスマートフォンの画面上に出ている通知やメッセージをチェックした。複数のソーシャルメディアのアラートや、アプリの通知、そして兄のダミアンからDMが来ていた。

ダミアン　今日はいつ仕事が終わる？　こっちに来てもいいし、お前のところに俺が持っていってもいいから、どっちが都合いいか連絡してくれ

フィリックスは運転席のシートを倒して、はっきりしないグレイの車の天井を眺めてライターで火を点けた。一瞬だけ目を閉じて息を吐き出し、スマートフォンに戻ってメッセージのスレッドを開く。昨日自分が送ったメッセージが表示された。「明日の夜仕事がはけたら電話する」それ以前の履歴にはダミアンからの不在着信が数件入っていた。「ごめん俺今旅行中」これはフィリックスが十日前に書いたメッセージだ。彼はスレッドをぼんやり眺めてから閉じる。煙草をゆっくりと吸いながらしばらく過ごして、スマートフォンの他の通知をスクロールして、非表示にしたり、中身をチェックしたりした。出会い系のアプリから一件通知が来ていたので、開いてみる。

パトリック　今夜はここら辺にいるの？

フィリックスが「パトリック」という名前をタップすると、その男が投稿した写真が何枚か出てきた。ある写真では、何かのイベントで集まった男たちがお互いの肩に手を回してみんなでポーズを取っている。別の写真では、髭を生やした男が水辺で膝をつき、太陽光の下で虹色の色彩をまだらに放っている巨大な魚を抱えていた。フィリックスはメッセージに戻って返信欄に打ち込んだ。「かもな、そっちはどうだ?」そのまま送信ボタンを押さず、彼は兄からもらったメッセージの方に戻った。スマートフォンをロックすると、彼は煙草を吸って音楽に耳を傾けた。時折は曲に合わせてぼんやりとハミングしたり、響きのいい声で小さく歌ったりもした。降り始めた雨がフロントガラスを叩いていた。

八時五分前、フィリックスは窓から吸い殻を捨て、バックして駐車スペースから車を出した。今の彼は目が少し据わっていた。町に近づいてくると、彼は方向指示器を倒して、ダッシュボードから出したスマートフォンに向かって目を細めた。新しい通知は来ていない。特に理由もなさそうに方向指示ランプを消すと、彼は車を直進させた。後ろの車がクラクションを鳴らしてきたので、フィリックスは穏やかにつぶやいた。分かってるよ、このクソめが。彼は片手でハンドルを操作しながら、もう一方の手でスマートフォンから電話をかけた。

二度目の呼び出し音の後で、声が聞こえた。もしもし?

今、家にいる? フィリックスは尋ねた。

自分の家ってこと? うん。

忙しい?

ううん、全然。何で？

仕事が終わったところなんだけどさ、彼は言った。いるならちょっと寄って顔を見ようかと思って。どうかな？

うん、ちょうど家にいるから。いいよ。

じゃあ数分で着くから。

通話を切るとフィリックスは助手席にスマートフォンを軽く放った。数分間ドライヴを続けると左手に大きな白い屋敷が見えてきたので、彼はまた方向指示器を倒した。

彼が玄関のブザーを押したときはまだ雨が降っていた。玄関に出てきたアリスは黒いスカートの上にウールのセーターを着ている。彼女は裸足だった。アリスは胸の前で腕を組むと、また解《ほど》いた。フィリックスはポケットに手を入れたまま、目の焦点を合わせようとするかのように片目を半分つぶってアリスを見つめていた。

やあ。お邪魔かな。

全然。家に入る？

ここまで来たからには、そうさせてもらおうかな。

彼は彼女の後を追って屋敷に入ると、ドアを閉めた。暖炉で火が燃えている、赤い内装の広々としたリビングに着いた。火の前にはソファがあって、色とりどりのクッションが置かれていた。コーヒーテーブルの紅茶のカップの横には、ページを開いた本が伏せてある。アリスがリビングに入っていくと、フィリックスはその戸口で止まった。

えらく居心地が良さそうだな。

彼女はソファに寄りかかると、また腕を組んだ。

何をしてたの、読書か？

うん、そうだね。

邪魔したんじゃなかったらいいんだけど。

それ言うの二度目だよ。私は邪魔じゃないって答えている。

二人の会話はそこで途切れた。フィリックスは視線を落として、淡黄褐色のカーペットか自分の足先を見ていた。

しばらく連絡をくれなかったよね、彼女が言葉を継いだ。

彼は下を向いたままで、驚いた様子はなかった。そうだな。

彼女は黙り込んだ。少しして、彼はちらりと彼女の方を見上げた。

怒ってる？

別に、そんなことはない。でも混乱しているの。正直、もう私と会いたくないんだって思っていた。こっちが何か悪いことでもしたのかなって。

彼は眉をひそめた。いや、違う。君は何も悪いことはしていない。あの、君の言う通りで、ちょっと間が空いちゃったとは思ってたんだ。

彼女は無表情のままうなずいた。

俺にいなくなって欲しい？

彼女は口をもごもごと動かした。一体どうなっているのかよく分からないけれど、きっとこれは私のせいなんだよね。

そう言われて彼は何か考えているような顔をしたが、もしかしたらそれも考えているふりだったのかもしれない。いや、君のせいだけじゃない。何が言いたいかは分かるけど。きっとどっちにも責任があるんだよ。正直に言うと、今は真剣に付き合う相手を探している訳じゃないんだ。

そうでしょうね。

うん。それで、イタリア旅行の後、もう少し気楽な感じでいた方がいいんじゃないかと思ってさ。

そうね。

彼は踵《かかと》でバランスを取ってゆらゆらと動いた。うん、それじゃあ。もう行っていいかな？

どうぞ。

それでも彼は動かず、ぼんやりと部屋の中に視線をさまよわせている。本当はどうだっていいんだな？

何ですって？

彼は鼻から大きく息を吸って、ゆっくりとくり返した。君は、本当はどうだっていいんじゃないのか？　どうせ気にもしてないんだろう？

気にするって何を？

だから、俺が行っても行かなくても。連絡してもしなくても。どっちでもいいって思っているんだろう。

どう考えても私の方は気にしているよね。気にしてないって言ってるのはそっちでしょう。

でもとても気にしているように見えない。

彼女は呆れたような笑顔を浮かべた。私にどうして欲しいの、跪いてここにいてくれるように懇願しろとでも？

彼は自分に向けて笑ったようだった。いい質問だな。どうだろう、やってくれたら嬉しいかも。

ああ、あなたの望みは叶わないよ。

そうだろうな。

二人は見つめ合った。彼女が眉をひそめてみせると、彼はまた笑い出して頭をふり、顔を背けた。

まったく。どうしろって言うんだ。どうしていつも君の方が偉くて、俺が君に従わなくちゃいけないって気分にさせられるんだろうな？

あなたがどうしてそんな気持ちになるのか分からない。私は命令したことなんかないのに。

アリスはフィリックスを見ていたが、彼の方は視線を返さず、幅木の方に顔を向けていた。

ようやく彼女が口を利いた。どうせだから、何か飲む？

視線を動かしながら、彼は少し肩をすくめてみせた。うん、どうせだったら、飲みたい。

ワインのボトルがあるけど、グラスを持ってこようか？

彼は眉間にしわを寄せた。ああ、うん。そして咳払いをした。ありがとう。

彼女がキッチンに行ってしまうと、フィリックスはジャケットを脱いで肘かけ椅子の背にかけ、ソファに座った。ポケットからスマートフォンを出して画面に目をやると、ダミアンからの不在着信の通知があった。通知をスワイプして、メッセージを打つ。

フィリックス　ごめん今夜は家にいないんだ。明日電話するかも即座に返信が来た。

ダミアン　もう三週間近く経ってるんだけど。どこにいるんだ？

彼は顔をしかめながら、何度も返信の文章を打ち直した。

フィリックス　先週は旅行だったし言った通り今週は仕事だったから、明日暇になるから電話する

メッセージを送信するとスマートフォンをロックして、彼は暖炉の火を眺めた。アリスが空のグラスと赤ワインのボトルを持って戻ってきた。彼女がボトルを開けてグラスにワインを注ぐのを彼は見ていた。

また人生の深い話でもするか？

彼女はフィリックスにワインのグラスを手渡して、ソファの反対側の端に座った。うーん。まだこの関係の方向性をつかみかねているんだよね。私たちがその手の話ができる仲かどうか分からない。

彼はうなずいてグラスを見下ろした。まあそうだよな。じゃあ何をする、映画でも観るか？

それでもいいよ。

ネットフリックスで何か探すのはどうかと彼女は言って、パスワードを打ち込んで彼にノートパソコンを渡した。フィリックスがブラウザを開いている間、アリスの方はワインを飲んで暖炉の火を眺めていた。彼はぼんやりと二本の指でサムネイルの数々をスクロールしながら、落ち着かなげに何度

も彼女の方に視線を上げた。ようやく彼は言った。あのさ、君がどういう映画が好きなのか分からないから、自分で何か選んでくれるかな。字幕物じゃない限り付き合うよ。彼がノートパソコンを手渡すと、彼女は何も言わずに受け取った。彼は目を閉じて、ソファの上部に頭を預けた。もう疲れちゃってさ。ワインなんか飲んだら俺きっと運転できないよ。アリスはスクロールしながら言った。今夜は泊まっていってもいいよ。アリスの言葉に彼は何も答えなかった。ノートパソコンの画面には「高い評価を得た感動的な映画」「暗いサスペンス映画」「本が原作の映画」といったカテゴリーのリストが並んでいる。枯れ枝が暖炉の火の中で弾けて、音を立てて火花を散らした。アリスはソファで目を閉じてじっとしているフィリックスを眺めていた。数秒後、彼女はそのままノートパソコンを閉じた。彼はぴくりともしなかった。しばらくの間、彼女はあぐらをかいてソファに座り、暖炉の中で火が舞う様子を観察しながらワインを飲み干すと、リビングを出て部屋の明かりを消した。

二時間半後、フィリックスは同じ姿勢のまま目を覚ました。暖炉の残火以外、部屋に明かりはなかった。家のどこかから水の流れる音が聞こえる。彼は起き上がって、口を拭ってポケットからスマートフォンを出した。夜の十一時になるところで、新しい通知が一件来ている。

ダミアン　馬鹿言うなよフィリックス。電話もできないなんてどこにいるんだよ？

フィリックスはそれに返信しようとして、「どうして」と打って消去し、「お前の方は」と打ったところでまた止まってしまった。そのまま座って、彼は自分の顔や服に鈍い光を投げかける暖炉の中の消えそうな炎に見入った。ようやく彼はソファから立ち上がって部屋を出た。廊下の明かりがまぶしかったのか、彼は階段のところで立ち止まって目を慣らそうとするように眉を寄せた。キッチンからアリスの笑い声が聞こえてくる。あら、私ならそんな細部で悩んだりしないけど。フィリックスは廊下を歩いていって、開いている戸口で立ち止まった。キッチンではアリスが彼に背を向けて、冷蔵庫の中をのぞき込んでいた。冷蔵庫の照明が長方形の白い光となって彼女を囲んでいる。アリスは片手でスマートフォンを耳に当てて、もう一方の手で冷蔵庫の扉を押さえていた。無意識にアリスの動作を真似たのか、フィリックスは右手をキッチンの戸口の側面にかけて、黙ったまま彼女を見ていた。彼女はずっと笑っている。じゃあ写真を送ってよね？　冷蔵庫の扉から手を離して閉めると、アリスはシンクの方に行った。彼女の目の前の暗い窓に明るい室内の様子が反射して映っている。それを見上げて、アリスはフィリックスが自分の背後に立っているのに気がついた。驚いた顔もせずに、彼女は電話を続けた。人が来てるからもう切るけど、来週会えるよね？　フィリックスは彼女を目で追うのをやめて床に視線を落としていた。誰かは言わないでおく。アリスはスマートフォンに向かって言った。じゃあまた話そう、おやすみ。彼女はカウンターにスマートフォンを置いてフィリックスにふりむいた。アリスを見ないようにして、彼は咳払いをした。寝ちゃってごめん。ここのところ勤務時間がおかしかったせいで、自分で思っていたより疲れていたみたいだ。気にしないでと彼女は言った。彼はあごをかすかに動かしながらうなずいた。アリスは彼女の方を見ようとしないフィリックスをもう少し眺めてから、くるりと背中を向けて、パンを一斤《きん》ラップで包み始めた。

今日の勤務は長かったの？

彼は努めて明るい声で言おうとしているようだった。あの場所にいると全部長く感じるんだよ。

アリスが背を向けたので、フィリックスは顔を上げてまた彼女を眺め始めた。彼女は白い小皿に残っていたパンの耳をペダル付きのゴミ箱に捨てた。

誰と電話していたんだ？

ああ、友だちだよ。

うん。おかしな話だけど、アイリーンと私は電話では話さないの。今のはダニエルって友だちで、
アイリーン？

彼の話はあなたにしてなかったと思う。彼はロンドンに住んでる作家なの。

フィリックスはひとりでうなずいた。きっと君には作家の友だちが大勢いるんだろう？

ほんの少しだけね。

彼は戸口のところに居座って、指先で左のまぶたを乱暴にこすった。アリスはシンクにあった布巾でキッチンテーブルの表面を拭いた。

週の間に君に返信しなくてごめん。

気にしないでいいよ、大丈夫だから。

俺は一緒にイタリアに行って楽しかったし、そうじゃなかったって君に誤解されたくない。

もういいから。私も楽しかったよ。

彼は息を吸い込んで、ポケットに深く手を突っ込んだ。今夜ここに泊まってもいいかな？　もう車を運転して家には帰れないと思う。ソファで寝てもいいからさ。

布巾をシンクに戻して、ベッドを用意してあげると彼女は言った。彼は下を向いた。アリスはそばに寄ると、優しい調子で言った。フィリックス、大丈夫なの？　彼は口の端を少しだけ上げた。ああ、至って健康だ。疲れてるってだけで。ようやく彼は相手と目を合わせた。一緒に寝るのは嫌だよな？

断ってくれていいよ、自分がちょっと嫌な奴だったのは分かっているから。アリスの視線は彼の顔に注がれていた。連絡をもらえなくて、確かに自分が馬鹿みたいな気はしたの。どうしてそう考えてしまうか分かる、それとも私がどうかしているんだと思う？　フィリックスは困ってしまったような顔をして、彼女がどうかしているとは思わない、返信しようと思っているうちに時間が経ってしまって何だか気まずくなってしまったのだと答えた。彼はずっと自分の手で肩をさすっていた。じゃあ、もう行くから。運転はできると思う、もう大丈夫だから。結局ワインも飲まなかったんだし。電話の邪魔をしてごめん、よかったらかけ直してくれ。

私はあなたにいて欲しいんだけど。よかったら、私と一緒に。私は気にしてないから。いてもいいってこと、それともいて欲しいってこと？

いて欲しい。でもまた既読スルーされたら、あなたは私が嫌いなんだって疑うかもしれない。

彼は嬉しそうな顔をして、肩をつかんでいた手を離した。いや、マナーを心に留めておく。明日には俺も楽しかったっていう、普通の感じのいいメッセージが届くよ。

彼女は悪戯っぽい目をした。へえ、そういうのが普通なんだね？

うん、この前別れた子には、全然メッセージを送らなかった。分からないけど、彼女はそれで腹を立てていたと思う。

その人の家に藪から棒に現れて、ソファで二時間寝るといいかもよ。

刺されたかのように、彼は胸を押さえた。アリス、彼は言った。あんまりきついことは言わないでくれ。反省しているんだから。こっちに来いよ。

アリスがそばに寄ってくると、彼はキスをした。彼に撫でられて、彼女はそっとため息を漏らす。

そこで彼のポケットのスマートフォンが鈍い音を立てて振動し始めた。出なくていいの？　彼女は訊いた。いいんだ。気にしないで、切っておくから。ポケットからスマートフォンを取り出して、彼はダミアンからの着信を切るボタンをタップして、続けた。俺が今、本当に何をしたいか分かる？　二階に行って君のベッドで横になって、君が今週何をしていたか聞きたい。ずいぶん品行方正なのねとアリスは言った。じゃあ、君が話している間、服を脱がせてもいい。どうかな？　彼女は赤くなって自分のくちびるに触れた。そうしたければ、どうぞ。フィリックスは彼女をからかうような顔で見ていた。こんなことで赤くなっちゃうんだ？　俺は気にしないけど、君は生計のためにいやらしい本を書いているんじゃないの。彼女が自分の本は別にいやらしくないと反論すると、彼はネットにそう書いてあったと言った。それに、公衆の前でセックスについて語っても平気な顔をしていたのも見てる。ローマに行ったとき、ステージの上でそれについて喋っていただろ。アリスは抽象的な話をしていたのであって、個人的なこととは全然違うと言った。彼は少しの間、彼女を観察していた。君が来週ロンドンに行くのか、それとも友だちがこっちに来るのか、聞いてもいいかな？　詮索する気はないけれど、彼と来週会うって電話で言っているのが聞こえたから。アリスは微笑んで、来週仕事でロンドンに行かなくちゃいけないのと言った。ジェットセッターだな。ロンドンにはちょっといたことがあるから、うらやましくないけど。前に住んでいたことがあるんだ。スマートフォンが振動を始めたので、彼はため息をついてまたポケットから出した。誰からの電話かは訊かないよ、アリスは言った。ボタンをタップしながらフィリックスは上の空で言った。ああ、兄貴からなんだ。君に隠れて誰かのソファで寝落ちしたりはしないから、心配するな。彼女が笑ってくれたので、フィリックスは安心したようだ。彼はまたスマートフォンをポケットに戻した。二階に行かない？　疲れているし、これ以上夜更かししていたら、君にいいことはできなくなりそうだ。

二人はアリスの寝室に行ってベッドに座った。彼女は彼の手を取ってキスをすると、手の甲から指にかけてくちびるを這わせて、人差し指の指先を口に含んだ。彼は黙っていたが、すぐに声を漏らした。ああ、くそ。フィリックスが中指を彼女の口の中に差し入れると、アリスはその指の裏に舌を走らせた。彼が彼女の名前を呼んだ。よかったらフェラしてくれないかな？　嫌なら無理にとは言わないけど。口から彼の指を抜いて、アリスはいいよと言った。今、やってもらえる？　彼女は口元を緩ませて、彼のスウェットパンツのウエストのところまで下りていった。フィリックスが枕に頭を乗せると、彼女は口でし始めた。彼はそれを見ていた。アリスの明るい色の髪の束が前にかかって顔を一部隠している。くちびるは濡れていて、まぶたは半分閉じていた。いいかと彼女は訊いた。うん、気持ちいいよ。ちょっとこっちに来てくれ。彼女が自分の横に来ると、フィリックスはスカートの中に手を入れた。彼女は目を閉じて、彼の背後にあるヘッドボードをつかんだ。上に乗りたい？　アリスはこくりとうなずいた。服は着たまま、それとも脱いだ方がいい？　彼は悩むように眉間にしわを寄せる。脱いでくれ。でも君がかまわないなら、俺は着たままでいる。彼女はセーターを脱いでにっこりと笑った。これは主従プレイなの？　彼は頭の後ろで手を組んで、ブラウスのボタンを外す彼女を眺めている。いや、単に面倒くさいだけ。アリスはブラウスを脱ぐとブラジャーのホックを外した。裸の私はどうかな？　彼女を見ながら、フィリックスはゆっくりとペニスを握った。うん、きれいだよ。言ってなかったっけ？　アリスはスカートとショーツを足首から脱いだ。十代の頃はきれいな体をしていたと思うけど、今はもうそうじゃないの。ベッドの端に脱いだ服を引っかけて、彼女はフィリックスの上に乗った。あなたのを口に含むのは好きだよ。目を閉じている彼女を、彼は下から見上げていた。そう言ってもらえて嬉しいよ。どんなところが好きなんだ？　彼女は深く息をした。乱暴にされるんじゃないかと心配だったけど、あなたはすごく優しかったから。乱暴っていうのはちょっと違うかもしれないけれど。私の限界以上のことを求められるんじゃないかって。彼は左手を彼女のお尻に添えた。例えばポルノでやっているようなことか。アリスはそうだと言った。ああ、でもああいう動画の出演者たちは特殊技能の持ち主だろう。俺は君みたいな普通の人に同じことを求めたりしないよ。もしもあなたが望むのなら、やり方をマスターしてみるよ。フィリックスは気遣うような眼差しで彼女を見つめていた。気にするなって。君のフェラもなかなかのものだし。フェラって言葉じゃない方がいいかな？　何か別の呼び名がある？　彼女は微笑んだ。そんな細かいことは気にしないで。でも使われたら萎《な》える言葉もあるだろう？　ないの？　例えば、俺のナニをしゃぶれなんて俺が言ったら、君は気に食わないだろう。彼女は笑った。大丈夫だけど、その台詞はセクシーっていうよりも滑稽に感じる。そうだなと彼は同意して、何だか映画の台詞みたいだと言った。「ファック」って言葉は嫌いか？　嫌いな人もいるし、君が嫌なら使わない。もし俺がファックしようって言ったら、気をそがれたりする？　そんなことはないよ。そうか、じゃあファックさせてくれ。彼が手を引っ込めると、その指はぬめったように光っていて、触れた彼女の肌に濡れた跡を残していた。フィリックスがペニスの先端を入れると、アリスは深く息をして、彼の肩をぎゅっとつかんだ。彼は服を脱がないで、刺繍ロゴの入った緑のスウェットシャツをまだ着ていた。君は服を脱ぐと華奢なんだな。こんなに細いって前は気がついていなかった。彼女は首をふって喘ぐだけで、何も答えられなかった。彼は上体を起こして、彼女の表情を確かめた。もう少し待った方がいいか？　目を閉じたまま彼女は深く息を吸い込んで、それから吐き出した。大丈夫。全部入ったの？　彼女に見られていなかったので、フィリックスは微笑んだ。もうちょっとかな。いいか？　彼女は首まで真っ赤になっていた。もういっぱいなの。彼は優しく彼女の脇腹をさすった。アリスは目をつぶったまま答えた。うーん。でも、痛くはないだろう？　最初のときはちょっと痛かった。彼は乳房を優しく撫でた。最初って、最初に俺たちがしたとき？　教えてくれなかったじゃないか。彼女は首をふって、何かに集中するように眉をひそめた。うん、素敵だったから、やめて欲しくなくて言わなかったの。すごく満たされた気持ちだったから。彼女から目を離さずに、フィリックスは上くちびるを舐めた。ああ、君をそんな気持ちにさせるのが俺は好きなんだ。彼女は目を開けて、まともに彼の顔を見た。フィリックスはアリスの腰に両手をかけると、根元が入るまで彼女を優しく引き寄せた。彼女は長く息を吐き出して、彼の顔を見てうなずく。数分間、二人は何も言わずにファックした。彼女がきつく目をつぶったので、彼はまた大丈夫かと訊いた。これ、すごく激しいよね、彼女が言った。彼は正直な顔で彼女を見上げていた。そうかもな。きっと十代の君は、たった今よりきれいなんかじゃなかったはずだ。今の君は信じられないくらいきれいだ。それともうひとつ気がついたことがある。話し方やちょっとした仕草のせいで君はすごくセクシーになるんだよ。もっと若い頃の君は、そんなふうに振る舞うことはできなかっただろう？　そうできたとしても、率直に言えば俺は今のままの君の方がいい。アリスの呼吸が乱れて、手を伸ばしてきたので、彼はその手を握った。もう、いく。彼女はフィリックスの手をぎゅっと握った。静かな声で彼は言った。こっちを見てくれ。彼女は言う通りにした。口を開けて声を上げると、彼女の胸や首がピンクに染まった。彼女を見つめ返して、彼の息も荒くなってくる。とうとう彼女は膝を折って、彼の胸の上に倒れ込んだ。彼の手は彼女の背骨をなぞった。そのまま一分が経過し、五分になった。そこで寝ないでくれよ、彼は言った。ちゃんと横になろう。彼女は手の甲で片目をこすって、彼の上から降りた。裸のままアリスがベッドで横たわっているかたわらで、彼は服を直した。そして彼女の手を取ると、そこにキスをした。今のはなかなか良かった、そうだよな？　アリスは枕に顔を埋めて笑い出した。ロンドンに住んでいたなんて、知らなかった。彼女の手を握ったまま、フィリックスは微笑んだ。俺について君が知らないことは沢山ある。彼女は気《け》だるげにベッドの上で寝返りを打った。

じゃあ、全部教えて。

18

心の友よ！　返信が遅れてごめんなさい——こちらは授賞式のために行ったロンドンからパリに着いたところです。どうしてみんな飽きずに私に賞をくれるんでしょうね？　受賞するのに飽きるのがこんなに早くなかったら、人生はずっと楽しいままだったのにと残念です。とにかく、君がいない寂しさが身に沁みます。今朝、私はオルセー美術館で腰かけてマルセル・プルーストの可愛らしい小さな肖像画を見ながら、代わりにジョン・シンガー・サージェントが彼を描いてくれたらどんなに良かったかと考えていました。肖像画のプルーストは正直言って不細工でしたが、その悲しい事実にもかかわらず（かかわらずというところを強調しておきます！）彼の目にはどこか君を思わせるものがありました。きっと知性のきらめきのせいですね。「もともと知性というものはひとつしかなく、誰もがその知性の同借家人で、劇場でそれぞれの席に座ってひとつの舞台を見るように、各々が個々の肉体からそれに視線を向けているのかもしれない」*この文章を読むと、恐ろしいほどの喜びが湧いてき

＊　マルセル・プルースト『失われた時を求めて』の「花咲く乙女たちのかげに」からの引用

ます——君と私は同じ知性を共有しているのかもしれないと思えるのです。
今日、美術館の最上階にエドゥアール・マネの手によるベルト・モリゾの肖像画が何点かあるのを知りました。どの肖像画の彼女も少しずつ違っていて、本当の顔を想像するのは困難です——それぞれ色合いの異なるこの似顔絵の数々をどのように組み合わせれば、識別可能な一人の人間の顔になるというのでしょうか。後で写真を調べて、マネが曖昧か繊細な形で描きがちな彼女の顔がくっきりとしているのに驚きました。白いドレスを着た肖像の彼女は、黒髪で端整な顔立ちの彫像のような美女です。彼女は他の二人の人物と共にバルコニーに座り、くつろいだ様子で手すりに肘をかけて、閉じた扇を手にしています。遠くを見る彼女は怪訝《けげん》そうな表情を浮かべていますが、語りかけてくるような複雑な顔からも思慮深さが伝わってきます。別の彼女の肖像はソフトな顔立ちで可愛らしく、背の高い黒い帽子を被って黒いショールを纏《まと》ってこちらを見ていますが、その眼差しは不確かであるのと同時に明確です。モリゾは誰よりも多くマネの絵のモデルを務め、その数は彼の妻の絵を凌駕《りょうが》します。でも肖像画を見ても、即座に彼女の美しさは理解できません。彼女の美は探究しなければ見えてこないところがあって、知的な、あるいは抽象的な思考によって解釈する必要があり、それこそがマネがこんなにも彼女に魅了された理由なのではないかと思うのです——でも違うかもしれません。モリゾは彼女の母親に付き添われて六年間もマネのアトリエに通い、いつも着衣のままモデルを務めました。彼女自身の絵画も何枚か美術館に飾ってあります。二人の少女がブローニュの森でベンチに座っている絵画では、麦わら帽子をかぶった白いドレスの少女が読書をしているかのようにうつむいていて、その奥に描かれた黒いドレスの少女は明るい色の長い髪を黒いリボンで束ねて、白い首と耳をのぞかせています。二人の背後には、緑の公園が漠然と広がっています。モリゾは決してマネの肖像を描きませんでした。出会って六年後に、明らかにマネの提案で彼の弟と結婚しています。マネは最後に一度だけ、彼女の繊細な手に結婚指輪が鈍く光っている肖像を描いて、それで終わりにしました。これは愛の物語だと思いませんか？　君とサイモンを思い起こさせます。ついでにさらに打ち明けると、こうきっぱり言いたいと思います。彼に弟がいなくてよかった！

ちなみに、本当についでの話ですが、オルセーのような美術館の難点は、美術品の数が多過ぎるために、どんなに綿密にルートを計画しても、崇高な意図を持って行動しても、気がつくとただトイレを探して天才たちの深遠な作品を苛々と通り過ぎてしまうことにあります。そのせいで後になって、自分をくだらない人間に貶《おとし》めたような気持ちに陥るのです——少なくとも、私はそうです。君はきっと美術館でトイレなんか探さないでしょう、アイリーン。ヨーロッパの偉大なギャラリーの神聖な空間に入ったら、肉体的な欲求は——そんなことに悩まされていればの話だけど——外に置いていくはずです。私は君を肉体的な存在だと思えず、純粋な知性のひらめきとして捉えています。そして今、その輝きでもう少し私の人生を照らして欲しいと願っているのです。

昨日の午後は三件のインタビューと一時間に及ぶ撮影が一件ありましたが、ふたつのインタビューの合間に父から電話があって、彼が転倒して背中を痛め、病院でレントゲン検査を受けることになったと聞きました。父の声はか細くて、言ってることはよく分かりませんでしたが。電話を受けたのは、モンパルナスにある出版社のオフィスビルの廊下にいたときです。私の目の前には婦人トイレの入り口があって、その横にはフランスの作家のベストセラー本のペーパーバック版を宣伝する大きなポスターが貼ってありました。いつレントゲンを撮るのかと父に訊きましたが、分かっていないようでした——彼が電話をかけられたこと自体が驚きです。電話を切ると、廊下から会議室に戻って、感じのいい四十代の女性ジャーナリストを相手に、私の影響源や文章のスタイルについて一時間に及ぶインタビューを受けました。その後、場所を外に移して写真撮影がありました。私が何者で、どうして写真を撮られているのか興味を持った通行人たちが時折立ち止まる中、写真家が「顔をこわばらせないで」「いつものあなたのままでいてください」と指示をしながら撮影を進めていました。八時になると車が迎えにきてモンマルトルのイベント会場に向かい、合間にプラスティックのボトルからぬるい水を飲みながら、朗読を行って、客席からの質問に答えました。

　今朝、疲れていたせいで迷子になってホテルの近所をさまよい、人気《ひとけ》のない教会を見つけて吸い寄せられていきました。私はそこで約二十分、静かではりつめた神聖な空気に包まれて、キリスト教の気高さのために絵に描いたような涙を流していました。私がどれだけキリスト教に関心を寄せているか、これで分かってもらえるでしょうか——要するに、かなり感傷的な、御涙頂戴の形で、私はキリストの「人間性」に魅了されて感動していたのです。彼の人生の全てが私の心を揺さぶります。ある意味、私が彼に抱く個人的な愛情や親近感は、フィクションのお気に入りの登場人物に寄せる想いを彷彿《ほうふつ》させるところがあります——架空の人物たちと同じ道筋で出会ったと考えると、つまり、本を読んで彼について知った訳ですから、それも納得です。その一方で、また違った形で彼に敬意を抱き、感銘を受けてもいます。私にとって彼はモラルの美しさを体現するような存在で、その美を尊敬するあまり、馬鹿馬鹿しく見えるのは承知で彼を「愛している」とさえ言いたくなるのです。でもアイリーン、私の彼に対する愛は真剣で、ムイシュキン公爵やシャルル・スワン、イザベル・アーチャー*に抱く親近感と似たようなものだと偽ることはできません。それは何か違うもの、別の感情なのです。彼が死後に復活したと本気で信じてはいませんが、福音書の最も感動する場面のいくつか、そして私が頻繁に再読する箇所のいくつかは復活後の出来事です。復活後の彼とそれ以前のキリストを切り離して考えるのは困難ではあります。私には同一人物に思えるので。つまり私からすると、復活後の彼も、ただいつもの「彼だけ」が発せられるような言葉を言い続けているように見えて、それが他の意識が生んだ言葉だとは考えられないのです。でも彼の神性について考えていてたどりつくのはここぐらいまでです。私はとても強い気持ちでキリストに愛情を抱いていて、彼の生き様とその死について想いを巡らすと、とても普通ではいられません。それだけです。

しかしキリストが示した模範のおかげで私がスピリチュアルな平安によって満たされるかというと、そうではなくて、むしろ自分の存在はつまらない、浅薄なものだと思わされています。公衆の面前ではいつもケアの倫理と人間の共同体の価値について話していますが、実生活では自分にばかりかまけています。この世界で私を頼りにする存在なんかあるでしょうか？　ありません。私は自分を責めるべきだし、実際にそうしていますが、この過失は一般的なことだとも思っています。かつての私たちと同じ年代の人々は結婚して子供を産み、情事にいそしんでいましたが、今の三十歳はみんな独身で顔も合わせない同居人と住居をシェアしています。伝統的な結婚がその目的にそぐわないシステムであったことは明らかで、ほとんどの場合で何かしらの失敗に終わっていると言えますが、少なくともそれも何らかの努力の結果であり、悲しくも不毛な人生の可能性を差し押さえられた訳ではないのです。もちろん、私たちみんなが一人で生きて独身主義を貫き、お互いの個人的な境界線を注意深く監

※　それぞれ、ドストエフスキー『白痴』の主人公、プルースト『失われた時を求めて』の登場人物、ヘンリー・ジェイムズ『ある婦人の肖像』の主人公

視していれば、様々な問題を避けられるはずですが、それでは人生の意味は消えたも同然になってしまうでしょう。かつての結婚の形は間違っていたと言えるし――事実間違っています！――私たちもそんな古い過ちをくり返したいとは思ってなかったはずです、けっして。自分たちを縛りつけるものを壊したとき、私たちは何をその代用として考えていたのでしょうか？　私は異性間の強制的な一夫一妻制を擁護するつもりはありませんが、少なくともそれが物事のプロセスであり、人生を見通す方法だった時期があるのは確かです。その代わりに、今の私たちに何があるというのでしょうか？　何もないのでは。誰かの善行を愛するよりも、その人の犯した過ちを憎むようになったせいで、何もせず、何も言わず、誰も愛さないことが一番楽な生き方だということになってしまいました。

それでもとにかく、キリストは人を裁くなと私たちに言っています。容赦ないピューリタニズムや道徳的虚栄心を肯定することはできませんが、私がその両方において欠点がないとはとても言えません。文化や「真の本物」に対する私の執着心、ジャズのアルバムや赤ワイン、デンマーク製の家具について知識を深めることや、キーツやシェイクスピア、ジェイムズ・ボールドウィンを読むことさえもみんな虚栄心の一種で、更に悪いことに、自分の出自という傷を覆い隠すための小さな絆創膏《ばんそうこう》だとしたらどうでしょう？　私と両親の間には文化の差による溝ができて、今の私について二人に分かってもらうのは無理で、もう心を通わせるのも不可能になってしまいました。それなのに私は二人との間にできたこの亀裂を見返すと、罪悪感や喪失感ではなく、安堵と満足を覚えるのです。私は両親よりも優秀な人間でしょうか？　そうではないけれど、より幸運だったとはきっと言えます。でも私は両親とは違っていて、本当の意味で二人を理解することができないし、自分の内面世界に招き入れることもできない。両親について書くこともできないでいます。私にとって親孝行の数々は批判から身をかわすための一連の儀式に過ぎず、二人に対する献身的な気持ちは皆無です。文明崩壊後も人々の人生は続いていくという君の先のメールには、感銘を受けました。ただ、まだ自分の人生についてはそういう感慨は抱けないでいます――つまり、何が起きても、もう本当の自分の人生のような気がしないので。今の私は本質的なところではこの文化の人工的な産物で、文明の縁《へり》でブクブクしている小さな泡に過ぎません。そして文明が消えるとき、私も消えるのです。そんなのはどうでもいいことだと思っていますが。

追伸　サイモンが君とここに来ると言っていたので、聞きにくい質問をします――寝室は二つ用意した方がいいですか、それともひとつで大丈夫でしょうか？

19

金曜日の朝は雨で、アイリーンは職場までバスに乗った。もう『カラマーゾフの兄弟』は読み終えていたので、片手で黄色の手すりにつかまり、もう片方にペーパーバック版の『金色の盃《さかずき》』を手にして読んでいた。バスから降りて、スカーフを頭に巻き、キルデア通りの会社まで数分かけて歩いていく。社内では、彼女の同僚たちがイギリスのEU離脱交渉を題材にした風刺動画を見て笑っていた。アイリーンがパソコンを囲んでいる同僚たちの後ろで、みんなの肩越しに動画を見ていると、雨がオフィスの窓の表面を音もなくそっと滑り落ちていった。あ、これ見たことがある、彼女は言った。面白いよね。アイリーンは一杯コーヒーを淹れると、自分のデスクに戻った。スマートフォンをチェックすると、ローラから今週の「ケーキ試食会」についてメッセージが入っていた。明日の夜はだめだけど、それ以外なら大丈夫とアイリーンは返信した。予定が決まったら知らせて。ローラは数分も経たないうちに返信してきた。

ローラ　明日の夜何があるの

アイリーン　予定があるの
ローラ　へっへっへっ
ローラ　デートかな??
アイリーンは誰にも目撃されていないか確かめるように社内を見回し、スマートフォンに視線を戻してまた返信を打ち始めた。
アイリーン　ノーコメント
ローラ　その人は背が高いの
アイリーン　あなたの知ったことではありません
アイリーン　でも一九〇センチある
ローラ　!!
ローラ　出会い系で会ったの？
ローラ　もしかして連続殺人犯？

ローラ　でも一九〇センチならプラマイゼロだね

アイリーン　この面接は終了しました

アイリーン　「ケーキ試食会」についてお知らせください

ローラ　その人結婚式に連れて来る？

アイリーン　必要ないよ

ローラ　どうしてよ⁇

アイリーンはスマートフォンを置いて、仕事に使っているパソコンで新しいブラウザを開いた。一瞬そのまま検索エンジンのページを凝視すると、軽やかな手つきで素早く「アイリーン・リンドン」と打ち込んでリターンキーを叩いた。上部に画像がまとまった検索結果が出てきた。モノクロの歴史写真に挟まれた画像のひとつはアイリーン本人のものだ。他の検索結果は主に同姓同名の別人のソーシャルメディアのプロフィール欄で、他は死亡記事や専門職の名簿だった。検索ページの下の方に「アイリーン・リンドン——編集アシスタント」と表示された文芸誌のウェブページのリンクがある。彼女がリンクをクリックすると新しいページが開いた。写真はなく、紹介文もシンプルだった。「アイリーン・リンドンは『ハーコート・レビュー』の編集アシスタントで寄稿者。ナタリア・ギンズブルグの小説についてのエッセイが43号（2015年冬号）に掲載」。この文の最後にあるハイパーリンクをクリックすると、そのエッセイが掲載されている号がネット通販できるページに飛んだ。彼女はそのタブを閉じて、仕事のメールアカウントを開いた。

その夜、アパートから実家の固定電話の番号に電話すると、父のパットが電話口に出た。父と娘は数分間お喋りして、そっくりと言っていいほど同じ調子の声で、その日のニュースに取り上げられたちょっとした政治的な論争について不満を述べ合った。次の選挙がなるべく早く来ますようにと神に祈っているよ、パットは言った。アイリーンもそうなるよう祈ってると言った。仕事はどうだと父に訊かれたので、彼女は答えた。特に報告するようなことはないの。アイリーンはベッドに腰かけて、片方の手でスマートフォンを耳に当て、もう片方の手は膝に置いていた。母さんに電話を代わると父は言った。軋《きし》むようなノイズの後、母のメアリーが電話に出る直前にカチャリという音がした。もしもし？　アイリーンはこわばった笑顔を浮かべた。こんばんは。元気？　しばらくの間、二人はお互いの仕事について話した。メアリーは、学校の新しい職員がミズ・ウォルシュという同姓の女性教師二人を取り違えた事件を笑い話にした。傑作だねとアイリーンは言った。それから結婚式の話題になって、アイリーンが店のショーウィンドウで見たドレスと、メアリーがどちらを履くか迷っている二組の靴についてのやり取りの後、とうとうローラの行状に話は移り、それに対するメアリーの反応や、ローラの行状に対するメアリーの反応から見えてくる根本的な姿勢に議論が及んだ。ローラがお母さんにぶちギレると、お母さんは私に味方してもらいたがるじゃない、アイリーンは言った。でもローラが私にキレると、お母さんは関係ありませんって感じなんだもの。メアリーは受話器に向かって聞こえるようにため息をついた。はいはい、分かったから。お母さんが悪い、お母さんが娘二人をどちらも失望させた、他に何を言って欲しいの？　アイリーンはぴしゃりと言った。いいえ、私はそんなこと言ってない。束の間の沈黙の後、メアリーは娘に週末の予定について尋ねてきた。自分を防御するような声でアイリーンは、土曜日の夜はサイモンと会うと答えた。彼はまだあの新しい彼女と付き合っているの？　アイリーンは目を閉じて知らないと答えた。あなたは昔、彼にお熱だったわよねえ。アイリーンは数秒間、何も言わなかった。そうだったでしょう？　メアリーは追い討ちをかける。アイリーンは目を開けた。そうだね、お母さん。笑いを含んだ声でメアリーは話し続ける。そうね、彼はハンサムだったもの。もう三十代に突入したのよね？　アンドリューとジェラルディンは身を固めてもらいたいんじゃないかしらね。アイリーンは上掛けの刺繍を指先でこすった。彼は私と結婚するかもよ、彼女は言った。メアリーはショックを受けたような笑い声を上げた。まあ、あなたって悪い娘なのね。あなたが彼を手玉にとっていた様子を考えると、無理もないけどね。それがこれからの計画なの？　アイリーンは「計画」などないと答えた。そう、あなたもラッキーな娘ね。アイリーンはその言葉に黙ってうなずいていた。それで彼の方はラッキーな男じゃないの？　メアリーはそれを聞いてまた笑い出した。あのね、アイリーン、私はあなたを素晴らしいと思っている。でも娘にはそう言わなきゃいけないものだしね。アイリーンは人差し指で上掛けのきめの粗い刺繍の線をなぞった。もし言わなくちゃと思っていたのなら、どうして私は今まで聞いたことがなかったの？　メアリーはもう笑っていなかった。分かったわ、かわいこちゃん。もう解放してあげるから。いい夜を過ごしてね。愛しているから。

電話を切った後、アイリーンはメッセージアプリを開いてサイモンの名前を選んだ。前日の最新のやり取りが表示されたので、彼女はスクロールして最初から順番通りに読み返してみた。

アイリーン　部屋の写真を見せてよ

次に送られてきたのはダブルベッドが占拠しているホテルの室内の写真だった。ベッドの紫の掛け布団の上にまた別の色合いの紫の上掛けがかけてある。

アイリーン　次はあなたも写真に入れて……

サイモン　あはは

サイモン　「独立戦争記念式典に出席中の上級政治顧問、猥褻《わいせつ》画像を送信していたと発覚」

アイリーン　私たちの自由のためでなければ、ＩＲＡは何のために戦っていたの、サイモン？

サイモン　「同志たちも見たがったはずだ」不祥事を起こした元顧問が強弁

アイリーン　あ、そうだ忘れる前に

アイリーン　アリスが今週パリに行ったって知ってた？

サイモン　すごいな

サイモン　どこから渡航したの？
アイリーン　聞いてないけどダブリンからだと思う
サイモン　インターナショナルでミステリアスな女性だな
アイリーン　ああ、もうやめて
アイリーン　彼女はそう言ってもらいたがってるんだから
サイモン　しかし、彼女が元気だといいんだが
サイモン　もし今夜早く帰れたら君に電話するよ、いいね？

アイリーンはこれに立てた親指の絵文字を返した。これ以降のやり取りはない。彼女はやり取りのスレッドからアプリのホーム画面に戻った。アプリの終了ボタンの上で指がさまよったが、まるで衝動に駆られたように、代わりにローラの名前をタップした。今朝交わしたローラとのやり取りの最後のメッセージが画面に表示される。どうしてよ?? アイリーンは親指を使って返信を打ち始めた。

アイリーン　どっちにしろ彼は結婚式に来るから

送信ボタンを押すと、ほとんど同時にローラからの既読マークが付いた。ドットが波打って、ものの数秒で返信がやってきた。

ローラ　あらやだ
ローラ　連続殺人犯といえば
ローラ　サイモン・コスティガンじゃないでしょうね

アイリーンはヘッドボードに寄りかかって返信を打った。

アイリーン　へー
アイリーン　もう大昔の話なのに彼が私の方が好きだったのをいまだに根に持ってるんだ
ローラ　アイリーン
ローラ　本気であんな変態とデートするつもりなの
アイリーン　そうだとしてもお姉ちゃんには関係ないでしょ
ローラ　あいつが告解室に行くのは知ってるよね
ローラ　マジで神父に自分のやばい内面を吐露してんだよ

アイリーン　ＯＫ
アイリーン　言っておくけど、告解はそういうんじゃないはずだよ
ローラ　あいつが性的倒錯者だって判明する方に賭けてもいい
ローラ　あんたが15だったとき、明らかに狙ってたし
ローラ　しかも向こうは20にはなっていたはず
ローラ　神父にはそういうことを打ち明けたのかな

アイリーン　笑
アイリーン　今までの人生で、お姉ちゃんよりも私の方が好きだった男性は一人しかいない
アイリーン　なのにそれがいまだに気に食わないんだね

ローラ　もういい分かったよ
ローラ　結婚して妊娠しても私に泣きついてこないでよね
ローラ　近所の女子高生たちが謎の失踪を遂げるようになっても……

アイリーンはスマートフォンの画面をじっと見つめ、無意識に首を左右にふって、また返信を打ち始めた。

アイリーン　ローラ、どうしてそんなに彼が憎いのか分かる？
アイリーン　あなたに逆らって私の味方になってくれた唯一の人間だからだよ

ローラからの既読のチェックが入ったが、ドットも出てこなかったし、返信もなかった。アイリーンはスマートフォンをロックして、ベッドの下の方に押しやった。彼女は足を伸ばして、ノートパソコンを開くとアリスに送るメールの下書きを始めた。二十分後、スマートフォンが振動したので、彼女は手に取った。

ローラ　爆笑

この返信を読んでアイリーンは深く息を吸い込んで、そのまま目を閉じた。ゆっくりと吐き出すと、彼女の息は再び部屋に放たれて、周囲の空気と混じり合って飛散し、飛沫や微細なエアロゾル粒子を拡散して、ふわりふわりと床に落ちていく。

／

次の夜の午後十時、アイリーンはピムリコのとある家で、リーアンという女性と話しながらプラスティックのカップからウィスキーを飲んでいた。うん、勤務時間は長いこともあるね、リーアンが言っている。結局週に何回かは九時まであそこにいなくちゃならないの。アイリーンが黒いシルクのブラウスの首元につけている細い金のネックレスが、照明の下で微かに光っていた。リビングから音楽が流れていて、二人の横では誰かがシンクでスパークリングワインのボトルを開けようとしていた。アイリーンはいつも大体六時頃には職場を離れると言った。リーアンはショックを受けたような甲高い声で笑った。六時ですって？　ごめん、どこに勤めているんだっけ？　アイリーンは文芸誌で働いていると答えた。パーティの主催者であるポーラがやってきて、二人にスパークリングワインを勧めた。アイリーンは自分のカップを掲げてみせる。まだ飲んでいるから、大丈夫。玄関のベルが鳴るとポーラはボトルを置いてどこかに行ってしまった。リーアンは最近、職場で夜遅くまで働いてばかりで、一度など朝の六時半にタクシーで家に帰って、その二時間後にタクシーで仕事場に戻ったという。そんな生活をしていたら健康に支障が出るのではないかとアイリーンは言った。そのときキッチンのドアが開いたので、リーアンがふり返って誰が来たのか確かめた。白いオーバーシャツを着て、肩にキャンバスバッグをかけたサイモンだった。彼を見た途端、リーアンは歓迎の印に叫び声を上げた。両腕を開いたリーアンのハグを受け入れると、サイモンは彼女の肩越しにアイリーンに微笑みかけた。やあ。元気かい？

もう、本当に久しぶり、リーアンは言った。ポーラの友だちのアイリーンは知っている？

アイリーンはキッチンテーブルを背にして、無意識にネックレスを指先でなぞりながら彼を見つめ返す。

ああ、僕たちは知り合いなんてものじゃないんだ。

アイリーンは笑い出し、舌でくちびるに触れた。

あ、そうだったんだ。気がつかなくて、ごめん。ワインのボトルをバッグから出しながら、サイモンはリラックスした様子で答えた。ああ、いいんだ。アイリーンと僕は幼馴染でね。

そう、サイモンは赤ちゃんの私に夢中だったの、アイリーンは言った。よく私を裏庭に連れていってチュッてキスしていたって。うちのお母さんが言ってた。

彼はにっこりしてワインのボトルのキャップを開けた。五歳でも僕には美意識が備わっていたからね。基準を満たす赤ん坊だけが寵愛《ちょうあい》の対象だった。

両者の顔を見比べながら話を聞いて、リーアンはサイモンにまだレンスターハウス*で働いているのかと訊いた。恥知らずにもね、彼は言った。この近くにグラスはあるかな？　ガラスのグラスはみんな汚れているけれど、テーブルにプラスティックのカップがあるとリーアンは答えた。僕が洗うから、使用済みのグラスを見つけてくれないかな。サイモンは地球環境に配慮して、プラスティックのカップの使用をやめたのだとアイリーンはリーアンに説明した。蛇口の冷たい水でワインのグラスを洗っていたサイモンは言った。彼女は僕のことを鼻持ちならない人間だと思わせたいんだよ、そうだろう？　それでリーアン、君の仕事の方はどうなっている？　リーアンはサイモンの友人で彼女の同僚でもある人物の名前を出して、仕事について話し始めた。デニムジャケットを着た男が裏庭から入ってきてドアを閉めると、誰にともなく言った。外は冷えてきている。キッチンの戸口の向こうにいる

＊　十八世紀にレンスター公爵の宮殿として建てられたダブリン中心部の建築物。現在はアイルランド上院・下院議会の議事堂として使用されている。

友人のピーターと目が合ったので、アイリーンは手をふりながら彼のところに向かった。アイリーンが肩越しに一度ふり返って会話している二人の姿を見ると、キッチンのカウンターに寄りかかっているサイモンの前で、リーアンは指で髪を弄んでいた。

片方の壁際に階段があるリビングは窮屈で狭苦しく、本棚の上の植木鉢の葉が背表紙まで垂れていた。ピーターは暖炉のそばでジャケットを脱いで、前夜アイリーンと父が話題にした政治的論争についてポーラと意見を交わしていた。誰一人得をしないよ、ピーターは言った。シン・フェイン党（アイルランドのナショナリズム政党）の連中を除いてね。みんなの友だちのハンナが廊下から部屋に入ってきたタイミングで、誰かがスマートフォンをスピーカーにつないでエンジェル・オルセンの曲を流し始めた。ワインボトルのネックをつかみ、手首のブレスレットをジャラジャラ鳴らしながらハンナがやって来ると、ピーターとアイリーンの会話は途絶えた。ハンナはいきなり、家のガレージのドアが開かなくなって、修理人に待たされたせいで母親とのランチに遅れたという話を始めた。アイリーンが話を聞きながらキッチンにいるサイモンを目で探すと、何人かに取り囲まれて、カウンターに寄りかかっている彼の姿が部分的に見えた。アイリーンの視線の行方を追ってピーターが言った。大物だな。彼が来ているなんて知らなかった。ハンナはコーヒーテーブルでまだ汚れていないプラスティックのカップを見つけて、飲み物を注いでいた。誰について話しているのかと彼女に訊かれて、ピーターがサイモンの名前を出した。そう、彼がキャロラインを連れてきているといいな、ハンナは言った。そう言われて、アイリーンの目はキッチンの戸口から急にハンナの方に向いた。いや、今夜は連れてきてないよ、ポーラが言った。ワインのキャップを閉めるハンナをアイリーンは見ていた。残念ねとハンナは言った。ボトルをコーヒーテーブルに置くと、ハンナはアイリーンの視線に気がついた。アイリーンはもう彼女に会った？

キャロライン、アイリーンはその名をくり返した。っていうのは、もしかしてサイモンの……？

そう、サイモンと付き合っている子、ポーラが答えた。

アイリーンはどうにか微笑んでみせた。ううん。まだ会ったことはない。

ハンナはワインを一口飲んで話を続けた。ああ、彼女は素敵な人なの。会えばきっと気にいるはず。

ピーターはもう彼女に会ったのよね？

アイリーンに話しかけるように、ピーターはふりむいた。うん、いい人そうだ。彼女は十歳くらいしかサイモンの年下じゃないんだから、進歩だよな。

ひどいことを言うねとハンナは咎《とが》めた。

アイリーンは冷たい笑い声を放った。私は付き合っている人と会わせてもらったためしがないの。どういう訳か彼は私を紹介するのを嫌がるんだけど、何でだろうね。

興味深い話だとピーターは言った。

きっとそんなことないよとハンナは言った。

アイリーンに向かってピーターは続けた。ほら、知っているだろうけど、僕には君たち二人の関係がいつもちょっとばかり謎でね。

ハンナはぞっとしたように笑うと、アイリーンの上腕をつかんだ。耳を貸さないで。この男は自分が何を言っているのか分からないの。

そこに友人のローシーンがやって来て、今まで彼らが話題にしていたのと同じ政治的論争についてのピーターの意見を聞きたがった。深夜、飲み物を一杯求めてキッチンに行った際、アイリーンはリーアンと話しているサイモンの姿が裏窓におぼろげに浮かび上がっているのに目を留めた。リーアンは片手の中指と人差し指の間に煙草をぶら下げて、もう一方の手でサイモンのシャツの襟に触れている。アイリーンはボトルを片付けてキッチンを去った。リビングではローシーンがソファでピーターの膝の上にわざと座って、笑い話を演じてみせていた。アイリーンはソファのそばで立ったままカップから飲んでいて、みんなが爆笑したオチにも微笑んだだけだった。その後、彼女は廊下に出ると、同じフックにかけられた沢山の上着の下から自分のジャケットを取り出した。玄関のドアを開けて外に出て、また閉める。外の空気は冷たかった。彼女の背後では、ポーラの家のリビングの窓が温かな深い金色の光を灯し、音楽と人々の声がくぐもって聞こえてきた。アイリーンはポケットからスマートフォンを取り出す。00：08という時間の表示が見えた。彼女はポケットに手を入れて表門から通りに出た。

アイリーンが通りの角に差しかかる前にポーラの家の玄関のドアが再び開き、サイモンが出てきて外に一歩踏み出した。ドアを閉めることもなく、サイモンは彼女に呼びかけた。おーい、帰るのかい？　アイリーンはふりむいた。二人を隔てる道は人気《ひとけ》がなくて暗く、街灯の明かりが駐車中の車のボンネットのカーブをかすかに照らしている。アイリーンはそうだと答えた。サイモンはそこに立ったまま彼女を見て、眉をひそめたようだ。そうか、送っていってもいい？　アイリーンは肩をすくめた。ちょっと待っててくれと彼は言った。彼が家の中に戻っていくと、彼女はポケットに手を入れて、肘を張り、うつむいて道の石畳の割れ目を眺めていた。彼が再び現れると、ドアを閉める音が向かいの家のテラスの壁に反響した。サイモンはかがんでポーラの庭の柵にくくりつけていた自転車の鍵を開け、ロックと鍵を持ってきたキャンバスバッグに入れた。彼女はそこに佇んだまま彼を見ている。

サイモンは立ち上がって、彼女のところまで自転車を押してきた。おーい。大丈夫？　彼女はうなずいた。唐突に帰ろうとするんだな。君を探していたんだよ。

そんな長い時間でもないでしょう。あんな小さな家なんだから。

彼は困惑したような笑顔を浮かべた。うん、そうだな、ずっと見つからなかったという訳じゃないから。君は玄関からせいぜい十五メートルのところにいたんだし。

アイリーンがまた歩き出すとサイモンもついて来て、二人の間で彼の自転車が小さくカタカタという音を立てた。

今日、リーアンが僕たちを紹介し合おうとしたのは親切だったね。

そうだね、あなたは彼女にはハグした。私とは握手もしなかったのに。

彼は笑った。うん、しらばっくれるのが上手だったろう？　彼女は何かあると踏んでいたみたいだけど。

アイリーンは無表情な声で答えた。そうなの。

サイモンは彼女を見下ろすと、また眉をひそめた。あのさ、君を困らせたくなかったんだ。何て言えば良かったっていうの？　ああ、アイリーンと僕に紹介は必要ないんだ。実のところ、僕らは恋人同士なんだからって言って欲しかったのかい。

私たちは恋人同士なんだ？

うーん。今はもう誰もそういう言葉は使わないんじゃないかな。

二人は通りの角まで来ると左折して住宅地を抜け、大通りに戻った。歩道に沿って間隔を開けて植えられた細い樹木が、彼らの頭上で葉を茂らせていた。アイリーンは両手をポケットに入れたままだ。

彼女は一度咳払いをして、口を開いた。キャロラインがどんなに素敵な人かって、あなたの友だちのみんなに聞かされたよ。あなたの付き合っている人のことね。すごく人気があるみたい、よっぽどいい印象を持たれているんだね。

サイモンの目は話しているアイリーンに向いていたが、彼女は目の前の路面をじっと見つめていた。そうか、彼は言った。

みんなに彼女を紹介していたなんて知らなかった。

みんなじゃないよ。彼女が何回か僕たちの飲み会に参加したってだけ。

まったくこれだから、アイリーンはほとんど聞こえないような声でつぶやいた。

しばらくの間、二人とも黙っていた。ようやく彼が口を開いた。付き合っている女性がいるっていうのは、言ってたはずだ。

あなたの友だちで彼女に会っていないのは私だけなの？

こんなことを言うとおかしいと思われるかもしれないけれど、僕は今まで何もかも上手に収めようとしてきたんだよ。だってこれって——ほら、結構、複雑な状況だから。

アイリーンは辛辣《しんらつ》に笑い飛ばした。そうだね、さぞ辛かったでしょう。みんなとファックする訳にはいかないものね？　そんなことしてたら、結局は話がややこしくなるだけだし。

サイモンは言われたことについて考え込んでいるようだった。しばらく間が空いてから彼は言った。あのさ、動揺するのも分かるけど、君がやっていることはとてもフェアとは言えないんじゃないかな。

私は動揺なんかしてない。

彼は行く手を眺めた。黙り込む二人の横を車が通り過ぎていった。また彼が話し始めた。ほら、僕が二月にデートしようって言ったときは、君は友だちのままでいたいって言ってたじゃない。君は全然——非難する気はなくて、僕の見解を話しているだけなんだけど——僕が誰かと付き合っていると話すまで、君は全然僕に興味を示さなかった。もし僕が間違ったことを言っていたら、指摘してくれて構わない。

ジャケットの襟からのぞくアイリーンの長い首はうなだれ気味で、下を向いていた。彼の目は路面を見ていた。彼女は何も答えなかった。

彼は話を続けた。それなのに僕に付き合っている人がいると知ると、急に僕に思わせぶりな態度を取ると決めたみたいに、夜に電話してきた。それは別に構わないし、こっちが寝ているときに君が押しかけてきて、ああいう関係を持ったことについても、悪く言うつもりはない。僕はそこのところも明確にしてきたつもりだけど、彼女とは束縛し合わない関係だから、君が僕のアパートで寝ても間違いを犯したことにはならなかった。僕たちがどんな関係なのかはっきりさせてくれなんて君に迫る気はないし、一緒に楽しく過ごして、これからどうしていくのか考えればいい。言っていることから、君もそう望んでいるのだとばかり思っていた。少なくとも僕の立場からすれば、楽しかったし。君がみんなから僕の付き合っている相手について聞いて気まずかったっていうのはよく分かるけど、でも彼女の存在をまったく知らなかったって訳じゃないだろう。

話を聞きながら、アイリーンはポケットから手を上げて無造作に前髪を掻きあげたが、肩や首、ピクピクとするような鋭い指の動きから彼女の緊張が伝わってきた。まったくこれだから、彼女はくり返した。あなたって大したキリスト教徒だよね。

それはどういう意味だ？

彼女はまるで怯えているような笑い声を上げた。自分がどれだけ間抜けだったか、思い知ったよ。とあるアパートの玄関の前、街灯の下で二人は立ち止まった。彼は心配そうな顔で彼女を見ている。いいや。君は間抜けなんかじゃない。それと、動揺させてごめん。本当はそんなことは絶対にしたくなかったんだって、信じて欲しい。今週はキャロラインと会っていないんだ。もし先週末の後、彼女と別れたかのような印象を君に与えたのだとしたら、本当にすまなかった。

彼女は顔を覆って目をこすり、くぐもった不明瞭な声を発した。ああ、もう、彼女はつぶやいた。私はただ――ううん、自分が何を考えていたのかすら分からない。

アイリーン、何が欲しいの？　もし君が本気で僕と付き合いたいのなら、すぐにでもキャロラインと別れていいんだ。喜んでそうするどころの話じゃないよ。でも、もし、そうじゃなくて、単に楽しく遊んでいたいだけだっていうのなら、どうなるか分かるだろう。僕は君の都合に合わせていつまでも独身でいる訳にはいかない。そうだ、ある時点になったら、僕は次の段階に行かなくちゃならない。言わんとすることは分かるよね？　君が何を求めているのか、僕は理解しようとしているんだよ。

彼女は目を閉じて、しばらく黙ったままでいた。それから淡々とした低い声で言った。私は家に帰りたい。

分かったよ、彼は言った。今すぐってこと？

目をつぶったまま、彼女はうなずいた。

このまま歩いていくのが一番の近道だと思う。それで大丈夫？　玄関まで送るよ。

彼女は承諾した。二人は黙ったままトーマス通りを歩いて左に曲がり、聖キャサリン教会に向かった。信号前では数台の車がアイドリング中で、タクシーがライトを点けていた。無言のままブリッジフット通りを下り、アッシャーズ・アイランドで橋を渡る。川に映った街灯の光が黒い水面で砕け、また溶けていった。とうとうアイリーンのアパートに辿り着いて、外玄関前のアーチで二人は立ち止まった。サイモンがアイリーンを見つめると、頭を上げて彼女も彼を見つめ返した。深く息を吸い込み、彼女は無理をするように言った。全部水に流そうよ、ね？　彼は続きの言葉を待っていたが、彼女はそれ以上何も言わなかった。僕がよく分かってないだけかもしれないけど、それは何について言っているの？　やつれた青白い顔で、アイリーンはただサイモンを見ていた。何もかもについてだよ。そうすればまた友だちに戻れるから。自分を見ているアイリーンに対して、彼はうなずいた。そうだな。了解した。話せて良かったよ。黙りかけて、彼は付け加えた。もしポーラの家で僕が君を無視しているかのように感じたのなら、悪かった。あそこで君に会えるのを本当に楽しみにしていたんだ。おいてきぼりみたいにする気はなかった。でも、もう仕方のないことだ。僕はもう家に帰るけど、いいかな？　今週は会えないけど、どっちにしろ結婚式で顔を合わせるよね。彼女は息を呑んだかのように、たどたどしく言葉を口にした。サイモンは彼女の顔を見ると、微笑んだ。いや、来ないよ。結局誘わなかったんだ。でも気にしていたのなら、言ってくれれば良かったのに。そんな遠回しの忠告はいらないよ。彼女は顔を背けて、首をふった。違う、そんなつもりじゃない。彼女をしばらく見つめてから、彼は優しい声で言った。心配はいらないから。また会おう。そう言うとサイモンは立ち去って、彼の自転車のホイールが舗装された道を音もなく進んでいった。

アイリーンはポケットから鍵を取り出して玄関のドアを開け、部屋のドアまで階段を直進していった。寝室のドアを闇雲に開けて、音を立てて閉めると、彼女はベッドに突っ伏して泣き始めた。顔が真っ赤になって、こめかみの静脈が浮き出ている。彼女は膝を抱え込んで、痛々しい音を立ててしゃくり上げながらすすり泣いた。革のフラットシューズを片足脱いで反対側の壁に投げつけると、ペタリとカーペットに落ちた。まるで悲鳴のような声を上げて両手で顔を覆い、彼女は頭を震わせた。一分が経過した。二分になった。彼女は座り直して顔を拭い、黒いアイメイクで目の下や手を汚していった。三分が経ち、四分になった。彼女は立ち上がって窓まで行くとカーテンの隙間から外をのぞいた。車のヘッドライトが通り過ぎていく。彼女の目はピンクになって腫れていた。もう一度目を拭って、ポケットからスマートフォンを取り出す。時間は00：41。メッセージアプリを開いてサイモンの名前をタップした。すると今日彼と交わしたメッセージが画面に表示された。アイリーンは返信欄にゆっくりと文章を綴っていった。サイモン、本当にもうあなたなんか大嫌い。冷静に自分の書いたものを確かめて、熟慮した上に文章を追加した。あなたの頭の中では、私たちは一週間ただ「楽しく過ごして」いただけで、その間、自分はずっと別の人と付き合っていたんでしょう？　あの夜、自分の孤独について私に嘆いてみせたのは、あなた流の冗談だったの？　一体どういう人間なのよ？　もう一度、じっくり考えるように、彼女は自分の書いた文章を目で追った。それからバックスペースキーを親指で押して、下書きを消去した。深呼吸して、もう一度メッセージを書き直す。サイモン、ごめんなさい。自分でも落ち込んでいます。一体何をしているんでしょう。時々、自分が嫌い過ぎて、頭の上に何か重い物が落ちてきて死ねばいいのにと思うことがあります。あなたは私に親切にしてくれた唯一の人間だったけど、多分もう私とは口を利きたくもないでしょう。どうして私は自分の人生のいいものを全部台無しにしてしまうんでしょう。ごめんね。文章を打ち終わる頃には、スマートフォンの時間表示は00：54になっていた。彼女は画面をスクロールして文章の冒頭に戻り、ゆっくりと下がって最後の行まで読み直した。彼女はもう一度バックスペースキーを親指で押した。返信欄はまた空白に戻り、グレイ表示の上でカーソルがリズミカルに点滅していた。メッセージを入力してください。彼女はスマートフォンをロックしてベッドに横たわった。

20

アリス、あなたがまた仕事で海外に渡航したと知って、私は少し当惑しています。二月に話した際には、一休みして落ち着くまでひとりでいたいからダブリンを離れるのだという印象を受けました。ずっとひとりぼっちでいることに対して私が心配を口にすると、それこそが自分が必要としているものなのだとあなたは言いました。だからあなたからパリでの授賞式の楽しげなメールをもらうと、何だか奇妙な感じがするのです。もちろん、あなたが調子を取り戻して、仕事に戻る気があるというのなら、それは素晴らしいことです。でも、いつも海外に行くのにダブリンの国際空港を使っているんですよね？　こちらに来るという連絡くらい、友だちの誰かにしてくれてもいいのではないでしょうか？　サイモンや私には教えてくれなかったし、ローシーンは二週間前にあなたにメールを送ったけど音沙汰なしだと言っていました。あなたが旧交を温める気がないというのなら、それはそれで理解できますが、だとしたら、その状態で仕事に戻るのは時期尚早と言えるのではないでしょうか。私が何を伝えたいか分かりますか？

あなたからもらったメールの後半について考えて、数日が経過しました――あなたの言う通り、果たして「この過失は一般的なこと」なのか。この文明が現在、退廃的な衰退期にあって、現代生活においで目に見えるものの大半が不気味で醜悪なものになってしまったということについては、私たちは意見を同じくしているはずです。自動車は醜悪、ビルディングも醜悪、大量生産されている使い捨ての消費財は言葉を失うほど醜悪です。私たちは有害な空気を吸い、マイクロプラスティックでいっぱいの水を飲んで、発がん性のあるテフロン化学物質に汚染された食品を摂取しています。生活の質は低下し、それに伴って人々が身近に感じられる美的経験の質も低下しました。現代小説は的外れ(ごく少数の例外を除いて)、メジャー映画は自動車会社と米国防総省がスポンサーの家族向けの悪夢のようなポルノ、視覚芸術は主にオリガルヒを対象とした商品市場と化してしまいました。このような状況では、現代の生活は、何かもっと実質的なものを体現していた、人間の本質と結びついていた昔の生活と比較して劣っていると感じない訳にいきません。このノスタルジックな衝動は非常に強力なため、最近では反動的でファシスト的な政治運動に利用されて大きな成果を生んでいますが、だからといって、この衝動そのものがファシスト的な性質のものだとは思えないのです。自然界が滅亡しつつあり、自分たちが共有する文化形態がマスマーケットに堕落し、都市や街が単なる匿名的な労働雇用の拠点として使用されるようになった今、それ以前の世界を、郷愁を込めてふり返るのは自然なことではないでしょうか。

ソビエト連邦崩壊後、この世界は美を失ったというあなたの個人的な意見については知っています(余談ですが、この出来事とあなたの誕生日がほぼ一致しているなんて不思議だと思いませんか?キリストが自分自身を黙示録の前触れと信じていたと考えると、あなたが彼に共感する理由の説明になるかもしれません)。でもあなたは、そこまで決定的ではなくても、もっと個人的なレベルで、自分の人生や、自分を取り巻く世界がゆっくりと確実に醜くなってきているという実感を覚えたことはありますか？　あるいは、文化的な言説についていけなくなって、思想の世界から取り残されて疎外感を味わい、自分の知性の拠りどころを失ってしまったとさえ感じることはないでしょうか？　もしかして私たちがその中にいる固有の歴史的瞬間のせいかもしれず、あるいはただ年齢を重ねて幻滅を感じるようになった証拠なのかもしれませんが、この問題は私たちに限ったことではないのです。私たちが初めて会った頃をふり返ると、自分たち自身についての判断は別として、物事に対して何か間違った考えを抱いていたとは思いません。あの頃持っていた思想の数々については正しかったのですが、自分たちが重要な存在だと信じていたのは誤りでした。まあ、私たち二人は、それぞれ異なる方法で、その誤りを思い知らされてきたとは言えます――私の方は大人になってから十年以上、何の成果も上げませんでしたし、あなたは（こんなことを言って許されるなら）奮闘して力の限りを尽くしたにもかかわらず、資本主義システムの円滑な機能にほんの小さな影響も及ぼすことができませんでした。若い頃は、自分たちの責任はこの地球とそこで生きとし生ける全てに及ぶと考えていたものです。今は愛する人たちを失望させず、なるべくプラスティック製品を使わないように気をつけて、あなたの場合は更に数年に一冊は興味深い本を書くように努力するぐらいが精一杯です。その点では今のところ順調ですね。そういえば、新しい作品に取りかかっているのでしょうか？

　私は今でも自分は美的体験に関心がある人間だと信じていますが（このメールであなたに言っているのを除いて）、「美に関心がある」と表明したことはありません。そう言うとみんな私が美容に興味があるのだと勘違いするからです。現代の私たちの文化において「美」という言葉が主に意味するものといえば、そっちの方なのでしょう。そして「美」という言葉が意味するものが非常に醜悪なものであることは何かを物語っています――高級デパートのプラスティック製カウンターや、激安ドラッグストア、人工的な匂いの香水、つけまつ毛、「美容製品」の瓶。そう考えると、美容業界は私たちの視覚的な環境で目にするある種のおぞましいほどの醜さと、最悪で完全に間違った美の理想、つまり消費主義の目指すものについて責任を持つべきだと思います。どのようなトレンドやルックスも、結局は同じ原理に落ち着くのですから――何かを買わなければいけないという原理です。美的体験を真摯に受け止めるために、まずはこの誤った理想を完全に拒絶し、更には全面的に反対する必要があるでしょう。最初は見た目を損なうように感じるかもしれませんが、個人の魅力の向上の代償として消費するよりもはるかに優れた行為で、より本質的な「美しさ」がそこにあるはずです。もちろん私も自分を少しでもきれいに見せたいし、実際にそうだという確証を得られると嬉しいものですが、このような性的自己満足とステータスに駆られた衝動を本当の美的体験と混同することは、文化に関心を寄せる人間として極めて重大な過ちに思えるのです。この二つがこんなにも広範囲で深刻に混同されたことが、今までの歴史の中であったでしょうか？

数年前、私がナタリア・ギンズブルグについてのエッセイを雑誌に書いたのを憶えていますか？当時は言えませんでしたが、あの後、実はロンドンの文芸エージェントから、この題材を本にするつもりはないかという問い合わせをもらったのです。あの頃のあなたは忙しかったし、あなたの人生に起こっていることと比べるとあまりにささやかに思えたので、黙っていました。そんな比較をしていたなんて、今となっては恥ずべきことですよね。とにかく、メールを受け取った当初は有頂天で、出版についてよく知りもしなければ気にかけてもいないエイダンにも言ったし、母にまで連絡しました。でも一日か二日経つと、元々本にするつもりはなかったし、一冊の本を書けるようなアイデアもなく、こんな大きなプロジェクトを完遂するスタミナが自分にあるとも思えなくなって、不安でストレスを感じるようになりました。そのうち、本を執筆しようとする試みさえもあまりに辛く、無謀なことに思えてきました。だって深遠な知性もなければ独創的なアイデアもない人間が、そんなことをして何になるのでしょうか、ただ完遂したと言うためだけですか？　それともあなたと自分は同等なのだと思いたいからなのでしょうか？　もし、あなたが私の内面に大きく立ちはだかっているかのように読めたのなら、ごめんなさい。普段は違うし、もし私の内面に入り込んでいたとしても、いい意味でしかありません。それで、結局そのメールには返信しませんでした。受信箱にそのメールがあるのを見ては、どんどんどんどんどんどん落ち込むようになって、消去してしまったのです。せめてエージェントの女性にお礼とお断りのメールを送ればよかったのに、どういう訳かそうしなかった、またはできなかったのです。今となってはもうどうでもいいことですが。問題は、私はそのエッセイを楽しんで執筆し、引き続き新しいものを書くつもりでいたのに、あのメールを受け取ってから書くのをやめてしまったということです。もし私に本当に何かの才能があったのなら、今頃何かを成し遂げていたでしょうね——もう自分に対して大それた理想を抱くのはやめました。挑戦しようとしたら失敗するはずで、それこそが挑戦しないそもそもの理由なのですから。

数カ月前のメールで、私とエイダンは一緒にいて本当は幸せではなかったのだとあなたは書いていましたよね。それは本当とは言えません——少なくとも最初は、しばらくの間は幸せでした——でもあなたが言わんとすることは分かります。どうせ上手くいくはずがなかったことの終わりについて、こんなに嘆きながら時間を無駄にしているのはどういうことかと自分でも考えています。ある面においては、本当に幸せな恋愛を経験することもないまま三十代を迎えてしまうという事実の方が、もっと悲劇的なことかもしれないのに。今までの人生で一度も有意義な関係を維持できたためしがないと悲しむよりも、一度の別れを嘆いていた方が、表面的には悲しくても、人間として根本的に壊れていると考えずに済むでしょう。でももしかしたら、まったく違うことが問題なのかもしれません。私はエイダンと別れることを以前も何度か考えていて、別れると口に出して言ったこともありますが、なぜそうしなかったのでしょう？　たしかに私は彼を愛していましたが、それだけが理由ではありませんし、彼がいないと寂しいからというのも間違いで、寂しがっている自分というものも想像できなかったし、正直、今も特に寂しくありません。もしかしたら私が恐れているのは、彼のいない人生が今までと変わらないどころか、前よりもひどいものになり、その責任が全部自分にあると認めなくてはならなくなることなのじゃないかと思うときがあります。悪い状況を打開しようとして何か責任を負うよりも、そこに留まっていた方が楽で安全なのです。もしかしたらの話ですが。本当は分かりません。私は幸せな人生を送りたいのだ、でも幸せになる環境が整っていないのだ、と自分に言い聞かせています。でもそれが本当じゃないとしたら、どうでしょう？　ただ、私が自分を幸せにできないタイプの人間だとしたら？　幸福になることを恐れているとか、自己憐憫《れんびん》に浸《ひた》る方を好んでいるとか、自分はそれには値しないと信じているとか、理由は色々と考えられます。何か人生にいいことが起こると、私はいつも考えてしまいます。この状況が悪化するまで、どれくらいの時間が残されているのだろうと。何なら状況が悪化するのは早いに越したことがなく、そこに向かってまっしぐらならば、少なくとも私はいつだめになるのかと心配しなくて済むのです。

その可能性は充分にありますが、もし私が子供を持たず、本も執筆できなければ、私はこの世界に自分の存在を示すものを何も残せないでしょう。きっとその方がいいのです。誰の役にも立たないのに、世界情勢について気に病んだり、理屈をこねまわしているよりも、ただ生きること、幸せになることに自分のエネルギーを注ぐべきだと思えてきます。自分にとっての幸せな人生を思い描いてみると、そのイメージは子供の頃からさほど変わっていないのが分かります――花と樹木に囲まれた家で、近くに川があり、家の中には沢山の本と私を愛してくれる人がいる、それだけでいいのです。そこで家庭を作り、両親が年老いたら世話をする。どこにも移動せず、飛行機で旅することもなく、ただ静かに暮らして、最後には土に還る。それ以外に人生に何があるというのでしょうか？　でもそれすら自分から遠く、まるで夢のようで、現実とはかけ離れているように見えます。それと、私とサイモンが訪ねるときは、寝室は別々でお願いします。いつものようにありったけの愛を込めて。Eより。

21

翌日、水曜日の夜、アリスは波止場近くの通りの角にあるザ・セイラーズ・フレンドというバーに、フィリックスとその友人たちに会うために出かけていった。九時頃、温かくて騒がしい店内に足を踏み入れたアリスはグレイのタートルニットとテーパードパンツという姿で、歩いてきたせいで顔が火照っていた。左の壁に沿って黒く長いカウンターがあり、その奥に酒のボトルが並んでいて、上の方の壁に数々のカラフルなポストカードが貼ってあった。炉端ではラーチャー犬が前足の上に頭を置いて寝ている。フィリックスと友人たちは店の奥の窓に近い席に陣取って、ネット賭博のマーケティングを巡る議論で陽気に盛り上がっていた。アリスが近づいてくるのを見るとフィリックスは立ち上がって挨拶し、彼女の腰に手を回して何が飲みたいかと訊いてきた。彼は自分の友人たちの方を指した。こいつらはもう知ってるだろう、前に会っているはずだ。座ってなよ、飲み物を取ってくるから。彼がバーに行っている間、アリスは彼の友人たちに囲まれて座った。シボーンという女性が、賭博の借金を賄《まかな》うために六万ユーロのローンを組んだ知り合いの話をしていた。アリスはその話に興味を示して、いくつか気になる点について質問した。フィリックスはウォッカトニックを手に戻ってくると、彼女の隣に座って背中に手を回し、セーターを指で撫でた。

深夜、二人はバーからフィリックスの家まで歩いて帰った。上階のベッドでアリスが仰向けになると、フィリックスがその上に乗った。まぶたをピクピクさせながら、彼女は息を短く切って喘いだ。彼は片方の肘で体重を支えると、彼女の右脚を折りたたんでその胸に押しつけた。旅行中、俺のことを考えてくれたかとフィリックスは訊いた。はりつめた声で彼女は言った。あなたのことは毎晩考えていた。それを聞いて彼は目を閉じた。波のように息が押し寄せて、彼女の肺に押し込まれ、開いた口からまた吐き出された。彼は目を閉じたままだ。アリス、もういきそうだけど、いいか？　彼女は腕を彼の背中に回した。

朝、フィリックスはアリスを車で家まで送って、彼女を降ろすと、そのまま仕事に行った。その前に、アリスが今夜は夕食を一緒に食べられるかと訊いたので、彼は大丈夫だと答えた。友だちは、私のことをあなたの彼女だと思っているの？　そう言われて彼は微笑んだ。そうだな、俺たちはよく一緒に行動しているし。この二人の関係について、夜も眠れないほど悩んでいるってことはないだろうな、うん、そうだと思っているはずだ。彼は黙りかけて、言い添えた。町の連中も噂しているみたいだ。こっちは気にしてないって、今のうちに言っておく。アリスが町の人たちは具体的にどんな噂をしているのかと訊くと、彼は眉をひそめた。ああ、そうだな。何てことのない話だよ。丘の上の司祭館に住んでいる作家の先生が、ブレイディのところの奴とつるんでいるとか。そんなところ。アリスが自分たちは確かに「つるんでいる」と言うと、フィリックスはそうだなと言った。目くじらを立てている奴も少しいるけど、俺は気にしていない。どうして独身の若者二人が一緒にいることに目くじらを立てる人がいるのかと彼女に訊かれて、彼は考え込むようにシフトレバーに触れた。俺は付き合うのにはあまりいい相手じゃないって、思われているからじゃないのかな。すごく信頼できる人間という訳でもないし。それに白状すると、町のあちこちにちょっとした借金もあるんだ。彼は咳払いをした。でもさ、もし君が俺を好きならば、他の連中の言うことは関係ないだろう。それに君からは絶対に金を借りないから、安心してくれ。じゃあ降りて、もう行かないと遅れるから。アリスはシートベルトを外した。私はあなたのことが好きだよ。知ってる。さあ、もう行けよ。

午前中、フィリックスが仕事をしている間、アリスは電話でエージェントと打ち合わせをして、文芸フェスティバルや大学から受けている招待について話し合った。アリスがこの電話をしている頃、フィリックスは手持ちスキャナーで様々な荷物を識別してラベルを貼ったカートに分類し、それを別の作業員が回収して運び出した。カートの回収の際にフィリックスに声をかけていく作業員もいれば、そうしない者もいた。彼は黒いジップアップのジャンパーを喉元まで閉めて着ていて、寒いのか時折、立てている襟の中にあごを埋めた。エージェントと話しながら、アリスはノートパソコンを使って「夏の本の日程」という件名のメールの下書きをしていた。電話が終わるとメールアプリを閉じて、ロンドンの文芸誌に送る書評の下書きが入っているテキストファイルを開いた。倉庫ではフィリックスが、白い蛍光灯に照らされた棚の間の通路で背の高いスチール製の台車を押している。時折彼は立ち止まり、目を細めてラベルを読むと、手持ちのスキャナーに手を伸ばして、ラベルをスキャンして棚から品物をカートに回収していく。アリスは小さな皿に二枚のバターを塗ったパンを置いて食べ、リンゴを切って、コーヒーを一杯淹れるとノートパソコンの中のアイリーン宛のメールの下書きを開いた。

フィリックスが七時にシフトを終えた頃、アリスは料理をしていた。倉庫からの帰り道、彼は彼女にメッセージを送った。

フィリックス　悪いけど夕食には行けそうにないんだ
フィリックス　仕事仲間と飲みにいくことになった
フィリックス　俺今機嫌が悪いからどうせ楽しい相手にはならないと思う
フィリックス　べろんべろんになっていなかったら明日会えると思う

アリス　あらら
アリス　会えなくて残念

フィリックス　今の俺には会いたくないはずだ

アリス　どんなあなただろうと私は好きだよ

フィリックス　俺が拘束されている間にラブレターを送ってくれよ
フィリックス　家に帰ったら読むから

アリスはふとスマートフォンから目を離して、空っぽなキッチンのシンクを虚《うつ》ろに眺めた。フィリックスは友だちのブライアンに、彼をマーロイズまで送っていって、車を家に置いて歩いていくつもりだと話していた。アリスはそれから数時間かけて、パスタソースを作り、お湯を沸かして、食器をテーブルに並べて、食事をした。フィリックスは車で家まで戻ると犬に餌をやり、素早くシャワーを済ませて服を着替え、ティンダーをチェックすると、町まで仕事仲間に会いにいった。八時から十二時までの間、フィリックスはデンマークのラガービールを六パイント飲んだ。アリスは夕食後に洗い物をしてインターネットでアニー・エルノーに関する記事を読んだ。十二時頃、フィリックスと友だちはミニヴァンのタクシーに乗って「出てこい、ブラック・アンド・タンズども」*を数小節歌いながら町外れのナイトクラブにくり出した。アリスはリビングのソファでストックホルムに引っ越した女友だちにメールをして、仕事と新しい恋人について尋ねた。クラブでは、フィリックスは薬を二錠、ウォッカのショットで流し込んで、バスルームへと向かっていた。彼はまたティンダーを開いて、いくつかのプロフィール写真を左にスワイプすると、メッセージをチェックして、BBCのスポーツページに目を通し、またフロアに戻った。午前一時、アリスはミントティーを飲みながら書評を執筆し、フィリックスは友だち二人と赤の他人の二人との五人でダンスフロアにいた。彼は音楽のリズムに合わせたり逆らったりしながら、何の苦もなく容易《たやす》く自然に踊っていた。もう一杯飲むと、彼はクラブ

＊ アイルランド共和主義者による有名な反英ソング。「ブラック・アンド・タンズ」はアイルランド独立戦争当時の特設警察組織のこと。

の外に出て車輪付きのゴミ箱の陰で嘔吐した。その頃になるとアリスはもうベッドで横になってフィリックスが今日送ったメッセージを読み返していて、スマートフォンの放つ、くすんだ青い色の光が彼女の顔を照らしていた。そのとき、フィリックスは自分のスマートフォンを取り出してメッセージアプリを開いた。

フィリックス　おーい
フィリックス　起きてる？

アリス　ベッドにいるけど起きてる
アリス　楽しんでる？

フィリックス　アリス正直言うと
フィリックス　酔っ払っておかしくなったみたいで
フィリックス　吐いちゃったんだ
フィリックス　でもうん今のところはいい夜だ

アリス　そうなんだ、良かったね

フィリックス　ベッドで何やってるの

フィリックス　何着てる
フィリックス　教えて
アリス　私は白いネグリジェを着ている
アリス　明日会えるといいな
フィリックス　イェー、それか
フィリックス　タクシでそっち行くどうだ
フィリックス　これから
フィリックス　ってこと
アリス　そうしたければ、どうぞ
フィリックス　うん、本当いい？
アリス　まだ起きてるから、気兼ねしないで
フィリックス　いいね
フィリックス　行くぜ

彼女はベッドから起き上がってガウンを着ると、ベッドサイドの明かりを点けて鏡で自分の姿をチェックした。フィリックスはタクシー会社に電話してからクラブに戻り、上着を着て、もう一杯ウォッカのショットを注文すると、口の中で酒を転がし、飲み干し、ブライアンを見つけて俺はもう帰ると他の奴らに言っておいてくれと伝言して、タクシーに乗り込んだ。アリスは二人が出会うきっかけとなった出会い系アプリの彼のプロフィールページを開いて、紹介文を読み直していた。彼女の家に行く途中、フィリックスはタクシー運転手と最近のGAAメイヨーのチームの相対的な強みと弱点について語り合った。フィリックスが目的地の屋敷を指差すと、運転手は実家なのかと彼に尋ねた。

いや、俺の彼女のとこなんだ。

運転手は驚いたような声になった。じゃあお金持ちのお嬢さんなんだ。

まあな、有名人なんだ。ググれば出てくるよ。本を書いてる。

そうなんだ？　そりゃつかまえておいた方がいいね。

心配ないね、あいつは俺にぞっこんだから、フィリックスは言った。

タクシーはもう私道に入っていた。運転手はふりむいた。夜中の二時にノックしても怒らないなんて、そりゃそうだろう。そんな体たらくで。彼女があんたを見て数分後に、またこの車を呼ぶことになっても驚かないね。十ユーロ八十、お願いしますよ。

フィリックスは現金を手渡した。

車を待機させておいた方がいいかな？　運転手が言った。

嫉妬するのはやめておけよ。さっさと行って、クラシック専門ラジオでも楽しんでくれ。

彼はタクシーから降りてドアをノックした。タクシーが門から出ていきアリスが上階から降りてきてドアを開けた。フィリックスは中に入って、ドアを蹴って閉め、アリスの体に腕を回して少し抱き上げて壁に押しつけた。キスをしながら、彼はガウンのサッシュを解いた。彼女は片手で押さえた。

もう、酔ってるね。

ああ、その通り。メッセージで警告しておいたはずだけど。

また彼がガウンを開こうとしたので、アリスは腕を胸の前で固く組んでガードした。

何だよ、何か問題でも？　生理とか？　俺は大人だから、それでも気にしないよ。

アリスは頑《かたく》なにガウンのサッシュを結び直した。困らせようとしているんでしょう。

いや、違う。何か問題があるのかなって思っただけ。そんな気はないよ、ここに来れて嬉しいんだ。こんなでっかい家に彼女が住んでいるなんて、タクシーの運転手もえらく感心していたんだ。

アリスは彼を見上げて、ようやく口を利いた。ドラッグをやっているの？

うん、まあな。やってなかったら、夜遊びなんて面白くないだろう。

彼女は腕を解かなかった。どうかな。他の人はこんなことされて平気だったの？　他の彼女や彼氏は。これが普通？　友だちと出かけて、ベロベロになって真夜中に急に来てセックスしたがるのが？

片腕を彼女の頭の横の壁について寄りかかり、彼はしばらく言われたことについて考え込むような顔をしていた。こういうことはよくやってたかもしれない、うん。確かに誰もが乗ってくれた訳じゃなかったけど。

そう。私はこんなのに喜ぶ、どうしようもないお馬鹿さんだって思われていたんだね。

違う、君はひどく知的だと思っている。そのせいで色々と苦労も多いだろうけど。もし君がもう少し馬鹿だったら、生きるのはもっと楽だったはずだ。

愛情と悔恨の念を表したかったのか、彼は姿勢を正してアリスの腰に手をかけた。

タクシー運転手は君が俺を叩き出すはずだって、確信していた。こんな真夜中にこんな有様《ありさま》の俺を迎え入れるはずがない、みたいなことを言っていた。自分を見ていないから、どんな有様なんだか知らないけど。きっとひどいもんなんだろう。

あなたはただ酔っ払ってるってだけ。

ああ、そうか？　君にメッセージなんか送るべきじゃなかったんだろうな。でも馬鹿みたいだけど、本当にいい気分で夜を過ごしてたんだよ。まあ、確かに、ちょっとキメ過ぎて具合は悪くなったけど、それを除けば楽しかった。君の方もこの家でベッドで横になるかして、平和に過ごしてたんだろう。だからメッセージはやめとくべきだった。

そうだね、でもあなたはセックスしたくなったんでしょ。

まあ、俺も人間だから。いや、でも、それだけだったら、他のどこにだって行けたはずだろう？それだけのために君の邪魔をしたりしない。

アリスは目をつぶって、動じないような静かな声で言った。きっとあなたが言っていることは本当なんでしょう。

アリス、そんなに深刻に受け止めないでくれ。俺は他の誰かと出歩いたりしていない。もちろん、しちゃいけない訳じゃないだろうし、君の方だって同じことをしてもいいけど。なあ、困らせたのなら悪かったよ、分かってくれるよな？

彼女はしばらく何も言わなかった。

それに、君は酔っ払いが近くにいるのは好きじゃないだろうし。

うん、嫌だよ。

だよな、好きな奴なんていないよな？　育った環境でずっとそういうのを見てきて、うんざりしているだろうし。

アリスは顔を上げてフィリックスを見つめ、彼は彼女の腰に手を置いたまま壁に押しつけていた。

うん、そうなの、彼女は言った。

もし俺に家に帰って欲しいのなら、そう言ってくれ。

彼女は首をふった。彼はもう一度キスをした。彼の手を握って、アリスは上階までフィリックスについていった。寝室に着くと彼はアリスのガウンを脱がせて、寝間着を下からめくり上げた。彼女がベッドで横になると、彼はオーラルセックスをした。アリスの体は小柄で、中性的に見えた。彼女は手で自分の口を押さえた。そこで彼は自分の服を脱ぐために中断し、腕時計を外した。シーツの上に裸で横たわっているアリスを見て、フィリックスは微笑んだ。君がどんな風に見えるか分かる？　ローマで見た女の子の彫像みたいだ。

彼女は笑って、顔を覆った。

そう言われるのは嫌か？　褒め言葉のつもりだったんだけど。

彼女は嬉しいと言った。彼はアリスの傍らに体を横たえると、枕に頭を乗せて、彼女の小さな柔らかい乳房をただ弄んでいた。

今日、仕事中に君のことを考えていたんだ、彼は言った。それでふっといい気持ちになったんだけど、その後で急にどんよりしちゃって。君が一日中家でごろごろしている間、こっちは倉庫で荷造りしているんだなって。それで腹を立てているって言うんじゃないよ。この場では説明できそうにないけど、今、ここで俺たちがこうしているのと、日中俺がやっていることの違いは上手に言い表せないんだ。同じ体を使って両方をやっているなんて信じられないってくらいのことしか言えない。実際、同じだと思えないんだよ。こうして君を触っているこの手で、荷物の梱包なんかしてたんだろうか？　分からなくなってくる。仕事場ではしょっちゅう手がかじかんでいるんだ。まるで、感覚がなくなったみたいになる。手袋をしていても、何も変わらないってみんなが言っている。切ったりとか、すりむいたりとかしても、血が出るまで気がつかない。それが君を触っているこの手なんだぜ？　こんな話をするなんて、俺の頭がおかしくなったのかもしれないって、君は思っているんじゃないかな。でも君は、すごく、すごく柔らかくて、触ってて気持ちいいんだよ、そう言いたいだけなんだ。それに温かい。君の中に入ると、気持ち良くて、言葉にできないくらいなんだ。仕事中にそれを考えて、すごく欲しくなって、そんな自分が恥ずかしくなってきた。恥ずかしいどころか、何だか腹が立ってきてさ。仕事についてもうひとつ言えるのは、あそこにいると気持ちが本当に混乱してくるってことだ。訳が分からなくなってくるんだよ。君に会うのが楽しみなはずなのに、むかついてきてしまう。それで、もう会いにいくのもごめんだって気持ちになる。自分でもよく分かってないから、説明しようとするだけ無駄なんだけど、何を感じるかだけ言ってみた。ごめんな。

気にしないでと彼女は言った。しばらく二人は黙ってキスをした。それから、疲れているから上になって欲しいと彼が言ったので、彼女は承諾した。彼が中に入ってくると、彼女はしばらく、ただ激しい息遣いをして動かなかった。大丈夫？　彼は言った。彼女はうなずいた。彼は満足そうな顔で待っていた。君のあそこは本当に完璧だ。彼女の頭の下から恥骨にまで、震えが走った。アリスは彼の肩の上に手を置いた。しばらく二人は黙ってファックして、彼は彼女の体を撫でまわした。甲高い声で途切れ途切れに彼女は言った。ああ、私はあなたに夢中なの、本当に。彼は彼女の顔を見上げた。そうなのか？　それはいいな。もう一度言ってくれ。震えながら息を切らし、体を屈《かが》めて彼女は彼の耳元に低い声でささやいた。愛してる、愛している。彼がアリスの腰をつかんで指に力をいれ、何度も何度もすばやく自分に打ちつけると、彼女はまるで痛みを感じているかのように顔を歪めた。

終わると二人は寄り添って、しばらくじっとしていた。彼女は彼の体から起き上がるとベッドに座って、ベッドサイドテーブルに置いてあったボトルから水を飲んだ。彼は横になって枕の間に顔を埋めて、彼女の方を見ている。よかったら俺にも飲ませて。彼女にボトルを渡されると、彼は寝たまま口をつけた。

ボトルを返しながら彼は言った。あのさ、訊きたいことがあるんだけど。君はよく自分は金持ちなんだって言ってるじゃない。それって、百万長者だとかっていう意味なの？

彼女はボトルのキャップを閉めた。そんなところだね。

彼は黙って彼女を見ていた。百万、本当に。それって大した金だな。

そうだね。

全部本で稼いだ金？

彼女はうなずいた。

その金はただ銀行に預けてあるの、それとも何か運用しているの？

アリスは目をこすりながら、大体は銀行の口座に預けてあると答えた。彼の目は彼女から離れず、その顔や、腕や、肩の上を確かめるような視線が素早く動いた。そうしてから、彼は言った。こっちに来て、また愛してるって言ってくれ。聞くのが好きになってきたから。疲れたような、重たげな動作で彼女はまた彼のそばに横たわった。

愛している。

それで、そう気がついたのはいつ？　一目惚れみたいなものだった？

ううん、そうじゃないと思う。

じゃあ、少し後だな。ローマでか？

アリスが自分の方を向いたので、彼は彼女の体を抱き寄せた。彼女のまぶたは半分閉じている。彼は何かを考えるように、注意深く彼女をうかがっている。

多分、そうじゃないかな。

ずいぶん、あっという間に恋に落ちるんだな。あれで三週間くらいだっけ？

彼女は目を閉じた。それくらいだね。

いつもそんなものなのか？

どうかな。そんなに恋に落ちないから。

一秒か二秒、彼はそのまま彼女を見つめた。逆もまた然《しか》りだな。

彼女はかすかに微笑んだ。私に恋をする人はそんなにいないってこと？　うん、確かにそうだね。

友だちもそんなに沢山いないだろ。

彼女の顔から微笑みが消えた。ふりむいてフィリックスの方を数秒眺めていたが、その顔に表情はなかった。そして、あっさりと言った。うん、そんなにいない。

ああ、そうだろうな。こっちに引っ越してきてから、誰も訪ねて来ないだろう。家族も来ていない。

しょっちゅう話に出てくるアイリーンだって、遊びに来ないし。引っ越してからこの家に来たのは俺だけなんだろう？　もう越してきて数ヵ月になるのに。

アリスは何も言わずに彼を見ている。それを話を続ける合図と取って、彼は思慮深げに枕の下に腕を差し込んだ。

イタリアでそれについてずっと考えていたんだ。朗読やらサインやらをしている君を見て。大変な仕事とまでは言わないよ、俺のと比べると笑っちゃうくらいだ。君から何かを欲しがる人は大勢いる。でも大騒ぎしている割には、誰も君のことをそんなに気にかけていないんだって。こいつを本気で思い遣っている人間なんていないのかよって感じだった。

数秒ほど、二人は互いの顔を見ていた。アリスの顔を見ているうちに、フィリックスの顔から得意げな、サディスティックにさえ見える高揚感が消えて、取り返しのつかないことを言ってしまったかのような表情に変わった。

あなたは本当に私が嫌いなんだね、彼女は冷淡に言い放った。

いや、そうじゃない。でも愛してもいないけど。

そうでしょうね。愛する理由なんてある？　こっちもそんな勘違いはしていない。

そう言うと、彼女は冷静な様子で背を向けて、ベッドサイドの棚の上にある照明を消した。二人の顔は暗闇の中に消えて、シーツの下の体の輪郭だけが浮かび上がっている。二人はどちらも動かず、部屋の中のあらゆる線や影が静止していた。

帰りたかったら、どうぞ、彼女は言った。でもいてくれてもいいよ。私のことを決定的に傷つけたと思っていい気分なんでしょうけど、私はもっとひどい経験もしているの。

彼は何も答えず、横になってただ黙っていた。

それに愛しているって言ったのは嘘じゃない、彼女は言葉を継いだ。

彼は笑いを押し殺したような声を出した。ああ、俺は君のそういう態度が好きだよ。それは認めるよ。君は主導権を手放すのが恐いんだろう？　俺はそれをどうにかするつもりはない。おかしいよな、君はまるで俺に君の上を歩かせてくれるかのようなことを言って、午前二時にメッセージの返信をくれて、愛しているだ、何だかんだ言うけれど。でもそれは全部、私を捕まえようとしてみなさい、きっとできないから、って意味なんだろう。捕まえられないのはよく分かった。君はちっとも俺の好きにさせてくれない。九分九厘の確率で、そのやり方で誰かを騙《だま》せるんだろうけど。みんな君が自分に従っているかのような気分になって、喜ぶんだろう。ああ、そうだろうとも、でも俺はそんなにおめでたくない。俺にひどいことをさせておくのは、そうすると自分の方が偉い人間だと思えるからなんだ。本当に、お偉いこった。でも、俺だけにそんなことをしているとは思わない、きっと君は誰もそばには寄せつけないんだろうし。正直、そこのところは尊敬している。君が用心しているのには、何か理由があるんだろう。俺がきついことを言ったのは認めるし、悪かったよ、君の言う通り、傷つけようとした。それで実際、君を傷つけたんだから大したものだ。やろうと思えば誰だって人を傷つけることができる。でも君はそれで怒る代わりに、ここにいてもいいし、まだ愛してるなんてことを言う。それは完璧な自分でいたいと思うからなんだろう？　いや、君は自分の扱い方を心得ていると言わざるを得ない。それと、悪かったよ、ごめんな？　もう君にジャブをくり出したりしない。俺も学んだ。でも今後は俺に支配されているようなふりはしなくていい、俺が君の足元にも及ばないってことはどっちも知っているんだから。

また長い沈黙が訪れた。二人の顔は暗闇のせいで見えなかった。ようやく、平静さや軽薄さを装おうとして失敗したかのような、ふり絞るような甲高い声で彼女は言った。分かったよ。

もし俺が君を捕まえられることがあったとしても、そう言わなくていい。分かるから。でももう君を追いかけ過ぎないようにする。じっとして君の方から来てくれるのを待つよ。

そうだね、それってハンターが鹿にするのと一緒だね、彼女は言った。待ち伏せしておいて、殺すの。

22

アイリーン、この前のメールでは心配させてごめんなさい。知っての通り、この数カ月、私は宣伝活動から身を引いていましたが、最終的にはまた復帰する気ではあったのです。きっと、これも私の仕事のうちなのだと理解してくれますよね？　こんなに残念で卑しい事実はないと痛感していますが、だからといって、人前からまったく姿を消して隠遁《いんとん》生活に入る予定だと誤解させるつもりはありませんでした。病気になっても四日以上仕事を休んだことのない君からしたら、四カ月はかなりな長期休養に見えるでしょう。それに確かに、パリへの行き帰りにダブリン国際空港を使いましたが、出発の便が朝の七時で、帰りの便の到着は夜中の一時だったんです。ちょっとしたお茶とお喋りのために、定時の仕事をしている人をそんな真夜中に叩き起こすのはマナー違反と言えるのではないでしょうか。この数カ月、何度も訪ねてきて欲しいとこんなにもお願いしているのですから、私が君と顔を合わせたくないなんて疑う理由はないはずです。それに三時間もあれば、君の方がこちらに来られます。ローシーンに返信しなかった件については、混乱しています――これは私信なのでしょうか、それともダブリン広域市町村圏の友情担当大使として連絡しているのですか？　確かに、忙しかったせいで、ローシーンのメールにはまだ返信できていません。親愛の情を込めて申し上げますが、文通が滞《とどこお》るたびに君に報告書を提出するつもりはありません。

メールの他の部分に関してですが、君は「美」という言葉で何を表しているのでしょうか？　このメールには、個人的な虚栄心と美的体験を混同するのは重大な過ちだと書いてあります。しかしそれとはまた別に、あるいは関連することとして、そもそも美的体験を持ち上げること自体が過ちなのではないでしょうか？　個人的な利益とは無関係に、芸術の標榜《ひょうぼう》する美や自然界の美しさに感動することはあるかもしれません。純粋に美的な意味で、つまり欲望を抱くことなしに、他者の美貌やスタイルの良さを賞賛するのさえ可能だと私は信じています。相手と何らかの形で関係を持ちたいとも思わず、ただその人の美しさに見惚《みと》れてしまうことも、個人的にはよくあります——実際、美しさが欲望をそそるとも思っていません。言いかえると、私は美を見出そうと何らかの意志をはたらかせることはなく、その意志を意識的に持とうとすることもないのです。恐らくこれこそが啓蒙主義者たちが美的判断と呼ぶもので、私が特定の視覚芸術作品や音楽の一節、風光明媚な景色などで経験したことと充分に一致しています。私はそれらを美しいと感じ、その美は私に感動を与え、歓びの感情をもたらしてくれます。大量消費主義が私たちに「美」として押しつけてくるものが実際には醜悪であり、例えば木漏れ日や、ピカソの「アヴィニョンの娘たち」やマイルス・デイヴィスの「カインド・オブ・ブルー」で私が体験するような美的な歓びを与えてくれないという意見には賛同します。でも、こうも言いたくなるのです。そんなことを気にしてどうなるの？　哲学的に考えれば、「カインド・オブ・ブルー」の美しさが、ある意味においてはシャネルのハンドバッグの美しさより優《まさ》っているという仮定には充分な根拠があると言えますが、そもそもどうしてそんなことが重要なのでしょうか？　君は美的体験を、単なる快楽ではなく、もっと重要なものとして捉えているようです。しかし、教えて欲しいのですが、それはどのように重要だというのでしょうか？

明白な理由により私は画家や音楽家ではありませんが、小説家で、小説という芸術形態について真剣に取り組んでいます——それは芸術と定義されている役に立たないものによって生計を立てるという、並外れた特権を自覚しているからでもあります。でも、もし私が優れた文学を読むことについて説明しようとしたら、それは意志も関与せず、個人的な欲望もかき立てられない、私の書いた他の美的体験とは似ても似つかないものになるでしょう。私は個人として読書に対して大きな主体性を発揮して、自分が何を読んでいるのか理解し、その意味を把握するまでの間しばらく全てを心に留めておく必要があります。それは私が何も関与しないでも、美が受動的に伝達されるプロセスとは違うもののような気がします。読書には積極的な努力をしている感覚があり、その努力によって美的体験が構築されると感じるのです。でも、もっと重要なことは、優れた文学が私の共感を呼び起こし、何かに対して欲望を感じさせるという点です。「アヴィニョンの娘たち」を見ているとき、私はそこから何かを「欲しい」とは感じていません。歓びは鑑賞することとそれ自体にあります。でも読書をしていると、欲望を感じるのです。私はイザベル・アーチャーに幸福になって欲しいと願い、アンナとヴロンスキーが上手くいくようにと祈り、バラバの代わりにキリストが恩赦を受けることまで望んでしまうのです。それはまた、私が感傷的にも登場人物の（バラバを除く）全員がハッピーエンドを迎えることを夢見るような、視野の狭い、どちらかというとくだらない類の読者であることも示しているのでしょう。でも私がもし反対に、イザベル・アーチャーが不幸な結婚をして、アンナが鉄道に飛び込むのを期待したとしても、それは同じ体験のバリエーションに過ぎないのです。重要なのは、私が共感してしまった時点で、もはや作品と自分を切り離して考えられなくなってしまうという点です。

　このようなテーマについて、サイモンと話し合ったことはありますか？　彼の視点は私と違っても、もっと一貫性があるから、きっと私よりも明晰な見解を示してくれるはずです。少なくとも私の理解が及ぶ範囲でいうと、カトリックの教義において、真、善、美というものは神と一体である存在の性質として語られています。つまり文字通り、神は美しいのです（そして真理でもある、これがキーツの意味するところかもしれませんが、定かではありません）。人類は神と向き合い、理解する術として、これらの性質を自分のものにして理解しようと努めています。従って、どのような美も神の観想へとつながる道となっています。私たちが批評家になって何が美しく、何がそうでないかについてとやかく言うのは、私たちがしょせん人間で、神の意志に完璧に手が届く存在ではないからですが、そんな私たちも皆、美そのものが非常に重要であるということについては意見を同じくしています。全てが自己完結していて、素晴らしいと思いませんか？　優れた文学に対する私の共感について、もう少しくわしく説明させてください。言うなれば、神は私たちをこのように、欲望と衝動を持ち、現実には存在しない登場人物たちに――実体のある満足や利益を得ることが不可能な相手に対して――慈愛に満ちた感情を寄せるような、複雑な人間として作った訳ですが、それを理解することこそが人間の置かれた深遠で複雑な状態を掌握する術であり、ひいては私たちに対する神の愛の複雑さを理解する方法になるのではないでしょうか。もっと突きつめて語ることもできます。イエスはその生涯と死において、私利私欲を顧みずに他者を愛することの必要性を強調しました。決してこちらを愛し返してくれない架空の登場人物たちを愛するのはある意味、イエスが呼びかけているような、個人的な利害関係なしの愛をミニチュアで実践するような行為ではないでしょうか？　つまり、共感的関与とは、対象はあるが主体はない欲望の形であり、欲することなく欲する一種の方法、自分が欲するものではなく、自分が欲するあり方を他者のために欲することなのです。

要するに、キリスト教徒の考え方にはまれば、不毛なものにも楽しみは見出せる訳です。でも、この世界に重要なものはなく、人生は支離滅裂で、心からの感情と信じられているものも結局は単なる化学反応に過ぎず、この世界は客観的な道徳の法則を以て構造化されてはいないという確信をふり払えない君や私のような人間にとって、それは容易いことではないのかもしれません。もちろん、そのような確信に基づいて生きていくこともできるのでしょうが、私と君が信じていると言うようなことを基盤にすることは、本当はできないんじゃないかとも思うのです。一方の美的体験は重要だが、他方は取るに足らない。あるいは一方は正しく、他方は間違っている。どのような基準を以てして、私たちはそれを訴えているのでしょうか？　どんな裁判官のもとで、この弁論を行っているのでしょう？　君をズタズタにしようとして、こんなことを書いている訳ではありませんよ——私自身が、君と同じ見方と思われるものに囚われているのですから。物事の良し悪しが、単なる趣味や好みの問題で決まるなんて、私は信じません。また、絶対的な道徳というものも信じられないでいますが、それは神を信じられないということにもなります。このため、私は哲学的にどこにも居場所がなく、どちらかの立場で自分の信念を貫く勇気が持てないでいるのです。正義を行使することで、神に仕えているという充足感は得られないくせに、不正を働くことについて考えると、それだけでうんざりします。更に言ってしまえば、私は自分の仕事は道徳的にも政治的にも価値がないと思っていますが、これこそが生涯の仕事で、これだけが私のやりたいことなのです。

もっと若い頃は、世界中を旅行して華やかな生活を送り、仕事を賞賛されて、偉大な知識人と結婚し、出自にまつわる全てを拒否し、狭い世界から抜け出すことだけが自分の望みだと考えていました。今考えると実に恥ずべき考えですが、あの頃の私は孤独で不幸だったし、それが普遍的なもので、自分の孤独と不幸には何ら変わった点はないと知らなかったのです。もし私がほんの少しでも、今のように物事を理解していたら、私はあの作品群を書かなかっただろうし、今の自分みたいな人間にはなっていなかったはずです。でも本当にそうでしょうか。私はもう一度あの作品は書けないし、あの頃のように感じることもできないというのは分かっています。あのときは自分が特別な人間なのだと証明することが大事でした。証明しようとした結果、成功したのです。後になって、金銭と、自分はそれに値すると信じていたような評価を得てから、これほどのものに値する人間などいないとようやく気がついたのですが、もう後の祭りでした。私はかつて自分がそうなりたいと望んでいた人間になってしまって、そんな自分を思いっきり軽蔑しているのです。私は自分の仕事を軽んじようとして、こんなことを言っているのではありません。でも絶望的な貧困によって苦しんでいる人がいる一方で、名声や富を得られる人間がいること自体、間違いなのではないでしょうか？

　君も知っている通り、この前の恋愛が悲劇的な結末を迎えた後、私はその余波で二作の小説を書きました。恋愛中もちょこちょこと書いてはいたのですが、いつも彼女のことで頭がいっぱいで、どうしても他のことを考えられなくて、作品を形にすることもできず、人生に意味のある場所も見つけられないでいました。私たちは幸福でしたが、やがて不幸になり、いくつかの苦難と逆恨みを経て、破局しました——そうなってようやく、私は真剣に執筆に身を投じることができるようになったのです。自分の内面を整理して、そこにできた空間をどうにか埋めるために、腰を据えて書き始めたようなものでした。まず人生を空っぽにして、そこから始めなければならなかったのです。小説を書き始めた頃について今考えると、自分がやるべきことをやっているという、それだけで、本当に幸せだったと思います。私はずっと破産状態にあり、孤独で、お金の心配をしていましたが、私の人生には密やかで守られている部分があって、思考は常にそこに立ち戻り、感情はその周囲を旋回して、そこを自分だけのものとして保持していられました。ある意味で恋愛や心酔に近いところがありましたが、この関係性の中にいるのは私だけで、全て自分でコントロールできるというところは違っていました（つまり恋愛の逆ですね）。小説を書くことの苛立ちと困難は非常に重要なものであり、特別な贈り物で、恩恵であることは、そのプロセスの最初から分かっていました。まるで神が私の頭の上に手を置いて、今まで誰かに抱いたこともなかったような激しい欲望で満たしたかのようでしたが、それはかつて存在しなかったものを生み出したいという願望だったのです。あの年月について思い出すと、自分が享受していた人生の飾りのなさに、ほとんど痛みに近いような感慨を覚えます。私は何をすべきか知っていて、ただそれをしていて、それだけが全てでした。

ちょっとした批評や長々しいメール以外、何も書かなくなって、もう二年近くになります。ようやくここに来て人生が片づいて、空っぽになって、また恋をしようという気になったのかもしれません。人生に何かしらの中心があり、思考がそこに引き戻されて、留まることができるような場所があると感じる必要が私にはあるのです。もちろん、大抵の人はそんなものが必要だと感じていないし、感じないで済んだのなら、今の私はもっと健康だったと分かってはいます。フィリックスには人生の中心となるような理念を持つ必要性がなく、君もきっとそうでしょう。サイモンには必要ですが、彼には神がいます。何を人生の中心に据えるべきかと考えるとき、神は良い選択肢だと思います――少なくとも、存在しない人間たちの物語を書いたり、私を憎んでいる人と恋に落ちるよりはましなはずです。

でも、ご覧の通り。何も愛さないよりも愛する方がいいし、誰も愛さないよりも愛した方がいいはずで、私はここに、この世界に生きていて、生きていたくないとは一瞬たりとも思えないでいます。これもある種の特別な贈り物で、恩恵で、本当に重要な何かだと言えるのではないでしょうか？　アイリーン、ごめんなさいね、私は君がいなくてすごく寂しいの。こんな長いメールのやり取りの後で君に会ったら、恥ずかしがり屋になってしまって、小鳥のように自分の翼の下に頭を隠してしまうかもしれません。今週末に結婚する君のお姉さんとその花婿によろしくと伝えてください――その後、不都合がなければ、是非私に会いに来てください、待っています。

23

結婚式の日、ブライダルスイートでアイリーンはベッドに腰かけて、ローラはドレッサーの前に座っていた。指先で自分の顔に触れてローラが言った。メイク係がアイメイクを濃くし過ぎたような気がする。彼女はストラップレスのシンプルなスタイルのウエディングドレスを着ている。きれいだよ、アイリーンは言った。鏡越しに目が合うとローラは顔をしかめて立ち上がり、窓の方に行った。外は昼下がりで、薄く水を張ったような白っぽい光を放っていたが、ローラは窓に背を向けてアイリーンと向き合うと、大きなベッドに座っている妹をまじまじと眺めた。しばらくの間、見つめ合う二人の目の中に、傷心、罪悪感、疑念、悔恨が次々と浮かんだ。とうとうローラがしびれを切らした。それで？　アイリーンは左腕の金色の華奢な腕時計に視線を落とした。まだ十分あるよ、彼女は言った。アイリーンは淡いグリーンの青磁色のドレスを着て、ピンで髪を留め、別のことに気を取られていたが、姉の方もそうだった。ローラはストランドヒルの海で、ボードでパドリングをしていたのを思い出していたが、あの日の場所はロッセス・ポイントだったかもしれないし、エニスクローンだったかもしれない。爪の間や髪の中に入ってきた砂のジャリジャリとした触感と、塩辛い味が蘇ってきた。

気がつくと彼女は海に落ちていて、海水を飲み込んだせいで鼻や喉に痛みが走り、光と知覚が混乱し、泣きながら父に抱かれて砂浜に運んでもらったのを憶えている。タオルの色は赤とオレンジだった。それからスライゴの街に戻る途中、車の後部座席でシートベルトに縛られながら電波割れするラジオを聞き、遠くにピンポイント状の光を見た。暗闇の中、道端でソーセージやフライドポテトを売るヴァンのハッチが開いて、酢の匂いがした。その日寝たいとこの部屋では、棚に見慣れない本が並び、馴染みのない窓から差し込む光で家具がいつもと違った影を落としていた。午前零時に教会の鐘が鳴った。一階は明かりが点いていて、ビールのグラスが並び、大人たちがお喋りをしている。アイリーンも子供時代を回想し、ローラが発案したごっこ遊びの秘密の王国や宮殿、君主や小作人、魔法の川、森、空の光を思い返していた。工夫を凝らした設定や物語の展開はもう思い出せず、忠臣や裏切り者に架空の言語でつけた名前も失われてしまった。残されたのは、虚構の世界に当てはめられた現実の場所だけだ。実家の裏手の牛舎や、伸び放題の庭の茂み、垣根の隙間、川まで続く湿った頁岩《けつがん》。それに自分たちの家だ。屋根裏や、階段や、コート入れ。今でもそうした場所はアイリーンに特別な気持ちをもたらしてくれる。少なくとも、思い起こそうと努力して、審美的に周波数を合わせれば、その中に存在したかつての気持ちに入り込める。歓びが押し寄せてきて、興奮のようなスリルを感じる。重たいペンや無地のノートのような質の高い文房具と同じく、それは彼女にとって想像力の可能性を体現するもので、その可能性は今まで自分で想像したどんなものより繊細でデリケートだった。そう、彼女の想像力は彼女を失望させた。それを持っている者もいるし、欲しがらない者もいる。アイリーンは欲しいと思っていたが、自分では持っていなかった。アリスが道徳的な哲学においてそうであるように、彼女も二つの立場に引き裂かれていた。もしかして誰もが、彼らにとって大事な何かについて引き裂かれているのかもしれない。ノックの音がしたので二人がふりむくと、青いドレスを着てパテントレザーの靴を履いた母のメアリーが、髪にまっすぐさした羽根を揺らしながら入ってきた。三人は弾かれたように早口で話し始めて、互いの服装に口出ししたり、笑ったり、不満を言い合ったり、服を直したりして、部屋の中は急に鳥の巣のように忙《せわ》しなく、騒々しくなった。ローラはアイリーンの髪をゆるく背中に垂れるように直したがり、メアリーはこの期《ご》に及んで別の靴を試そうとして、アイリーンは葦《あし》のような、小枝のような細く白い腕を伸ばして自分の髪のピンを抜いて、メアリーの肩にショールを掛け、パウダーをはたいたローラの頬骨に落ちていたまつ毛をつまんで、笑い声を上げて、早口で明るく何かを言ったかと思うと、また笑った。メアリーもまた、子供時代に住んでいた小さなテラスハウスやその隣の店、ウエハースに挟まれたアイスクリーム、キッチンテーブルにかけられたチェック柄のオイルクロス、ガラス棚の中の柄物の食器に思いを馳せていた。寒くてまばゆい夏の日や、冷たい水のように澄んだ空気、黄色に燃えていたハリエニシダ。そうやって過去について考えていると、かつては現実だったものが、今は違うものになってしまったのだという、奇妙で落ち着かない気持ちがこみ上げてくる。年老いたものは亡くなり、幼子は成長して大人になる。若くて美しく、互いを愛して憎み、白い歯で笑って、香水の匂いを漂わせているアイリーンも、ローラも、いつかそれを知ることになる。またノックの音がして、三人は急に黙り込んでドアの方を見た。父のパットが入ってきた。ご婦人方はどうかね、彼は言った。教会に行く時間だ、車を待たせている、パットはスーツ姿だ。彼は自分の妻について、メアリーについて考えていて、初めて彼女が妊娠したときに、メアリーが何かに乗っ取られたかのように、まるで見知らぬ人間になってしまったかのように感じて、彼女の言葉や仕草に深刻さや不思議な使命感を感じ取って落ち着かなくなり、何故だか笑いたくなっていった。時は流れて、ローラが生まれ、ありがたいことに健康で、彼はもうこれきりだと自分に言い聞かせた。たった一度の人生に、何というおかしな経験の数々だったのだろう。だけど、いつも通り、そう、いつも通り、彼は間違えていた。外では、風が木々を揺らして、その冷たい息が彼らの顔にかかった。彼らはみんなで車に乗り込んだ。ローラは車窓に鼻を押しつけて、小さな丸いパウダーの跡をガラスに残した。教会は薔薇色と青と琥珀色の細長いステンドグラスのある灰色の四角い建物だった。彼らが入っていくと電子オルガンの音が流れ、濡れたような芳《かぐわ》しい香の匂いと、衣擦《きぬず》れの音と会衆席が軋む音がして、列席者が一斉に立ち上がり、磨き上げられた通路の床を進む彼らに目を向けた。念願の計画を叶えて上機嫌のローラは、堂々たる白いドレス姿で自分に向けられた視線を平然と受け止めて頭を上げて前を見据え、ぎこちなさの中に優しさが垣間見えるスーツ姿のパットは威厳があり、メアリーは神経質に微笑みながら汗ばむ手でアイリーンの手を握って、そしてアイリーン本人はと言えば、緑のドレスを着た姿は青白く、黒い髪をゆるくピンで留めて背中に垂らし、腕はむき出しで、長い首の上で花のように頭をもたげて、静かに目を動かして彼を探していたが、見つからなかった。マシューが緊張と喜びを漂わせて祭壇で待っていて、神父が式を執り行い、誓いの言葉が交わされた。〝岩の裂け目　崖の隠れ場にいる我が鳩よ　あなたの顔を見せなさい　あなたの声を聞かせなさい　あなたの声は愛らしく　あなたの顔は美しい（「ソロモンの雅歌」二章十四節）〟。式が終わると教会前の砂利の上で、白昼の光のもと、冷たい風が指のような葉を揺らす中、みんなが笑い、握手を交わし、抱擁《ほうよう》し合った。新郎新婦一同は集合写真を撮るために、少しずつ近寄ったり離れたりしながら木の下で佇み、笑顔を崩さないまま何事かをささやき合っていた。そこでアイリーンはようやく、教会の扉のところで彼女を見ているサイモンを見つけた。二人はずっと、動くことも話しかけることもできずに、ただ見つめ合い、その交わす視線の底に今までの長い年月が埋もれていた。彼は彼女が生まれた頃を、リンドン家に新しい赤ちゃんがやって来て、初めて見せてもらったとき、赤くてしわくちゃの赤ん坊が新生児ではなく何だか年老いた生物に見えたことを思い出していた。それからずっと彼が妹をねだっていたと両親は言っていた。他のきょうだいではなくて、ローラが持っているような妹でなくては嫌だと言い張ったという。彼女もまた、違う学校に通う年上の、生き生きとしていて、知的だけど、奇妙な発作に苦しんでいたために大人たちの同情を集めていた少年のことを、美しいのにそのせいでどこかいびつに見えた子供時代の彼を思い出していた。彼女の母はいつも彼を、マナーが良くて小さな紳士のようだと言っていた。彼の憶えている思春期の彼女はやせっぽちでそばかすがあって、脚を交差させてキッチンカウンターのそばに立ち、いつも眉をひそめている十五歳だ。黙りこくっていたと思っていたら急にお喋りになり、むらっ気があって、友だちがいなかった。顔をピンクにして彼に率直な視線を向けて、まるで怒ったような表情だった。彼女にとっても彼は少年で、夏の間、農場を手伝いに来ていた二十歳の若者で、比類なき優しさで生まれたばかりの子羊にミルクをあげる姿をずっと見ていた。彼の視線だけで一週間も千々に乱れる思いを経験し、部屋に入ってそこに彼がいるのを見ただけで、息切れがした。あの日、三人は森にサイクリングに出かけ、空き地に自転車を置いた。明るい日差しに照らされた梢《こずえ》の向こうに、シュールな形の暗雲がのぞいていた。ローラが森で起こった殺人事件を派手に脚色して長々と語ってみせると、サイモンはうーんとうなった。それはどうかな、とか、そりゃまた、身の毛のよだつような話だよね、などと言っていた。アイリーンは目の前の小石を蹴るのに熱中していたが、時折、顔を上げて、サイモンの様子をうかがっていた。その女性は何度も刺されたせいで、ほとんど頭が取れかかってたんだって、ローラは言った。うわ、そんなの想像したくもないよ。ローラは笑って彼は臆病だと言った。うん、この手のことについては、ちょっとそうかも。そこで雨が降り出したので、ローラは腰に巻いていた上着を解いた。あなたはまるでアイリーンみたい、彼女は言った。彼はアイリーンの方を見た。もっと彼女みたいになれたらと思うよ、彼は言った。アイリーンはほんの赤ん坊だとローラは言う。熱を帯びたような奇妙な大声でアイリーンは即座に言った。お姉ちゃんが私の年齢のときに、誰かにそう言われるのを考えてみたら。ローラは同情するような眼差しを向けた。でもはっきり言うとさ、あんたと同い年の頃の私はもっと大人だったよ。サイモンはアイリーンもとても大人だと言った。ローラは眉間にしわを寄せた。気持ち悪いこと言わないでよ。そう言われるとサイモンは耳まで真っ赤になって、声がうわずった。知性的な意味で大人だと言ったんだ。彼はそれ以上何も言わず、ローラも言い返さなかったが、両者とも不服そうだった。ローラは雨を避けようとフードを被り、先を急いだ。大きな歩幅の早足で進み、角を曲がっていって、他の二人の視界から消えた。アイリーンが見ている地面は乾いた土から泥へと変わり、石の間を雨水が流れていく。雨は激しくなって、彼女のジーンズの前面に濃い色の水玉模様の跡を残し、髪を濡らした。次の角を曲がっても、ローラの姿は見当たらなかった。彼女はもっと先に行ったのだろうか、それとも別の道を選んだのだろうか。ここがどこだか分かる？　アイリーンが訊いた。サイモンは微笑んで、分かっていると言った。迷子にはなっていないから、心配しなくていいよ。溺れそうにはなっているかもしれないけれど。アイリーンは袖で額を拭った。殺人鬼がやって来て、私たちを三十八回も刺さないといいよね。サイモンは笑った。でもそういう話では、被害者は大抵ひとりぼっちでいるんだ。だから僕たちは大丈夫なはず。サイモンが殺人鬼でない限りは、とアイリーンは言った。彼はまた笑った。いや、いや。僕と一緒だったら君は安心だよ。彼女はまた、おずおずとサイモンを見上げた。そう感じているよ、アイリーンは言った。サイモンはふりむいて彼女を見た。え？アイリーンは首をふると、また袖で顔を拭いて、唾を呑んだ。私は安心するの、彼女は言った。あなたと一緒だと。数秒間、サイモンは黙っていた。それから、すぐに言った。それはいいね。そう言ってもらえて嬉しいよ。アイリーンは彼を注視していた。そして突然立ち止まると、木の下で動かなくなった。顔も髪も雨でびしょ濡れだ。サイモンは彼女が隣にいないのに気がついて、ふり返った。おーい。どうしたんだい？彼女は目に力を込めて、じっと彼を見つめている。ちょっとこっちに来てくれる？彼は数歩、歩み寄った。静かだが、何かに不安を覚えているような声で彼女はなおも言った。そうじゃなくて、ここ。私の立っているところに来て欲しいの。彼は立ち止まった。えーと、何で？返事をする代わりに、彼女は苦痛に満ちた顔で、懇願するように彼を見つめ続けた。彼が近づいてくると、アイリーンは力を入れて彼の前腕をつかんだ。彼のシャツは濡れそぼっている。アイリーンが彼を引き寄せると二人の体は触れんばかりになり、彼女のくちびるは濡れて、雨が鼻や頬をつたって流れていった。サイモンはアイリーンを突き放さず、そのまま立っていた。自分のくちびるが彼女の耳のすぐそばにあった。彼女は何も言わないままで、息は乱れて早くなる。サイモンは優しく言った。アイリーン、分かるよ。理解できるけど。でもそうする訳にはいかないんだ、そうだろう？彼女は震えていて、くちびるが青ざめていた。ごめんなさい。彼女がつかんだ腕を、彼はふり払わなかった。ごめんなんて言う必要はない。君は何も悪いことをしてないんだから。理解できるよ。謝らなくてもいいんだ。もう歩いても大丈夫かな？歩き始めると、アイリーンはうつむいて自分の足先を見ていた。ゲート近くの空き地で、自転車のハンドルを握ってローラが待っていた。二人の姿が見えると、焦れたように彼女はペダルを踏んで車輪を回した。どこに行ってたの？　ローラは近づいてくる二人に呼びかけた。お姉ちゃんが走って行っちゃうから、アイリーンは言った。サイモンは自分の自転車に手をかける前に、草の上に倒れたアイリーンの自転車を立たせて、彼女に渡した。そんなに走ってないでしょ、ローラは言った。彼女は不可解な表情を浮かべて、アイリーンの濡れた前髪に手を伸ばして、くしゃくしゃにした。あんた、まるで濡れネズミみたい、彼女は言った。行こうよ。彼は二人に先を歩かせた。黙って自分の自転車の車輪を見つめながら、彼は祈っていた。ああ、神様、彼女に幸せな人生を送らせてください。そのためなら僕は何でもしますから、どうぞ、お願いです。

機械式の昇降機のある古いアパートでひと夏を過ごす彼を訪ねて、二十一歳のとき、彼女はパリにやってきた。そのときの二人は友だちで、有名なヌード絵画のポストカードにお互いをからかうようなメッセージを書いて送り合う仲だった。二人が一緒にシャンゼリゼを歩くと女性たちがふり返ってサイモンを見たが、背が高く、美男子で、荘厳な雰囲気を漂わせた彼は、決してそちらに目を向けなかった。パリに到着した夜、アイリーンは痛々しいほど顔を真っ赤にしながら、ほんの数週間前に処女を喪失した話をしたが、本当にひどい、恥ずかしくなるような経験だったにもかかわらず、ひねくれているのかサイモンに話すのは楽しく、動じない顔で面白がってそれを聞く彼の態度も気に入ったみたいだった。彼は彼女を笑わせるようなことさえ言った。二人は寄り添って横になっていて、お互いの肩が触れ合わんばかりだった。そうして、初めて彼らは一緒に寝た。彼の腕に抱かれ、彼が自分の中で動くのを感じながら、誰とも関わろうとしないこの男が、自分に屈し、自分から安らぎを得ているのを知って、これこそが自分の求めるセクシュアリティの全てなのだと彼女は悟り、それ以上の経験はその後も得られなかった。そして彼の方は、まだ無垢で神経を尖らせている彼女を、全身を震わせながら、自分が彼に与えているものが何なのかさえ気がついていないような彼女を、こんな形で自分のものにして、罪の意識に近いものを感じていた。しかし彼女は悪とは無縁の存在だから、二人で何をしてもそれは過ちにはならないはずだし、彼は彼女を幸福にできるのなら、自分の人生をなげうってもいいと思っていた。彼の人生というものが、何であろうとも。その後、彼は何年もパリでナタリーと過ごして、若さは潰《つい》え、もう二度と戻ってこなかった。あなたと一緒にいると、まるで塞《ふさ》ぎの虫と暮らしているよう、ナタリーは彼にそう告げた。彼は彼女を幸せにしたいと願い、そうしようとして、失敗したのだ。彼女と別れて、一人になって、彼は夕食後に洗い物をして一人分の皿とフォークを水切り台に置いた。もう若者ではなく、青春は過ぎ去っていた。床に座って梱包材から組み立て家具を取り出し、口論し、プラスティックのカップからぬるい白ワインを飲みながら、アイリーンも彼と同じ年月を何となく過ごしていた。友だちがみんな引っ越して、パリやニューヨークに出ていくのを見送りながら、彼女は同じ場所に留まり、同じ小さな事務所で働いて、同じ男性と同じ四つの議論を幾度もくり返した。自分の夢見ていた人生がどんなものだったかさえ、思い出せなくなっていた。生きることが、生活していくことが、彼女にとって何か意味のある時期があったのではないか？　でもその意味とは何だったのだろう？　昨年のとある週末、二人とも帰郷していたとき、サイモンは両親の車を借りて、彼女をゴールウェイの町までのドライヴに連れ出した。彼女は襟のラペルにブローチをつけた赤いツイードのジャケットを着て、黒く柔らかい髪を肩にゆるく垂らして、鳩のように白い手を膝の上に置いていた。家族の話になり、二人は彼女の母親について、そして彼の母親について語り合った。あの頃はまだ、彼女は当時の彼氏と暮らしていた。シャンパングラスを傾けたような、歪んだ金色の三日月が夜空にかかっていた帰り道、彼女は一番上のボタンを外してブラウスの中に手を入れて胸骨に触りながら、子供を持つことについて彼と話し合い、前は欲しくなかったけれど、最近はそのことが頭をよぎると彼女に言われた彼の方は、他のことがもう考えられなくなって、疼《うず》くような痛みを覚え、つい言いそうになった。僕にその望みを叶えさせてくれ、お金はあるから、全部面倒を見るから。何て大それたことを。あなたはどう、子供は欲しいと思う？　彼女は彼に尋ねた。すごく欲しいね。うん。彼女が車を降りてドアを閉めていくと、死んだような静寂が訪れた。その夜、もう一度思い返して、彼女が彼に望みを叶えさせてくれて、彼にそうして欲しいと訴えるのを想像したが、後で虚しい気持ちになって、彼は自分を恥じた。数週間後、彼はオコネル通りで彼女を見かけた。八月の暑い日で、彼女は白いワンピースを着て、彼の知らない友人たちと道を渡りながら、川の方面を目指していた。群衆の中で彼女は何と優美に見えただろう。その長く美しい首と、日差しの中で輝くその肩を、彼はずっと目で追っていた。まるで彼から遠ざかっていく自分自身の人生を見送るかのように。クリスマス近い頃のある夜、ダブリンで彼女はバスの窓から、恐らく仕事帰りの彼が、冬用の長いオーバーコートを着て、長身の体と金髪に街灯の光を浴びながら、道を渡っていくのを見かけた。ああ、それはとても辛い時期で、アリスは入院していて、エイダンからは色々と考えさせてくれと言い渡されたところで、だけどそこに、バスの窓の向こうに、道を渡っていくサイモンがいた。彼を見ているだけで、その優雅でハンサムな姿を、深いブルーの液体のような十二月の闇の中を歩いていく様子を、その静かな孤独を、その自足した風情を見るだけで心が凪《な》いで、彼女は満たされ、こんな風に意図せず彼が見られて、一番必要としているときに、目の前に生まれてからずっと自分を愛してきてくれた人が現れるなんて、一緒の街にいられて本当に良かったと思わずにいられなかった。その全てが。電話で交わした言葉が、お互いに送ったショートメッセージが、嫉妬が、見つめていた年月が、押し殺した微笑みが、小さな触れ合いの辞典が。お互いについて語ったことの全てが、お互いが自分について語ったことの全てが。二人の目の中にその全てがあって、彼らの間を行き来した。どうぞ、こちらを向いてください、写真家の声がした。サイモンは頭を傾けて、彼女にそちらを見るように促した。撮影が終わると、一同はばらけて、砂利の上で思い思いに喋ったり、手をふったりしていたので、彼女も段の上に立っている彼のところまで歩いていった。すごくきれいだね、彼は言った。ブーケを握りしめている彼女の顔は上気していた。また誰かが、何かを求めて彼女を呼ぶ声がした。サイモン、彼女は彼の名前を呼んだ。優しく、まるで痛みを感じているかのように、二人は何も言わずに微笑み合っていたが、お互いに訊きたいことは同じだった。私はあなたの探し求めていた相手だろうか、愛を交わしたときにあなたは幸せを感じただろうか、今まで傷つけてきただろうか、愛してくれるだろうか、この先もずっと。教会のゲートのところから、母親が彼女を呼ぶ声がする。アイリーンは腕を伸ばしてサイモンの手に触れた。戻ってくるから。彼はうなずいて、彼女に微笑みかけた。心配しないで。僕はここにいるよ。

24

親愛なるアリス——今、バリーナに向かう列車の中にいますが、結婚式がとても美しかったということだけ、先にお知らせしておきます。私はいつもサイモンが本質的には（本人は否定していますが）政治家だということを忘れがちですが、そのせいで彼はこの国のあらゆる人と知り合いのようです。今も見知らぬ人と長々と話し込んでいるので、その隙にこのメールを書いています。そして美について、無作為に出現するものなのに、美の重要性やその意味を信じるのがいかに難しいかという、この前のあなたのメールについて思い返しています。でも美が人生に喜びをもたらしてくれるのは、間違いないですよね？　美を享受するのに宗教的になる必要はないと思います。私にはこの世に二人しか親友がいないのに、その二人がどちらも私に似ても似つかないというのは、不思議な話です。私に最も似ている人間は誰かというと、つまるところ、姉なんだと思います——彼女は私と同じく頭がいかれていて、私を怒らせるところも、私が彼女を怒らせるのによく似ています。そういえば姉は昨日、とても美しかったです。あなたが嫌いなストラップレスのドレスでしたが。サイモンと話していた見知らぬ男は、とうとう私たちのボックス席に移ってきて、スマートフォンで彼に何かを見せています。鳥の写真かな？　野鳥愛好家なのかも？　話を聞いていないので分かりませんが。とにかく、あなたに会えるのが楽しみです。美に関することや、結婚式や、あなたとサイモンがいかに私に似ていないかということについての考えがあったはずなのですが、もう忘れてしまいました。私とサイモンが初めて一緒に寝たのは、ほぼ十年前だったって知っていましたか？　もし彼がキリスト教徒らしく、あの時にプロポーズしていてくれたら、人生はもっと素晴らしかったのにと思うことがあります。そしたらもう何人か子供がいて、一緒にこの電車の席に座って、彼らの父親が野鳥愛好家と話すのを耳にしていたかもしれません。人生のもっと早い段階でサイモンの庇護を受けられていたら、私はもっといい人間になれていたかもという感覚があります。彼だって世話を焼く相手、心中を打ち明けられる相手がいたらもっといい人間になっていたかもしれません。でも残念ながら、私たちの今のあり方を変えるのは、もう手遅れです。どういう人間になるかという過程はもう終わりで、私たちのあり方はほぼ固まっています。私たちの両親は年老いて、ローラは結婚し、私は恐らく今後も人生で間違った決断を下して、くり返しうつ状態に苦しむでしょうし、サイモンはこれからも有能で善良だけど、感情面では近付けない人間のままでしょう。でも、もしかしたらそれは最初から決まっていたことで、私たちにはなす術がなかったのかもしれません。私たちが最初に会った日について思い出します。私は緑のニットのカーディガンを着て、あなたはヘアバンドをしていたのを憶えています。その後の私たちの、一緒だったり、離れたりしてきた人生は――もうその瞬間に決まってしまっていたのではないでしょうか。本当のことを言うと、私はローラを愛していて、母のことも愛していますが、私たちが上手くいくことは今後もないと思われます。おかしな話ですが、上手く付き合うことよりも、そうできなくても愛しているということの方が、大事なのかもしれません。はいはい、分かってます――

この人はミサに何度か出席したくらいでみんなを愛せる気になってるんだって、思っているんでしょ。とにかく、もうアスローンに着いたので、このメールを書くのをやめにしないといけません。『金色の盃』についてのエッセイのアイデアがあるので、それをあなたに聞いてほしいということを書き留めておきます。あのとんでもなく下世話に面白い小説は読みましたか？　読み終わって、あまりのことに本を壁に放り投げてしまいました。会うのが待ちきれません。愛してる、愛してる、愛してる。

アイリーンより。

25

六月の初旬、午前の遅い時間のとある駅のプラットフォーム。数カ月間離れ離れだった二人の女性が、抱きしめ合っている。その背後には、スーツケースを二つ持って、列車から降りてくる背の高い金髪の男性。二人の女性が何も言わず、固く目をつぶり、お互いの体に腕を回して、一秒、二秒、三秒が経過した。彼女たちがひしと抱きしめ合う様には微妙に滑稽なところがあり、ほとんどコメディのようだったと本人たちは気がついていただろうか。すぐそばでは誰かがしわくちゃのティッシュに向かって激しくくしゃみをしていて、捨てられた汚いペットボトルが風に吹かれてホームを転がっていき、駅の壁の電光掲示板がヘアケア製品の宣伝から自動車保険の広告に切り替わり、そんな風に、周囲のいたるところで日々の凡庸さと醜悪な下品さが迫《せ》り出してきている、そんな状況で。それとも二人はその瞬間は気がついていなかったのか、気がついていない以上の状態でいたのか——下品さや醜さを跳ね返す強さを持って、その影響から逃れ、人生の表面の下に潜んでいるもっと深遠な何か、非現実とは違う、隠された現実を垣間見ていたのか。それは、あらゆる時間の、あらゆるところに存在している美しい世界だったのだろうか？

その夜、仕事を終えたフィリックスがアリスの家の外に車を停めると、窓に明かりが見えた。午後七時を過ぎたところで外はまだ明るかったが、気温が下がってきて、木々の間から見える海は緑と銀の色をしていた。バックパックを片方の肩にかけて、彼はジョギングするような足取りで玄関まで歩いていき、真鍮板《しんちゅう》のノッカーを素早く二度叩く。冷たい潮風が彼を包み込んで、手が冷たくなった。ドアが開くと、そこにいたのはアリスではなく、同い年くらいのもっと背の高い、黒髪で黒い瞳の女性だった。こんばんは、彼女は言った。フィリックスだよね、私はアイリーン。さあ入って。彼が家に入ると、アイリーンはドアを閉めた。フィリックスは他のものに気をとられているような顔で微笑んでいる。そうか。君がアイリーンか、話は聞いているよ。彼女はフィリックスにちらっと目を向けた。いい話だと、いいけれども。アリスは夕食を料理中だという話を聞きながら、フィリックスはアイリーンの後をついていって、キッチンのドアに向かう彼女の後頭部やすっきりとした細い肩を眺めていた。キッチンでは男性が一人でテーブルの席に座り、アリスは汚れた白いエプロンを腰に巻いてコンロに向かっていた。こんばんは、彼女は言った。ちょうどパスタのお湯を切ったところ。アイリーンにはもう会ったよね、こちらはサイモン。フィリックスはうなずいて、サイモンの挨拶を受けながら、バックパックのストラップをいじっていた。調理台の照明と、テーブルの上のキャンドルの光だけのキッチンは薄暗かった。裏窓が湯気で曇り、ガラスは青く、ヴェルヴェットのようだ。何か手伝おうか？　フィリックスは言った。アリスは自分の熱を冷やすように手の甲を額に当てる。全部自分でできると思う。でも申し出てくれてありがとう。アイリーンから彼女のお姉さんの結婚式について聞いていたところなの。フィリックスは一瞬、躊躇したが、テーブルの席に座った。この週末だったんだろう？　彼に向かって嬉しそうな顔をして、アイリーンはまた結婚式について話し始めた。彼女は手を忙《せわ》しなく動かしながら、面白おかしく喋っている。時折、サイモンに意見を求めると、彼はくつろいだ様子で楽しそうに色々と答えた。彼もフィリックスの方を気にして、何度も目を合わせては、もう一人男性がいてほっとしているのか、あるいはこの女性たちと一緒にいる喜びを分かち合える相手がいて嬉しかったのか、共犯者めいた微笑みを浮かべていた。彼はリネンのシャツを着たハンサムな男で、アリスが彼にワインのお代わりを注ぐと、さりげなく気軽な調子でありがとうと言った。テーブルには柄物の小さなパン皿と銀のカトラリー、白い布製ナプキンがセットされている。黄色のサラダボウルの中では、葉物野菜がオイルをまとってつやめいていた。アリスはパスタの皿をテーブルに運んできて、アイリーンの前に置いた。フィリックス、あなたによそうのは最後ね、この二人が私の主賓だから。二人の目が合った。彼は少し神経質そうに微笑んで、はっきりと声に出して言った。かまわないよ、自分の立場はわきまえているから。彼女は皮肉めいた表情を浮かべて、コンロの方に戻っていった。彼はそれを見ていた。

／

食事を終えると、アリスは洗い物をするために席を立った。カトラリーがカチカチとぶつかり合う音と、蛇口から流れる水音が聞こえる。サイモンがフィリックスに仕事について訊いた。疲れて満足した様子で、アイリーンは半分まぶたを閉じて静かに座っていた。フルーツクランブルがオーブンの中で温められている。テーブルの上には料理の残骸や汚れたナプキン、濡れた葉物野菜が残っているサラダボウルがあって、白と青のキャンドルの柔らかい蠟《ろう》がテーブルクロスの上で溶けていた。アリスがコーヒーを欲しい人はいるかと訊いた。お願いできるかい、サイモンが言った。カウンターの上でアイスクリームがゆっくりと溶けていって、カートンの側面に細い水流ができていた。アリスはシルバーのコーヒーポットの底をねじって外した。それで、そっちはどんな仕事をしているんだっけ？フィリックスが言っている。何か政治関係のことをやっているって、アリスから聞いたけど。シンクの中には汚れたソースパンと木製のまな板。ガスバーナーが点火するシュッという音がして、アリスが口を挟んだ。今もコーヒーはブラックなの？　ガス台のアリスの方に体を半分向けて、サイモンが肩越しに話すのを見るために、アイリーンは目を開いた。うん、そうしてくれ。砂糖はいらないよ、ありがとう。またサイモンがフィリックスと向かい合うと、アイリーンの目はまたピクピクとして閉じそうになった。彼の喉は白かった。彼女を目の前にして震え、顔を赤くして、大丈夫かい、ごめんよとつぶやいたとき。オーブンのドアが開くガチャッという音がして、リンゴとバターの香りが広がった。アリスの白いエプロンは椅子の背に放り投げられて、紐が床に垂れている。うん、僕たちは彼と昨年一緒に仕事をしたんだ、サイモンが喋っている。僕は彼についてはよく知らないけど、部下たちは心酔しているみたいだったね。彼らを取り囲む家、釘で打ちつけられた床板やキャンドルの光に照らされた明るいタイルは静かで頑丈だ。庭は薄暗く、静寂に包まれている。外では海が穏やかに息づいて、塩辛い空気を風に乗せて窓から吹き入れていた。ここでのアリスの暮らしについて考える。ひとりでも、ひとりじゃなくても。彼女はカウンターのところに立って、スプーンを使ってボウルにフルーツクランブルをよそっている。全てがひとつのところにあった。まるで引き出しの底にある、もつれたネックレスのように、人生の全てがこの夜、この家に結びつけられていた。

／

夕食が済むと、フィリックスは煙草を吸いに外に出て、アイリーンは電話をかけるために上階に行った。キッチンでは、サイモンとアリスが一緒に洗い物をしている。シンクの上の窓から、庭をさまよい歩くフィリックスの小柄でスリムなシルエットが見え隠れしていた。彼の煙草の先端に火が灯っている。アリスは市松模様の布巾で食器を拭き、カップボードにしまいながら、彼の姿を眺めていた。仕事の方はどうなっているのかとサイモンに訊かれると、彼女は首をふった。ああ、そういう話はできないの。秘密だから。なんてね、私は引退したの。もう本は書かない。彼が水の滴るサラダボウルを渡すと、彼女はそれを布巾で拭いた。それは到底信じがたいね、彼は言った。屋敷の反対側に行ったのか、それとも林の方まで歩いていってしまったのか、フィリックスの姿はもう窓から見えなかった。信じてよ、彼女は言った。もう燃え尽きたの。結局、私には二つしかいいアイデアがなかった。それに辛すぎたし。でもね、今の私にはお金がある。あなたよりもお金持ちなんじゃないかな。サラダ用のトングをシンクの傍らのワイヤーラックに置いて、サイモンは言った。だろうね。アリスはボウルをしまうと、カップボードの扉を閉めた。去年、お母さんのローンを全部払ったんだ、彼女は言った。この話はしたっけ？　お金が有り余っているから、いろんなところにばらまいているの。別のこともやりたいし、計画も色々あるんだけど、私は事務作業が苦手で。サイモンはアリスを見たが、彼女の方はその視線を無視して、ラックからトングを取ると、拭くために布巾で包んだ。それは寛大だったね、彼は言った。彼女はばつが悪そうだった。うん、そう、こういう話をすればいい人だと思ってもらえるかなって。私はあなたからの承認に飢えているの。彼女はトングをカトラリーの引き出しに入れた。僕は君のことを完全に認めているよ。肩がピクッと動いて、半分冗談のように彼女が言った。ああ、そんな、私は完全に認められるような人間じゃない。でもちょっとだけなら認めてくれてもいいよ。彼は一瞬口をつぐむと、ロースト皿をスポンジで洗った。落ち着かなくなって、彼女はまた窓の外を見たが、何も見えなかった。日は落ちていた。木々がシルエットになっていた。でも、お母さんはもう私とは話をしないの。二人とも私とは口を利かない。サイモンは動きを止めたが、すぐにラックの上に皿を載せた。君のお母さんと弟さんのことか。彼女は皿を手に取ると、布巾をギュッと握って細かく動かして皿を拭き始めた。あるいは、私があの人たちと口を利かないのかも、どっちか忘れちゃったけど。私が入院しているときに仲違いをしたんだよね。今、あの人たちがまた同居しているのは知ってるでしょ。彼はシンクにためた洗剤入りの水にスポンジを浮かべて、シンクの底まで沈むがままにした。それは気の毒に。かなり惨めだね。彼女は空笑いをして喉を痛めたようだったが、ロースト皿を拭き続けていた。悲しいのは、あの人たちともう会わずに済んで嬉しかったってことだよね。こういうのはキリスト教徒らしくないって分かっているけど。あの人たちが幸せでいて欲しいと願っている。でも私は、私を好きでいてくれる人たちと一緒にいたいの。音を立ててカップボードの奥にロースト皿を押し込みながら、アリスは彼の視線を感じていた。それが反キリスト教徒的だとは思わないね。彼女はまた震えるような笑い声を上げた。優しいことを言ってくれるね。ありがとう。気持ちが楽になった。彼はシンクの底からスポンジを取り上げた。それで、あなたはどうなの？ 彼女は訊いた。彼はシンクの洗剤入りの水に目を向けて、諦観《ていかん》したような微笑みを浮かべた。僕は大丈夫だ。アリスは彼を見つめ続けた。彼女に目を向けると、サイモンはふざけたように何？と言った。アリスは無邪気な顔で、眉を上げてみせた。どうなっているか分からないんだよね。つまり、あなたとアイリーンのこと。そう言われて、彼はまたシンクの方に注意を向けた。分からないのは、僕も同じだ。アリスは考え込むように両手で布巾を絞った。でも今はただの友だちなんでしょ。彼はうなずきながらスパチュラを水切り台に載せた。それであなたは幸せなんだね、彼女はなおも言った。彼はそれを聞いて笑い出した。そこまでの境地には達してないね。残念だけど、何にもない静かな絶望の人生に戻ったよ。裏口が開いてフィリックスが入ってきて、マットの上で足踏みをすると、ドアを閉めた。外は気持ちのいい夜だよ、彼は言った。そこに頭上で階段が軋む音がして、アイリーンがふわりとした足取りで下りてきた。アリスは濡れてくたびれた布巾を両手に握りしめている。ここにいるみんなが彼女に会いにここにやって来たのだ。他でもないその理由でこの家に集まり、何をしようが、何を言おうが、とにかく今はここにいる。フィリックスはサイモンに煙草を吸うか訊いた。いいや、あんたは吸わないな。健康的なルックス過ぎる。どうせ、水も沢山飲んでいるんだろう？ 会話と笑い声が組み合わさって、心地よい響きとなった。アイリーンが戸口にいて、アリスは彼女にワインを注ぐために立ち上がると、仕事について彼女に訊いた。彼女は自分に会いに来て、二人はまた一緒になり、お互いに何を言うか、どんなことをするかということはもう問題ではなくなった。

午前一時を少し過ぎたところで、彼らは上階の寝室に引き上げた。明かりが灯されて消され、蛇口から水の流れる音がして、タンクにまた水が充塡《じゅうてん》されて、ドアが開き、閉ざされた。アリスは部屋のブラインドを下ろし、フィリックスは彼女のベッドに腰かけていた。アリスがそばに来ると、彼は彼女のワンピースのボタンを外し始めた。悪かったな、彼は言った。アリスは彼の頭に手を置いて、その髪を後ろに撫でつけた。どうしてそんなことを言うの？　喧嘩したから？　彼はゆっくりと息を吐き出して、すぐに言った。あれは本当の喧嘩じゃなかった、そうだろう？　どうでもいいけど。喧嘩だと思いたかったら、それでいい。あれが何だろうと、同じことはもう起きないから。彼女は悲しげな顔でもうしばらく彼を見下ろしてから、背を向けてワンピースのボタンを全部外した。私に見切りをつけたの？　彼はアリスがドレスを肩から脱いで、洗濯かごに放り込むのを見ていた。あ、いいや。しばらくは君に優しくしようと努力してみるってだけ。ブラジャーのホックを外して、彼女は高笑いした。それはちょっと困るかも。彼はベッドに寝転がって、微笑んだ。うん、そうじゃないかと思った。でもいつも欲しいものが手に入るとは限らないんだぜ。彼女はベッドで彼の横に寝そべった。彼女の乳房を片手で撫でながら、彼は言った。彼女がここに来て、嬉しいんだろう？　君の友だちが。一瞬間が空いて、アリスはそうだと答えた。うん、君たちがお互いを熱愛している様子は可愛らしいよ。女子同士っていつもそうだよな。彼女がそばにいる間は、二人きりの時間を作って、男たちに割り込ませちゃだめだ。アリスは微笑んだ。私たちは長く離れていたから。まだお互い、ちょっと照れてる感じなの。彼は仰向けになって天井を見上げた。すぐにまた元に戻るよ。それと、言っておくと、俺は彼女を気に入った。アリスは彼の肩から腕までゆっくりと手で撫で下ろした。明日、私たちと一緒に過ごす？　フィリックスは肩をすくめるような仕草をした。うん、断る理由はないよ。彼は目を閉じて、もう一度考え、言葉を継いだ。是非そうしたいね。

海の息吹がゆっくりと岸から潮を引き戻し、波が去った後の砂浜は平たくなり、星空の下できらめいている。海藻は濡れて泥まみれで、虫が這っていた。砂丘は静かに連なり、草は冷たい風に吹かれてなだらかだった。砂浜から続く舗装された遊歩道は白い砂の層に覆われて、曲線を描いているキャンピングカーの屋根がほのかに光り、芝生の暗闇には駐車中の車の数々があった。遊園地があって、シャッターを下ろしたアイスクリーム売り場があって、道の向こうの市街地には郵便局が、ホテルが、レストランがあった。ザ・セイラーズ・フレンドのドアは閉まっていて、ウィンドウに貼られたステッカーは文字がぼやけている。車が一台、ヘッドライトをまばゆく光らせて通り過ぎていく。テールライトは燃える石炭のような赤だ。その先の通りには家々が連なり、窓が街灯をうっすらと反射して、ゴミ箱が外に並び、更に行くと、静寂の中、暗闇に木々がそびえ立つ町外れの人気《ひとけ》のない海岸通りに出る。黒い布地のような海が西に広がっている。そして東のゲートの向こうには、ミルクのように青白い、古い司祭館がある。その中で四体の人間が眠り、目覚めて、また眠りに落ちた。横向きに、あるいは仰向けになって、上掛けを蹴飛ばし、彼らは夢の中を静けさのうちに通り過ぎていった。木々の枝や、色づいた葉、濡れた緑の草の間から、家の裏の壁に夜明けの光が差し込んでいる。夏の朝だ。手の平にすくった冷たく澄んだ水。

26

午前九時、ケトルが蒸気を吐き出し、皿やカップがぶつかる音がして、裏窓から日光が押し寄せてくるキッチンで四人は朝食をとった。階段を上り下りする足音が聞こえて、お互いを呼ぶ声がした。アリスがビーチタオルを詰め込んだ麦わらのバスケットを車のトランクに放り込み、フィリックスはただボンネットに寄りかかっていた。彼女はサングラスで、汗ばんだ髪を後ろにまとめている。フィリックスがそばに来て、後ろからアリスの体に腕を回すと、その首の後ろにキスをして耳に何かをささやいたので、彼女は笑い声を上げた。四人は車に乗り込んで窓を開けたが、車内は焼けたビニールとすえた煙草の匂いがして、ラジオから流れるシン・リジィの曲がパチパチという音を立てている。サイモンが後部座席から、アリスに向かって喋っている。いや、彼女からはもう何年も連絡がないんだ。アイリーンの顔は窓の外を向いていて、強い風が彼女の髪をなびかせている。彼らが車を停めると、その先には砂浜が白くきらめいていて、バスタオルや、水着を着た人々、ビーチパラソルやカラフルなプラスティックのバケツを持った家族連れがぽつぽつと見えた。火曜日の十一時。アリスとアイリーンは砂丘まで歩いていくと、オレンジ色と、ピンクと黄色の貝殻模様のビーチタオルをそれぞれ広げた。靴を脱ぎながら、水温がどんなものか確かめてくるとサイモンが言った。水着の引き紐をいじっていたフィリックスは、にっこりと笑った。きっとそう言うと思っていた。さあ、俺も一緒に行くよ、いいだろう。引き潮だったので、歩いていくと砂浜の色が濃くなってきて、湿って固くなった砂の中に色とりどりの石や貝殻の破片、乾いた海藻、白骨化した蟹の殻が交じってきた。その先に海がある。太陽の光が二人の首や肩に照りつけて熱かった。サイモンの隣だと、黒い髪のフィリックスは小柄に見えて、体が引き締まっていて敏捷そうだった。サイモンの影の方が、濡れて平らな砂浜の上でより長く伸びていた。フィリックスがまたサイモンの仕事を話題にして、実際には一日中何をやっているのかと訊いた。彼はいつも会議に出席して、政治家や、運動家や市民団体の人々に会うのが主な業務だと言った。海水は足に感じていたときはまだ温かかったが、足首まで来ると冷たくなり、膝まで浸かると更に水温が下がった。この数カ月はずっと難民の支援組織の仕事をしていたとサイモンは言う。人助けをしていた訳だ、フィリックスは言った。そのための努力はした、サイモンは言った。ところで、水はいつもこんなに冷たいのかな？　フィリックスは歯をがちがち言わせながら笑った。うん、いつもひどいものなんだ。何で俺、入っちゃったんだろうな、いつもはしないのに。それで、あんたはダブリンに部屋を借りているのかな、それとも持ち家があるの？　そう言いながら、フィリックスは胸の前で腕を交差させて、肩を震わせた。うん、アパートを持っている。その、ローンはあるけど。フィリックスは何気なく海面を手で叩いて、小さな白い水しぶきをサイモンの方に飛ばした。目を上げずに彼は言った。うん、母親が去年死んで俺たちに家を残したんだ。でもやっぱり十年分のローンが残っててさ。フィリックスは濡れた指先で首の後ろをこすった。俺はそこには住んでないんだ、彼は言い足した。兄貴が今、売りに出しているんだよ。サイモンは黙って聞きながら海の中を自分のペースで進んでいって、水は今やウエストの位置にまで到達した。フィリックスが母親を亡くしたことは本当に気の毒だと、サイモンは優しい声で伝えた。フィリックスははたと彼を見て、片目をぎゅっとつぶると、また水面に視線を戻した。そうだな、彼は言った。サイモンが実家の売却についてどんな気持ちがしているかと訊くと、フィリックスは奇妙な大声で笑った。おかしな話なんだけどさ。書類にサインするのが嫌で、ここ六週間、兄貴を避けてんだ。どうかしてるよな？ どうしてだか自分でも分からない。あそこに住みたいとかっていうんじゃないんだ。それに金も本当に入り用だし。でも、そう簡単に何かができないっていうのが、俺なんだ。彼はまた何の気もなく、海面を手で叩いて水しぶきを上げた。あんたが言っていた難民のための仕事、立派だよな。彼らに神のご加護を。サイモンはそう言われてふと考えたような顔をして、自分の仕事には不満が募る一方で、ただ会議に出席して、誰も読まない報告書を作成しているだけなんだと言った。でも少なくとも、あんたは自分の仕事の内容を気にかけている。大抵の場合はそうじゃないんだよ。確かにそうかもしれないけれど、理屈からすると、自分が心を配っていようがいまいが、大した違いはないようだとサイモンは言う。自分の人生はまだ始まってもいないんじゃないかといつも思ってしまうんだ、彼は言葉を継いだ。つまり、僕は自分には到底理解できないような経験をしてきた人々と仕事で会う。それに原則として彼らの味方だし、毎日そのための仕事をしているはずなのに、もっぱら考えていることは——いや、分からない。フィリックスは浜辺で横たわっているアリスとアイリーンの方を指した。ああいう娘たちのことだろう。サイモンは微笑んだ、目を背けて、そう、ああいう娘たちのことだと言った。フィリックスはじっくり彼を観察した。あんたは信心深いんだろう？ サイモンが彼の方をふり返るまでに、一瞬の間があった。アリスから聞いたのかな、それとも一目瞭然？ フィリックスはまた陽気に笑った。カトリック的な罪の意識が透けて見えたから、なんてね。アリスから聞いたんだ。そこで二人は黙って、また海の中を進んでいった。静かな声で、人生のある時期は司祭になろうかと考えたこともあったとサイモンが話し始めた。フィリックスはそれなりの興味を示して、彼を見ていた。それで、どうしてやめたのかって、聞いてもいいかな？　サイモンは、冷たく濁った水の表面で光が反射し、砕けてばらばらになっていく様子に見入っていた。それから、ようやく答えた。政治の方がもっと実務的だと思ったからと言いたかったけど。でも本音を言うと、孤独が嫌だったんだ。フィリックスはニヤリとした。それがあんたの問題点だな、キリストみたいになれないからって、自分に厳し過ぎだよ。俺みたいにクソ野郎になって人生を楽しむといいよ。サイモンは微笑みを浮かべて、目を上げた。君はクソ野郎みたいには見えないけど。でも人生を楽しんでいると知って、嬉しいよ。フィリックスは更に水の中を歩いていく。彼はふりむかずに言った。実際、後悔するようなことを色々とやらかしているんだ。でも今更、泣いたところでどうしようもないよな？　まあ時折、泣くこともあるかもしれないけれど、そうしないように努力はしている。サイモンはそれから一秒か二秒、彼の白くて小柄な姿を水が取り巻いているのを見ていた。まあ、僕らはみんな罪人だから。サイモンがそう言うのを聞いて、フィリックスはふり返って彼を見た。ああ、そうだよな。彼はまた笑い出した。あんたらがそういうのを本気で信じているって、忘れてた。とんでもない変人たちだよな、悪いけど。さあ、そんな風に突っ立ってたんじゃ、いつまで経っても泳げないぞ。そう言って彼は更に数歩進むと、水の中に全身を浸して姿を消した。

ビーチではアイリーンが脚を組んで座り、短篇集の本をぱらぱらとめくっていた。その隣でアリスはビーチタオルに寝転んでいて、濡れたまぶたが太陽に照らされている。風が吹いて勝手にページがめくれて、アイリーンは苛立たしげに手で押さえて元のページに戻した。目を開けずにアリスは言った。それで、どうなっているの？　最初、アイリーンはそれに何も答えず、頭も上げなかった。それから言った。サイモンと、って言いたいの？　私にもどうなっているのか分からない。知っての通り、私たちは全然違うタイプの人間だし。するとアリスが目を開いて、手をかざしながら彼女の方を見た。それはどういう意味？　アイリーンは黒い文字が密集するページに向かって眉をひそめ、本を閉じた。彼は他の人と付き合っているの。でもそうじゃなくても私と上手くいくかどうかは分からない。言った通り、全然違うタイプの人間だから。アリスは手をかざしたままで、目を日差しから守っている。前もそれ、言ってたけど、本当にどういう意味なの？　アイリーンは本を置くと、ボトルから水を飲んだ。一口飲み終わると、彼女は言った。立ち入り過ぎだよ。アリスは手を下ろして、また目を閉じた。ごめん。アイリーンはボトルのキャップを閉めた。これはデリケートな問題なの。小さな虫がアリスのタオルにとまって、またすぐに飛び立った。気持ちは分かるよ、アリスは言った。アイリーンが水平線に目を向けると、海中に潜っていくサイモンとフィリックスの姿があった。また水上に顔を出したときは二人の位置は入れ替わっていた。もし上手くいかなかったら、本当に悲惨になる。アリスは肘をついて起き上がり、柔らかい砂に小さな穴を二つ残した。でも、もし上手くいくとしたら。それってギャンブルだよね、アイリーンは答えた。アリスはうなずいて、自分の隣に座っている友人の上から下まで視線を走らせた。彼女は細い肩紐のついた黒い水着を着ている。リスク回避だね、アリスは言った。アイリーンは口の端で笑った。自滅行為だよ、そうなると。アリスも微笑んで、首を傾げた。どちらとも言えることだよ。どう見ても彼は君を愛しているけどね。アイリーンはアリスの方を向いた。何ですって、彼があなたにそう言ったの？　アリスは首をふった。ううん、見れば分かるってだけ。アイリーンが脚を組んだまま前屈みになり、きめの粗いピンクの柄物のタオルに両手をつくと、水着の薄い化学繊維の布地から背骨の小さな突起が浮かび上がった。そうだね、彼なりに私を愛していると言える。何せ私は自分では何もできないお馬鹿さんで、彼はそういうところに弱いの。彼女はまた背を伸ばして、両手で目をこすった。今年の初め、一月か二月くらいにひどい頭痛に悩まされたことがあって。それである夜、自分の症状を調べていてインターネット検索の罠にはまり込んでしまって、これは脳腫瘍《しゅよう》のせいなんだって思い込んだの。言ってみれば、本当に馬鹿みたいな話なんだけど。とにかく、私は夜中の一時にサイモンに電話して、もしかして脳のがんかもしれなくて恐いって言ったら、タクシーを飛ばして来てくれて、一時間くらい彼のそばで泣かせてくれた。彼は面倒がったりしなかったし、すごく落ち着いていた。困って欲しい訳じゃなかったけど。でも私は彼に対して同じことをできるかな？　もし彼が夜中に電話してきて、もしもしアイリーン、どうしている、僕は自分が珍しいがんにかかってしまったと不合理にも思い込んでいるところなんだけど、今から来てよ、泣き疲れて眠るまで君のそばで泣かせてくれないかなって言われたら？　自分がどう反応するか想像もできないよ、だって彼はそんなことを絶対にしないだろうし。サイモンが本当にそんなことをしたら、実際に何か脳に深刻な問題が生じているんだとしか思えない。アリスは笑っていた。話を聞いていると、君は心気症だね。でも私には、そんな迷惑をかけたことがないじゃない。アイリーンはバッグからサングラスを取り出すと、脱いであったセーターの端で拭いた。うん、それが私の言いたかったことなの。彼は私の最低な部分を引き出してしまう。どうして私が彼をこんな風に批判するのか分からない、批判されるべきなのは私の方なのに。こんなのまともな大人の女性がすることじゃないよね？　ひどいものだよ。アリスは肘をタオルに沈めて考え込んでいた。しばらくして、彼女は自分の考えを口に出した。つまり、君は彼といるときの自分が嫌いなんだね。アイリーンは眉をひそめると、サングラスを日の光にかざしてチェックした。ううん、そうじゃない。ただ私たちの関係が完全に一方通行で成り立っているって気がするってだけ。彼は私のために何でも対処してくれるけど、私の方はそれができない、みたいな。彼が親切なのは、本当にありがたいと思っているよ。私なりにそれを必要としているし。でも彼の方では私のことを何も必要としていないの。黙りかけて、彼女は付け加えた。でも、そんなのどうでもいいこと。彼はみんなから絶賛されている二十三歳の彼女がいるんだし。アリスはビーチタオルに横たわった。サイモンとフィリックスの姿はアイリーンが座っているところからはもう見えず、ただ霞《かす》んだ光が広がって、糸のように小さな波が揺れていた。二人の後ろでは海岸に沿って白く輝く町が灯台まで続いていて、左には何もない砂丘が広がっている。アリスは額に手の甲を当てた。あなたは本当にこんなところに住めるの？ アリスは驚いた顔もせずに、アイリーンの方を見た。実際、ここに住んでいるんだよ。アイリーンは顔をしかめかけて、すぐにやめた。うん、それは知っているけど。長期的に、って意味。穏やかな声でアリスは言った。どうかな。そうしたいけど。二人の後ろで、若い家族連れがキャンピングカーの駐車場から砂浜に降りてきて、揃いのダンガリーの服を着た二人の子供がよちよちと歩いている。それはどうして？ アイリーンは訊いた。アリスは笑顔で答えた。どうしてだめなの？ ここは美しいところだって、思わない？ アイリーンは低い声で言った。まあ、確かに。彼女がタオルに視線を落とし、長い指でしわをのばすのを、アリスはじっと見ていた。いつでもここに来て、私と一緒に暮らしていいんだよ。アイリーンは目を閉じて、また開けた。残念だけど、私は生計を立てるために働かなくちゃならないの。アイリーンは一瞬たじろいだが、すぐに明るい調子で言った。私たちはみんなそうじゃない。そこで、男性たちが太陽の光を浴びて濡れた体を光らせ、海から出てきた。彼らが喋っている声はまだ聞こえなかったが、その影は砂の上に青い斑点となって後ろに映し出されていて、二人の女性はその様子をただ黙って見ていた。

午後二時、フィリックスが仕事に行った後、他の三人は町を散策することにした。道路にこびりついたタールが軟化して黒い染みになり、試験を終えた制服姿の生徒たちがふらふらと出歩いている、暑い昼下がりだった。教会の隣のチャリティーショップで、アイリーンは六ユーロ五十で緑のシルクブラウスを買った。その間、フィリックスは倉庫の通路で背の高いスチール製の台車を動かしていた。角を曲がるときは台車の動きに対して正確に体を傾けながら、左足を後輪のすぐ後ろに置いて一度ハンドルから手を離し、また握り直した。彼はこれとまったく同じ動きを何度もくり返し、計算を誤って、台車の重量をごく短時間コントロールできなくなったとき以外は、無意識の動作であるかのようだった。アリスのキッチンではサイモンが夕食を作っていて、アリスがアイリーンに本を書くように勧めていた。どういう訳かアイリーンは、その日買ったシルクのブラウスを膝に置いて手で握っていた。アリスの話を聞いている間、折に触れてアイリーンはまるでペットでも撫でるかのように、うわの空でブラウスの表面に手を走らせた。ある部分ではアリスとの会話に非常に深い関心を示しているようだったが、でも全く何も聞いていないようにも見えた。アイリーンは床のタイルを見つめて、何かを考え込んでいるのか、言葉を話すように口を動かしていたが、声にならなかった。

夕食が終わると、三人はフィリックスと飲むために出かけていった。海上に残った光が青く、かすかに黄色がかって、消えつつあった。三人がザ・セイラーズ・フレンドにたどり着いたとき、フィリックスは店の外に立ってスマートフォンで誰かと話していた。彼は空いている方の手で三人に手をふって、電話している相手に言った。どうかな、訊いてみるよ。じゃあ、これで切るから、いいな？ その後、四人で一緒に店に入った。これはこれは、恐れ知らずのフィリックス・ブレイディではないか、バーの男が言った。うちの一番のお客さんだ。他の三人にフィリックスは言った。これが彼なりの冗談なんだよ。四人は空っぽの暖炉の隣にあるコーナー席に座り、飲みながら今まで自分たちが住んだことのある様々な街について語り合った。フィリックスがアリスにニューヨークについて尋ねると、圧迫感があって混乱させられるような都市だったと彼女は言った。みんな廊下や階段がどこにもつながっていないような、すごく奇妙なビルに住んでいて、まともにドアも閉まらないの。トイレもそうだし、高級な場所でさえそうなんだから。フィリックスは学校を卒業した後、ロンドンでバーテンダーとして働いていた時期があり、ストリップクラブのバーにも短い期間勤めたことがあるが、あれほど気の滅入る仕事もなかったと言った。サイモンの方を向いて、彼は訊いた。ストリップクラブに行ったことはある？ 礼儀正しく、サイモンはないと答えた。ひどい場所だぜ、フィリックスは言った。いつか見てみるといいよ、この世界には何の問題もないと思ったようなときにでも。サイモンはロンドンには暮らしたことがないが、大学時代に短期間滞在した経験があって、その後何年かパリで生活していたという話をした。フィリックスがフランス語は喋れるのかと訊くと、サイモンはもちろんと言って、当時のパートナーがパリ出身のフランス人だったから家ではフランス語で話していたと答えた。同棲していたんだ？ フィリックスは言った。サイモンはグラスから一口飲んだ。そしてうなずいた。どのくらいの期間？　ごめん、何だかインタビューみたいになっているけど、気になっちゃってさ。サイモンは四年か五年くらいだと答えた。フィリックスは眉を上げた。ああ、そうなんだ。でも今はシングルなんだよな？　サイモンが苦笑いをしたので、フィリックスは声を上げて笑った。アイリーンはぼんやりと自分の髪を指でいじって三つ編みにしながら、彼らを見ていた。うん、今はシングルだ、サイモンは言った。編みかけた髪から指を離して、アイリーンが口を挟んだ。でも付き合っている人がいるでしょ。この発言に興味をそそられたらしく、フィリックスはすぐにサイモンの方に視線を向けた。今は誰とも付き合っていない、サイモンは答えた。キャロラインのことを言っているのなら、もうお互い会わないって決めたんだ。それを聞いてアイリーンは口を丸く開けて驚いた顔をしてみせたが、本当に動揺しているのを隠すためなのか、また髪の毛を編み始めた。水くさいよね、彼女は言った。私には教えてくれなかったじゃない？　フィリックスに向かって、アイリーンは話を続けた。この人は私に何も話してくれないんだよ。サイモンはからかうような顔で彼女を見ていた。言うつもりだったんだよ。ちょうどいい頃合いを待っていたんだ。アイリーンが乾いた笑いを吐き出すと、顔がピンクに染まった。いい頃合いって、どんな意味合いで？　楽しげにフィリックスがグラスをテーブルに置いた。さあ、これは見物だぞ。

　彼らはもう一杯飲んで、それが次の一杯になり、更に一杯飲んでから、バーを出てアイスクリームを買いにいった。アイリーンとアリスは笑いながら、大学時代に嫌いだった人物が、これまた別の嫌いだった大学の同期と最近になって結婚したという話をしていた。彼女たちはいつもこんなに意地悪なのかよ？　フィリックスがサイモンに訊いた。冗談めかして、アリスと会う前のアイリーンはいい子だったとサイモンが言うと、アリスが言い返した。絶対にそう言うと思ってた。角の自動ドアがある店に入ると、白い照明器具が低い音でうなり、床のタイルが光沢を放っていた。青果物の入った箱のそばには生花が飾ってある。グレイビーミックスや、ロール状のクッキングシート、そっくりなボトルに入った植物油の数々が棚にあった。アリスが冷凍品コーナーの扉を開けると、各人が好きなアイスのパックを選んだ。するとアリスは朝食に牛乳とソーダブレッド、それとキッチンペーパーが必要だったと気がつき、アイリーンは歯磨き粉を欲しがった。選んだものを抱えてレジに行き、アリスがバッグから財布を取り出すと、サイモンが制した。僕に払わせてくれ。アイリーンはサイモンがポケットからレザー製の薄い財布を引き抜いて、片手で中からクレジットカードを出すのを眺めていた。彼が視線を上げてお互いの目が合うと、彼女が耳に触りながら恥ずかしそうに微笑んだので、彼も微笑み返した。アリスが布バッグに買ったものを詰めている間、フィリックスは黙ってそんな二人を見ていた。海岸沿いの道を歩きながら、四人はアイスクリームを食べて、昼間に日焼けしたかどうかと話し合った。アイリーンとアリスは腕を絡ませ合って遅れて歩きながら、ヘンリー・ジェイムズの話をしている。君に話してみるまで、どう考えたらいいのか分からなかった、アリスは言った。男性二人は先に丘を上がっていって、フィリックスがサイモンに家族や育った場所、過去の恋愛について尋ねていた。サイモンは感じ良く丁寧に質問に答えていたが、ただ微笑んでノーコメントだと言うこともあった。フィリックスはうなずき、楽しげな様子で手をポケットに入れていた。女の子だけなんだな、彼は言った。サイモンはフィリックスの方に注意を向けた。何だって？　静かな顔で、フィリックスは彼を見返した。好きになるのは女の子だけなんだな、って言ったんだ。一瞬言葉につまったが、サイモンは気楽な調子で答えた。今のところはそうだね。フィリックスの甲高い笑い声が、家々の正面にこだました。キャンピングカーの駐車場の入り口や、青くしんとしているゴルフコース、ガラス張りのロビーがきらめいているホテルを、四人は通り過ぎていった。

家に着くとみんな口々におやすみなさいと言いながら、上階に行った。続き部屋でアリスは歯を磨き、フィリックスの方はベッドに座ってスマートフォンの通知をスクロールしていた。ダニエルって俺の友だちを憶えているだろう、彼女が明日、人を呼んで誕生日パーティをやるんだよ。そんなに派手なものじゃなくて、あいつの姪とか甥が来るような。そこに顔を出しておきたいんだけど、いいかな？　アリスがタオルで髪を拭きながら、バスルームの戸口から現れた。もちろん、いいよ。彼はうなずいて、アリスの頭のてっぺんから足先まで視線を走らせた。よかったら一緒に来ないか。他の二人も連れてさ。彼女はタオルを干して、ベッドに腰かけ、ネックレスを外し始めた。楽しそうだね。ダニはかまわないのかな？　彼はベッドの上を移動してそばまで来ると、アリスが留金を外すのを手伝った。いや、全然大丈夫。あっちの方から言い出したことなんだ。アリスはネックレスを手で巻くと、ベッドサイドの棚の中にしまった。あいつ、魅力的だよな？　フィリックスが言った。君の友だちのサイモンのことだけど。アリスはずる賢い猫のような微笑みを浮かべると、ベッドの上に上ってきた。だからそう言ったじゃない。フィリックスは頭の後ろで手を組んで、彼女を見上げた。あいつは何か君に似ているんだ。自分のカードを隠して見せないところとか。彼女は枕を手に取って、それで彼を軽く叩いた。残念だけど、彼は異性愛者みたいだよ。頭の下に枕をたくし込み、フィリックスは穏やかな声で答えた。そうなんだ？　どうだか試してみるかな。彼女は笑って、彼の上に乗った。彼のために私を捨てたりしないよね？　フィリックスは彼女の腰から太腿まで手を走らせた。君を捨てる？　いや、あり得ないね。でも三人で一緒にちょっとだけ楽しむことはできるとか、考えない？　彼女は首をふる。それにそのシナリオでアイリーンはどこにいるのよ？　一階で編み物でもしてるの？ フィリックスは何かを考えているようにくちびるを尖らせてから言った。彼女を仲間外れにする手はないよな。アリスは彼の眉を指でなぞった。ルックスのいい友人を持つと、これだから。彼は微笑んでいた。君もいい線いってるって、知ってるだろう。さあ、こっちに来いよ。

同じ頃、アイリーンはベッドで起き上がって、スマートフォンをスクロールしながら母親がまとめて送ってきた結婚式の写真を見ていた。床の上には脱ぎ捨てられたカーディガンや、肩紐がねじれた水着、バックル付きのサンダルが散らかったままにしてある。ベッドサイドテーブルにはピンクのプリーツシェードを被せたライトがあった。ドアを軽くノックする音が聞こえて、彼女は顔を上げた。誰？ サイモンがドアを少しだけ開けた。顔は陰になっていて、ハンドルを握る手だけが見える。君の歯磨き粉はバスルームに置いておくから、彼は言った。ゆっくり寝て。彼女は部屋に入ってくるようにと手招きした。結婚式の写真を見ていたところなの。彼は入ってきてドアを閉めると、ベッドに腰かけた。彼女のスマートフォンの画面には、ローラがピンクと白い花のブーケを抱えてマシューと教会の前に立っている写真が映し出されていた。いい写真だ、サイモンは言った。彼女はスクロールして、結婚式の列席者が集まり、アイリーンが青磁色のドレスでかすかに笑っている次の写真を見せた。ああ、君はきれいに撮れているじゃないか。彼女はベッドの上で脇に寄ると、彼に横に来るようにとシーツを叩いて促した。ヘッドボードに寄りかかって隣り合って座ると、彼女はまたスマートフォンをスクロールした。ドリンクパーティの写真。ローラがシャンパンの入ったフルートグラスを手にして、大口を開けて笑っている写真。アイリーンはあくびをして、サイモンの肩にもたれかかった。一分か二分すると、彼女はスマートフォンを膝に置いて眠そうにまぶたを下ろした。今日は楽しかったね、アイリーンは言った。彼の指がアイリーンの首の後ろから上に伸びて髪の毛を弄ぶと、彼女は気持ち良さそうな声を小さく上げた。彼も低い声で応える。片手を彼の胸に置くと、アイリーンは半分まぶたを閉じた。それで、キャロラインとは何があったの？　サイモンは彼女の手を見下ろした。他に好きな人がいるって彼女に言ったんだ。アイリーンは次に彼が何を言うのか待っているかのように、動きを止めた。そして彼に訊いた。私の知っている人？　彼の指は彼女の髪から耳の後ろに下りてきた。ああ、今までずっと好きだったのと同じ人だよ。時々、彼女はまだ自分に関心があるのか確かめるために、僕の心を弄ぶんだ。彼女は下くちびるを一瞬だけ吸い込んだ。ひどい女だね。彼はにっこりと笑った。うん、僕が甘やかしたのがいけない。彼女のこととなると、僕はどうも目がないところがあって。彼女はサイモンのシャツのボタンをなぞりながら手を下ろして、ベルトのバックルのところで止めた。サイモン、アイリーンは彼に呼びかけた。あなたが寝ているところに、私が押しかけてきたあの夜のことだけど。うん。私たちが一緒にベッドに入ったとき、あなたは横向きに寝て私に背を向けたじゃない。憶えている？　彼は気恥ずかしそうな笑顔で憶えていると言った。アイリーンは指で彼のベルトのバックルをなぞった。私に触れたくなかったから？　彼は笑ったような声を出して、彼女の小さな白い手に視線を落とした。いや、もちろん触りたかった。でも君が階段を上ってきたとき、何だか動揺しているような顔をしていたから。彼女は少しの間、考えていた。うん、ちょっとそうだったかも。それであなたと寝たら、気を持ち直せると思ったのかもしれない。もしそれが酷いことだったら、ごめんなさい。でもあなたに背を向けられて、全然私が欲しくないのかもしれないって思っちゃったの。サイモンは彼女の首の後ろを撫でた。そうなんだ。そんな風には考えなかった。その、君が僕と寝て気を持ち直そうと思っているとは、考えてもみなかった。ただ僕は純粋にしたいからそうしただけで、君もそれに応えてくれた。正直、どうして受け入れてくれたのかも、よく分かっていなかった。君をこんなに求めている人間と寝たら、自尊心にいいのかもしれない、と考えていた。誰かの欲望の対象になることが嬉しいときもあるし、そういうことでセクシーな気持ちになることもあるんじゃないかって、前もそんな風に思ったことがあったような気がする。でも君が、僕が君を欲しくないと感じていたなんて、思ってもみなかった。僕がそういうことについて考えるとき――つまり、愛を交わすときさえ、これは何か個人的な理由があって、君に対して行っていることなんだって感じることがある。君はセックスから純粋に肉体的な歓びを得ているのかもしれないし、そうであって欲しいと願っているけれど、僕にとっては違うんだ。こんな話をしたら、性差別的だって言われそうだよね。彼女は口を開けて笑った。性差別的だよ。そんなの私は気にしないけど。でもあなたの言う通りで、嬉しいと感じるところもあるの。あなたが私を征服して所有したいという原始的な欲望を抱いていると考えるとね。すごく男性的で、セクシーだよね。彼は手を彼女の首から離して、その下くちびるに親指で触れた。そういう欲望は抱いているよ。でも同時に、君の方でも僕を欲してくれないと。アイリーンは彼を見上げて、黒い瞳を見開いた。私もあなたを欲しいと思っている。彼は覆い被さって彼女にキスをした。しばらく二人はお互いの体に手を回して抱き合い、サイモンがアイリーンの腰の小さな骨を愛撫すると、彼女は彼の首に熱く濡れた息を吹きかけた。サイモンがワンピースの中に手を入れると、彼女は目をつぶって低い声の混じった吐息を漏らした。ああ、君はすごくいい娘だね、彼はささやいた。彼女は動物が鳴くような声を上げて首をふった。ああ、もう。お願いだから。彼は笑いながら訊いた。「お願いだから」ってどういう意味かな？　彼女は枕の上で頭をふり続けていた。どういう意味か知っているくせに。彼は、彼女のこめかみの髪を撫でつけた。コンドームを持ってないんだ。彼女は大丈夫だと言った。そしてこう言い添えた。あなたが他の人と避妊具なしのセックスをしていない限りはね。彼は耳を真っ赤にしながら笑った。いや、してないよ。君だけだ。服を脱がしてもいいかな？　アイリーンが起き上がると、彼はワンピースを頭から脱がした。サイモンは彼女の背中に手を回して、服の下に着けていた白いソフトブラのホックを外した。彼がブラジャーの肩紐を外すのを見ていて、アイリーンの体は小さく震えた。彼女は仰向けになって、自分でショーツを脱いだ。サイモン、アイリーンは彼の名前を呼んだ。彼はシャツのボタンを外している最中だったが、彼女の声に耳を傾けた。付き合った人みんなに同じことを言っているの？　その、私に言っているみたいに、いい娘だねって。よくそういうことをするの？　気にしても仕方がないんだけど、ただ知りたくて。彼は照れたような微笑みを浮かべた。いや、言ったことはないね。アドリブなんだ。そう言われるのは嫌かな？　彼女が笑い出したので、彼も気まずそうに笑った。ううん、それ大好きだよ。ただ、この前から気になっていたの。もしかしたら、これはあなたのテクニックで、他のみんなにも同じ手管《てくだ》を使っているのかもしれないって。彼は脱いだ服を床に放った。そんなにたくさんの女性と寝てきた訳じゃないんだよ。君の幻想を壊したくはないんだけどね。彼女は目の上に手をかざしてにっこりと笑った。何人なの。サイモンは彼女の上にのしかかっていた。そういう話はやめよう。彼女は彼の首に腕を回して訊いた。二十人以下？　彼は顔をしかめて奇妙な表情を浮かべた。もっと少ないよ。だから正解。二十人っていうのが、君の予測していた数なのか？　彼女はにやけた顔で自分の歯を舐めた。十人以下？　彼は堪《こら》えるように息を吐いた。君はいい娘にするのかと思っていたよ。彼女はくちびるを噛んだ。そのつもり。サイモンが彼女の中に入ってくると、アイリーンは息を荒らげて喘ぎ、言葉をなくした。サイモンは目を閉じた。ああ、君を愛しているよ。彼はささやいた。アイリーンは子供のように小声で訊いた。今まで愛したのは私だけ？　彼は彼女の顔の側面にキスをした。ああ、そうだ、君だけだ。

終わると、彼女はうつ伏せになって枕を抱き、彼の方に目を向けた。彼は上掛けの端を引っ張り上げて自分に被せると、仰向けになって頭の後ろで手を組んだ。目を閉じて、汗をかいている。私があなたの妻だったなら、って考えることがある。息を整えながら、サイモンは微笑んだ。それで、彼は先を促した。アイリーンは彼の腕にあごを乗せた。でも、結婚していることを考えると、ついこういう想像をしちゃうの。私たちは一日中友だちと遊んで、それで夜になるとベッドで愛し合ってって。でも現実では、あなたは一日中会議で忙しいでしょう。他の人の秘書と浮気したりして。彼は目を閉じたまま、自分は今まで浮気したことはないと言った。でもそれは結婚していないからだよ、彼女は指摘した。付き合っている女の子はいつも同じ年齢でしょう。妻の方は歳を取るんだよ。彼は噴き出した。行儀の悪い娘だな。もし君が僕の妻ならばマナーを叩き込んでいるところだ。彼女は黙って彼を見つめた。そしてすぐにこう言った。でも妻になってしまったら、もう友だちではいられないよね。物憂そうに彼は目を開けて、アイリーンを見た。それはどういうことかな？　彼女は、日に焼けてそばかすが浮き出た自分の細い腕に視線を落とした。友だちだった二人が、恋人になる。そういう状況について、最近考えていたところだったの。大体、悲惨な結末を迎えるんだよね。まあ、もちろん、どんな場合でも人が付き合えばそうなるんだけど。でも大抵の場合は、別れた相手の番号を着信拒否にすれば、前に進める。個人的なことを言えば、私の方はあなたの番号を着信拒否にしたくないけど。彼女は肘をついて体を起こし、彼を見下ろした。私が十四か十五のころ、この先もずっと友だちだって言ってくれたのを憶えている？　あなたは忘れちゃったかもしれないけど、私は憶えている。彼は横になったまま静かに彼女の話を聞いていた。ああ。もちろん憶えているよ。彼女は矢継ぎ早に何度からなずいて、シーツの上で起き上がると、上掛けを体に巻きつけた。その約束はどうなるの？　もし私たちが付き合って別れたら——もうこんなことは口にするのも辛いし、想像したくもないんだけど。全てがこのままで——つまり、アリスはこんな辺鄙《へんぴ》なところに住んでいて、友だちが次から次へと別の国に移住して、私は尿路感染症になってもお金がないから病院に行けなくて、ネットで違法な抗生物質を買うしかなくて、地球上で行われているあらゆる選挙を見て、実際に顔を蹴られているような気持ちになるのなら。それで私の人生からあなたが消えてしまったら？　もう、どうしていいのか分からない。そういう状況に置かれると考えると、本当に辛くなってくるの。その一方で、私たちが友だちのままでいるのならば、もう一緒に寝てはいけないかもしれないけど、お互いが疎遠になる可能性はどれくらいあると思う？　そんなことは考えられないよね？　彼は静かな声で言った。ああ、考えられない。君の言いたいことは分かるよ。彼女は両手で顔を撫で下ろして、頭をふった。ある意味では、私たちの友情の方がよっぽど大事なんだよ。分からないけど。エイダンと暮らしていた頃、サイモンと一緒だったらどうなっていたか、もう決して知ることはないんだと思って、ちょっとだけ悲しい気持ちになることがあった。でも、もしかして、知らなくて良かったってところもあるのかもしれない。私たちはいつもお互いの人生の中にいて、お互いに対する気持ちを知っているんだから、その方がずっといい。あのね、私は本当に悲しくなったり、気持ちが滅入ったりすると、ベッドで横になってあなたのことを考えるの。性的な意味でじゃないよ。あなたの人としての善良さについて思いを馳せるだけ。すると、あなたが私のことを好きでいてくれるのだから、あるいは愛してくれているのだから、大丈夫だって思えるの。あなたにこうやって説明するだけでも、その思いが込み上げてくる。世の中にどんなに悪いことがあっても、どんぐりみたいなそんな小さな希望が胸の中に、ここにあるって感じ。彼女はあばらの間の、胸骨の付け根あたりを手で指し示した。何かに心乱されたことがあっても、あなたに電話すれば、きっと私をなだめてくれることが分かってるって、そんな感じ。でも大抵は、電話さえしなくて済むの、だってさっき言った通りの気持ちが込み上げてくるから。私にはあなたがいるんだって。馬鹿みたいに思われるかもしれないけれど。でも私たちが付き合って別れてしまったら、もうこんな気持ちを持つことは不可能になるの？　代わりにこの胸の中に何が残るの？　彼女は不安げな手つきで、また胸骨の付け根を叩いた。空っぽになってしまうの？　彼はベッドに寝たまま彼女を見ているだけで、しばらく沈黙が場を支配していた。そして彼はようやく話し始めた。分からないよ。とても難しい問題だ。でも君の言っていることは理解できる。絶望したような、ほとんど信じられないような顔で、アイリーンは彼を見た。でもあなたは私の言っていることに、何も答えてくれないんだね。彼は自分を卑下するような笑顔を浮かべて、天井を見上げた。もしかして君の言う通りかも、ちゃんと線引きをして、もう二度とそのラインを越えないようにした方がいい。君の言っていることを聞いていると、それもきっと難しいだろうけれど。僕はキャロラインとの関係はよくないことだと分かっていて、どうにか解決したいと思っていた。でも今、君の言っていることを聞いて、問題はそこじゃなくて、別のことだったんだって分かったよ。君の挙げた理由については理解したけど、でもやっぱり本当は、君は僕と一緒になりたくないんだなって思ってしまった。彼女は自分の胸を両手で押さえたまま彼を見ていた。彼はあごをさすって起き上がると、床に足を下ろした。彼女に背を向けている。もう寝た方がいい。彼は床に落ちた服を拾い上げて、着始めた。彼女は上掛けを体に巻いて、ベッドに座ったまま、何も言わなかった。彼はシャツのボタンを留め終えると、彼女の方を向いた。君が僕のところに来たあの夜、僕はロンドンから戻ってきて、君に会えるのを本当に楽しみにしていたんだ。もう言ったかもしれないし、もしかして伝えそびれたのかも。正直に言うと、期待に胸がふくらみ過ぎて、落ち着かなかったくらいなんだ。彼女が黙ったまま自分の鼻を手で拭っていたので、彼はうなずいてその沈黙を受け入れた。君が後悔していないといいけれど。彼女は小さな声で答えた。してないよ。それを聞いて彼は微笑んだ。そう来なくちゃ。本当に良かった。黙りかけて、彼は言葉を継いだ。君の望むものになれなくて、本当にすまない。アイリーンはそこに座って、彼を見つめたままでいた。それから言った。でも、あなたはそうなんだよ。彼はそれを聞くと笑って、床に視線を落とした。僕たちはお互いそう思い合っているね。でも、分かるよ。本当に理解できる。もうこれ以上、起こしていちゃだめだね。よく寝て、いいね？　彼はそう言って、立ち去っていった。アイリーンはベッドに座ったまま、肩を落として、胸を抱いていた。彼女はスマートフォンを拾い上げて、見もせずまた放り出すと、前髪をかきあげて目を閉じた。そして気がつくとある詩の一節を口ずさんでいた。「やっと済んだ、やれやれだ（T・S・エリオット『荒地』）」腋《わき》の下はチクチクしていて、背中は痛み、肩は日に焼けて腫れて熱を帯びていた。サイモンは踊り場を挟んだ自分の部屋に戻り、ドアを閉める。そして孤独と沈黙の中で彼が部屋で跪くとしたら、それは祈るためなのか？　祈るとしたら、一体何を？　身勝手な欲望から解放されること――だったかもしれない。あるいはベッドに肘をついて手を握り合わせ、ただ問いかけているのかもしれない。一体、私に何を望まれているのですか？　どうぞ神よ、教えてください。

27

朝の六時四十五分、フィリックスのアラームから単調なビープ音が鳴った。部屋は薄暗く、西向きの窓のブラインドの隙間からわずかに白い光が差しているのみ。今、何時なの、アリスがつぶやいた。フィリックスはアラームを切って、ベッドから出た。働く時間だよ、彼は言った。君は寝てなよ。彼は続き部屋のバスルームでシャワーを浴びて、肩にバスタオルをかけて出てくると、下着を穿《は》いた。着替えを終えるとベッドのそばまで来て、アリスの汗ばんだ温かい額にキスをした。また後で。アリスは目を閉じたまま言った。愛してる。フィリックスはまるで熱があるか確かめるように、手の甲で彼女の額に触れた。そうだよな、うん。彼は一階に下りて、キッチンに入っていく。アイリーンがカウンターに寄りかかって、コーヒーポットの底を外そうとしていた。目が腫れていて赤い。おはよう、彼女は言った。戸口でフィリックスはアイリーンを眺めた。もう起きてるんだ？　彼女は疲れた顔をして、眠れなかったのだと言った。フィリックスはその顔を探るように見た。確かに、少し疲れているみたいだな。アイリーンが昨日のコーヒーの粉をシンクに捨てているのを横目に、彼は冷蔵庫を開けてヨーグルトのパックを出した。フィリックスはテーブルの席に座った。それで、君はどんな仕事をしているんだっけ？　ジャーナリストか何かだと、アリスから聞いたけど。アイリーンは首をふって、蛇口からポットに水を注いだ。ううん、違う。ただ雑誌で働いているってだけ。私は編集者みたいなものなの。フィリックスはスプーンでヨーグルトをすくった。どんな雑誌？　彼女は文芸誌だと言った。ああ、なるほどね。それがどんなものかよく知らないけど。彼女はガス台の火口に火をつけた。そうだね、うちの読者層は幅広い方じゃないから。私たちは詩とかエッセイとかそういうのを掲載しているの。フィリックスはそれで金を稼げるのかと訊いた。ああ、もう全然。補助金で賄われているくらい。彼は興味を示したような顔をした。納税者の金で、ってこと？　彼女はテーブルの反対側に座り、かすかに微笑んだ。その通り。異議がある？　彼はヨーグルトを飲み込んだ。いや、全然。それで、君の給料も納税者の金から出ているんだな？　彼女はそうだと答えた。そんなに大した金額じゃないけどね。彼はスプーンの裏側を舐めた。君にとって大した金額じゃないって、どのくらい？　彼女はフルーツボウルからマンダリンオレンジを一つ取り出すと、皮を剝き始めた。年間二万ユーロくらいかな。彼は眉を急に上げて、ヨーグルトをテーブルに置いた。冗談だろう。税金を抜いた後で？　彼女は税込みだと言った。彼は首をふった。俺だってもっと稼いでいる。アイリーンは長い渦巻状のオレンジの皮をテーブルに落とした。稼ぐべきじゃない？　フィリックスは彼女を見つめた。それでどうやって暮らしていけるんだよ？　彼女は指でオレンジを二つに割った。自分でも不思議なんだよね。彼はヨーグルトをまた食べ始めて、同情するようにつぶやいた。何てこった。またヨーグルトを一口食べて、フィリックスは言った。それで君はそのために大学に行ったんだろう？　彼女はオレンジを食べていた。ううん、私は勉強をするために大学に行ったの。彼は笑い出した。もっともだな。まあそれでも、君は自分の仕事が気に入っているんだろう？　彼女は確信が持てないかのように頭を左右に動かした。嫌いではない。彼はうなずいて、ヨーグルトのパックに視線を落とした。じゃあ、それが俺との違いだな。彼女に倉庫の仕事を始めてどれくらいになるのか訊かれて、八カ月から十カ月くらいだと彼は答えた。コーヒーポットがカタカタと鳴り出したので、アイリーンは立ち上がって見にいった。まくっていた袖を元に戻すと、コーヒーを二杯注いで、テーブルまで持ってくる。フィリックスは彼女を見ていて、そして言った。あのさ、訊いてもいいかな？　彼女はテーブルの席についた。うん。彼は眉をひそめていた。どうして、あいつを訪ねてくるまでこんなに時間がかかったの？　ほら、君はダブリンに住んでいて、ここからそんなに遠くないだろう。それに彼女はもうずっとここにいる。彼の言葉を聞いてアイリーンの体はこわばったが、何も言わず、表情も変えなかった。彼女は黙ったまま、スプーン一杯の砂糖をコーヒーに入れた。あいつが君について言ってることを聞いていると、まるで親友みたいなんだけど。アイリーンはぴしゃりと言った。本当に親友だよ。彼女の背後で、小さな雨粒がキッチンの窓に水玉模様をつけていた。そうか、じゃあどうしてこんなに長い間、あいつに会いに来なかったの？　単に知りたいってだけなんだけどさ。もし親友だとしたら、もっと早くにこっちに来たかったんじゃないかと思って。アイリーンの顔は白く、彼女が深く息を吸い込んで吐くと、鼻筋も白くなった。私には仕事があったから。フィリックスは片目を固くつぶって、顔をしかめた。うん、俺もそうだ。でも週末はそんなに働いていないんだろう？　アイリーンは腕を組んでいて、ガウンの袖越しに二の腕をつかんでいた。じゃあ、何で彼女の方が私を訪ねに来ないの？　そんなに私に会いたがっていたっていうのなら。あっちだって週末、働いてないよね？彼はこの発言を奇妙だと思ったのか、しばらく考えていた。あいつが会いたがっていたとは言ってないけど。もしかしたら、どっちも会いたがっていなかったのかもしれないし、どうだろう。でもだから訊きたかったんだ。アイリーンは今や自分の腕をぎゅっとつかんでいた。そうだね、別に会いたくなかったのかもしれない。彼はただうなずいた。喧嘩でもしたの？　彼女は苛立たしげに顔から髪をふり払った。あなたは私のことなんて何も知らないでしょう。フィリックスはこの言葉を受け止めて、少し間を置いてから答えた。君だって俺のことは何も知らない。彼女はまた自分の腕を握りしめた。だから私はあなたを詰問したりしないんじゃない。彼はにっこりと笑った。もっともだな。そしてコーヒーを飲み干すと立ち上がり、前夜椅子にかけたままにしていたジャケットを取り上げた。俺の説では、あの二人は君や俺とは違う種族なんだよ。ああいう相手を思い通りにしようとしても、腹が立つだけだぜ。アイリーンは彼を数秒見つめてから、その言葉に答えた。私は二人に何も強要してないよ。フィリックスはバックパックのジッパーを開けて、中にジャケットを入れた。自分に問い直すといいよ、あいつらにそんなに悩まされているのなら、何故そんなにかまうのか？　って。彼はバッグを肩に担いだ。何か君の側に理由があるんだよ。あいつらが気になる理由が。コーヒーカップを見下ろしながら、アイリーンは静かな声で言った。あんたなんかくそくらえ。彼は驚いたような笑い声を漏らした。アイリーン、俺は君を攻撃してる訳じゃない。君のことは気に入ってるんだぜ？　彼女は何も答えなかった。ベッドに戻った方がいいんじゃないかな。疲れてそうだから。俺はどっちにしろ出るところだから、また後で。玄関を出ると、朝の霧雨が降っていた。フィリックスは車に乗り込み、CDプレイヤーをつけて私道から出ていった。前を向いて音楽に合わせて口笛を吹き、時折メロディにリフやバリエーションを加えて、彼は町への分かれ道を通り過ぎて、海岸沿いの道を工場団地へと走っていった。

夕方、フィリックスが仕事から家に戻ると、彼の犬がキッチンから駆け寄ってきて、甲高い鳴き声を上げながらラミネートの床を爪でコツコツ鳴らした。そしてフィリックスの元まで来ると、飛び跳ねて前足の肉球を彼の脚にかけ、舌を垂らしてハッハッと息をした。彼が犬の頭に手を置いて、耳をくしゃくしゃにすると、また鳴き声が上がった。シーッ。俺もお前に会えなくて寂しかったよ。誰か家にいるかな？　優しく床に下ろされて、犬はくるくると回ってくしゃみをした。フィリックスが廊下を歩き出すと、犬も後からついて来る。キッチンは人気《ひとけ》がなく、明かりが消えていて、シンクに朝食の皿が何枚か浸けてあった。彼はキッチンの椅子にぼんやりと座ってスマートフォンを取り出し、犬はその足元に座って頭を彼の膝に乗せた。片手でスマートフォンの通知をスクロールしながら、もう一方の手で犬の首の後ろを掻いてやる。アリスからのメッセージが届いていた。今夜のダニエルのパーティについては変更なし？　念のためケーキを焼いておいた。仕事が無事でありますように。彼はメッセージを開けてすぐに返信した。ああもちろん変更なしだ。七時ごろ行くって伝えておいたけど大丈夫かな？　あんまり期待しないでくれよ、はは。多分年寄りと子供ばっかだと思うから。でも君が顔を見せればダニは喜ぶよ。犬が低く不満げな声を漏らしたので、彼はまたその頭の上に手を置く。二日間いなかっただけだろう。ちゃんと餌はもらってたか？　犬は首を後ろにそらして、彼の手を舐めた。ありがとうよ。もう汚いな。スマートフォンが振動したので、彼はまたチェックした。アリスが夕食を一緒にどうかと訊いて来たので、もう済ませたと返信する。ちょっとしたらそっちに迎えに行くからと彼は打った。彼女からすぐに返信が来た。良かった。アイリーンがちょっとおかしな感じなの、念のために言っておくと……。眉を上げながら、フィリックスは返事を打った。あはは、朝会ったから知ってる。君の友だちは君と同じでタチが悪いや。彼は立ち上がって、ポケットにスマートフォンをしまい、シンクまで行ってお湯を出した。左手小指の付け根の下のところに、青い絆創膏が貼ってある。蛇口からお湯を流しながら、彼は恐る恐るそれを剝がして、その下がどうなっているか確かめた。関節の下から手の平にかけてピンク色の深い傷が走っていた。絆創膏の白い綿パッドは血で汚れていたが、もう傷は乾いていた。彼は絆創膏を丸めてシンクの下のゴミ箱に捨てると、石鹼と水で手を洗い、流水で傷口をすすぐときは顔をしかめた。まだキッチンの椅子の足元に座って、犬は尻尾を床に打ちつけている。ふり返り、そっときれいな布巾で手を拭きながら、フィリックスは犬に話しかけた。アリスを憶えているか？　ここには何度か来たから、お前も会っているだろう。犬は床から起き上がって、彼にそっと近づいてきた。彼女が犬を家に入れてくれるかどうか分からないけどさ。お前のために探りを入れてみるよ。彼は犬用のボウルに水を足した。犬が水を飲んでいる隙に彼は上階に行って服を着替え、仕事用の黒いランニングシューズを脱いでベッドの下にしまった。そして清潔な黒いスウェットパンツ、白いTシャツ、グレイのコットンのプルオーバーを身につけた。寝室のドアの裏にある全身が映る鏡で、彼は自分の姿を確かめた。視線を鏡に映ったスリムな体の上でさまよわせ、何か面白いことを思い出したかのように首をふっている。一階に下りていって階段で座って白いスニーカーの靴紐を結ぶ。キッチンから犬が駆け寄ってきて、その長く繊細なあごで彼の膝を突いた。お前はずっとここに閉じ込められていた訳じゃないよな？　ギャヴィンが昨日、散歩に連れていくって言ってたけど。犬がまた彼の手を舐めようとしたので、その鼻面を優しく押しやった。俺に後ろめたい思いをさせるなよ。犬は不満げな低い声で鳴いて、階段の一番下の段に頭を乗せると、彼を見上げた。フィリックスは立ち上がった。お前と彼女には色々と共通点があるな。二人とも俺に夢中だ。クンクン鳴きながら犬がドアまでついて来たので、彼は出る前にもう一度頭を軽く叩いてやった。そして玄関のドアを閉めると車に乗り込んだ。

まだ暖かさの残る宵で、白い雲の合間から柔らかな色の青空がのぞいている。フィリックスはアリスの家の玄関口のドアを一度ノックしてから開けた。おーい、俺だ。家の中の明かりは点いていた。上階から彼女の声がする。みんな上にいるよ。彼は背後でドアを閉めると、ジョギングするような足取りで階段を上った。踊り場の奥、アイリーンの部屋の戸口にサイモンが佇《たたず》んでいた。フィリックスに気がついて顔を合わせたが、サイモンはくたびれてあきらめたような表情を浮かべていた。よう、イケメン、フィリックスが言った。サイモンはその言葉ににっこりと笑うと、彼の方が先に部屋に入るようにと手で促した。僕も君に会えて嬉しいよ。中に入ると、アイリーンはドレッサーを前にして座っていて、アリスの方はそこに寄りかかってリップスティックをケースから出しているところだった。フィリックスはベッドの端に座り、アイリーンがメイクするのを見ていた。彼の視線が肩から後頭部に上り、鏡に移動すると、そこに映った彼女の顔はかすかにこわばっていた。その横でアリスとサイモンはその日見たニュースを話題にして喋っている。小さなプラスティックのアプリケーターをこれ見よがしにふると、アイリーンは鏡越しにフィリックスと目を合わせた。あなたもやってみる？フィリックスは立ち上がって、アイリーンの道具をまじまじと眺めた。これは何、マスカラ？　いいだろう、試してみようじゃないか。彼女はベンチで少しずれて、彼が隣に座るスペースを作った。フィリックスが鏡に背を向けて座ると、アイリーンは言った。少し上を向いてて。彼はその通りにした。彼女は手首を繊細に動かして、彼の左の下まぶたにブラシを走らせた。

サイモン、あなたもどう？　アリスは言った。

戸口にいたサイモンは穏やかな口調で答えた。いや、遠慮しておく。

もう充分きれいだものな、フィリックスは言った。

アリスは舌を鳴らして、リップスティックのキャップを閉めた。そういうことは言わないの、彼女は言った。

ポケットに手を入れたままサイモンは言った。彼女の言うことなんて聞くなよ、フィリックス。

アイリーンがマスカラを持った手を引っ込めたので、フィリックスは目を見開いた。ふりむいて、鏡の中の自分を無表情に見て、フィリックスは立ち上がった。この中で歌える奴とかっている？　全員が彼の方を見た。パーティで歌を披露することがあるから。でも歌えなかったらもちろん、参加しなくてもいいんだ。アリスがサイモンはオックスフォード大学時代に聖歌隊にいたと言うと、彼はパーティにいる人は誰も十四分もある「神よ、我を憐れみたまえ」の低音パートは聞きたがらないだろうと答えた。君はどうだ、アイリーン？　フィリックスは言った。歌ったりしない？　アイリーンはマスカラのキャップを閉めているところだった。フィリックスの視線を感じていたが、彼と目を合わせるのは避けた。ううん、私は無理。そう言うと彼女は立ち上がって、腰の辺りを撫でつけた。みんなの準備ができているのなら、私はもう行けるけど。

アリスはスポンジケーキを置いてラップをかけた皿を膝に、車の助手席に座った。アイリーンとサイモンは中央を開けて、後部座席に座った。フィリックスはバックミラー越しに二人を見て、楽しげにハンドルを指で叩き始めた。それで、ジムでは何をやっているの？　フィリックスは言った。ローイングマシーンとか？　サイモンの目がバックミラーを見たので、アリスは微笑んで、笑いをこらえるかのように顔を背けた。ローイングマシーンは少しばかりやっているよ、うん、サイモンは言った。ウエイトリフティングはやらないのかとフィリックスが訊くと、サイモンはあまりやらないと答えた。アリスは咳き込むふりをして笑い始めた。何なの？　アイリーンは言った。何でもない、彼女は言った。それで、フィリックスは海岸沿いの道路から町への分かれ道に差しかかったところで、方向指示器を倒した。それで、身長は何センチなんだっけ？　単なる好奇心から訊くんだけど。サイモンはにやけて窓の外を見ている。恥知らずね、アリスは言った。どういうことなの、アイリーンは混乱していた。咳払いをして、サイモンは低い声で答えた。一九〇センチくらいだ。それを聞いて、フィリックスはにやっと笑った。ほらな、単なる質問だよ。一九〇センチくらいか。これで答えが分かった。フィリックスはまたハンドルを指で叩いた。ちなみに俺は一七三センチくらいなんだ。別に知りたくないかもしれないけど、一応言っとく。後部座席でアイリーンが自分も一七三センチくらいだと言った。フィリックスは肩越しにちらっと彼女を見て、また前方を向いた。そうなんだ。なかなかだな。女子にしちゃ高い方だ。車の窓から通り過ぎる別荘の正面を見ながら、サイモンは言った。性別関係なく、ちょうどいい身長だと思うよ。フィリックスは笑った。ありがとう、巨人よ。ちょうど大通りを走って、遊園地への分岐点を通り過ぎたところだった。この手の集まりはそんなに長居する必要はないから、彼は他の三人に言っておいた。ちょっと顔を出すって言っただけだし。また方向指示器を倒して、フィリックスは言い足した。それと、誰かが俺について何か悪口を言ったら、そいつらの方が嘘つきだって覚えておいて。サイモンは笑い始めた。悪口を言う人たちがいるの？　アイリーンが尋ねた。フィリックスは右方向に曲がるのを待つ間、またバックミラー越しに彼女を見た。うん、世の中にはそういう汚いことをする奴らがいるんだよ、アイリーン。それに正直、俺は誰からも好かれるってタイプじゃないし。そこで彼は右に曲がって教会の脇道に入り、数分走ったところで、すでに数台の車が停車している平屋の住宅の私道に入って車を停めた。彼はエンジンを切ると、他の三人に言い渡した。じゃあ、普通に振る舞ってくれよな？　国際政治とか、その手の話はしないでくれ。ここの連中に変人だと思われるから。アリスは助手席からふりむいた。彼の友だちはみんないい人だから、心配しないで。アイリーンはどうせ国際政治のことなんか分からないと言った。

フィリックスが玄関のベルを押すとダニエルが出てきた。ミニ丈の青いサマードレスを着て、髪をゆるく肩に垂らしている。彼女の背後の部屋は明るく、賑やかな声がしている。ダニエルが一同を中に招き入れると、フィリックスは彼女の頬にキスをした。よう、誕生日おめでとう。きれいじゃないか。彼女は嬉しそうに、手で彼を追い払う真似をした。いつからお世辞を言うようになった訳？　アリスがアイリーンとサイモンを紹介すると、ダニエルは言った。あなたたち、みんなして美男美女なのね、うらやましいったら。さあ、入って。廊下の裏はタイル張りのキッチンで、テーブルの上に照明があり、裏口から庭に出られるようになっていた。キッチンでは、七、八人がプラスティックカップを片手にお喋りに興じていて、隣のリビングからは音楽と笑い声が聞こえてくる。テーブルの上には空のものから未開封のものまで様々な缶やボトルが並び、ポテトチップスの入ったボウルや栓抜きがあった。冷蔵庫の近くに立っていた背の高い男が声をかけた。フィリックス・ブレイディ、今週はどこに消えていたんだよ？　煙草を吸いながら、裏口に立っていた男が口を出してきた。こいつは新しい彼女に乗っかってたんだよ。背の高い男の方が親指でアリスを指さすと、彼はしまったという顔をして中に入ってきた。ごめんよ、いるのに気がつかなくて。アリスは気にしないでと言った。片手いっぱいにチップスをつかみながら、フィリックスは肩越しにふり返ってうなずいた。こっちにいるのは彼女の友だちだから。親切にしとけよ、ちょっとばかり変人だけど。アイリーンを見て、ダニエルは首をふった。どうやったらこいつに我慢できるの？　飲み物を取ってくるね。アリスはケーキの皿をカウンターに置いて、ラップを剝いでいた。腕に小さな子供を抱いた女性がリビングからやって来た。ダニエル、この子が眠っちゃう前に私たちは失礼しようかと思っているんだけど。ダニエルは子供のカールした薄い髪の毛に手を置いて彼の額にキスをした。アイリーン、この子が私の大事な甥っ子のイーサンだよ。どう、まるで天使だと思わない？　女性は子供が握っていた自分のイヤリングを取り上げた。アイリーンは子供の年齢を彼女に訊いた。二歳と二カ月なの。フィリックスの同居人のギャヴィンがカウンターにいるアリスのそばに立って、彼女が自分でケーキを焼いたのかと尋ねている。フィリックスは小物入れから手巻き煙草を取り出し、気軽な調子でサイモンに言った。一服しに外に出ないか？

裏庭はもっと涼しくて静かだった。芝生の向こうでは、女性と男性と子供が三人で、スウェットシャツをゴールに見立ててサッカーの真似事をしている。フィリックスは庭の塀に寄りかかって芝生を見ながら煙草に火をつけ、サイモンは彼のそばに立って、試合の行方を見守っていた。背後では黒い塊のようなガレージが彼らと家屋を隔てている。元気いっぱいに小さな女の子が二人の大人の間を走り回って、ぎこちなく足元のボールをドリブルしていた。フィリックスは煙を一口吐き出した。アリスはあの家で犬を飼うのは許されているのかな？　サイモンは彼の方に注意を向けた。うん、彼女があの家を購入すれば何だって好きにできるだろうね。でもどうしてだい、君は犬を飼っているの？　フィリックスは眉をひそめた。あいつは家を買う気なんだ？　サイモンは一瞬、黙った。いや、と彼は口にした。分からない。いつかの夜、電話でそんな話をしていたような気がするけど、聞き間違い煙を吐き出してから彼は答えた。そう、犬を飼っているんだ。正確に言うと、俺は飼い主じゃないんだけど。俺たちが借りているところに前いた人たちが犬を置いていって、何だか一緒に暮らすことになったってだけ。サイモンは話している彼をじっと見ていた。見つけたとき、あいつはガリガリでさ。もう、まるっきり病気みたいだったんだよ。色々と過敏にもなっていた。誰に触られるのも嫌がってね。餌を置いておく間はどこかに隠れていて、こっちがいなくなった隙に出てきて食うんだ。それに攻撃的だった。ほら、そばに寄ると恐がって、嚙みつこうとするとか。サイモンはゆっくりとうなずいた。何か過去にトラウマになるような出来事がその犬にあったと思うかと、彼はフィリックスに訊いた。知りようがないけどね、フィリックスは言った。もしかして前の飼い主に放置されていたのかもしれない。とにかく、何が原因かは分からないけど、問題を抱えてたんだ。彼が煙草から灰を落とすと、それはゆっくりと芝生に落ちていった。でもそれからようやく少しばかり落ち着いてきた。餌をもらうのにも、ひどいことをされないのにも慣れて、やっとそばに寄らせてくれるようになった。まだ知らない人にベタベタ触られるのは嫌がるけれど、俺が撫でると喜ぶ。サイモンは微笑んでいた。いい話だね。良かったよ。フィリックスは顔をしかめながら、また煙を吐き出した。でも結構時間がかかったんだ。行儀が悪くて、全然落ち着く気配がなかったから、他の連中が追い出そうとしていた時期もある。自分をヒーローに見せようとは思わないけど、飼っておくべきだって言ったのは俺なんだ。サイモンは笑いながら言った。ヒーローだって、別にいいじゃないか。フィリックスは考え込むように煙草を吸っている。アリスの家に犬を連れていってもいいだろうかって、考えてさ。家主の中には、ペット不可の人もいるだろう。でももしあいつが家を買うなら、事情は変わってくるよな。そういうことを考えているなんて、こっちは思いもしなかったけど。庭の向こう側で、小さな女の子がゴールを決めて、大人の男性が彼女を肩に担ぎ上げて喝采《かっさい》を送った。サイモンはそれを黙って見ていた。フィリックスは火が消えるまで、煙草の先を塀に押しつけた。そして芝生の上に落とした。それで、昨夜は何があったの？　サイモンは彼の方を見た。それはどういう意味？　フィリックスは胸から小さく咳き込んだ。ほら、あんたとアイリーンのことだよ。話してくれなくてもいいけど、この際話してもいいんじゃないか。庭から家屋に戻っていく女の子の後ろを、大人の男女が話しながらついていった。通り過ぎるとき、男性の方が彼に向かってうなずいた。近頃はどうなんだい、ブレイディ？　フィリックスは答えた。うん、おかげさまで、悪くないよ。彼らは家の中に消えて、ドアを閉めていった。庭には、ガレージを背にして芝生の上に立っているサイモンとフィリックスだけが残された。長い沈黙の後、サイモンは芝生に目を落として言った。どうなったんだか、分からないんだよ。フィリックスはそれを聞いて笑った。そうか。あんたのために話を整理しておこうじゃないか。あの家に帰ってから、彼女の部屋に行ったんだろう？　それからしばらくして、あんたは自分の部屋に戻って、今日は二人とも暗い顔をしている。俺が知っているのはそれだけだから、教えて欲しいんだけど。彼女とセックスはしたんだろう？　サイモンは自分の顔を撫で下ろして、疲れた表情を見せた。そうだ。それ以上、何も返事がなかったので、フィリックスは先を促した。そうなるのは初めてじゃなかったんだな。サイモンは弱々しい微笑みを浮かべた。ああ。初めてではない。フィリックスはポケットに手を入れて、サイモンの顔を眺めていた。それで、どうしたんだ？　喧嘩をしたのか。声が聞こえたわけじゃないけど。激しく言い合いをするような喧嘩じゃなかったんだろう。サイモンは片手で首の後ろを揉んでいた。喧嘩ではなかったんだ。僕たちは話し合っていただけだ。彼女が友だちのままでいたいって言ったんだよ。それだけだ。争っていた訳じゃない。フィリックスは眉を上げて目を見張った。何てこった。寝た直後に彼女がそう言ったのか？　なんて仕打ちだよ？　サイモンは気まずそうに笑って、腕を下ろし、遠くに目をやった。まあ、誰だってしちゃいけないことをするからね。彼女は辛かったんだろう。フィリックスはちょっとだけ眉をひそめた。ほらな、それだ、またキリストみたいになろうとしている。サイモンはまた引きつったように笑った。そうじゃないよ、キリストは確か誘惑に打ち勝ったんだし。フィリックスがにっこり笑ってサイモンの手を触ろうとしてきたので、彼は抵抗しなかった。手首の内側から手のひらに向かって、フィリックスはゆっくりと指の背で撫でた。一瞬、沈黙が生まれた。サイモンは静かな声で言った。彼女はとても大切な友だちなんだ。アリスのことだけど。それを聞くとフィリックスは笑い出して、彼の手を離した。あんたが言うと可愛らしいよな。どういう意味なんだ？　サイモンは疲れたような穏やかな顔をしていた。ただとても大事に思っているって言いたかっただけだ。彼女を尊敬しているんだ。フィリックスはまた咳払いをして、首をふった。つまり、俺が何か彼女に悪さをしたら、頭をぶっ飛ばすぞってことだな。サイモンはフィリックスが撫でた自分の手首を触って、痛みを感じているかのようにくるくると手を回していた。そうじゃないよ。全然、そういう意味で言ったんじゃない。フィリックスはあくびをし、腕を伸ばした。いいよ。俺の頭をぶっ飛ばしても。簡単さ。彼は背を伸ばして、庭に視線を向けた。でもそんなに大事な友だちだったら、彼女がこっちに越してからどうして会いに来なかったんだ？　サイモンは驚いて、二月からずっと会いに来ようとしていたけれど、その度に留守にしているとか、今は都合が悪いとかアリスに言われてきたのだと彼に話した。こっちに来て泊まったらどうかとも言ったんだ。でも忙しいって断られた。僕に会いたくないんだっていう印象を持ったね。非難するつもりで言ってるんじゃなくて、休みが欲しいんだと思ったんだよ。彼女がダブリンからいなくなる前は、しょっちゅう顔を合わせていたから。フィリックスはうなずいていた。彼女が入院していたときだろう？　サイモンはしばらく彼を見つめた。そうだ。フィリックスはポケットに手を入れて、しばらくあてもなく庭の中を歩くと、サイモンのいる塀のところに戻ってきて彼と向かい合った。じゃあ、ずっと彼女と連絡を取っていて、会いたいって言っていたのに、彼女の方が忙しいって言ってたんだな？　サイモンは答えた。そうだけど、言った通り、何もそれで悪いことはないよ。フィリックスはにやりと笑った。気を悪くしなかったんだ？　サイモンは彼に微笑み返した。大丈夫だよ。僕はそういうことについては大人なんだ。爪先で塀を蹴りながら、フィリックスは言った。病院で彼女はどうだった？　ひどい状態だったんだろう？　サイモンはその質問について考え、時間を置いて答えた。今はずっと調子が良さそうだ。フィリックスはまたさまよい歩いて、ガレージの向こうの家屋が見える場所まで行った。そうか、もし中で彼女に会ったなら、俺が話をしたいって言ってたって伝えて。サイモンはこの言葉にうなずいたが、しばらくは何も言わず、動かなかった。それから背筋を伸ばして、家の中に戻っていった。

　キッチンでアリスはダニエルと並んで立ったまま、紙皿からケーキを食べている。スポンジをフォークで押しながら、彼女は言った。ちゃんと膨らまなかったんだけど、味はまあまあだよね。ドアを背後で閉めながら、サイモンは美味しそうに見えると言った。フィリックスが外で待っているんだ。君と話がしたいらしい。ダニエルが笑った。ああ、嫌だ。あいつもう酔っ払ってるの？　酔うといつも考え込んで意味ありげになるんだから。ケーキの皿を手にして、サイモンは言った。酔っ払ってはいなそうだよ。でも、考え込んで意味ありげな感じになってきているね。アリスはカウンターに紙皿を置いた。不吉な予感がするね。すぐに戻ってくるから。アリスがいなくなると、ダニエルに仕事について訊かれたので、サイモンはレンスターハウスの話をして彼女を笑わせた。どれだけひどいと思っているか知らないけれど、その予想の斜め上を行くからね。アイリーンがリビングで、スピーカーと同期させたスポティファイのアカウントで曲を探していると、肩越しに男がのぞき込んできた。本物の音楽を頼むよ。アリスは外に出て裏口のドアを閉めて、人気《ひとけ》のない庭に向かって呼びかけた。フィリックス？　彼はガレージの裏手から現れた。よう。俺はここだ。彼女は腕を組みながら芝生を歩いていった。彼は塀のところで、巻紙を広げて、小さなビニールケースから煙草の草をひとつまみ出した。どうしてあいつらがおかしな雰囲気なのか知ってる？　あの二人のことだけど。昨夜あの二人はやったんだけど、急に彼女の気が変わって、友だちでいたいって言ったんだって。君の家でそんなドラマが進行していたなんて、驚きだよな。アリスは塀に寄りかかって、彼が煙草を巻くのを見ていた。サイモンがあなたに話したの？　彼は舌で巻紙の端を湿らせ、軽く叩いて留めた。うん。どうしてだよ、彼女の方も君に何か言ってた？　彼が煙草に火をつけるのを見ながら、アリスは答えた。あれは間違いだったって言ってただけ。でもくわしい話はしてくれなかった。明らかに動揺していたから、あんまり追求する気にもなれなくて。彼女は自分の爪を見下ろした。彼とはまともに話ができないとも言ってた。感情を抑圧するような家族のもとで育って、人間としてだめにされたんだって。何が欲しいか言えない性格になってしまったって。フィリックスは笑い出して、咳き込んでしまった。ひでえな。そりゃ手厳しい。俺はあいつがだめにされたなんて言わないよ。俺はあいつのことが好きなんだ。実を言うと、ここにいるときにちょっとばかり粉をかけてみたんだけど、君がいかにいい友だちでどんなに尊敬しているかって話を聞かされてね。そう、でもちょっとはそそられてたんじゃないかな。アリスはその点については、平静に受け止めるだろうから、リラックスしろよって感じだったんだけど。アリスは笑った。まったく、彼ってナイーヴだよね。あの人は自己評価が低いんだと思う？　フィリックスは眉をひそめた。いや、あいつはちょっと生きる気力を失っているだけだ。でも自己評価が低いとは思わない。それにそんなにナイーヴでもないぞ。あいつは君みたいなんだ。自己評価はまあまあなんだけど、自分の人生がただ嫌いなんだよ。アリスは微笑みながら、ワンピースについたケーキの屑を手で払った。私は自分の人生が嫌いじゃないよ。彼は煙草の煙を吐き出して、それをぼんやりと手で散らした。そうだって言ってたじゃないか。前に一緒に外で煙草を吸ったとき。憶えている？　ローマに行く前だ。あのときは君も吸っていた。彼女は困ったように、髪を耳にかけた。ああ、そうだった。私、自分の人生が嫌いだって言ってたの？　フィリックスは確かだと言った。じゃあ、そのときはそうだったのかもね。でも今は違う。彼は黙って、煙草を持っている自分の手に視線を落としていた。それからしばらくして言った。ほら、今日、仕事で俺に起きたことを見てよ。彼は手を差し出して、小指の付け根を横に走る深い傷を見せた。アリスは驚いて顔をしかめた。傷自体は乾いて濃い色になっていたが周囲の皮膚はまだ赤く腫れていた。フィリックスは傷を様々な角度から確かめるように、手を回している。血まみれになるまで、切ったって気づいてなかったんだ。彼は視線を上げて彼女の顔をうかがった。こういうことがあそこじゃ日常茶飯事なんだ、別にそんなに痛くないけれど。彼女は何も言わずにその手を取って、自分の頬へと持っていった。彼は曖昧な笑い声を上げた。ああ、君は柔らかいな。ただのかすり傷なんだ、見せるべきじゃなかったよ。

今でも痛い？

いや、そんなには。手を洗うと少ししみるけど。

こんなの不公平だよね。

君は何でも不公平だって思うんだな。

そのとき裏口のドアが開いたので、アリスは自分の頬から彼の手を離したが、握ったままでいた。一瞬の間があって、男が芝生をこちらに歩いてきた。背が高く、赤毛に近い金髪で、ぴったりとした柄物のシャツを着ている。二人の姿を見て彼は笑い出したが、フィリックスは黙ったままでいた。

俺は何かお邪魔だったかな？　男は言った。

別にそんなことはないよ、フィリックスは返した。あんたが来てるとは知らなかった。

彼はポケットから煙草のパックを取り出すと、一本、火を点けた。その人が新しい彼女だな。アリスだろ？　みんなあっちで噂している。誰かがネットで記事を見つけてきたんだ。

アリスはフィリックスの方を見たが、彼は目を合わせてくれなかった。まったくもう、彼女は言った。

君はインターネットに熱心なファンがいるらしいな。

うん、そうみたい、彼女は答えた。同じくらいの数、私を嫌ってて不幸になればいいと願っている人たちもいるけどね。

男はこの言葉を中立的に受け止めたようだ。そういう書き込みは見当たらなかったけど。でも誰にでもアンチはいるものだよな。お前の方はどうしているんだ、フィリックス？

まあまあだよ。

どうやってこんなに有名な彼女と知り合ったんだ？

ティンダーだよ。

男は煙を吐き出した。そうなのか？　俺もしょっちゅうのぞいているけど、有名人にお目にかかったことはないな。よかったら、俺が誰だか紹介してくれるか？

アリスはどういうことなのかという顔でフィリックスを見たが、彼の方はリラックスしていた。アリス、こいつが俺の兄貴だ。名前はダミアン。握手なんかしてやる必要はないぞ、ただここからうなずいてみせるだけでいい。

彼女は驚いてまた男性の方を見た。ああ、お会いできて嬉しいです。あなたたち、全然似てないんですね。

ダミアンは彼女に微笑み返した。褒め言葉として受け取っておくよ。数週間前に、二人でローマに行ったって聞いたけど、本当か？　こいつはよっぽど君に夢中らしいな、アリス。普段はそんなロマンティックな小旅行なんかしないタイプだから。

私の出張に付き合ってもらったっていうのが、本当のところなんです。

ダミアンはこれを聞いて、傑作だと思ったようだった。こいつが君の文学イベントの仕事に付き合ったんだって？

そのうちのいくつかには。

これは、これは。色々なことに加えて、どうやらこいつはしばらく会わないうちに本を読むことを覚えたらしい。

ああ、そんなんじゃない、フィリックスは言った。でもわざわざ読む必要もないだろう、面白いところは彼女から直接聞けばいいんだし。

弟を無視して、ダミアンはアリスに向かって上から下まで物珍しそうな視線を走らせた。煙草を一服すると、彼は言った。ここ数年、大変だったらしいな？

ええ、そうみたいです。

うん、実は俺の友だちにも君のすごいファンがいるんだ。もうすぐ君の映画が公開されるって彼女が言ってたけど、本当か？

アリスは礼儀正しく答えた。私の映画じゃないです、私の本の一冊が原作になっているってだけで。

フィリックスはアリスの背中に手を添えた。ほら、そんなことを喋ってこいつを困らせるなよ。こういうのがあんまり好きじゃないんだから。

ダミアンはそう言われてもひるまず、うなずいて、笑っていた。そうなんだ。それからアリスの方を向いて、彼は言った。こいつ、失礼なことをしてるだろう。こいつは君がどんなに大物か、マジで見当もつかないんだ。今まで本なんか一冊も読んだことがないから。

こいつは読書家との出会いなんか全然求めてなかったんだよ、フィリックスは言った。そういう連中にうんざりしていたんだ。

ダミアンはまた煙草を一服した。吸い終わると、彼はアリスに言った。こいつが俺を避けていたって知ってる？

アリスはフィリックスを見たが、彼はうつむいて首をふっていた。

ほら、俺らの母さんが死んだんだけど、ダミアンは話を続けた。俺らに家を残したんだよ。二人にだ。それで、俺たちは売却することに同意した。話についてこれてる？　君は賢いから、大丈夫だよな。ともかく、あらゆる書類にこいつのサインがないと売るのは不可能なんだ。でもこの数週間、こいつはだんまりを決め込んでいて。俺の電話にも、メッセージにも、何にも折り返してこない。これについてどう思うよ？

アリスは静かな声で自分には関わりのない話だと言った。

少しでも金が入れば嬉しいだろうって普通は考えるじゃないか、ダミアンはかまわずに話を続けた。こいつがしょっちゅう金に困っていることは、神様だってご存じだ。

ここにいる間に、俺に嚙みついておくことは他にあるか？　フィリックスは言った。

彼を無視して、ダミアンは思い出したように言った。ある時期、トム・ヘッファーナンがすごい金をこいつに寄越したことがあったんだ。町で奥さんと暮らしている年寄り男だよ。一体どうしてなんだろうな？　どういう付き合いだったか、知ってるか？

フィリックスはまた首をふって、煙草の吸い殻を芝生に投げ捨てたが、東の空の薄明かりから、彼の顔が火照っているのが見えた。

あのさ、君はいい人のようだ、ダミアンは言った。ちょっと人が良過ぎるかもな？　こいつに騙されるんじゃないって、忠告しておくよ。

アリスは冷淡に答えた。どうして私があなたからの人生のアドバイスを必要としているなんて、思ったんでしょうかね。

フィリックスはそれを聞いて、大袈裟なくらい激しく笑い始めた。ダミアンは何も答えず、ゆっくりと煙草を吹かした。そしてアリスに言った。じゃあ、何の問題もないんだな？

ええ、私は平気です。

にやつきながらも、なだめるような調子でフィリックスは言った。さあ、ダミアン。明日の朝、仕事前にそっちに寄って、書類にサインをするからさ。それでいいだろう？　もう嫌がらせするのはやめてくれ。これでおあいこだよな？

アリスを見たまま、ダミアンは答えた。いいだろう。彼は吸い殻を芝生に捨てた。二人とも神に助けてもらえよ、彼は言い捨てた。そして背を向けて、家の中に入っていった。彼の背後でドアが音を立てて閉まった。フィリックスは彼が本当に立ち去ったか確かめるようにガレージの裏手から出てきて、指を組み合わせて両手を頭の後ろに当てた。アリスはそんな彼を見ていた。

そうなんだ、彼は言った。あれがダミアンだ。ついでに言うと、俺たちはお互いが大嫌いなんだけど、これは前に君に言ったことがあったっけ。

聞いていないよ。

ああ、そうなんだ。悪かったよ。

フィリックスは頭から手を離して、だらりと腕を下げ、彼の兄が消えていったドアの方をまだ見ていた。黄色のガラス窓が嵌め込まれた木製のドアだ。

俺たち元から仲が悪かったんだけど。でも母さんが病気になったことでこうなったんだ、うん。ここで一晩中君に話す訳にもいかないから、あんまり込み入った話はしたくないけれど。でもとにかく、ここ数年は本当に仲が悪かった。もしここであいつに出くわすことが分かっていたら、もうちょっと事情を君に話していたと思うんだけど。

アリスはまだ黙っていた。ふり返って彼女を見たフィリックスの顔は、動揺しているか、がっかりしているかのように見えた。

それと、読書はできるから、彼は言った。どうしてあいつが、俺が読み書きができないようなことを言ったんだかは分からないけど。読書家じゃないけど、本くらい読めるよ。そんなことを君が気にするとも思わないけど。

もちろん気にしてないよ。

うん、あいつはいつも学校で俺よりも出来が良かったから、そのことをみんなに吹聴したくてたまらないんだ。他の奴を貶めて大物を気取りたいタイプなんだよ。母さんがその点について指摘すると、あいつは気に入らないみたいだった。とにかく、大したことじゃない。馬鹿な話だけど、あいつには苛ついてしまう。今も苛ついてるしな。

悪かったよ。

彼はまた彼女の方をふり返った。君のせいじゃない。上出来だったよ。面白かったから、あいつと君が言い争うのをもっと見ていたかったくらいだ。君の高飛車な態度も、相手が他の奴だったら、楽しんでいられるものだな。

彼女は目線を地面に落として、小さな声で言った。私は楽しくないよ。

そうなんだ？　でもちょっとは楽しいだろう。

ううん、全然。

じゃあ、どうしてあんな態度を取るんだよ？

高飛車な態度？　そんなつもりはないよ。

彼は眉をひそめた。でも自分がどんな風なのか、分かっているだろう。人々を恐れさせるみたいなさ。俺が何の話をしているのか分かるはずだ。別に責めてるつもりじゃないけど。

信じてもらえないかもしれないけれど、私は人に会うと、努めて感じ良くしようとしているの。

フィリックスが鋭く短い笑い声を上げたので、アリスはそれにため息で応え、塀に寄りかかって目を覆った。

私が言ったことがそんなにおかしいの？　感じ良くしようとしているのなら、どうしていつも人を傷つけるようなことばかり言うんだよ？

いつもじゃないでしょう。

いつもじゃないけど、必要とあらば毒舌になるだろう。俺は君が意地悪な人間だとかって言ってるんじゃない。でも人は、君を敵に回したくはないと思うだろうな。

彼女は鋭い声で答えた。そうだね、その指摘はもっともだよ。

彼は眉を上げて、そのまましばらく黙っていた。そして穏やかな声で言った。まったく、今夜は四方八方から責められてばかりだ。落胆したのか、疲れたのか、彼女はうなだれていて、何の返事もしなかった。君は決して付き合いやすい人間じゃないよな、自分で分かっているだろうけど、彼は言った。

フィリックス、あなたに私の人格を批判しないでっていうのは無理なお願いなのかな？　私のことを褒めて欲しいっていうんじゃない。ただ何も言わないで欲しいの。否定的な意見は何の参考にもならないから。

彼は少しの間、気がかりな顔で彼女を見つめていた。分かったよ。君を怒らせようとしたんじゃないんだ。

彼女は黙っていた。その沈黙が気に入らなかったらしく、彼はポケットに手を入れてすぐに出した。ああ、ダミアンが言ったようなことだ。俺が君を充分に評価していないって言うんだな。いいだろう、実際にそうかもしれないし。

彼女はその言葉にも答えず、自分の足先を見ていた。彼は落ち着かなげで、苛立ち、不安そうだった。

そうだよな、普段はお姫様扱いだから、彼は言った。君のことをよく知っていて、重要人物みたいに考えている連中から。それで俺が君を一般人扱いしたから、それが気に入らないんだろう。正直に言わせてもらえば、もっと評価してくれる人を探した方が、君はもっと幸せになれるんじゃないの。

長い沈黙の後、彼女はようやく口を開いた。もしよかったら、屋内に戻りたいんだけど。

彼は下を向いて、顔をしかめていた。俺は止めないよ。

アリスは芝生を歩いて戻っていった。彼女がドアにたどり着く前に、フィリックスは咳払いしてはっきりと聞こえるように言った。あのさ、今日手を怪我して真っ先に思ったのは、これを見たらアリスが悲しむってことだったんだ。

彼女は答える前にふりむいた。実際、そうだったよ。

うん。それで、そういうことを気にかけてくれる人がいるっていいよなって。俺はあそこで毎週のように色々と傷を作るんだけど、それ痛そうだよね、どうしたの？　って言ってくれるような人はそんなにいない。それで、もしかしたら、君について俺が評価していないことがあるかもしれないし、時々、俺に対する口の利き方が気に入らないっていうのも事実だけど。でも君がひとりで家にいて、気分が優れないときや、怪我をしたっていうときには、俺は知っていたいと思う。もしそっちに行って何か面倒を見て欲しいっていうんなら、そうするよ。君が同じことを俺にしてくれるっていうのも分かっているから。それだけじゃだめなのかな？　君はだめでも、俺の方はそれでいい。

二人はお互いを見つめ合った。考えさせて、アリスは言った。

家の中では、リビングにマルハナバチが入ってきていて、ダニエルの二人の友だちが悲鳴を上げ、笑いながら、何とか窓の外に誘導しようとしていた。サイモンはキッチンのテーブルでダニエルの従《い》姉妹《とこ》のジェマと話していて、彼女の膝の上にはさっきサッカーをしていた小さな女の子がいた。それで君は学校の方が好きなのかな、それともお休みの方がいいの？　サイモンは少女に訊いていた。アイリーンはカウンターでプラスティックのカップにウォッカをつぎながら、さっき話していたのと同じ男と喋っていた。すごいってほどじゃないけど、それなりに見応えはあるよ、彼は言った。フィリックスとアリスは横開きのガラス戸から戻ってきて、フィリックスは自分のためにバースデーケーキを切り分け、アリスはカーディガンを羽織って楽しげに、大きな庭で素敵だねと言った。気が向いたように親しげにアリスがサイモンの肩に手をかけたので、サイモンは彼女にどうしたのかと問いかけるような、曖昧な笑顔を向けたが、どちらも何も言わなかった。

　十時になると、ダニエルがグラスをスプーンで叩いて、歌の時間だとみんなに告げた。部屋は段々と静かになって、会話は途切れ、人がリビングからやって来た。ダニエルの従姉妹が歌う「シー・ムーヴド・スルー・ザ・フェア」から始まった。歌詞を知っている者は一緒に口ずさみ、そうでない者はメロディをハミングした。アイリーンは戸口から、アリスの隣で冷蔵庫に寄りかかり、ワインのグラスを片手に持っているサイモンを見ていた。ダニエルはフィリックスに向かって、次に何か歌ってと言った。「キャリックファーガス」がいいとギャヴィンがリクエストした。フィリックスはわざとあくびをしてみせた。俺は「オーグリムの乙女」を歌うよ。彼は持っていた紙皿を置いて咳払いをすると歌い始めた。その歌声は澄んでいて、響きは美しく、音色にはどこか純粋さがあって、静寂を満たすかのように高まったかと思うと低くなり、ほとんど静寂と同じ質感にまで落ちていった。部屋の向こう側でアリスが彼を見ていた。彼はカウンターを背にして照明の真下に立ち、髪と顔と、斜めの姿勢を取った細身の体は光に包まれて、目と口は影になっている。彼の低音で豊かな声質のせいか、メランコリックな歌詞のせいなのか、その曲と関連する出来事が胸に去来したのか、どうしてだか分からないが、彼を見ているアリスの目に涙が溢れてきた。彼の目が彼女の姿を捉えたが、すぐに視線をそらした。その歌声は不思議なことに彼自身が普段話しているときの声にも似ていて、発音の仕方も同じだったが、突如として深遠さを感じさせる響きとなった。アリスの目から涙が流れ落ちて、鼻水が出てきた。彼女は自分の愚かしさに微笑んだが、それでも涙は止まらず、手で鼻を拭った。彼女の顔はピンク色に染まって、濡れて光っている。曲が終わって束の間の沈黙の後、歓声と拍手が沸き起こった。ギャヴィンは賞賛の気持ちを込めて指笛を吹いた。フィリックスがシンクに寄りかかってアリスを見ると、彼女も彼の方を向いて、困ったかのように肩をすくめるようなポーズを取った。彼女は両手で頬を拭いた。彼は微笑んでいる。彼女を泣かせちまったな、ギャヴィンが言った。それで人々がアリスの方を見たので、彼女はぎこちなく笑ったが、笑い声が喉の奥に引っかかったようだった。アリスはまた顔を拭った。彼女は大丈夫だ、フィリックスは言った。ダニエルが他の歌い手を探したが、誰も名乗り出なかった。あの後じゃやりにくいよな、誰かが言った。ダニエルの従姉妹のジエマが「ザ・フィールズ・オブ・アセンライ」はどうかと提案し、みんな互いに話し始めた。フィリックスはテーブルの後ろに回り込んで、プラスティックのコップにワインを注いでいた。彼はそれをアリスに渡した。平気か？　彼女がうなずくと、フィリックスは慰めるように彼女の背中をさすった。心配するな。この曲で泣くのは大抵おばあちゃんたちなんだけど、誰が泣いてもいいんだし。君は俺が歌えるって知らなかったんだろう？　まあ、煙草で喉をだめにする前は、もっと上手に歌えたんだけど。彼は軽い調子で、ほとんど投げやりに喋りながら、自分の言っていることを聞いてないかのようにアリスの背中を撫で続けていた。ほら見ろ、サイモンは泣いてないだろう、フィリックスは言った。きっとそんなに大したことないって思ったんだぜ。微笑みながら、サイモンは声を低くして言った。多才なんだな。アリスは小さく噴き出すと、カップのワインを一口飲んだ。こしゃくだな、フィリックスは言った。アリスの背中に手を置くフィリックスを、彼女の隣に立つサイモンを、三人が喋っている様子を、アイリーンはリビングの戸口で見ていた。窓の外の空はまだうっすらと明るかったが、暗くなってきて、広大な大地はゆっくりと自転していた。

28

ダニエルの家の外は街灯もなく真っ暗で、アイリーンがスマートフォンのライトをつけて車道への道を探した。ドアを閉めると、車内は静かで暖かかった。フィリックス、あなたってすごくきれいな歌声をしているのね、アイリーンは言った。彼はヘッドライトを点けて車をバックさせた。うん、君のために歌ったんだ。というか、君たち二人のためかな、あっちの出身だって聞いたから。オーグリムの。そうだろう？　正直なところ、歌の内容はよく分からないんだけどね。男が主人公の歌かと思ったら、サビは女の視点みたいだし。彼女の腕の中で赤ん坊が冷たくなるって言っててさ。古い曲だから、もしかしたらいろんなバージョンの歌詞が交じっているっていうパターンかもしれない。でも何にしろ、悲しい歌だよな。サイモンは楽器も演奏するのかと訊いた。ちょっとだけ。大抵はフィドルを弾く。必要に迫られれば、ギターもまあまあ弾ける。結婚式とかで演奏している友だちもいるんだ。俺も前にやったことがあるけど、音楽的には俺向きじゃなかった。一晩中セリーヌ・ディオンをやるとかそういう感じ。アリスは彼がそんなに音楽が好きだとは知らなかったと言った。うん。でもここいらじゃ、みんなそんな感じなんだよ。音痴の人間がいるのはダブリンだけだ。悪く思うなよ。

前方に注意を戻す前にちらりとアリスの方を見て、彼は話を続けた。あの家を買うことを考えているんだって？　知らなかったけど。後部座席でアイリーンが頭を上げた。え、何ですって？　アリスはちょっと酔っ払っていて、上機嫌でリップクリームを塗っていた。検討中。まだ決めていない。アイリーンが急にけたたましく笑い出したので、アリスは後部座席にふりむいて、彼女を見た。いや、もう最高だよね、アイリーンは言った。よかったね。田舎に暮らすなんて。アリスは困惑したように眉をひそめてアイリーンを見ている。アイリーン、私はもう田舎に暮らしているんだよ。今はここで住んでいるあの屋敷について話しているの。アイリーンは微笑みながら首をふった。本当に、まったく。休暇でここにやって来て、もうこれから永遠に休暇なんだって感じなんでしょう。もうそうすればいいんじゃない？　サイモンはアイリーンを注視していたが、アイリーンは構わずアリスに微笑みかけていた。いや本当に、アイリーンは喋り続けた。すごいよね。あの家は素敵だものね。あんなに高い天井なんて、うわあって感じ。アリスはゆっくりとうなずいていた。そうだね。でも、まだ決断した訳じゃないの。彼女はリップクリームをバッグにしまった。どうして私が休暇を取ってるって言うのか、分からないけど。仕事で出かけるたびに、私は家に居るべきだっていう非難のメールを送ってくるじゃない。アイリーンはまた笑い出したが、その顔色は血の気がなかった。悪かったよ。状況が見えてなかったって、今になって分かった。サイモンはまだアイリーンを見つめていたが、彼女は彼に向かって「どうしたの？」と言うようなわざとらしい笑みを満面に浮かべている。家を購入する前に、人を雇って地所についてちゃんと調べてもらった方がいいとフィリックスが言うと、間違いなく、色々と面倒なことをする羽目になるだろうとは思うとアリスは答えた。ちょうどそのとき、車がロビーの窓から明かりが見えるホテルを通り過ぎて、海岸沿いの道に入っていった。

アリスの家に戻ると、他のみんなを玄関ホールに残して、アイリーンは自分の部屋を目指して階段を上っていった。ベッドサイドの明かりをつける。彼女のくちびるは青く、呼吸は浅くて不規則だった。暗い寝室の窓に自分の顔が淡い灰色の楕円形になって映っているのを見て、乱暴にカーテンを閉めると、フックがレールとこすれる音がした。下の階ではみんなが喋っていて、アリスの声が聞こえた。ううん、私じゃないよ。サイモンがそれに何やら低い声で答えてみんなが笑い、甲高い声が上の階まで届いた。アイリーンはまぶたを閉じて指でこすった。冷蔵庫を開ける柔らかい音が聞こえて、グラスらしきものがカチカチと鳴った。彼女は一日着てしわが寄ってくたびれ、日焼け止めとデオドラントの匂いがするリネンワンピースからベルトを外した。下の階から、ドアを開ける音がする。アイリーンは肩からワンピースを脱ぐと、鼻から深く息を吸って口から大きく吐き出し、青いストライプのネグリジェに着替えた。下の階の雑音は収まって、三人の声が交じり合って聞こえる。ベッドの端に腰かけて、彼女は髪からピンを抜き始めた。下では、誰かが口笛を吹きながら玄関ホールを歩いている。アイリーンが黒くて長いヘアピンを抜いてベッドサイドテーブルに放り投げると、かすかにカチッという音がした。彼女はあごをこわばらせて、奥歯を軋ませていた。家の外では海がくり返し低い音を奏で、重なり合った木々の葉の間を微風が通り過ぎていった。髪を解くと彼女は乱暴に指で梳《と》かして、横になって目をぎゅっとつぶった。下の階から、コルクの栓を抜いたような音がする。アイリーンは自分の肺を呼吸で満たした。拳を握りしめ、それを開いて掛け布団の上で指を伸ばすという動作を二回、三回とくり返した。またアリスの声がする。彼女が何か言うたびに他の二人の、男性的な笑い声が響いてくる。アイリーンは身じろぎをして素早く立ち上がった。椅子の背にかけてあった黄色いキルトのガウンをつかんで袖を通す。階段を下りながら、彼女はガウンのベルトを緩く結んだ。廊下の奥のキッチンはドアが閉まっていたが、明かりがついていて、甘く濃厚な煙が漂っていた。彼女はドアノブに手をかける。中からアリスの声が聞こえてきた。ああ、どうかな、数ヵ月はないね。アイリーンはドアを開けた。キッチンは暖かくてほの暗く、テーブルの端の席にアリスが座っていて、向かい側ではフィリックスとサイモンがマリファナ煙草を分け合っていた。ガウン姿の彼女が戸口に立っているのを見ると、三人は驚いて用心するような表情を浮かべた。勇敢にもアイリーンは微笑んだ。私も仲間に入っていい？

もちろん、どうぞ、アリスは言った。

椅子を引いて座り、アイリーンはみんなに言った。何の話をしていたの？

フィリックスがテーブル越しに彼女に煙草を渡した。アリスが両親について話していたところだ。

アイリーンは素早く一服すると、うなずいた。顔にも姿勢にも精一杯明るくしようという努力が見えた。

うん、あなたはもう知っているけどね、アリスはアイリーンに言った。二人に会っているでしょう。アイリーンはうーんという声を漏らした。随分前の話だけどね。それでどうしたの。他の二人にふりむいて、アリスは話を続けた。母との場合はもっと話が簡単なの、あの人と弟はもう窒息しそうになるほど仲が良くて。それにあの人が私を本当に好きだったためしがないし。

そうなのか？　フィリックスは言った。そりゃ不思議だな。うちの母さんは俺が大好きだったよ。俺は彼女の期待の星だったんだ。悲しいよな、俺はとんだ出来損ないだって判明したんだから。なのに母さんは溺愛していた、理由は神のみぞ知るだが。

あなたは出来損ないなんかじゃない、アリスは言った。

フィリックスはサイモンに言った。あんたのとこはどうなんだ？　お袋さんのお気に入りだったか？

うん、僕は一人っ子なんだ、サイモンは言った。当然、母は僕のことが好きだった。あ、今も好きだけど。彼はワイングラスをテーブルに置いて、ステムを持ってくるくると回した。でも人生で一番心許せる関係だったとは言えないね。彼女は時折、僕に対して混乱してストレスを抱えていると思う。僕のキャリアの面や今までの決断においてね。彼女の友人の子供たちは僕と同い年くらいで、医師や弁護士になり、きっと子供もいるんだろう。一方でこっちはいまだに単なる議員のアシスタントで、彼女もいない。だから、母が混乱するのは責められない。僕だって自分の人生がどうしてこうなってしまったのか分からないんだから。

フィリックスは短い咳をした。でもあんたは相当重要な仕事をしているじゃないか？

その質問に驚いたとでも言うように、サイモンはフィリックスの方を向いた。ああ、そんなまさか。全然だよ。うちの母がステータスに固執しているとは思わないけどね、念のために言っておくと。息子に医者になって欲しかったのは間違いないだろうけど、でも僕がその道を選ばなかったことに対して失望はしてないはずだ。フィリックスが煙草を渡すと、彼は受け取った。僕たちは真剣な会話というものをしたことがないんだ。母はみんなと仲良くやっていくのを望んでいて、話が深刻になるのを嫌がるんだ。どこかで彼女は僕を威圧的だと思っている節がある。気が咎めるよ。彼は短く一服して、話を続けた。両親の話をするたびに罪悪感を覚えるね。こんな息子になったのは、彼らのせいじゃないのに。

でもあなたのせいでもないでしょう、アリスは言った。

アイリーンはうっすらと浮かべた笑顔を崩さず、歯を食いしばって、このやり取りを食い入るように見ていた。

アイリーンのところはどうなんだ？　フィリックスが訊いた。両親とは上手くやってる？

そう訊かれて彼女は驚いたようだ。思わず声を漏らした。それから少しの間があって、アイリーンは話し始めた。うちはそんなに仲は悪くない。頭のおかしな姉がいて、両親は彼女を恐れているけど。私も彼女のせいで地獄みたいな子供時代だった。でもそれ以外に特に問題はないかな。

この間結婚した姉貴のことか、フィリックスは言った。

うん、その人。ローラね。彼女は別に悪人じゃないの、支離滅裂な性格だってだけで。まあ、時々は邪悪なところもあるかもしれない。彼女は学校で人気者だったけど、私は仲間外れだった。いや本当に、友だちが一人もいなかったの。ふり返ってみても、自殺せずに済んで本当に良かったと思う、だってあの頃はしょっちゅうそのことを考えていたから。十四歳とか、十五歳の頃ね。母に相談しようとしたけれど、彼女は私には何の問題もない、ただ深刻ぶっているだけだって言うの。そこで彼女は躊躇して、むき出しのテーブルの表面に視線を落とした。そして意を決したようにまた話に戻った。本当に死んでしまおうかと思ったんだけど、十五のとき、ずっと友だちでいたいと言ってくれる人と出会った。それで命が救われたの。

静かな声でサイモンが言った。もしそれが本当ならば、僕は嬉しいよ。

フィリックスが驚いて姿勢を正した。何だって？　あんたのことなのか？

まだ少し顔が青白く、引きつってはいたが、アイリーンはもっと自然な笑顔を浮かべ、嬉しそうにみんなに向かって懐かしい話をまたし始めた。私たちは近所で育った幼馴染みだったって言ったでしょう。サイモンが大学から夏の間に実家に戻ってきて、うちの父の農場を手伝っていたことがあったの。どうしてかは分からないけど。きっと両親にそうしろって言われたんでしょう。

ユーモアのある声でサイモンは言った。違うよ、ちょうど『アンナ・カレーニナ』を読み終わった頃だったんだと思う。それでリョーヴィンのようになりたかったから、農園の仕事がしたかったんだ。ほら、彼は鎌か何かで草を刈っているときにある境地に辿り着いて、神を信じるようになるんだよ。詳細については思い出せないけれど、そんなところだったと記憶している。

アイリーンは両手で髪を揺らしながら笑い始めた。本当に『アンナ・カレーニナ』みたいだと思って、父のところで働いていたの？　知らなかった。もしあなたがリョーヴィンだとしたら、うちは小作人だね。彼女はまた他の二人に話し始めた。とにかく、それで私とサイモンは友だちになったの。私は彼の家族の持つ敷地の近くに住む田舎者の娘の一人に過ぎなかったんだけど。鷹揚《おうよう》な感じでサイモンはつぶやいた。そんな風に考えたことはなかったぞ。アイリーンは手をぱたぱたとふって、彼の言葉を退けた。だから、私たちの両親は当然のようにお互いを知っていた。それどころか、うちのお母さんはサイモンの母君に対して劣等感を抱いていたの。毎年、クリスマスイヴになると、サイモンと彼の両親が我が家に飲みにやって来るんだけど、もううちは、彼らが到着するまで家じゅう上から下まで大掃除で大変なことになっていた。バスルームに特別に上等なタオルを置いたの。もうそんな感じよ。

もう一服して、壁に寄りかかり、フィリックスが尋ねてきた。それで、彼らはアリスについてはどう思っているの？

アイリーンは彼を見つめた。彼らって、うちの両親？　フィリックスはうなずいた。そうだね。何度か顔を合わせたことはある。お互いそんなに親しくはないかな。

アリスはにっこりと笑った。あの人たちは私を気に入らなかったの。

フィリックスは笑った。そうなのか？

アイリーンは首をふった。そんなことない。気に入らないなんて。ただうちの両親はあなたのことをよく知らないってだけ。

大学時代も、私と一緒に住んで欲しくなかったんだよね、アリスは言った。アイリーンが中産階級のいいお嬢さんと付き合うことを望んでいたの。

アイリーンは痛々しく笑うように息を吐き出した。彼女はフィリックスに言った。うちの両親はアリスのことをちょっとばかり扱いづらいと感じていたんだと思う。

そして私が成功すると、今度は嫌ってる、アリスは言い添えた。

どこからそんな考えが来たんだか、分からないんだけど、アイリーンは言った。

ああ、でも君が私のところにお見舞いに行くのは嫌がった。そうでしょう？

アイリーンはまた首をふって、無意識に耳たぶを引っ張った。それはあなたの成功と何も関係ないでしょう。

じゃあ何と関係していたの？　アリスは言った。

フィリックスは自分が煙草を持っていたのを忘れていたらしく、手から落としてしまった。彼を見上げてアイリーンは言った。あのね、アリスはニューヨークから帰ってきたとき、こっちに戻ったって連絡を寄越さなかったの。私はずっとメールやメッセージを送り続けていたのに、何週間も返事がなくて、本気で心配して、何か大変なことが起こったに違いないってパニックになりかけていた。でもこの人はうちのアパートから五分のところにずっと住んでいたの。彼女はサイモンを指さした。彼は知ってたんだよ。知らないのは私だけだった。私に言うなってこの人が口止めしたから、彼はアリスから連絡がないって私の不満をずっと我慢して聞かなくちゃならなかったの、この人がクランブラシル通りにいるってずっと知ってたくせに。

堪えるような声でアリスは言った。私にとって辛い時期だったんだってば。

アイリーンはまたわざとらしくまばゆい笑顔を浮かべてうなずいた。でしょうね。私にとっても辛い時期だった、三年間付き合っていた彼氏と別れて、住む場所を失ったんだから。それで私の親友は口も利いてくれなくなって、もう一人の親友は何も言えないから、変な態度を取るようになった。

アリスは静かな声で呼びかけた。アイリーン、本当に悪いんだけど、私は錯乱状態にあったんだよ。

そうだよね、知ってる。あなたが入院したとき、毎日のように病院に行ったから。

アリスは黙り込んだ。

うちの両親がそんなにしょっちゅう私がお見舞いに行くのを嫌がったのは、あなたの成功とは何も関係ない、アイリーンは話を続けた。あの人たちはただあなたが友だちとしての思いやりに欠けているって思っていたの。退院したとき、休息を取るために数週間ダブリンを離れるって私に言ったのを憶えている？　ところが蓋を開けてみれば数週間じゃ済まなくて、今度は永遠にダブリンを離れるっていうの。それも私以外のみんなが気づいていたことみたいだけど。でも確かに、私にちゃんと知らせておくこともないよね。私は病院に見舞いに行くバス代のために銀行口座を貸越にするお馬鹿さんだから。ほらね、うちの両親があなたは私に何の思いやりもないって言うはずだよ。

アイリーンの話をサイモンはうなだれて聞いていたが、フィリックスの方はやり取りしている二人をしっかり見ていた。テーブルの反対側から見ているアリスの頬は赤く染まっていた。

私がどんなことを乗り越えてきたか、君は分かってないんだよ、アリスは言った。

アイリーンはけりつめたような甲高い笑い声を上げた。こっちもまったく同じことを言っていいかな？

アリスは目を閉じて、また開いた。そうだね、彼女は言った。本当に好きでもなかった男と別れたってこと。そりゃ辛かったよね。

テーブルの反対側で、サイモンが制した。アリス。

言わせてよ、アリスは抗《あらが》った。ここにいる人は誰も分かっていない。私にお説教しないで。誰にも私の人生は理解できないんだから。

アイリーンが椅子を倒して立ち上がると、キッチンから出てドアをバタンと閉めていった。サイモンが上体を起こして去っていく彼女を見ていると、アリスが無表情に目を向けた。行けば。彼女はあなたが必要だけど、私には必要じゃないから。

彼女を見つめて、サイモンは優しい声で言った。でも、今まで必ずしもそうとは限らなかっただろう？

知るかよ、アリスは答えた。

サイモンは彼女から目を離さなかった。怒っているのは分かる。でも自分が言っていることが本当じゃないことも、分かっているはずだ。

あなたは私のことが分かっていないんだよ、彼女は答えた。

テーブルの上に視線を移して、彼は微笑んだようだった。そうか。サイモンは立ち上がるとキッチンを出て、静かにドアを閉めて部屋を後にした。アリスは頭が痛むかのようにこめかみを指で押さえ、急に立ち上がるとシンクに行ってグラスをすすいだ。人を信じちゃだめだね、彼女は言った。誰かを信じられると思うたびに、しっぺ返しを食らうの。サイモンは最悪の部類だよ。あの人の何が間違っているか分かる？　あれはまじでメサイア・コンプレックスってやつだよ。あの人は自分から人に助けを求めないけど、それで自分が人よりも優れていると思ってる。実際には、ただ悲しく不毛な生活を送っていて、アパートでひとり座って、自分はすごい善人なんだって自分に言い聞かせているだけなのに。ある夜、本当に具合が悪くなって、彼に電話をして病院に連れていってもらったことがあった。でも、それだけの話だよ。それなのに、今じゃ彼に会うたびにそのことを持ち出される。あの人が自分の人生で成し遂げたことってある？　何もないじゃない。少なくとも私はこの世界に何かを貢献してるって言える。それなのにあの人は、一回電話に出たくらいで、自分は私よりも上だと思っているの。あの人は自分がいい気持ちになりたいばかりに、不安定な人を友だちにしてまわっているんだよ。しかも女性、特に自分より年下の女性が好物なの。その女性にお金がなかったら、なおいいんだよ。あの人が私よりも六つも年上だって知ってる？　それなのに今まで何をしてきたっていうの？

フィリックスはもう長いこと黙ったままで、ただ長椅子に腰かけて壁に寄りかかり、ビール瓶を両手で抱えていた。何もしてないんだろう。自分でもう言ったじゃないか。俺も何も成し遂げていないから、どうして俺がそんなことを気にすると君が思っているのか分からないけど。アリスはフィリックスに背を向けてキッチンカウンターの前に立ち、キッチンの窓に反射している彼の姿を眺めていた。フィリックスがようやく彼女の視線に気がついて、窓の中で二人の目が合った。何だよ？　別に俺は君のことなんか恐くないからな。すると彼女は視線を落とした。それはあなたが私のことをよく知らないからなのかもね。彼はどうでも良さそうに笑った。彼女は黙り込んだ。彼はもう少しだけ彼女の背中を眺めていた。彼女は血の気を失った顔で、水切り台に置いてあった空のワイングラスをつかんで、一瞬手に持っていたかと思うと床に叩きつけた。グラスのボウルの部分は床に当たって音を立てて粉々になり、ステムはほとんど無傷のまま、冷蔵庫の方に転がっていった。沈黙の中、彼はただ彼女を注視して、動かなかった。もし君が何か自分を傷つけるようなことをしたいと考えているのなら、やめときなよ。大騒ぎになるだけで、気分は良くならないと思う。両手をキッチンカウンターに置いて、アリスは目を閉じていた。即座に彼女は答えた。ううん、心配しなくていい。あなたたちがここにいる間は、私も何もしないから。彼は眉を上げて自分の飲み物に目を向けた。じゃあ、居座っていた方が良さそうだ。カウンターをつかんだ彼女の手から、関節が白く浮き上がっている。本当は私が死のうが生きようがどうだっていいくせに。フィリックスはビールを一口飲んだ。こんな扱いを受けたら腹を立てるべきなんだろうな。でも、そんなことをして何の意味があるのか？　君が本当に話しているのは俺じゃないのに。頭の中ではまだ彼女と喋っているんだろう。アリスが両手で顔を覆ってシンクにかがみ込んだので、彼は立ち上がって彼女のもとに行こうとした。ふりむかずに彼女は言った。こっちに来たらあんたを殴ってやるから、フィリックス。本気だからね。両手で頭を抱え込んでいるアリスを前にして、彼はテーブルのところで立ち止まった。そのまま、沈黙の中を時間が過ぎていった。ようやくフィリックスはテーブルの後ろから出てくると、キッチンチェアの一脚を引き出して、床の上の大きなガラスの破片をいくつかよけた。彼が近づいてくるのに気がついていないかのように、アリスはまだシンクの前に立ち尽くしていたが、彼の方には目を向けずに出された椅子に座った。彼女は震えていて、歯の根も合わないようだ。低くうめくような声でアリスは言った。ああ、もう。自分を殺したい。フィリックスはキッチンテーブルに寄りかかって、彼女を見ていた。うん、俺もそんな状態に陥ったことがあるよ。でも実行しなかった。君も大丈夫だ。彼を見上げた彼女の顔から怯えと、後悔と、罪の意識が見える。そうだね。きっとあなたの言うことが正しいんだと思う。ごめんなさい。彼はかすかに微笑んで視線を落とした。心配いらないよ。それと、君が死ぬか生きるかは俺にとって大問題だ。そうだって分かってるんだろう。アリスの目が彼を捉えて、その体や両手、顔に数秒ほど視線をさまよわせた。ごめんなさい、彼女は言った。自分が恥ずかしいよ。自分はもう――分からないけれど、自分はもう回復しているところだと思っていたの。ごめんなさい。彼はテーブルに腰かけた。うん、君は良くなってきていると思うよ。こんなのは単なる――よく言うところの症状のちょっとした再発ってやつだ。薬は何か飲んでいるのか？ 抗うつ剤か何か。彼女はうなずいた。プロザックを。彼は相手の気持ちを慮るような眼差しで、椅子に座っている彼女を見下ろした。そうなんだ？ その割に頑張ってるじゃないか。俺があれの世話になっていたときは、性欲なんか全然湧かなかったぜ。彼女は笑い出して、危機的な状況を抜け出して安堵したかのように手を震わせた。フィリックス、あなたを殴ってやるって言ったなんて信じられない。まるで化け物みたいだよね。何て言っていいのか分からないけれど、本当にごめん。彼は穏やかに彼女と目を合わせた。単に近寄らないで欲しかったってだけだろ。自分が何を言っているのかもよく分かっていなかったんだよ。それと君は精神疾患なんだ、忘れるな。混乱したように、彼女は自分の震える手を見下ろした。でも、もうそうじゃないんだと思ってたの。彼は肩をすくめると、ポケットからライターを取り出した。うん、でもまだそうなんだよ。それでもいいんだよ、時間がかかるんだから。彼女は自分のくちびるに触れて、彼を見つめた。いつプロザックを飲んでいたの？ 目を上げずに彼は答えた。昨年、ひと月かふた月やっていて、それからやめた。俺はワイングラスをいくつか落とすなんてのより、ずっとひどいことやってたぜ、いや本当に。しょっちゅう喧嘩していたし。馬鹿ばかりやった。彼はライターの回転式ヤスリを親指でこすった。君と君の友だちは仲直りできる。アリスは自分の膝に視線を落とした。どうかな。どちらかの気持ちがより強いってタイプの友情だと思うから。彼は親指でライターの火を一度つけて、消した。彼女が君を気にかけてないって思ってるのか？　アリスはまだ膝を見ていて、スカートのしわを手で伸ばしている。気にかけてるのは分かってる。でも私と同等じゃないの。フィリックスはテーブルから下りて、大きめのガラスの破片を避けながら裏口へと向かった。彼は裏口のドアを大きく開けると、戸口に寄りかかって、涼しい夜風の吹く濡れた庭を眺めていた。しばらくの間、二人とも何も言わなかった。アリスは立ち上がってシンクの下から塵取り《ちりとり》と箒《ほうき》を取り出し、ガラスを掃き始めた。ごく小さな破片が遠くまで散らばっていて、ラジエーターの下や、冷蔵庫とカウンターの隙間に入り込み、照明を反射して銀色に光っている。掃除が終わると、彼女は塵取りの中身を新聞紙の上に捨てて包み、ゴミ箱に入れた。フィリックスはドア枠に寄りかかり、外を見ている。君が俺に思っていることと同じだな、彼は急に言い出した。面白いよな、一緒だなんて。キッチンで、アリスが背を伸ばして彼の方を見た。何？　彼は答える前に深呼吸をした。君はアイリーンが、自分が彼女を愛するのと同じようには愛してくれてないと思っている。それと同じことを俺に対しても思ってる、自分の思いの方が強いって。それが俺のことを気に入ったそもそもの理由なのかもしれない、どうなんだろう。俺は君が自分自身を憎んでいるんじゃないかとも思う。車も持たないでこんなところに引っ越してくるとか、アプリでつかまえた適当な相手に入れあげるとか、やっていることが全部、自分を惨めな境遇に追い込んでいるように見えるんだよ。もしかしたら君は自分を踏みつけにして傷つけるような相手を求めていたのかもしれない。少なくともそう考えると、俺なんかを選んだことに合点がいく、いかにもそういうことをしそうな男に見えたんだろう。或いは、そういうことをやりたがっていそうに。アリスはシンクのところに立って、黙っていた。彼はゆっくりとうなずいた。だけど、俺はそういうことはしない。もしそれが君の望みだったのなら、悪いけれど。彼はそこで咳払いをした。それに、君の方が俺のことをより好きってことはないよ。俺たちはきっと同じくらい思い合っている。自分がいつも気持ちを態度で表せるタイプじゃないのは知っているけど、でももっと上手にやれるように努力することはできる。だからそうさせて欲しい。俺は君を愛しているんだ、いいだろう？　彼の言葉を聞いているアリスの顔に呆然としたような不思議な表情が浮かんで、彼女は頬を片手で押さえた。私が精神疾患でも、彼女は言った。彼は笑って、背筋を伸ばすと裏口のドアを閉めた。そうだ。たとえ俺たちの両方が病気でも。

　キッチンを出た後、サイモンは階段を上って二階に行き、アイリーンの部屋のドアの前で立ち止まった。部屋の中から、嗚咽《おえつ》で途切れながら、しゃくり上げるような甲高い泣き声が聞こえてきた。彼が手の甲でドアを優しくノックすると、急に部屋が静かになった。なあ、僕だよ。入ってもいいかい？　また泣き声が始まった。彼はドアを開けて部屋の中に入った。アイリーンは膝を抱え込んで横向きに寝ていて、片方の手で髪を触り、もう片方の手で目を覆っていた。サイモンは後ろ手にドアを閉めて、ベッドの端の枕に近いところに腰を下ろした。こんなのが自分の人生だなんて信じられない、彼女は言った。サイモンは思いやりのこもった顔でアイリーンを見下ろした。こっちにおいで。彼女はまたすすり泣いて、自分の髪を強く引っ張った。濁った声でアイリーンは彼に言った。あなたは私を愛してくれない。彼女も私を愛してくれない。私は人生でひとりぼっちなんだ。誰もいないの。こんな風に生きていかなくちゃいけないなんて信じられない。理解できないよ。彼は四角くて大きな手を彼女の頭に置いた。何を言ってるんだい？　もちろん僕は君を愛しているよ。こっちに来なよ。彼女は黙って怒ったように自分の顔を両手でこすっていたかと思うと、苛立った様子のまま彼の膝に自分の頭を置いて頬を押しつけた。それでいい、彼は言った。彼女は顔をしかめて、指先で目を拭った。私は自分の人生のいいものをみんなだめにしてしまうの。何もかも。サイモンはアイリーンの髪を撫でて、乱れて顔にかかった湿った髪を後ろに流した。アリスとのことを全部台無しにしちゃった。あなたとのことも。そう言うとまたすすり泣きが始まり、彼女は目を覆った。彼はゆっくりと彼女の額から髪へと手を動かした。君は何も台無しになんかしていない。その言葉を無視して、息継ぎをすると、彼女はまたもや喋り始めた。昨晩、町に飲みに行ったとき――アイリーンはまた喉を詰まらせ、深呼吸をして話を続けようとした。生まれて初めて人生で幸せだって本気で思えたの。心の中で、生まれて初めて人生で幸せだって本気で思ってるんだって考えてた。自分は罰せられているんだ、神が私を罰しているんだって思うようなことがある。それとも、自分で自分を罰しているのかもしれない、分からないけれど。だって、五分でも幸せを感じていると、必ずその後で悪いことが起こるの。この前の週にあなたのアパートで一緒にテレビを見ていたときみたいに。あの後、何もかもがだめになるんだって分かっておくべきだったんだよ、だって、あなたのソファに座っていて、こんなに幸せなのはいつぶりだろうなんて思っていたんだから。何か素敵なことが起きるたびに、私の人生は潰えるの。もしかしたら、何もかも、自分が原因なのかもしれない。どうなんだろう。エイダンは私に我慢できなかった。アリスもそう、あなたもそうなんだって分かってしまった。サイモンは低い声で優しくささやいた。僕はできるよ。じれったそうにアイリーンはまだ流れ続ける涙を拭った。どうしてだろう、私が立派な人間じゃないからかもしれない。自分のことのように、他人について考えることができないのかも。あなたのことがそうだもの。あなたが私よりも惨めな人生を送っているって知っているけれど、あなたは私に打ち明けようとはしない。私にいつも優しくしてくれる一方で。いつもだよ。今だってこうやってあなたの膝で泣いている。私の膝であなたが泣いたことなんてある？　もう、絶対にないでしょう。彼はアイリーンの頬骨に沿って広がるそばかすや、熱を帯びたピンクの耳に温かな眼差しを向けた。そうだな。でも僕らは違うタイプの人間なんだよ。それに惨めな人生じゃないから、心配しなくていい。悲しいと感じることもあるけど、それでいいんだ。彼女は頭を彼の膝に乗せたまま、小さく首をふった。でも私はあなたに対して、あなたが私を思いやっているようにはできないの。彼は親指で彼女の頬骨をなぞった。そうだね、もしかして僕の方がそうされるのが苦手なのかもしれない。アイリーンの涙は少し落ち着き、彼女は束の間、彼の膝の上で口をつぐんだ。それから急にこう言った。どうして苦手なの？　彼はぎこちない笑顔になった。どうしてなんだろうね。とにかく、今は君の話をしていたはずだ。彼女は頭の向きを変えて、彼を見上げた。でもあなたについて一度は話したいと願っていたの。彼女の顔を見返して、一瞬間を置いてから彼はまた話し始めた。神が君を罰しているかのように感じるなんて、気の毒だと思う。そんなことを神はしないと僕は信じているけれど。アイリーンはもうしばらく、彼のことを見つめていた。この間、私たちが一緒に列車に乗っていたときに、アリスにメールを書いていたんだけど、そこにサイモンが十年前にプロポーズしてくれればよかったのにって書いたの。虚を衝かれたように彼は口をつぐみ、何か考えているようだった。君が十九歳のときだね。結婚の申し込みなんかして、受けてもらえたのかな？　弱々しく笑って、彼女は肩をすくめた。両目が熱を帯びて腫れている。もし私に分別があったのならね。でもあの年齢で分別があったかどうかは、今となってはもう思い出せない。でもきっとすごくロマンティックだとは思っただろうから、承諾したかもしれない。そうすればもっといい人生が送れたはずだよね、そうでしょう。今の私の人生よりは。彼はうなずいて、顔を歪めて少し悲しげな笑顔を作った。僕にとってもそうだっただろう。ごめんよ。彼女は彼の手を握り、二人して黙り込んだ。アリスのせいで君が動揺したのは分かっている、彼は言った。アイリーンは彼の手の節を親指で撫でていた。今朝キッチンで、フィリックスにどうしてもっと早く彼女に会いに来なかったのかって訊かれたの。それで、じゃあどうしてアリスは私に会いに来なかったのよ？　って言ってしまって。彼女はどこにいたの？　って。すごく忙しかったって訳でもないだろうに。その気になればいつだって、列車に飛び乗って私を訪ねて来れた。そもそも、そんなに私を愛しているのなら、どうしてこんな遠くに引っ越しちゃったんだろう？　誰もそんなことは強要していないのに。まるで私たちが会うのをわざと難しくしているみたいだったし、彼女は今や傷ついた自分の気持ちをなだめながら、私は彼女のことなんか気にかけていないんだって自分に言い聞かせている。本当は、離れていったのは彼女の方なのに。私は行って欲しくなかった。そう言うとアイリーンはまた泣き始めて、顔を両手で覆った。私は行って欲しくなかったの、彼女はくり返した。サイモンは何も言わずに彼女の髪に触れていた。彼の方も見ずに彼女は痛々しい声で言った。お願いだから私を置いていかないで。彼女の髪を一房、耳の後ろに流して、彼はつぶやいた。そんなことは、絶対にしない。もちろんだ。それから一分、二分とアイリーンは泣き続けて、サイモンは静かに座って彼女の頭を膝に抱いていた。ようやく彼女は起き上がってシーツの上で彼の隣に座ると、袖で自分の顔を拭った。僕は得意だったためしがないんだ、彼は言った。面倒を見られることが。小さく笑って彼女は言った。見て学ぶんだね。私はその道の達人だから。彼は曖昧な微笑みを浮かべて、自分の膝に視線を落とした。きっと自分を押し付けるのが恐いんだろうね。要するに、誰かが何かをしてくれるのは自分がそう望んだからなんだとか、相手がこちらに義理を感じているからだとか、そう考えるのが嫌なんだ。もしかしたら上手く説明できてないかもしれないけど。何もして欲しくないって言ってる訳じゃない。してもらえたらすごく嬉しいと思っていることも、いくつかはある。彼はそこで言葉を止めて首をふった。ああ、僕は本当に自分を表現するのが下手くそだな。彼女の視線が彼の顔の上をさまよった。でもサイモン、あなたは私が近づくのを嫌がるじゃない。私の言っていることは分かる？　本当のあなたを知ろうとするたびに、私を突き放すの。彼は咳払いをして、自分の両手を見下ろした。そのことについては、また別の機会に話そう。君はアリスに対して腹を立てているし、このことについて話し合うのには、今はいいタイミングじゃない。彼女はわずかに眉をひそめた。やっぱりそうやって突き放そうとするんじゃない。彼は辛そうな笑みを浮かべた。僕たちの間にはもう何も起こらないんだって考えに、ようやく慣れてきたところで。そう簡単にはいかないんだ。でも、ある意味、何かあるかもしれないと考えるよりは楽なのかもしれない。彼は親指の付け根の下をさすった。もし僕が君に何かしてあげたとしたら、それは僕がそうしたかったからで、それで君と近しくなりたかったからなんだ。それに、正直に言うと、君には僕が必要なんだと感じていたい、僕なしではだめなんだと。僕の言いたいことは分かるかい？　自分でも何を言っているのか定かじゃないけれど。僕が君のためにするよりも、本当に君は多くのことを僕にしてくれたって言いたいんだ。それに僕の方が君を必要としてきた。君が僕を必要なよりも、もっとずっと、僕には君が必要なんだ。彼は息を吐き出した。彼女は黙って彼を見ていた。彼はどこかに心を置いてきたかのような様子で、喋っていてもほとんど自分に言い聞かせているかのようだった。でも僕が言っていることはみんな間違いかもしれない。こういう話をするのは僕にはすごく難しい。サイモンはまたため息のようなものを吐き出して、自分の眉に触れた。アイリーンは彼を見つめ続けて、何も言わず、ただ話を聞いていた。ようやく彼は彼女の方を見た。君が恐れているのは知っている。もしかして僕たちの関係について、友だちのままでいたいって言ったのは本心かもしれないから、そうだとしたら僕は受け入れる。でももしかしてそう言ったのは、少なくともある意味では、僕に別のことを言わせたかったからなのかもしれないと感じている。まるで、アイリーン、こんなことをするのをやめてくれ、ずっと君を愛してきたのに、どうやって君なしで生きていけばいいんだって、僕にみんなの前で言ってもらいたいみたいだった。あるいは別の何かが、君が僕に言わせたいことかもしれない。今言ったことが嘘だっていうんじゃないよ、もちろん本当だとも。もしかして君がアリスに怒って、彼女は君のことを考えていないって言うのも——分からないけれど、僕に言っていることと同じ構造なのかもしれない。どこかで君はアリスに、アイリーン、君を愛している、一番の親友だよって言ってもらいたいと思っているんじゃないかって。問題は君が、君が望むような形で気持ちを見せるのが苦手なタイプの人間に惹かれているっていうことなんだ。そう、見ていれば分かることだけど——フィリックスと僕は二人とも気がついているけれど——アリスがそんな風に反応することはないだろう。もしかしたら、僕もある部分では彼女と一緒なのかもしれない。もし君が僕と一緒にいたくないって言ったら、僕は傷ついて屈辱を感じるかもしれないけれど、だからって君に懇願して顔色をうかがうような真似はしないはずだ。きっとどこかでは、君もそれに気がついているはずだよね。それでも僕に愛されていないとか、僕が君を求めていないとか考えてしまうのは、自分の望んだ反応が得られないからだ——僕はそういうことを言う人間じゃないから、自分の望みが叶えられないと本当は分かっているはずなのに。どうしてだろうね。僕は言い訳をする気はないし、アリスについて代弁するつもりもない。君は僕がいつもアリスを庇《かば》っているって言うけれど、正直言うと、本当はそうしているとき、僕は自分を庇っているんだろう。彼女の中に僕を見て、つい同情してしまうから。本当はそうしたくないのに、アリスは君を遠ざけて、それで傷ついているんだ。それがどんな気持ちか僕には理解できるよ。いいかい、君が本気で僕と友だちのままでいたいって言ったのならば、それも理解できる。僕は付き合いやすい人間じゃないって、自分でも分かっているから。でももしも僕が君を幸せにできるチャンスが少しでもあると思うのなら、チャンスをくれないだろうか。だってそれこそが僕が人生をかけて本当にしたい唯一のことだから。アイリーンはサイモンの首に腕を回してベッドの端に座ったまま彼の方を向くと、彼の喉元に顔を押し付けて、相手にしか聞こえない声で何かをささやいた。

数分後、アリスが階段の下にやって来ると、アイリーンが階段の上に現れた。玄関ホールのほの暗い明かりでお互いの姿を認めて二人は立ち止まり、アイリーンは階段の上から見下ろし、アリスは階段の下から見上げて、それぞれがお互いを映し出す霞んだ鏡のように、顔から不安や警戒、傷ついた様子をにじませて、青白く宙吊りになったまま、数秒が経過した。それから二人は歩み寄り、階段の途中でお互いを抱き止め、体にぎゅっと腕を回してきつく抱きしめ合った。アリスは言った。ごめんね、本当にごめんね。アイリーンは言った。謝らないで、私が悪かったの、どうして喧嘩なんかしたんだろう。二人は噴き出して、しゃくり上げるような奇妙な笑い声を上げて、手で顔を拭いながら言い合った。喧嘩の理由ももう思い出せないよ。ごめんね。二人とも疲れて階段に座り込み、壁を背にしてアリスはアイリーンの一段下に腰を下ろした。大学時代、あなたが私に意地悪な手紙を書いて、それで喧嘩になったのを憶えている、アイリーンが言った。リフィルの紙に。内容は忘れちゃったけれど、ひどかったのは憶えている。アリスはまた弱々しくしゃくり上げるように笑った。君は私のたった一人の友だちなんだよ、彼女は言った。君には別の友だちもいたけれど、私には君しかいなかった。アイリーンは彼女の手を取って、お互いの指を絡めた。しばらくの間二人はそこに座って、黙っていたかと思うと、とりとめもなくずっと昔の話を始めて、二人でした馬鹿げた口論や、知り合いだった人々、一緒に笑い合った出来事について語り合った。何度もくり返された、お馴染みの話題だ。そしてまた二人は黙り込んだ。私は全てが元通りになって欲しい、アイリーンは言った。また若返って、お互いの近所に住んで、何もかもがあのままで。アリスは悲しげに微笑んだ。でももし物事が変わったとしても、私たちはまだ友だちでいられるかな？　アイリーンはアリスの肩に腕を回した。もしあなたが私の友だちでなかったら、私は自分を見失うよ。アリスはアイリーンの腕に自分の頭を乗せて、目を閉じた。そうだね、彼女は言った。私も自分を見失う。事実、しばらくの間そうだった。アイリーンは自分のガウンの袖に抱かれた、アリスの金髪の小さな頭を見下ろしていた。私もそうだったよ、彼女は言った。午前二時半だった。外は薄明だ。暗い水面に低くたれ込めた三日月が映っている。潮はごく小さな波を反復して砂の上に戻ってくる。どこか遠い場所の、遠い時間に。

29

こんにちは――君のエッセイの草稿に私の意見を書いたものをこのメールに添付します。このままでも充分いける気がしていますが、中ほどのセクションを入れ替えるとしたらどうでしょう？　そうすると、伝記的な部分が後に来ることになります。君の考えを聞かせてください。ＪＰからのフィードバックはありましたか？　彼の方が私よりもずっと君の役に立ちそうですね！

時間の流れの感覚をすっかり失ってしまって、昨夜はベッドで横になってこう考えていました。アイリーンとサイモンが初めてここに来てから、もう一年近くにもなるんだ。それから、徐々に――自分の上にかかっているのが軽い夏用のブランケットではなく、大きくて温かい掛け布団だと意識してようやく――もうすぐ十二月で、君たちが初めて来た夏からもう十八カ月も経ったんだと気がつきました。十八カ月！　私たちの残りの人生もこんな風に過ぎていくのでしょうか？　時間は黒く分厚い霧の中に消えて、先週の出来事がもう何年も前のことのように、昨年あったことが昨日のことのように思えてきます。これがロックダウンの副作用であって、単なる加齢現象でないことを祈るばかりです。加齢といえば。遅ればせながらおめでとう。前もってプレゼントを送りましたが、いつ届くのか、果たして届くのか……

こちらからは新しいニュースはありません。フィリックスも相変わらずで、ご想像の通りです。彼はパンデミックについて絶望的な気持ちになるという発作を周期的にくり返していて、この状況が続けば、自分の行動に責任が持てなくなるかもしれないと暗にほのめかしています。でも、その後で元気を取り戻すのが常です。彼はこの間、村に住む何人かのお年寄りの買い物を請け負っていて、それによりお年寄りについて不満をこぼす機会を大いに得て、またコミュニティガーデンでも時間を割いて堆肥造りに精を出して、堆肥造りについて不満をこぼして、という感じです。私の方はというと、ロックダウンと普段の暮らしの差は（残念なことに？）微々たるものです。結局のところ日々の暮らしの八割か九割は同じ感じです――家で仕事して、読書をして、社交を避けて。でもこうなってみて、僅かな交流であっても、まったくないのとは大違いだと分かりました――二週間おきのディナーパーティでも、パーティが全然ないのとは絶対的に違います。そして私はもちろんずっと気が狂わんばかりに君のことを、そして君の彼氏のことを恋しく思っています。そういえばこの前の夜にテレビのニュースで見た彼の姿は、私たちの〝生活〟に対してスリルを与えてくれました。テレビ画面に向かって犬が吠えるのを見て、フィリックスは彼女がサイモンを憶えているのだと主張していましたが、ここだけの話、あの犬はテレビ画面にいつも吠えるのです。

君がこういうことについてどれだけ把握しているかは分かりませんが、一カ月ほど前にメールインタビューを受けて、記者の人にパートナーは著作についてどう考えているのかという質問をされました。私はよく考えもせず、彼は私の本をまったく読まないのだと返答しました。それで、インタビューの見出しがこうなってしまった訳です。「アリス・ケレハー――私の彼氏は私の本は読まない」――

—この後、「こんなのは悲劇だよ……彼女にはもっとふさわしい人がいる」と言って人気を集めているツイートをフィリックスが見つけました。この前の夜、そのツイートをスマートフォンで表示して黙ってこちらに見せてきたので、どう思うかと尋ねたところ、彼はただ肩をすくめていました。これは読書をしない人は道徳的に劣っているとして敬遠し、読書量が多ければ他人よりも優位に立てると思っている、浅はかで自己満足的な「読書文化」信奉者の典型的な例だと最初は思いました。でもそれから考えを変えました。ここに表れているのは、恐らくは正常でまともな人が、セレブリティという概念によって思考が混乱させられた例なのだと。私の写真を見て、私の本を読んだから、自分は個人的に私について知っているのだと純粋に信じ込んでしまう人の典型です——そしてこの人は私自身よりも、私の人生にとって何が最善か分かっていると信じているのです。しかもそれがノーマルなこととされているんですよ！　おかしな考えをこっそり抱くだけではなく、それを公にして、結果として肯定的な意見と注目を集めるのがこの人にとってはノーマルなことなのです。彼女はこのちっぽけで限定的な点においてはどうかしていると思いますが、彼女の周囲も同じようにどうかしている人ばかりなので、自分がおかしいことに気がつかないのでしょう。この人たちは話に聞く人と、個人的に知っている人の区別がつかなくなってきているのです。この人たちは想像上の私に対する感情——親しみ、憤り、憎しみ、憐れみ——は本物の友人に抱く気持ちと一緒だと思い込んでいます。宗教が残した空虚感を埋めるために、セレブリティ文化が代わりに転移したのでしょうか。かつての神聖な場所が、悪性の腫瘍に侵食されたかのようです。

他には取り立てて目新しいニュースはなく、私の体調不良の物語は前と変わらず続いています。あれやこれやで、毎日のように痛みに悩まされています。気分のいいときは、これはここ数年で蓄積されたストレスと疲労の結果に過ぎないのだから、時間と根気があれば自然に治るのだと自分に言い聞かせることができます。でも、こう考えてしまうときもあります。これが、私の人生になってしまったんだ。私は「ストレス」に関して数多くの医学文献を読んできました。ストレスは喫煙と同じくらい体に悪く、ある一定の量を超えると確実に健康に重大な悪影響を及ぼすということについては、どの文献も意見は一致していました。それなのに推奨されている対処法は唯一、そもそもストレスを溜めないということしかないのです。不安やうつ病とは違い、医師の診断を受けて、治療することによって症状がいくらか和らぐという可能性もありません。まるで違法ドラッグみたいです――そもそもやるべきではないけれど、やってしまったら、なるべく量を減らすように努力する以外に道はないのです。この症状に有効な治療薬は存在せず、実証的な根拠に基づいた治療法もないときています。ストレスを溜めてはいけません！　これが何よりも重要で、そうでないと大変な不調に苦しむことになります！　というだけです。とにかく、病原学的な観点からすると、ここ数年の私は煙草の煙が充満する部屋に何千人もの人たちと一緒に閉じ込められて、昼夜問わず訳の分からないことを怒鳴りつけられていたようなものでした。そして私はこの苦痛がいつ終わりを迎えるのか、改善するのにどのくらいの時間がかかるのか、ずっとこのままなのか分からないでいます。もちろん、人間の体に驚くべき回復力が備わっているのも知っています。一方で、私の祖先は丈夫な農民ではありましたが、こんな大勢の人から嫌われるような有名人の小説家という職業に必要な能力の備えは全然なかったとも考えています。君はどう思いますか？　私は良好から中程度までの健康状態に徐々に回復していくのでしょうか？　あるいは、精神的な成長をもたらす新たな機会と考えて、これを慢性的な症状として徐々に受け入れるべき？

そう言えば、私が君にメールを書いているのをフィリックスが見て、「君がカトリックになったって伝えたほうがいいぞ」って言っていました。つい最近、彼に神を信じるかと訊かれて、分からないと答えたせいです。その答えを聞くと彼は一日中頭をふって歩き回り、もし修道院に入るつもりならば自分の訪問は期待しないでくれと言いました。言うまでもないことですが、私が修道院に入ることはないし、カトリックでもありませんよ、少なくとも自分で知っている限りは。ただ、正しいのか間違っているのかは分かりませんが、全てのものには何かが内在していると感じているだけです。誰かが人を殺したり、他人を傷つけたりするのには、そこに「何か」があるから――そうですよね？　単に様々な形態で原子が空間の中を飛び交っているだけでは、そんなことにはならないはずです。どう説明したらいいのか、本当に分かりませんが。でも私は――自分自身の利益になるとしても他人を傷つけてはいけないという教えは重要なことだと考えています。フィリックスはもちろん、この意見に限り賛成してくれましたが、（もっともな意見ですが）人が大量殺人を犯すのは神を信じられないせいではないと指摘しました。でも、私はますます、そういうことをする人も、何らかの形で、むしろ神を信じているのだと考えるようになっています――あらゆるものに内在する善と愛の深遠な原理として神を信じているのだと。善行は、見返りや、己の欲望や、それを誰に見られるか、誰が知るのかということとは関係なしに施されます。フィリックスは、それが神だと言うのならそれでいいけれど、結局は言葉に過ぎず、無意味だと言います。もちろん、だからって天国や天使やキリストの復活が実在するということではありません――でも、もしかしたら、そうした概念が神の意味を何らかの形で理解する助けにはなるのかもしれません。人類の歴史において、善悪の違いについて説明しようとしてきた私たちの試みは総じて脆弱で、残酷で、不公平なものではありましたが、それでも今も善悪の区別は存在するのです――私たちや、個々の文化、今まで生きて死んだ全ての人類を超越したところに。そして私たちはその違いを知り、それに従って生きるために、人を憎む代わりに愛そうと努力しながら生きていて、それ以上に重要なことなんてこの地球上には存在しないのです。

飛躍的な速さで書いていたはずの原稿は、ここに来て断続的にぽつぽつと進んでいるというところまでペースダウンしています。私は楽観的な性質なので、当然ながら、この状況を不吉なこととしては捉えていません。あはは！　でも今回は本当に――脳が動かなくなり、もう小説は書けないのではと心配するような堂々巡りの罠にはまらないように気をつけています。いつか調子が良くなったら、そうなるまでにあれほど不安な時間を過ごして良かったと考えられるようになるのでしょうか。自分が様々な意味において幸運であることは知っています。それを忘れそうになると、フィリックスがここで生きていて、君も、サイモンもいるのだという事実を自分に言い聞かせて、そうすると私は本当に、恐いくらいに幸運なんだと思えてきて、君たちの誰にも、何も悪いことが起きませんようにと祈るのです。返事を書いて、君の近況を知らせてください。

30

アリス――意見をどうもありがとう――それと誕生日プレゼントも、ちょうどいい時に届きました。何て気前がいいのかしら！――それと、返事が遅れてごめんなさい。でも重要な機密事項について書くので、きっとあなたも許してくれるはずです。機密事項とはいえ、すぐに分かるでしょうが、秘密なのは今だけです。ではニュースを発表します。私は妊娠しました。はっきりと分かったのは数日前のことで、サイモンが本人出席を求められている委員会の公聴会に出席している隙に、私はビニールの包装紙をキッチンバサミで開けて妊娠検査薬を取り出し、バスルームでそこにおしっこをかけました。検査薬に陽性の印が出たのを見たときは、キッチンテーブルで泣いてしまいました。どうしてかは分かりません。医師からピルをもらうのをやめて数ヵ月経っていますし、生理も三週間遅れていたので、ショックではなかったはずです。どうして妊娠したのか、その詳細を書いてあなたを退屈させたり、まごつかせるつもりはありません――こんなに長く友だちでいた後で、私の側の無責任な行動について驚くことはないだろうけど、サイモンもただの人間だったと言えばそれでもう充分でしょう。話を戻しますが、私はいつサイモンが公聴会から戻ってくるのか知りませんでした――一時間後か、二時間後か、もしかしたらすごく遅くなって、このアパートにひとりぼっちで座ってずっと夜を過ごすことになるかもしれない——そんな風につらつら考えていたとき、彼が鍵でドアを開ける音がしました。彼が入ってきて、私が何もせずにキッチンテーブルについているのを見つけると、私はここに来て一緒に座ってくれるように頼みました。ずいぶんと長くに感じる時間、彼はそこで私を見て立ち尽くしていましたが、ようやく何も言わずに私の横に来て座りました。私から何か聞く前に、彼には分かったのだと私には分かりました。妊娠したと告げると、彼は私にどうしたいかと尋ねました。おかしな話ですが、彼にそう訊かれるまで、そのことについてまったく考えていませんでした。判明してからまだほんの数分しか経過しておらず、その間、私が考えていたのはそのときに彼がどこにいるだろうということだけでした——まだ仕事場なのか、もう帰路についているのか、薬局やスーパーに寄っているのか——うちに着くまでどのくらい時間がかかるのか。彼に訊かれたことの答えは簡単だったので、考えるまでもありません。私は子供を産みたいと彼に伝えました。彼は泣き出してしまって、すごく幸せだと言いました。私も幸せだったので、その言葉に嘘偽りがないと分かっていました。

アリス、これは今までの私のアイデアでも最悪なことだと思いますか？　ある意味では、そうです。もし妊娠が順調にいけば、子供が生まれてくるのは来年の七月初頭あたりですが、そのときになってもロックダウンは解除されず、私は世界的なパンデミックの中、ひとりぼっちで病院の産婦人科病棟で出産することになるかもしれません。また、この差し迫った懸念については棚上げするにしても、自分たちが知るような形の人類の文明が、私たちが亡くなった後でも存続できるかどうか、あなたも私も確信が持てないでいます。でも、そうだとしても、私がどのような決断をしようと、私の仮説上の子供と同じ日に、数十万人の子供たちが誕生するのです。その子供たちの未来は間違いなく私の仮説上の子供と同じく重要で、両者の区別は私と、私の愛する男性との関係でしかありません。つまり、どちらにしろ子供たちは生まれてくるのですから、大局的に見れば、その子供が私と彼の子かどうかということは、それほど重要ではないと言いたいのです。いずれにせよ子供たちが暮らしていける世界を築こうとしなくてはなりません。どういう訳か、子供たちの側に、子供たちの母親の側にいたいという不思議な気持ちが私の中に芽生えてきました。彼らの側にいたい、ただ傍観し、遠くから彼らを讃《たた》え、彼らの最善の利益について考えるだけではなく、彼らの一員になりたい、と。ちなみに、私はみんながそれを重視すべきだと言っているのではありませんよ。ただ、上手く説明できませんが、自分にはそうすることが大事だと考えているのです。それと、気候変動を恐れているからという理由だけで中絶するのは耐えがたいものがありました。私からすると（きっと私だけでしょうが）想像上の未来に服従する証として現実の人生を損なうなんて、病的で、狂気じみた行為に思えます。私は、自分の身体を疑いと恐怖心で見るように仕向ける政治運動には参加したくありません。文明の未来について私たちがどれだけ考えようと、恐れようと、世界中で女性たちは子供を産みます。私は彼女たちの仲間で、私の子供も彼女たちの子供の仲間となるはずです。浅はかな合理主義者としては、私は自分の言っていることがまったく理にかなっていないのも理解しています。でも、自分はただただそう感じていて、これこそが真実だということが分かっているのです。

更なる疑問は、あなたにとってもっと差し迫った問題であるかのように思えるかもしれませんが——だからあなたの考えが知りたいのです！　早く返事を書いて私に教えてください！——そもそも私が子供の母親としてふさわしい人間かどうかということです。私は健康で、私を愛してくれる協力的なパートナーがいて、経済的にも恵まれ、素晴らしい友だちと家族がいて、まだ三十代でもあります。

これ以上の環境は望めないでしょう。その一方で、私とサイモンは付き合い始めてまだ十八カ月（！）で、寝室がひとつしかないアパートに住んでいて、車もなく、おまけに私は最近「ユニバーシティ・チャレンジ」*の初級問題に答えられなくて泣いた大馬鹿者で、これでは子供にとって適切な行動のお手本とは言えませんよね？　一日中、原稿のコンマを移動させて、夕食を作り、皿を洗っていると、この一連の単純作業の後は疲れ果ててしまって、物理的に床に沈み込んで地球と一体になってしまいそうになる――こんなのが子供を持つ人のメンタリティでしょうか？　このことについてサイモンに話したら、夕食の後で疲れてしまうのは三十代にはよくあることのようだから何も心配することはないし、「全ての女性」には泣く時期があるんだと言っていて、もちろんそれは間違っているのですが、彼の女性に対する父親的な温情主義は可愛いとも思いました。落ち着いていて頼り甲斐があり、いいユーモアのセンスも持ち合わせていて、彼ほど人の親になるのにふさわしい人はいないとも思えるので、私がどんなに親として不適格でも、私たちの子供は結局、問題なく育つかもしれません。それに彼は、私たち二人で子供を持つという考えがとても気に入っているのです――どんなに彼が幸せで、誇らしく思っていて、わくわくしているかがもう伝わってきます――彼をそんな風に喜ばせることができて、私も満足な気持ちを味わっています。彼がいかに私のことを愛しているかと考えると、自分について悪感情を持つのは難しくなるということに気がつきました。男というのは女に弱いものだと私はしきりに自分に言い聞かせています。でも、もしかして彼が正しいのかもしれません――私はそう悪い人間ではなくて、もしかしたらいい人間で、一緒に幸せな家庭を作っていけるのかも。そういう人たちだっていますよね？　幸福な家庭を築いている人たちも。あなたの育った家庭は違ったし、うちもそうではなかった。でもアリス、それでも私たちは生まれてきて良かったと思えるのです。

アパートに関して言えば、サイモンがもっと手頃な地域に家を買うこともできるから、心配しないで欲しいと言っています。そしてもちろん、君さえ良かったら結婚しようとまた言ってきました……

母親で、既婚者で、リバティーズに小さなテラスハウスを持つ私を想像できますか？　壁紙にはクレヨンで落書きがしてあって、床にはレゴが散らばっていて。こうやって書いていても笑ってしまいます——全然私らしくないって、認めてくれますよね。でもそれを言ったら、去年はまだ、サイモンの彼女である自分も想像できなかった訳です。そうなったら家族が何と言うのか、友だちがどう思うか想像するのが難しかったという意味だけではありません。ただ、一緒にいて幸せな私たちを思い浮かべることができなかったのです。きっと私の人生の他のことと同じで——面倒で悲しいことになってしまうと思っていました。私は面倒で悲しい人間だから。でも、かつてはそういう人間だったとしても、今はもう違います。そして人生は私が思っていたよりも、変化させることができるようです。ずっと長い間不幸せでも、後に幸せになることも可能なのです。人生の道はあれかこれかで決まりではなく——「人格」と呼ばれる溝にはまり込んだらそのまま最後まで走り続けるというわけではありません。でも前はそうだと信じていました。今では毎晩仕事を終えると、サイモンがテレビのニュースをつけて私が料理をし、あるいは私がニュースをつけてサイモンが料理をして、二人で最新の公衆衛生指導や、内閣の発言について報道されていることや、サイモンが内緒で聞いた内閣の本当の発言について話し合い、食事をして洗い物をして、ソファに二人で寝そべって私が『デイヴィッド・コパフィールド』を彼のために一章読んであげて、それから眠くなるまで複数の配信サービスの予告篇の

＊　イギリスBBCで放映されている長寿クイズ番組。主に同じ大学の学生四人がチームとなって問題に解答する。

数々を一時間ほど流し見して、ベッドに入るという生活です。そして朝は痛いほどの幸せを感じながら起きています。私が真に愛して尊敬していて、私のことを本気で愛してくれて尊敬してくれる人との生活――それが私の人生にどんなに大きな変化を及ぼしたことでしょう。もちろん現在の世界情勢は最悪で、燃えるようにあなたが恋しいし、自分の家族も恋しくて、パーティや、出版記念イベントや、映画を観に行くことがなくて寂しさを覚えていますが、それは私が人生を愛している証拠で、もう一度そういう生活を取り戻せることに、この先に続くことに、新しいことが起こり続けることにときめきを感じています、まだ何も終わっていないのです。

あなたがこの件について、どう考えているか知りたいです。私はまだ、この先がどうなるのか分からないでいます――どんな気持ちになるのか、どんな風に日々が過ぎていくのか、私がまだ執筆したいと思えるのか、実際に書けるのか、人生はどうなるのか。子供を持つことは、私が想像できるものの中で最も普通のことでしょう。そして私はそれを求めています――人間にとって最も普通のことが暴力と強欲ではなく、愛と思いやりなのだと証明するために。でも証明するって、誰に対してなんでしょうか。自分自身にかもしれませんね。ともあれ、妊娠についてはあなたとフィリックス以外には誰にも知らせず、後もう何週間かはみんなに内緒にしておくつもりです。あなたからフィリックスに言ってくれてもいいし、サイモンから彼に電話してもいいですよ。これがあなたの想像した私の人生じゃないことは分かっています、アリス――家を買って、幼馴染みと子供を持つなんて。私自身がかつて夢見ていた人生とも違います。でもこれこそが私の人生で、他にはないのです。そしてこのメールを書いている今、私はとても幸せです。ありったけの愛を込めて。

謝辞

この本のタイトルは、一七八八年に発表されたフリードリヒ・シラーの「ギリシアの神々」の一節を直訳したものです。オリジナルのドイツ語は“Schöne Welt, wo bist du?”一八一九年にフランツ・シューベルトがこの詩の一部を曲にしています。「美しい世界よ、お前はどこにいる?」は、私が二〇一八年の十月にリヴァプール文芸フェスティバルに招かれた際に訪れた、同年のリヴァプール・ビエンナーレのテーマでもあります。

この本を書くにあたり、多くの人からご支援をいただいたので、この場を借りて感謝を申し上げます。何よりも、私がこうして生活し、仕事をしていけるのは夫のおかげです。ジョン、私はあなたが私の人生にもたらしてくれた愛と幸福を、文章で表現しようと試みているだけなのです。そして私の友人のエーファ・コミーとケイト・オリヴァー。私はあなたたちの友情に日々感謝していて、どれだけありがとうと言っても言い足りません。

ジョン・パトリック・マクヒューには大変にお世話になりました。執筆の早い段階でもらった素晴らしいフィードバックによって、この本の新しい方向性を見出すことができました。最初にこの小説の美点を指摘して、どうすればそれが更に改善されるか私に理解させてくれた編集者のミッツィ・エンジェルにも同様の感謝を捧げます。また、アレックス・ボウラーの綿密で洞察力に満ちたメモには大いに助けられました。更にトーマス・モリスと、私のエージェントで親しき友でもあるトレーシー・ボアンには、個人的にも仕事の上でも、支えてもらって感謝しています。前述した人々に加えて、話している中で小説の問題点を洗い出すヒントをくれて、そして場合によっては事実関係と実務的な問い合わせに対応してくれたことについて、以下の方々にもお礼を申し上げます。シーラ、エミリー、ゼイディー、スニヴァ、ウィリアム、ケイト、そしてマリー。

トスカーナのサンタ・マッダレーナでこの小説に取り組むのは至福の時間でした。ベアトリス・モンティ・デッラ・コルテ・フォン・レッツォーリ、そしてサンタ・マッダレーナ財団、私をレジデンシーに招待してくれた寛大さに感謝します。そしてラシカ、ショーン、ニコ、ケイト、フレデリック──あの天国のような数週間に対して、どんな御礼をすればいいのでしょうか？

また二〇一九年から二〇二〇年までフェローとして在籍していたニューヨーク公共図書館カルマン・センターにも感謝を申し上げます。素晴らしいスタッフだけではなく、フェロー仲間にもありがとうと言わなくてはいけません。ケン・チェン、ジャスティン・E・H・スミス、ジョセフィン・クィンの名前を挙げておきます。ジョセフィンが二〇一六年に書いた青銅器時代の文明崩壊についての記事（「お前たち自身の船がやったんだ！」『ロンドン・レビュー・オブ・ブックス』）の考察は、第十六章のアイリーンの考え方に明確に影響を与えています（もちろん、誤りがあった場合はアイリーンと私に責があります）。

最後に、この本の出版、流通、販売に携わった全ての方々に心より御礼申し上げます。

訳者あとがき

『美しい世界はどこに』はサリー・ルーニーの三作目の長篇小説である。原題は*BEAUTIFUL WORLD, WHERE ARE YOU*で、フリードリヒ・シラーの詩「ギリシアの神々」の一節「美しい世界よ、お前はどこにいる」から取られている。オリンポスの神々が支配し、美が何よりも神聖なものだった「美しい世界」はどこに行ってしまったのかと問いかけるフレーズは、現代社会で惑い、自分たちが理想とする世界を模索する若き主人公たちの心の叫びでもある。

今回の主人公はベストセラー作家のアリスと、文芸誌の編集の仕事をしているアイリーン。大学時代の親友でルームメイトだった二人は、今は離れて暮らしている。海辺の小さな町で暮らすアリスとダブリンで生活するアイリーン、それぞれのロマンスと苦悩が描かれる章に、二人がやり取りする長いEメールの文章が差し挟まれるという構成になっている。

デビュー作『カンバセーションズ・ウィズ・フレンズ』では登場人物たちのチャットやショートメッセージの文を大胆に取り入れて注目されたルーニーだが、アリスとアイリーンのメールは、今時の若い人間とは思えないほど長文で、十八世紀の書簡体小説を思わせる作りだ。二人はこのメールで現在の資本主義社会の行き詰まりや、社会の不平等などについて語り合い、失われた文明についてそれそれが調べてきたことについて論議し、自分たちを取り巻く世界の状況について嘆く。マルクス主義やカトリシズムといった、サリー・ルーニーにとって重要なテーマもここに出てくる。

面白いのは、理想について真面目に語り合っているはずのアリスとアイリーンの文章の背後に、二人の個人的な悩みや恋愛状況が透けて見えるところだ。ロマンスが上手くいくと彼女たちは楽観的になり、私生活で何かにつまずくと苦悩が深くなる。そこが人間らしくて、滑稽だ。サリー・ルーニーの乾いたユーモア感覚を感じる。

それぞれの生活についての章は、主人公の微細な心の動きを追ったこれまでの作品の文章とは違い、登場人物たちを外側から見るようなスタイルが取られている。これはルーニー自身がプロデュースと脚本に関わり、インティマシー・コーディネーターなどともディスカッションを重ねて深くコミットした、『ノーマル・ピープル』のドラマ版からのフィードバックかもしれない。ドラマ版はナレーションを使わず、コネルとマリアンの心情は二人の微妙な表情の変化からしか推測することができなかった。『美しい世界はどこに』の登場人物たちの内面も最初は、(ときに噛み合わない)会話や、身振り、眼差しの描写から読み取る他ない。

しかし、物語が進むにつれて、登場人物たちを捉えていたカメラが彼らに近づいていくように、彼らの心の動きが見えてくるようになる。アイリーンの姉であるローラの結婚式の章になると、そこに登場する人々の記憶の断片がリボンのように絡み合い、文章が紡がれていく。ヴァージニア・ウルフの〝意識の流れ〟を感じさせるようなこの文体はルーニーの新境地だ。

今回の作品に大きな影響を与えているもう一人の作家は、ルーニーが敬愛してやまないジェイムズ・ジョイスである。

アイリーンはデートアプリを通じてフィリックスという倉庫勤めの青年と知り合い、逢瀬を重ねるようになる。彼が友人のパーティでアイルランド民謡の「オーグリムの乙女」を歌う場面は、ジョイスの『ダブリナーズ』の一篇「死せるものたち」のオマージュになっている。

『美しい世界はどこに』のラストで交わされるメールでは、コロナ禍における二人の近況が明かされる。アリスとアイリーンは迷いながら、この不完全な世の中で、不安定な自分のまま、自分たちなりの「美しい世界」を見出したのだろうか。

最後に唐突とも言える展開が来る『カンバセーションズ・ウィズ・フレンズ』や、地の文が現在形で綴られていた『ノーマル・ピープル』は物語が続いていく気配がしたが、今回は主人公たちの物語が一応の着地点を見つける。そのハッピーエンドのあり方が、今までサリー・ルーニーが描いてきた青春の終わりも感じさせて、どこか切なくもある。

ルーニーはこの後、長篇第四作となる『間奏曲（*INTERMEZZO*）』では初めて男性たちを主人公に据えて、より成熟した物語の書き手としての道を歩み始めたようだ。現代を代表する作家となった彼女の〝始まり〟である最初の三作の長篇を翻訳させてもらえたことは、大変な光栄だった。

なお、マルセル・プルーストの『失われた時を求めて』の引用部分については、岩波文庫の吉川一義訳と集英社文庫の鈴木道彦訳を参照した。

永野渓子さん、早川書房の茅野ららさん、そして校閲の方に大変にお世話になった。この場を借りて御礼を申し上げます。

二〇二五年一月　山崎まどか

訳者略歴　コラムニスト　著書『真似のできない女たち──21人の最低で最高の人生』『映画の感傷』『女子とニューヨーク』『優雅な読書が最高の復讐である』他　訳書『カンバセーションズ・ウィズ・フレンズ』『ノーマル・ピープル』サリー・ルーニー，『愛を返品した男』B・J・ノヴァク（以上早川書房刊）他

美《うつく》しい世界《せかい》はどこに

2025年2月20日　初版印刷
2025年2月25日　初版発行

著者　サリー・ルーニー

訳者　山崎《やまさき》まどか

発行者　早川　浩

発行所　株式会社早川書房
東京都千代田区神田多町2－2
電話　03－3252－3111
振替　00160－3－47799
https://www.hayakawa-online.co.jp

印刷所　三松堂株式会社
製本所　三松堂株式会社
Printed and bound in Japan
ISBN978-4-15-210407-6 C0097
乱丁・落丁本は小社制作部宛お送り下さい。
送料小社負担にてお取りかえいたします。